"今晚是满月，许个愿吧"

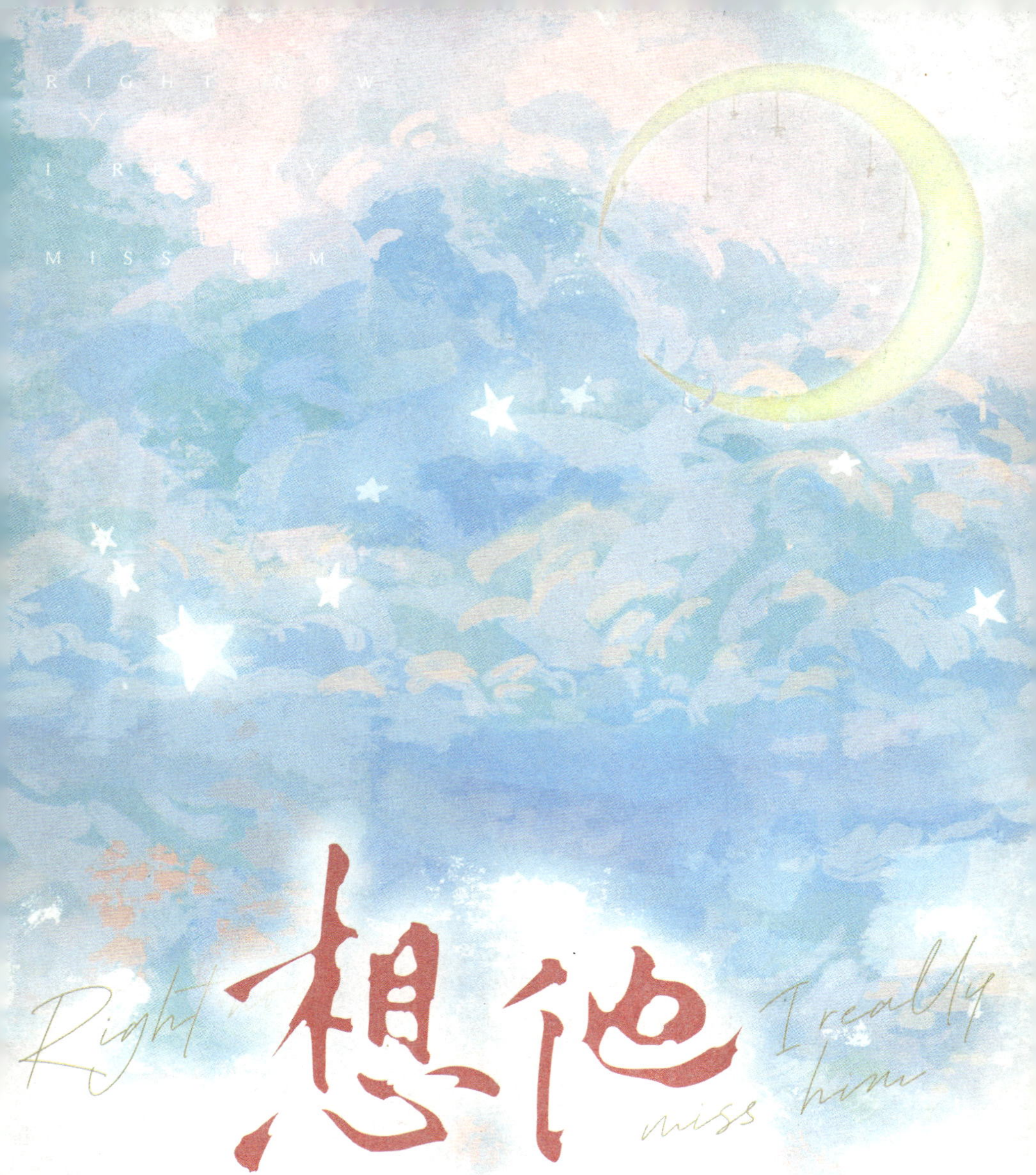

想他

既弥 / 著

江苏凤凰文艺出版社
JIANGSU PHOENIX LITERATURE AND ART PUBLISHING

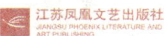

图书在版编目（CIP）数据

想他 / 既弥著. —— 南京：江苏凤凰文艺出版社，2024.3
ISBN 978-7-5594-8482-6

Ⅰ.①想… Ⅱ.①既… Ⅲ.①长篇小说–中国–当代
Ⅳ.① I247.5

中国国家版本馆 CIP 数据核字 (2024) 第 008405 号

想他

既弥 著

责任编辑	周颖若
特约编辑	半　霄
封面设计	Laberay 淮
出版发行	江苏凤凰文艺出版社
	南京市中央路 165 号，邮编：210009
网　　址	http://www.jswenyi.com
印　　刷	北京世纪恒宇印刷有限公司
开　　本	880mm×1230mm　1/32
印　　张	11.5
字　　数	365 千字
版　　次	2024 年 3 月第 1 版
印　　次	2024 年 3 月第 1 次印刷
书　　号	ISBN 978-7-5594-8482-6
定　　价	49.80 元

江苏凤凰文艺版图书凡印刷、装订错误，可向出版社调换，联系电话 025-83280257

目录 contents

第一章
想 / 001

第二章
他 / 021

第一章 ❤ 想

RIGHT NOW

I REALLY

MISS HIM

01

沥周已经连续下了三天的雨，空气中泛着潮，随之而来的闷让人发躁。细雨绵绵，楼前的石板路被打湿。

沈惊瓷是在第三天的下午又见到那个人的。

雨点时急时缓，打在梧桐叶上隐约能听到滴答的声音。她的目光从越发油亮的叶上收回，继续在楼檐下躲雨。
手机静悄悄的没动静，约好的车整整晚到了十分钟。但她毫无办法。
雨天就是这样，该不该发生的都多了一丝牵缠。

沈惊瓷站在办公楼前，看到司机师傅发来的消息：
还要十五分钟……

原本平静的眼眸出现波澜，她深吸了一口气，似乎有话想说。视线在那几个字上停顿几秒，正欲打字，耳边响起的雨声却不断提醒着她：就算不等这辆也不会有更快的。
末了，她呼气，只回了一句"好的"。
刚回完，顾涅的消息就弹了出来：怎么样了？
沈惊瓷很是无奈，指腹敲字的力度都重了几分，向顾涅控诉：下雨堵车，不好走。
那边回得很快，几秒的语音出现在对话框中。
清润的男声温和悦耳，不知他在哪里，背景里有些杂音，他离话筒近，所以气音显得亲昵："要不等等我？我去送你。"

沈惊瓷低头，露出一截白玉般细腻的脖颈：不用，你忙自己的就好。

她专心地敲着字，身后什么时候站了人都不知道。

危蔓蔓打趣的声音带着笑，忽然冒出来一句："这是顾公子回来了？"

沈惊瓷下一条消息还没有发出去，就听到有人叫她。她抬头，一眼看到危蔓蔓利落的短发。

她有些惊愕，旋即又恢复笑容。

沈惊瓷往后退一步，躲开飘进来的雨丝，一边笑一边回复："嗯，回来不久。"

危蔓蔓顺了下头发，语调上扬："你去 A 市他送你？"

虽是疑问句，却是肯定的语气，她笑得仿佛意有所指："刚回来就开始围着你转，顾公子对你还真是不错啊！"

顾涅刚回国，事情不少，可即使是这样还是不忘先顾着她。

沈惊瓷听得出什么意思。

他现在已经不是当初那个住在寻宁市老旧楼房里的清瘦少年了，眼光颇高的危蔓蔓也调侃，说他是个不错的恋爱对象。

沈惊瓷不想扯出那些烦琐过往，这些话她也不是没有解释过，只不过人总喜欢选择听一些劲爆点的答案。她随口带过："顺路而已。"

危蔓蔓轻轻点了她肩膀一下，看着沈惊瓷的表情，没再继续追问，但拖长了语调："顾公子是好，不过你放心，他不符合我的口味。"

时间刚好，话说完，接她的人就到了。危蔓蔓招招手，车子里的人看见她，又把车往这边开了些。

沈惊瓷倒是没有什么多余的想法，不过听至此，还是没忍住好奇地多嘴："口味？你的口味是哪种？"

危蔓蔓挑眉，妩媚的凤眼眯了点，似是在思考，直到视线无意地落在不远处的一辆黑色越野车上。

线条流畅，棱角方正，凌厉而帅气，稍歪地停在那道无人路口边的斜坡。

梧桐叶上的雨滴顺势落下，砸在了抵着车窗的一截手臂上。

危蔓蔓忽地低笑一声,带着了然。她下巴微抬,张扬明媚:"喏,那种的。"

她向前走着,懒懒散散的,车门关闭前还特意回头看了一眼沈惊瓷,红唇别有深意地吐出两个字:

"够野。"

危蔓蔓的车缓缓离开,沈惊瓷抿唇,微怔后不禁失笑。

她的话很直接。

而沈惊瓷也因为这句话抬起眼,随意瞥了眼越野车的方向。

原本看一眼就会收回的目光忽然顿住。

好久不见却又十分熟悉的侧脸就这样出现在眼前。

雨似乎又大了些,完全没有要停的意思。

男人穿着一件单薄的黑色衬衫,袖子挽到臂弯处,低着头,像是在回消息,模样懒散。

他皮肤很白,透着难以言说的冷感,与黑色对比强烈。

冷白修长的脖颈甚至能让她想起微凸的青筋,记忆混着地上湿漉漉的味道一同钻进鼻腔。

十字路口,红灯车停。雨刮器摇晃掉时间,亮眼的绿在细雨中明起。

梧桐茂密的绿荫下光影斑驳,雨滴汇聚后滑下,晶莹的水滴再次落在了黑色的衬衫上,氤氲的湿意扩散。

看不出脾气的人最终也露出不耐烦的神色,修长劲瘦的手指骨节分明,有节奏地敲点着,狂妄又痞气。

一瞬间的心悸,很短,不受控制。

手指仿佛是敲在她的心上。

沈惊瓷呼吸停住了,手跟着攥成拳。

梦里出现过几百回的人就这么出现在自己眼前,她神经上仿佛有针扎,传来密密麻麻的酸楚和痛感。

　　脚底生根,动弹不得。

　　直到黑色的车没入身后熙攘的背景,车门没有防备地打开。

　　男人下车,轮廓渐渐分明,透明的雨伞阻住雨水,朦胧地勾勒出眉眼,恣意散漫。

　　颀长而挺拔的人完整地出现在眼前。他长腿着地,腰身比优异,光是站在那里,压迫感便迎面而来。他单手撑着伞,一根手指向上竖抵着伞骨。车门被他单手推上,发出一声闷响。

　　天暗得昏沉,混沌中突然亮起明黄的路灯。光晕不大,映在他身后,他的轮廓变得柔和而模糊。

　　他着单薄的黑衣立于细雨中,虚靠着车。他的手机响了。

　　他把手机放在耳边,右脚后跟抬起,吊儿郎当地抵住车胎,一副不正经样儿勾人得要命。

　　沈惊瓷眨了下干涩的眼,周围变成虚景,她听见自己起伏剧烈的心跳。

　　有风带过裙角,肩膀被猝不及防地撞到。

　　甜腻的香水味弥漫开来,沈惊瓷那道弯眉本能地蹙到一处。

　　那人力道很大,她肩膀上挂着的是包的金属链条,硌得她骨头生疼。

　　人已经跑过,视线只捕捉到一抹粉色。

　　她揉了下肩又很快地收回手,像是害怕被某人看到狼狈的模样,复杂的心思难说出口。

　　只不过,可能是颜色太过显眼,沈惊瓷倏地意识到什么——

　　她看到那个娇俏的身影冒着雨,用小巧的手包遮挡在头顶,径直冲向了伞底下。

　　沈惊瓷微怔,大脑"死机"一秒。

　　那声音太过清脆有活力,隔着一段距离入耳。

　　"催什么催呀,我这不是到了吗?"开玩笑般地,她对着手机听筒刻意说完这句话,然后才垂下手臂,微微仰起头。

　　而男人目光下垂,有种居高临下之感,却因为女孩的话松懈几分,两人的关系说不上来地亲昵。他一言不发，又极为平常地将雨伞移向女孩，同时挂断电话。

伞是透明的，沈惊瓷一双眼睛看得清楚。

雨滴滴答答的，风也跟着变大，吹得眼睛发涨。

身边没有遮掩物，她狠狠地往后撤一步不再看。

手上太用力，手机抓得太紧，振动传来，她感到麻木才回神松开。

司机终于打来电话。

沈惊瓷逃避似的接起电话，司机如释重负。她在电话里一遍遍地催促："你在哪儿啊？快点快点，我现在在侧门这个地方。"

"没办法啊，过不去了，你自己走过来不行吗？"司机一口方言，透露着急躁。

沈惊瓷看了一眼雨，压下不安稳的心跳。她的身边没有人，除了手上的包没有任何可以遮雨的东西。

犹豫间，余光不受控制又扫到了立着的那人。

那一瞬间，沈惊瓷脑海中忽然想，如果能用被淋成落汤鸡来换时间倒流二十分钟，她一定选得毫不犹豫。

接着，沈惊瓷垂下眼，咬着牙冲了出去。

"砰——"

门关得急促。

司机带着口音的声音在耳边响起："不好意思啊姑娘，这下雨天是真没法走，这地儿人实在是太多了。"

"没事的。"沈惊瓷找出纸巾擦着身上的湿意，庆幸雨点只是密集，不至于太惨。

"我本来今天不准备接单了，老婆在家菜都准备好了，要不是你说你要上高速公路……"他叹了一口气，似乎觉得这也确实不能怪谁，闭口后又转了话题，"没淋着吧。"

"还好，我擦一擦就行了。"

司机看沈惊瓷是个脾气好的主,大概是出于人的本性,他忍不住又抱怨了几句:"你看你看,又出不去了。"

"这……"

她感到一阵疲惫,后仰,靠在椅背上,忍不住开口:"放点音乐吧。"

司机嗫了声,腾出手来将按钮旋一圈儿,电台播放的歌曲音调悠扬。

飘出来的声音有些熟悉,歌词清晰。

"想要放,放不掉,泪在飘。
你看看,你看看不到。
我假装过去不重要,却发现自己办不到。
说了再见,才发现再也见不到。"

沈惊瓷微怔,像是被勾起了什么记忆。

她的细眉蹙着,封闭而狭小的空间中,司机的嘟囔声被男声覆盖。

听了几句后,司机嫌不好听,干脆换了个频道。

热闹而欢腾的音乐一下子在车内沸腾,司机也哼上跑了的调子。

人很奇怪,明明多看一眼都会不舒服,还是忍不住找罪受。

沈惊瓷的目光又移到那对站着的男女身上。

玻璃窗膜饱经风霜,歪斜的划痕让那人的面容模糊。

她鬼使神差地用手指摁下按键,打开一截车窗。

他的模样逐渐变得清晰。

头发长了些,棱角没有那么分明,少年的青涩感褪去。陈池驭独有的那种气质吸引着人飞蛾扑火,饮鸩止渴。

雨伞不够大,他朝女生的方向偏得明显,和他气场不符的绅士风度永远加分。

沈惊瓷眸色渐深,逐渐意识到,自己没有必要这样。

与电影的情节不同,他们的故事没有惊心动魄,也没有刻骨铭心。

只是时隔经年，两个人已经彻底站在了不同的轨道上。

她孤身向前，他也有新人作陪。

车窗缓缓上升，因老化发出摩擦声，似在切割时空。

仿佛真的有那种莫名其妙的感应，即将关上的那一刻，立着的男人忽然看了过来。

……

时间静止了，周围的一切变得虚幻。

有只被雨淋湿的棕色小狗从绿化带钻出来，夹着尾巴垂头走过。

经过年轻女孩的时候，明显要绕开。

然而粉色的身影出乎意料地蹲下，从包里拿出什么，放在手心喂到小狗嘴边。

沈惊瓷也不知道自己怎么会那么确定。轮廓都是看不清楚的，可她却知道他们的目光相对。

她看着他，看着那只被喂食的小狗，忽然想到很久之前，她也是这样看着陈池驭的。

她看着他随性不羁，看着他桀骜难驯，看着他脱下校服露出里面的黑色T恤。球精准地入筐，唇红齿白的女生笑着给他递水，周围起哄声不断。

他是天之骄子，是永不会坠的月亮，是不会属于沈惊瓷的陈池驭。

从来没有变过。

每一个纯情的少女都幻想过自己是浪子的归岸。

然而只有在故事结束，她们流着泪翻过自己曾死死拽着的那页，才发觉不过是痴人说梦。

最后一丝空气也被隔绝，车子发动，终于挤出了这片车流。

沈惊瓷后知后觉地想起自己还没有给顾浘回完消息，她动作不顺畅地揉了下眼睛，扯出一丝笑，点开聊天框重新编辑。

……

已经变得空旷的地方，易顺慈站起身，发现陈池驭盯着街角，好看的眉微皱。

流浪的小狗吃饱喝足，尾巴摇起，跑开很远。

她顺着陈池驭看的方向抻着脖子看去，什么都没有，不禁好奇："哥，你看什么呢？"

出租车已经融入人海，陈池驭顿了下，漆黑的眼睛目光锐利，但又无波无澜。

"没什么。"他敲了下易顺慈的脑袋，手插回口袋，像是什么都没发生，"走吧。"

男人磁性的声音很勾人，他嘲意明显，还是一副轻佻样儿。

"再不过去，别人还以为你逃婚。"

02

雨淅淅沥沥地下到晚上，沈惊瓷有一组照片约在 A 市拍摄，因为行程耽误了，到傍晚才走。

车程将近四个小时，终于在晚上十点多的时候看到了里程碑。

下了高速公路，车缓缓地涌入霓虹灯海，走走停停。

沈惊瓷低头给顾涅回电话："嗯，已经下高速公路了，估计再有半个小时就到酒店了。"

顾涅那边说了什么，沈惊瓷笑："我又不是三岁，这些都知道，放心好了。"

车的鸣笛声穿过听筒，嘈杂幽怨。顾涅刚处理完材料，疲惫地揉了揉眉心，听到沈惊瓷的话，还是忍不住开玩笑："你在我这里就是小孩子。"

那头安静了两秒，沈惊瓷的声音才重新出现："你说什么？刚刚太吵了没听清。"

听到声音，想起自己方才的话，顾涅松了一口气，换上轻松的语气："没什么。"

他转移话题，问她还堵车吗。

"刚刚有点，现在好些了，就是……"沈惊瓷轻快的声音戛然而止。

太突然了。

急刹车的声音和短暂的尖叫，接着，取而代之的是一声巨大的冲撞声。

钢笔猛然划破纸面，顾涅手指上的力道不受控制："怎么了？"

电话里只剩电流声，隐约还能听到熙攘的人群声。

顾涅瞬间焦躁，站了起来："惊瓷，惊瓷？

"能听到我说话吗？"

没有答复，相隔千米。

他心跳一下接着一下，如坠冰窟。

……

易顺慈坐了三个小时的车，晕车的感觉让她阵阵泛呕，终于忍不住埋怨："哥，你就不能开稳一点吗？

"你们跑比赛的开车都这么猛吗？你不会老婆没娶到命先搭上了吧？"

闻言，陈池驭眉梢一挑，轻笑着反问："我，会娶不到老婆？"

易顺慈被他噎得没话说，看不惯自己亲哥这副浪荡样儿，直接冲他翻了个白眼。

陈池驭不放过她，他搭了只手，把车窗摇得更开，淡声提醒她："别吐我车上。"

清冷的风吹进来，舒服了不少。

易顺慈毛都快立起来了，气得吞下最后一口面包，一下子转向陈池驭，还有点委屈："我都要结婚了，你就不能让让我吗？"

男人喉咙中挤出一声哼笑，散漫得很。

他出声："前面有薄荷霜，自己涂。"

易顺慈惊喜，果真从储物盒中翻出了一个淡绿色的罐子。

太阳穴涂完，又放在鼻下熏了会儿，她像是毛被捋顺了，呼出一口长气："舒服。"

易顺慈话多，根本闲不下来。

她随口一问，但也存着打趣的心："陈大少爷还会准备这个东西？不会是哪个姑娘给的吧？"

易顺慈把玩着薄荷霜，左看右看，暗暗记下牌子，准备回去买一罐。

然而，再抬眼时，却发现陈池驭唇角的笑好像淡了些。

又仿佛是错觉。

气氛有些怪，她憋不住话："我是说错什么了吗？"
"没有。"几秒后，没什么感情的声音响起。
陈池驭的声线偏冷，是自然而然的低音："用完放回去。"
"……"
喊，小气死了。易顺慈腹诽，暗自记账。

……

终于过了堵车的路段，空旷的路不到五百米，易顺慈忽然看到前面聚集了好多人。
她挺起腰，歪着脑袋想看前面发生了什么。
"哥，前面怎么了？"
陈池驭没有看热闹的习惯，偏偏视力好，一眼就看到人群之中升腾着的灰黑色烟雾。
两辆车相撞，看不清具体场景。
陈池驭方向盘一转，准备绕条路。
易顺慈扒着车窗，也看清楚了那边围着什么。
她收回目光，对于陈池驭绕路的举动没有异议。
虽然很想走近路早点到酒店好好休息一晚，但还是不要在人挤人的事故现场乌龟般地挪动好了。

黑色越野车停在十字路口。
红灯剩余四十八秒。
可能是天太闷的缘故，也可能是别的原因，陈池驭此时的表情算不上好。
他眉骨很高，光线从四面八方涌来，有阴影出现，明暗将他的脸分切得凌厉，说不上来地精致。
双眼皮褶皱深，多了几丝戾气，有种高不可攀的桀骜，偏偏左眼角处的一颗泪痣添了几分邪痞。
陈池驭搭在方向盘上的手指点了下。
露出的腕骨抬起，冷白而劲瘦。手指触碰到领口，颜色对比鲜明。

明明是再矜贵不过的动作,却硬生生透露出几分烦躁。

两颗扣子被扯开,似乎能喘上一口气了。

他脚踩在油门上,眉皱起。车子发出"隆隆"的准备声。

他活动了下脖颈,收回视线的那一刻,忽然怔住。

高高挂起的红灯转绿,周边的车子不约而同地选择了绕路。

就在易顺慈刚拧开矿泉水瓶盖的时候,凌厉的越野车猛地一转。

水从小小的瓶口不小心溢出来,"哗啦"一下洒在大腿上。

"⋯⋯"

易顺慈一秒也没忍住,直接爆发:"陈池驭!"

女生怒不可遏地看向身边的男人:"你有路怒症啊!拐弯那么快干吗?"

她赶紧从包里找出纸巾,一下一下摁压在水渍上面。

下一句话还没有说出口,车再次出人意料地停了下来。

易顺慈还没有弄清楚发生了什么事,陈池驭已经下车了。

"欸,你去哪儿?"

⋯⋯

周围很吵,头也很晕,各色各样的人围成紧密的圈,让人恐慌。

沈惊瓷握紧手机,不自在地想后退,脚后跟磕到人行道旁的砖,退无可退。

不同的声音砸过来:

"姑娘,你头上流血了,要不要先去医院?"

"给你卫生纸,先擦擦吧。"

"能听到我们说话吗?"

⋯⋯

沈惊瓷忍不住皱起眉头,太混乱了。

还没有从撞击中回过神来,就被人拉下来挤到了这边。

有人把纸塞进了她手里,沈惊瓷摸了一手温热的血才发现自己用错了手,卫生纸还在手中。

混乱中有人靠近,套着近乎想抓沈惊瓷的手腕。

沈惊瓷本能地躲过，还没有抬起头，就听到一个令人不适的声音。

"妹妹，不是本地人吧？来来来，哥哥带你去医院。

"耽误了万一破相就不好了。"

那人肥硕而猥琐。

她手握紧，指甲嵌入掌心，让自己清醒。

她试着张开嘴，声音有点哑。

"不用……"

男人看沈惊瓷没有那么好骗，跟周围人吆喝："散了吧散了吧，我先带着我妹去医院看看，这是我家远房亲戚。"

沈惊瓷眉头皱起，一下子想到什么，这恶心的人心思明晃晃地摆在面上。

她握住手机的手攥成拳，想着实在不行就甩过去。

然而，一道干脆冷酷的声音响起。

"滚开！"

一瞬间，挡在她面前的人被狠狠地推开。

那道声音像是一支箭，狠狠地钉住她的神经。

她猛地抬头。

……

"谁啊，你找死啊？"

那个人捂着腿，脸黑得不成样子，嘴一张开就骂骂咧咧地说难听话。

沈惊瓷没太听清，她的目光直愣愣地停在了陈池驭身上，眼前仿佛是一场梦境。

路灯之下，陈池驭的身影被拉得很长。

而周围人群的影子零零散散地在地面围成了个圈儿。

几个人成了闹剧的主角。

忽地，她看到陈池驭笑了，声音低沉。

他迈开步子靠近地上的人，眼神不屑又倨傲。他单膝蹲下，一只手肘搭在膝盖上，如同看待死物似的看着那摊烂泥。

他什么都还没做，男人就急了。

"滚……滚开啊！"那个男人双手半撑着地面，想要起来，但浑身都是虚力。

"你想怎么滚？"陈池驭唇角扯动着，语气吊儿郎当。凸着青筋的手伸出，在他肩上推了一把，那人就又倒了回去。

只是这一下子，那人滚得离沈惊瓷更近。

沈惊瓷看到陈池驭半抬眼，目光掠过她的小腿，眉一动，毫不客气地拽着男人的衣领将他拖远。

她很少见陈池驭这种样子，是风雨欲来的前兆。

陈池驭收敛了笑，弓着的背稍稍压低，脖颈后的骨骼棘突明显，线条流畅凌厉。

沈惊瓷逐渐回神，她心一惊，刚想阻止便听到一声冰冷的"别动"。

那人得到喘息的空隙，油腻又满是沟壑的脸上肥肉乱颤。

他缩了下，又嘴硬得很："你给我等着，这么多人看着呢，你……"

话没说完，他忽然噤声。

陈池驭只不过是做了个下狠劲的假动作，人就被吓回去了。

似是觉得好笑，陈池驭"嗤"了声。他站起来，用纸巾厌恶地擦着手指，目光低垂，活动了下手腕，似是在思考。

沈惊瓷有种不好的预感，她下意识地向前迈出一步。

重逢后，她第一次喊出了他的名字："陈池驭——"

话落，陈池驭动作一顿。

像是慢动作，他回头盯着她，眼中浓郁的戾气还未收尽，如同从无尽黑夜中走出的撒旦。

沈惊瓷嘴唇嗫动，却并未出声。

陈池驭望着她，目光忽然向上移了两寸，她苍白的脸上有着刺眼的鲜红。

白色的纸巾倏然掉落，轻飘飘的。

盖在了地上的人脸上。

"行，我等着。"

他笑得肆无忌惮，警告的话语清楚地传入男人的耳朵："你最好祈祷她没事，不然——"

男人望着陈池驭漆黑的瞳孔，忽然有种预感。

不然，他不会被放过。

鸦雀无声，陈池驭的气场太过强大。

人群散了，地上的男人连滚带爬地起来，走的时候还嘴硬地指指点点。

"你等着……"

不过是几秒的时间，闹剧散尽。

沈惊瓷愣愣地盯着那道身影朝自己走来。

他背着光，这次她终于看清楚陈池驭的模样。

然而只过了一秒，沈惊瓷就狼狈地低头。

没想过会在这种情况下撞上他，沈惊瓷死咬着唇一句话都说不出来。

她垂下眼，看到了自己褶皱的裙摆。

羞耻混着难堪，还有各种诡异又奇怪的情绪弥漫全身。

"沈惊瓷。"

她听到了自己的名字。接着嗅觉恢复，薄荷味的冷冽混着佛手柑的清新将她包裹。

多久没有听到他的声音？角落里呵护得最好的那份记忆被拂去灰尘。

沈惊瓷忽然鼻头一酸。

"沈惊瓷。"他又重复了一遍。

拘谨、不适、想逃等各种不好的词全都出现在了沈惊瓷身上，她手指蜷缩的动作逃不过男人的视线。

男人眉一皱，眼中的情绪被心脏紧缩传来的不适取代。

下一秒，她的眼尾被一道温热摁住。

沈惊瓷一怔，听到陈池驭的声音："别怕，我在。"

"没事了。"他的指腹揉了两下好似安慰，又松开，"别哭。"

她想说些什么，又不知道怎么开口，还没回神，双脚便脱离地面。

沈惊瓷一惊，她抬眸，男人下颌线的弧度流畅好看，只不过连带着唇角都是绷直的。

"不……"沈惊瓷本能地就想挣扎着下来，他们现在什么关系都没有，更何况……

她看到了一直站在陈池驭身旁的那个女生。

这算什么事？

陈池驭充耳不闻，直接将人放到副驾驶座。

"转过来。"他的语气不像商量，带着一如既往的强势。

陈池驭手上拿着一张纯白干净的纸巾，在沈惊瓷的额头擦拭。

他眸色很深，如化不开的墨，让人看不透。

沈惊瓷不自在地想躲开，却被陈池驭眼疾手快地钳住下巴，不容置喙。

"我不可能让你再在我眼皮子底下出事。

"所以不要拒绝我。"

沈惊瓷一怔，眼神闪烁了下。

但后座的那个女孩就像是一根刺，狠狠地将她刺醒。她忍着心脏不适，颤声提醒："陈池驭。"

寂静之中，他的动作顿了下，漆黑的瞳孔目光锐利，对上她的视线。

"年年，别打战。"

伤口不大，刚从车上下来的时候她甚至都没有感觉到。还是听到路人的惊呼，她才察觉到。

只不过刚刚不小心摸了一把，血渍又凝结，所以才看着瘆人。

沈惊瓷干巴巴地说："不疼。"

陈池驭脸色很不好，身上弥漫着骇人的戾气，握着方向盘的手青筋凸出，像是在忍耐着什么。

他扔下手中带着血的纸巾，弯腰扯出旁边的安全带，"啪嗒"一声插入锁扣。

离奇得像是一场梦。

医院的急诊部亮着鲜艳的灯。

"今晚麻烦你了，我自己去就好。"沈惊瓷已经平复好自己的情绪，推开门进去之前，回头看向陈池驭。

陈池驭听懂了，什么都没说，只是抬起下巴示意沈惊瓷可以进去了。

手机在此时振动。

易顺慈撕心裂肺的声音传出:"哥,你是不是忘记大明湖畔的……"

"……"

陈池驭眉心一皱,拿远了话筒。

他的语气显出不耐烦:"知道了。"

易顺慈老老实实地坐在后座上,见到陈池驭,歪着身子就要找刚刚的那个女人。

"她呢?"

那个女人的模样,弯月眉,秋水瞳,很漂亮。不是惊艳,而是只用瞧一眼就会觉得非常舒服。

易顺慈一下子就能看出两人关系匪浅。

陈池驭没搭理她,言简意赅:"等会儿有人来接你。"

易顺慈不愿意了:"你就这么抛下你妹妹?我刚刚可是一句话都没说,没有打扰你们啊!"

然而他人走得干脆,一丝的犹豫都没有,步伐迈得又稳又急。

幸好伤口不深,只是看着瘆人。

差一点就需要缝针。

沈惊瓷的伤口处理完,下一位病人正好进去。

她带上门,抬眼就见到了倚在一旁的男人。

头顶的白炽灯明亮,男人听到声响,半抬起眼皮睨了过来。

他眼神淡淡的,在冷清的走廊中像个漠视者。

那一刻,沈惊瓷的心脏被重重一刺。

她只是看了一眼,便转身想逃。

真是太没有礼貌了,可今晚显然不适合叙旧。她找不出情绪的来源。

手腕被猝不及防地拉住,陈池驭靠近。

"我看看。"

沈惊瓷狠狠地推开陈池驭,一点都没有犹豫,她的声音克制不住地颤抖:"不用。"

挣开的过程中包的链条不小心砸到陈池驭,他的手骨上很快出现一道红痕。

沈惊瓷望着他的手,动作停了。

她睫毛颤抖,嗫嚅地说:"抱歉。"

手还停在半空,骨节上传来的痛觉很迟钝,心口却传来短暂的剧痛。陈池驭没再往前,两个人之间的距离又拉开,他的声音有些不耐烦,又透出焦躁。

"非要这样?"

沈惊瓷没有回答。

她垂下眼,语气认真,也听不出难过:"今晚谢谢你了,一会儿有朋友来接我……我就先……"

她努力表现得正常。

沈惊瓷的话落地,他的视线在那道弯月眉上停了几秒,忽地微哂。

他顺着她的话,薄唇轻启,冷淡地吐出三个字:"不用谢。"

陈池驭这种天之骄子,人生太顺,没有得不到的东西,更没有对他来说无可代替的。

所以他从来不是过多纠缠的人,一如当年两人分手的时候,连最后一面都不必见。

从前沈惊瓷这个人就爱掉泪,现在眼尾差点因这三个字再次泛红。

想到今晚他说的那句话——

"我不可能让你再在我眼皮子底下出事。"

仅此而已。

她极力隐忍着,所幸顾涅的电话拯救了她。

"急诊楼大厅。"沈惊瓷报完地址后,很快看到了顾涅的身影。

顾涅一把搀住沈惊瓷,望见沈惊瓷额头上的纱布,眉皱得很紧:"怎么折腾成这样了,还疼不疼?"

沈惊瓷像是找到归岸,微微地摇了下头。

"没事了。"顾涅拍了拍沈惊瓷的背,轻声安慰,"我带你回去。"

整个过程，陈池驭就像是一个局外人。
兴许是他气场太过强大，顾涅终于有心思想知道这里的另一个人是谁。
"这位是？"顾涅似乎是觉得眼前的男人有些眼熟。
沈惊瓷还没有说话，有人便先开了口。
"陈池驭。"

池是人非池中物的池，驭是鹤驭争衔箭的驭。

像是回到纠缠的那年。
那天，他的语调也是这样的。
2015 年的冬天。
他说："沈惊瓷，跟我试试。"
记得太过清楚，并不是一个好现象。

"走吧。"她忍不住打断对话，手搭上顾涅的臂弯，攀得很紧。
几秒后，她忽略那个人的视线，再次提醒，字也咬得清晰。
似是用尽全力。
"顾涅，我们走吧。"

第二章 ❤ 他

RIGHT NOW

I REALLY

MISS HIM

01

故事回到 2015 年 9 月。

那年盛夏，寻宁市最热门的消息之一便是沈家那个女儿成了状元，考进沥周大学。

9 月的最后一个周末，雨下得很大。

沈惊瓷接到邱杉月的电话时，刚洗完澡准备上床。

邱杉月的声音从听筒中传出，可怜巴巴："惊瓷——

"救救我吧，我回不去了。"

斜着的雨丝飘进屋檐底下，女孩两只手环抱着自己的胳膊，缩着脖子冻得瑟瑟发抖。

邱杉月在原地踏着步，口中念念有词。

看到沈惊瓷身影的那一刻，似乎整个人都活过来了。

她大叫："惊瓷！"

烟雨蒙蒙，不远处的人闻声又把伞抬高了些，露出一截白皙的下巴。

沈惊瓷加快了脚步，迈上台阶。

她打量了一遍邱杉月，还没看完眉心就皱在了一起。

电话里没细说，沈惊瓷一边从包里拿出一件薄衫，套在邱杉月身上，一边问："怎么回事，许宁楷呢？"

许宁楷是邱杉月的男朋友，两人感情一直不错。

然而下一秒，邱杉月的声音就打破了沈惊瓷的认知："别跟我提这个王八蛋！"

"……"

沈惊瓷被邱杉月的语气吓到："怎么了？"

邱杉月咬牙切齿，拿出像是要把人五马分尸的那股劲儿："他竟然敢绿我！"

绿……？

沈惊瓷给邱杉月整理衣领的动作停了……

她的目光呆滞地向上移了两寸，看到邱杉月颤动的睫毛。

雨似乎小了不少。

邱杉月一口气没断："我找到了他跟别人聊天的记录。"

"呵，"邱杉月讥笑，"你猜他是什么反应？"

虽然不应该，但沈惊瓷脑中还是闪过电视剧中的苦情大戏，似乎也是发生在这种天气。

她试探："没承认？"

"他倒打一耙，说我凭什么查他手机。"

邱杉月翻了个白眼，越想越气，胸口起伏的幅度渐大："这到底是个什么人！"

沈惊瓷的眼皮狠狠一跳，感受着邱杉月的怒火。

"我看上他是瞎了眼吗？真的太恶心了。"

沈惊瓷眉心一皱，脸上露出了难以言喻的表情。

头一次遇到这种事情，对此竟然不知道应该说些什么好。

还好邱杉月也没打算让沈惊瓷表态，因为她自己已经骂完了两个人的话。

她一副无所谓的样子："没关系，我把他甩了。

"让他能走多远走多远。"

邱杉月一口气出尽，逐渐发觉这些话不太好。

回过神来就看到沈惊瓷发蒙的表情，她蓦地被逗笑："你怎么这副表情？"

说完拉住沈惊瓷的手就要走："好了不说了，我们赶紧走，不能被男人绿还被雨淋，那也太惨了。"

她拿过沈惊瓷手里的伞，若无其事地撑开。

雨滴滴答答打在伞上，在脚边溅起涟漪，邱杉月忽然听见沈惊瓷嘴里吐出一句话。

"王八蛋。"

字字清晰，没有听错。

"……"

邱杉月有些诧异地转过头来，对上沈惊瓷眯起来的眼睛。

沈惊瓷拍了拍邱杉月的手臂，是安慰她的小动作："让浑蛋滚。他配不上你。"

语气很认真，不像是在骂人，可语调又带着点狠。

可能是这几个字和沈惊瓷的形象不符，邱杉月先是惊讶地挑眉，后来笑得越发夸张。

"算了算了，我一个人骂就好了，让你说出这话我总有一种莫名的负罪感。"

宿舍其他人不在，借不到伞，两人共撑一把，挤在一起还是能感受到落在身上细微的雨的湿意。

沈惊瓷推了推伞柄，两人靠得更近。

她随口问道："什么负罪感？"

邱杉月转过来，也不看前面的路，朝沈惊瓷笑得不怀好意："总感觉让一个清冷美人说这种话，实在是暴殄天物。"

沈惊瓷不是第一次听到这种评价。她的长相偏江南，但又不是只有温婉，打眼一看感受更强烈的多是清冷。像是挂在天边皎洁的带尖白月。

秋水瞳，弯月眉，鹅蛋脸，点绛唇。皮肤瓷白，气质清冷又不失大气。怎么看都觉得好看。

可和她接触过的人才知道，沈惊瓷的性子既不冷也不傲。虽然说不上立马就讨人喜欢，但与她相处十分舒服。

邱杉月哼唧了两声，挽着沈惊瓷的手臂移了位置，继而环住了那细瘦的腰。

几秒后，沈惊瓷听见邱杉月很轻的声音，若有似无。

"谢谢你来接我。"

下雨天路难走，虽然雨停了，但地上还是有一个个水洼，到宿舍楼底下天已经完全黑了。

不管什么时候，一个不变的"真理"就是：女生宿舍楼底下永远都站着一堆腻歪的小情侣。

沈惊瓷已经习惯,但是邱杉月却不淡定了。

这个时机确实不太好。

她耷拉着眼皮,气愤地握起拳头又骂了一遍"狗男人"。

沈惊瓷拍了拍她的手臂,让她别再想,收起伞向下抖了抖水。

刚要转身贴卡开门,忽然听到邱杉月疑惑的声音:"你看,那不是闫沐晗吗?"

沈惊瓷听过这个名字,是长得很漂亮的一个女生,像是艳丽的玫瑰,让人看一眼就能记住。

从刚入学时就有人私底下说,这是今年最好看的新生之一。

"旁边那男的还挺帅,是谁啊,她男朋友吗?"沈惊瓷也不知道邱杉月的心思怎么能变得那么快,刚刚还在生气,现在八卦之心就开始燃起。

她觉得好笑,同邱杉月一起看过去,唇角的笑蓦地僵住了。

那么多情侣中,人的视线本能地进行了比较,找到最出挑的那对。

前一号宿舍楼的阴面藏着两个人,若不是几米远的地方亮着一盏昏暗的路灯,或许根本看不到这个地方。

然而因为那道聊胜于无的光线,让沈惊瓷看清楚了。

男人的个子很高,将光影隔绝。宽宽的肩胛撑着一件黑色的短袖,一只手漫不经心地插在裤兜,侧面能看到男人因手臂弯曲而凸起的肘骨,平添几分凌厉。

他指尖夹着一点微弱的猩红,不知道闫沐晗说了什么,男人头歪着靠近了点。

看似认真,实则更加散漫。

沈惊瓷顺着他的视线,看到了倒映着光影的水洼。

他在嫌没意思。

下一秒,那道身影侧过脸,暴露在她视线中的角度更多。

男人皮肤冷白,有一双深邃犀利的眼眸,喉结在劲瘦的脖颈上凸起,轮廓性感。

闫沐晗踮着脚,指了下自己的手机。一副娇俏可人的样子。

而男人抬起眼皮看了她一眼,忽地冒出一声轻笑。脚尖浑不在意地踩了一颗石子滚在烟灰上,肩膀也跟着轻颤。

似乎是被取悦到。

沈惊瓷眨了下眼,她不想看了,呼吸不畅,憋得慌。

她扯了下身边邱杉月的衣袖,问:"你还要等吗?我想先上去了。"

邱杉月一脸郁闷,先是点评了句:"别说,这俩人还挺登对。"

又吐槽:"怎么就我遇见渣男?"

沈惊瓷看她不打算走,收回视线,匆匆地说了声"我先上去了",便拐进楼梯间。

刚刚的画面挥之不去,她心不在焉差点被台阶绊倒,一把抓住扶手。

好不容易稳住步子,心脏又传来阵阵不适。

反正也不是第一次看到了。沈惊瓷表情难看地扯了下唇角,安慰自己。

脚步不知什么时候定在原地,抓着扶手的指尖抠得越来越紧。

意识突然被熟悉的声音扯回,邱杉月和闫沐晗不知道什么时候进来了,正在往上走。

时机真的刚好,沈惊瓷一下子就听到了最关键的信息。

"那你现在在和陈池驭交往吗?"邱杉月问。

沈惊瓷呼吸一窒,不自觉地放轻了脚步。

她用同样的速度上楼,和下面两个人保持着适当的距离。

既没有被发现,又听得清楚。

她悄悄地听见了答案。

偷听,沈惊瓷有些唾弃自己这种行为。

闫沐晗在笑,带着一种属于热恋期或者暧昧期的娇羞:"不是啦!"

不是……

沈惊瓷的脚步又是一顿。

邱杉月的声音有些激动:"还不是?!你俩那样子就差黏在一起了。"

"哪有这么明显!"闫沐晗说着就去打邱杉月。

"我开学前就在新生群里看到有人刷屏这个名字,说是帅到惨绝人寰。"邱杉月顿了下,似是在回想,"我之前还不信,现在一看……"

"说得真是客气了。"

词穷了，找不到描述的词，邱杉月又换了句："听说陈池驭……陈学长家里条件也很好，人又聪明，车开得更是一流，他开车的样子是不是更帅？"

"对。"闫沐晗语调上扬，语气中的得意很明显，"我们就是在他车队认识的。"

"行了行了，别说了，羡慕死我了。"对比起自己，邱杉月越来越难受，最后只是说了句，"那你俩关系稳定了可要请我吃饭，我好想见见真人。"

"近距离的。"邱杉月自动把两人绑定到了一起，觉得闫沐晗是不好意思承认。

大一刚开学一个月，虽然都听过陈池驭的名字，但真正见过他的却没有几个人。

家境好，长得帅，各种赛事奖项拿到手软，前途无量、花团锦簇的人，生生出现在了自己身边，甚至能亲眼所见。直到现在邱杉月还觉得魔幻，闫沐晗竟然能认识陈池驭。

回到宿舍，邱杉月将刚刚自己和闫沐晗聊天的内容添油加醋地对沈惊瓷重复了一遍。

沈惊瓷又洗了一遍头发，肩膀上搭着一条毛巾，捧着热水小口小口地喝着。

邱杉月情绪波动大，说了一晚上口也干，出去倒杯水。

回来的时候，沈惊瓷还在失神。

杯底落在桌上，发出沉闷的声响。

"我刚刚看到闫沐晗又打扮好出门了。"

沈惊瓷握着笔的力道一重，闻声转过头来，看见邱杉月冲她挤眉弄眼地示意："肯定是去找陈池驭了呗。

"晚上十一点，也就有夜生活的才愿意动弹了。"

邱杉月倚着桌沿，晃着头啧啧感慨："陈池驭，一看就很厉害。"

02

半夜，迷蒙之中，沈惊瓷听见隐隐的啜泣声。

眼前一片昏暗。走廊亮着灯，微弱的光从门上的玻璃透进来，视野清晰不少。

沈惊瓷扭头，看向对面的床铺。

邱杉月哭到大脑缺氧，两眼发酸。她抓着被子，还拼命地忍着不敢出声。

忽然，床帘被人掀开，沈惊瓷白净的脸庞出现，她喊："杉月。"

邱杉月的泪停了几秒，发愣，没回过神。

沈惊瓷暗自叹了一口气，邱杉月果然不好受。

就算表面上装得再怎么无所谓，但这种事一下子就不难过了是不可能的。她踮着脚碰到邱杉月的手，手的温度触及肌肤。

……

七楼阁楼，沈惊瓷摸着黑找到灯的开关。

邱杉月一双眼睛红肿得不行，发丝浸着一层湿意，不知是汗还是泪水，她抽抽搭搭地揉着眼。

这里没人，隔音也好。

她给邱杉月抹了一把眼泪，干脆找了两张纸垫在地上，让邱杉月坐。

邱杉月耸着肩膀，声音喑哑："吵到你了？"

沈惊瓷摇摇头，说不是。

邱杉月哭得一颤一颤，她控制不住自己，咬着唇说抱歉。

沈惊瓷从袋子里拿出一包抽纸递给邱杉月，给她擦干挂着的泪。

邱杉月没说话，几年的感情，不是一下子能放下的，起码今天还需要缓冲。

沈惊瓷想了想，还是决定站起身："你等等。"

她小跑着下楼，不一会儿又回来了。

她手上出现了两个绿色的易拉罐，垂头望着邱杉月："能喝吗？"

说着，沈惊瓷动作极为熟练地撬开拉环，白色泡沫混着液体涌上铝盖，顺着凹下去的圆绕了一圈儿，泡沫声吱啦啦的。

她抬手送到了邱杉月面前。

借酒消愁。

邱杉月愣了愣，鼻音浓重："能……能。"

沈惊瓷点头，坐回原地，又给自己开了罐。

沈惊瓷没说什么安慰的话，也没打探。

周围很静，只有偶尔的吞咽声。

邱杉月嘴唇动了下，又停住。

今晚的天很黑，一颗星星都没看到。

她主动开口。

不像白天那样坚强，也没再伪装，邱杉月自嘲地笑了声："好憋屈。"

邱杉月又灌了一口啤酒，笑得越来越难看。

"我想过我们可能走不到最后，但没想到分开的原因这么恶心。"

沈惊瓷听着，说："不怪你。"

邱杉月沉默了好一会儿，很郁闷地开玩笑："谈恋爱真难，以后做个无情剑客。"

沈惊瓷摇头失笑。

可能是气氛到了，也可能是今晚的思念太过难挨，她也想找一个宣泄口。

"我也有一个喜欢的人。"

邱杉月从来没听沈惊瓷说过，听见沈惊瓷的声音，她从自己的情绪中脱离出一点。

沈惊瓷的声音像是潺潺流水，有种说不上来的情绪："但连开口的勇气都没有。"

邱杉月愣了，她不信："怎么可能？你这么漂亮，学历高，性格也好，谁能不喜欢你？"

沈惊瓷视线从窗外收回，想到今天晚上看到的那个身影。

她没应，下巴放到膝盖上，掰着手指数了数，声音很轻："这是我喜欢他的第五年。"

可是我们说过的话，两只手都能数过来。

今晚是她入学一个月以来，第一次碰到他。

在校园里寻找他的身影那么多次，见到了，又想躲。

她从来没这么矛盾过。

两个人沉默了几秒，邱杉月平静了些，转过头来好奇地问："什么人能让你念念不忘，还玩暗恋那一套？"

沈惊瓷摇头，停顿几秒，很认真地说："世界上最好的人。"

从第一次见到，就喜欢上了。

十五岁的夏天，蝉鸣最响。槐树茂密的枝丫开了花，沈惊瓷烦得不得了。

她顶着一张过敏的脸，撞进了陈家的后院。

彼时沈惊瓷正经历人生中最难熬的一段日子——

学校的流言蜚语，邻居的背后指点，父母那种恨不得从来没收养过她的怨恨眼神，沈枞满头是血躺倒在地的场景，家人在医院 ICU 病房前一遍一遍地祷告，都在不断重复地提醒她，她是个只能连累别人的累赘，是不被任何人需要的、多余的祸害。

然而那天下午，少年白色的 T 恤灌满热风，黑色的鸭舌帽遮住大半张脸。他立在院中的花盆旁，垂首露出冷硬的下颌线。他闻声转头，看向她时眼中有不加遮掩的惊愕。

沈惊瓷第一次见到那么好看的人，鬼使神差地停在了原地。

少年还没完全长开，如柳枝抽条一样，有清瘦而宽阔的肩膀，一双眼睛似乎能容纳深海。

他脸上带着冷漠，耷拉着眼皮却没赶她走。

少年比她高很多，他看穿了沈惊瓷的窘迫，眯了下眼像个审视者。

他忽然抬手，捏着帽檐把帽子一下子扣到了她脑袋上。

他的模样完全暴露，前额黑发稍长，略凌乱，眉眼干净，刺眼的阳光呈金色照在他身上，黑漆漆的瞳孔被光照得忽明忽暗，留下阴影。

少年扣住帽檐，压低，挡住她的眼，尾音带着笑。

"兔子迷路了？"

可能是因自卑感涌上而无地自容，也可能是触发了一个点之后感到委屈，沈惊瓷眼眶不自觉地发热。

他随手掐了朵旁边的花，抬手递给她。他的指骨好看，像是哄人一样扭着茎在指尖转了一圈儿。

她听见面前的人缓缓开口，声音敲打着她的耳膜。

"今晚是满月，许个愿吧。

"会实现。"

沈惊瓷这么迷信的人都没有听过这种说法，况且自从沈枞出事的那一刻起，她无时无刻不在许愿，恨不得被砸死的是自己，只要沈枞可以醒过来。

但是没用，没有一个神愿意听听她的心声，沈枞还在 ICU。沈家父母甚至不允许她再踏进医院，怕把晦气传给弟弟。

可是听到陈池驭声音的那秒，沈惊瓷忽然想，再试一次吧。

她许愿沈枞能好起来，父母可以开心一点。

然后就在第二天晚上，奇迹般地，父母回家了，笑了，说弟弟出 ICU 了。

尽管沈枞还没有睁开眼，但那是那个夏天以及秋天，她唯一一次见父母笑。

——"会实现。"

谁也不知道陈池驭的那句话对她来说意味着什么。

是救赎。

后来，沈惊瓷终于知道陈池驭给她的那朵花叫什么：桔梗花。

花语是永恒、无望但又无悔的爱。

一瞥便惊鸿，自此再难忘。

最后邱杉月哭够了，也骂够了。想不通也得想通，感情没有道理，不能把人困死。伤口也会结痂恢复。

凌晨四点，邱杉月应该是睡了，平稳的呼吸声传开。

而沈惊瓷失眠了。

她蜷缩着抱着被子，想起了好多事情，像是电影镜头，一帧一帧地慢放。

每过一帧，画面就少一个。

心脏仿佛被塞进水池里，憋得呼吸不畅。

越想越难受。

意识迷蒙，似乎进入梦境，只不过脑子里还是些乱七八糟的事情，都和陈池驭有关，时间是初遇的那个夏天。

刺眼的绿意晃了眼，沈惊瓷又被惊醒。

只有她还记得。

让沈惊瓷没想到的是，第二面见得更突然。

国庆假期后的社团纳新，邱杉月像是打了鸡血似的非要去凑热闹。

美其名曰可以帮助自己更快地忘记上一段感情。

沈惊瓷对于这种团体活动兴趣实在不算大，她打算把空闲时间拿来干点别的事情。

但抵不过邱杉月的软磨硬泡，她还是跟着去了。

百团纳新的街道两旁，立着一顶顶五彩斑斓的帐子，上面写着不同的社团名字。

毕竟是第一次来，沈惊瓷四处看着，不少学姐学长朝新人手里使劲塞着自己社团的传单。

沈惊瓷还没在那个话剧社摊前看够，就被邱杉月拉着挤进人群。

两人横冲直撞，一直挤到最前面。

这个地方摊子已经没有那么密集，零散的几个看着也不怎么上心。

人坐在底下，连动都没动，更别提宣传。

沈惊瓷有种不好的预感，她皮笑肉不笑地拉住前面的人："杉月，你不会想把我卖了吧？"

"扑哧"一声，邱杉月笑了："你想什么呢！"

从那天晚上之后，邱杉月跟沈惊瓷的关系突飞猛进，她贼兮兮地凑过来，看了眼斜前方的位置，把沈惊瓷拉到角落才开口。

"你猜我打听到了什么？"

看着邱杉月那激动的表情，沈惊瓷眼皮一跳。

果然，邱杉月的声音都没带停顿，像是分享一个极为珍贵的秘密："我打听到了陈学长的社团——"

身后有人走过，不小心碰到沈惊瓷的肩膀。

她恍然回神，邱杉月一双眼睛很亮，正等着她的反应。

"陈、陈池驭？"沈惊瓷迟疑地念出第一个在脑中闪过的名字。

邱杉月惊喜："你知道呀，我还以为你不知道陈学长呢。"

"我……"沈惊瓷心脏漏跳一拍，生怕邱杉月多问些什么。

好在她并没有注意到这点，继续解释着上一句话："不是陈池驭的，但这个社团的社长是和他一起玩的，据说是一个车队。反正他在社团里面！"

沈惊瓷顺着她的手指看去，看到了红色帐子下立着的那块牌子。

——模型社。

一个白胖的男生半躺在椅子上,身子差点后仰过去,嘴微微张着,一副睡着了的样子。

除此之外,再无一个人。看起来空荡萧条。
与周边的热闹格格不入。
"……"
谁看了都会有些疑问。
邱杉月脸上也有些挂不住,她逞强地解释:"真的。今年新换的社长,知道的人不多。"
况且陈池驭又不在这里,消息也比较封闭。
"你要去填表吗?"沈惊瓷垂在身侧的手指蜷缩了下,垂下眼遮住半分情绪。
"去啊!"邱杉月意志坚决,"就算拿不下陈池驭,看一看也是好的嘛,再说他身边的朋友肯定也不差,进去说不定能找一个优质男人。"
沈惊瓷马上回:"你前几天还要当一个无情剑客。"
邱杉月:"……下次再当。"

邱杉月拉住沈惊瓷就往那边走,她敲了三下桌子,胖子一下坐起,受惊似的擦了一下嘴角的口水,眼神涣散地张望了下四周,最后注意到眼前站着的两个人。
邱杉月也没戳穿,笑眯眯地弯腰,手撑到桌子前:"帅哥,纳新吗?"
胖子连忙点了两下头,手指搭在报名表上,忽然顿住。
他缓缓地抬头,皱着眉盯着邱杉月:"你叫我什么?"
邱杉月笑得灿烂,手指向前伸,捻过两张表,重复了一遍:"帅哥啊!"
胖子受惊似的猛地吸了一口气,又刹住。
"喀喀。"他清嗓,拽了拽自己的衣摆站了起来,又点点头,"行。"
"你们先填着啊。"说着他转身走到几米开外,拿出手机放到耳边。
沈惊瓷写了几个字,又停住:"杉月,我们真的要报名吗?"
她的目光落到桌上摆着的几个模型,有无人机,有赛车,还有其他。

033

"我什么都不会啊。"

邱杉月："我们……"

话还没说完,响亮的声音闯入耳朵。

"兄弟,这届学妹太有眼力见儿了。"胖子声音激动,"这么多年终于有人发现我也是个帅哥了。

"你知道在你们两个边上,我这种帅哥被人发现有多难吗?"

沈惊瓷和邱杉月同时看过去。电话那头不知道说了什么,胖子学长回骂:"去去去,都给我赶紧来,今年这个新我纳定了。"

邱杉月回头对上沈惊瓷的视线,她憋着笑,用口型示意:"你看,他欢迎我们。"

说不上到底是因为什么,可能是以邱杉月想来为借口,沈惊瓷说服了自己。

就是一个社团而已,说不定他都不会来。

然而视线再回到报名表上时,心跳仍旧开始加快。

藏不住的那点侥幸心理在作祟。

万一能见到呢。

没人会知道的。

沈惊瓷草草地写下基本信息,不敢给自己犹豫的时间。

她太懦弱了,迟疑一分钟都可能退缩。

那位胖子学长已经打完电话,慢悠悠地绕到两人身边,随意地打量着。

移开视线的前一秒,他忽然看到了一个熟悉的地方:"欸,学妹,你是寻宁人啊?"

沈惊瓷小声地"嗯"了声,握笔的手用了点力,她耳朵瞬间发热,有种上课打瞌睡忽然被抓包的心虚感。

胖子学长再次被挑起兴趣:"这就是缘分啊!"

他像是发现了新大陆,朝着沈惊瓷身后的方向喊了一嗓子。

"驭哥,来得正好,这儿有个你的学妹啊!"

沈惊瓷写字的手停下,驭?

没有思考和缓冲的时间,喧嚣的脚步声渐渐靠近。

"学妹?"磁性的声音像是琴音,好听且性感,倏地从沈惊瓷身后出现。

两秒后,沈惊瓷一下子辨别出那是谁的声音。不是幻听,是陈池驭。

热浪直冲脑海,瘦薄的脊背下意识地挺直。

安静而寂寞的空气燥热,身后街道上各种声音嘈杂。

然而这些沈惊瓷都无暇顾及。

一只好看的手出现在她的余光里。

那只手撑在距离她左侧十厘米的桌角,声音从头顶传来,问得散漫。

"谁的?"

03

"当然是你的啊!"

胖子笑嘻嘻的,光听声音都能感受到里面的调侃之意:"人家妹妹寻宁的,不跟你一个地儿?"

陈池驭喉咙中溢出一声"嗯",语调上扬。

几秒后,男人兴许是反应过来了,他的目光缓缓下移,到了沈惊瓷笔下的报名表上。

热锅上的蚂蚁到底是什么感觉,沈惊瓷从小到大第一次领略得这么深。

她动了想用外侧的胳膊遮掩的心思,又不敢。

"机械"的"械"字写错了,她慌乱地用笔画掉。

沈惊瓷听到陈池驭的声音。

说不上是不是被挑起了兴趣,他跟着重复,念了一遍那个名字。

"寻宁?"

风吹得人燥热,沈惊瓷的脸蔓延着红晕。

手指僵硬,写出来的字看着都奇怪了很多。

"机械"的"械",又写错了。

简单的一个字,在沈惊瓷笔下像是有了生命,怎么都写不对。

没有一个人说话,只有她的笔和纸面的摩擦声。

尴尬的画面在所有人的注视下被打破。

冷白骨感的手指压到了那个字旁边,他的声音像是混了海风,含着颗粒感。

"木戒械。"

"……"

沈惊瓷像是被煮熟的虾子，心里火烧火燎的。她紧促地"嗯"了声，细若蚊鸣，又急急忙忙地画掉重写。

嬉笑的声音传入耳中，分不清是谁发出的，没有恶意，就是单纯地被沈惊瓷给逗笑了。

"这么好笑？"男声突然打断笑声。

接着是一声惨叫，是胖子在哀号，但演技差了点。陈池驭捞了瓶水砸过去，正中胖子身上。

"干吗呀这是，回来就对我动手动脚的。"胖子戏瘾上来谁都拦不住。直到有人看不下去，嗤笑着骂："孟有博，够了啊，等会儿人全被你恶心走了。"

沈惊瓷悄悄抬眼。

名叫孟有博的胖子凑到骂他那人身边，一副凶狠样儿要卡那人脖子："去你的！"

热闹的气氛转移了众人的注意力，凝聚在沈惊瓷身上的压力逐渐消散。

她望着前面扭打在一起的两人，唇角的笑容收敛了些，心里一松，目光偏移，望向那个人。

视线之中，陈池驭懒懒散散地坐在里面那张桌子的边沿，一条长腿撑着地，另一条长腿在空中晃荡，露出一截冷白的脚踝。

他斜睨着两人，眼中带着淡淡的笑，有点什么都不当回事的样子。手指正拧着矿泉水瓶，收回视线灌了一口水，嘴角的弧度勾人得要命。

离得好近。

沈惊瓷慌乱地移开视线，心脏收缩节奏明显。

害怕被人发现自己的异常，她又低头将目光落在那张报名表上。

"模型社"几个字清楚地印在上面，是一个她从未接触过的领域。

就像是陈池驭的世界。

只不过一会儿工夫，这个摊子聚集的人不知道为什么多了起来。

起初是两个女生的声音冒出，微弱又带着试探："请问，这里可以报名吗？"

沈惊瓷循着声音看去。

女生望着最里面阴影处的陈池驭，含着欣喜等着男人回话。

陈池驭淡淡地看过来，几道目光对上。他哼笑了声，抬起下巴指向桌子上摞成一沓的报名表，朝那两个女孩示意。

一句话没有，但比一些人的十句话都管用。

那两个女孩欣喜地抽出报名表，对沈惊瓷说了声"麻烦让让"，她们想用桌子。

沈惊瓷说了声"好"。

她抬起脚就往后撤，一下没注意，"哐当"一声碰上了帐子的撑柱，红色的帐子微微摇晃。

闲着的陈池驭视线掠了过来。

很淡然。

沈惊瓷自然能感受到，她不自觉局促地捏住手中的表格，逃避似的看向坐在另一张桌子前的邱杉月，假装没人看到自己。

邱杉月那张桌子没人打扰，只不过孟有博撑着身子站在她面前，两个人看起来聊得很不错。

"……"

过去好像也很尴尬，沈惊瓷抿唇，找邱杉月的念头落空。

两个女生填表也没安静，一边写一边往陈池驭的方向看。

还试着搭话："学长，我们还有面试吗？什么时候啊？好不好进？"

一连串的问题脱口而出显得热络，原本弯着身子看手机的男人抬眼，又看了过来。

倏地，沈惊瓷意外地和他视线接触，眼底的情绪来不及掩藏，就那样直愣愣地看着他。

阳光从帐子底下斜照进来，在地面上形成一道泾渭分明的界线。

像是回到了那年。

他眼中意兴阑珊。

看到沈惊瓷的时候,视线停顿了两秒。

沈惊瓷像是被抓包般屏住呼吸,侧过头的动作很快。

心思千回百转。

第三眼了。

他已经看了她三眼。

刚刚他看到自己的时候,她就站在这里。

现在还是。

怪丢人的。

要不把表格随便放下,走吧。

但陈池驭已经移开视线,他摸向口袋,语气没波澜地回话:"不知道,问旁边那个。"

兜里是空的,似乎想起什么,男人有些烦躁地"啧"了声。

他抬脚钩住一个蓝色塑料凳子,干脆地蹽了过去,语气不耐烦地喊:"孟有博!"

孟有博"哎"了声,转头看见又多了两个学妹,脸上笑开花。

"噢噢,来了。"他身子一挪,换了张桌子撑着,笑得更开心,"行啊。"

他挤眉弄眼地朝陈池驭竖了个大拇指,用口型示意:"活招牌。"

邱杉月手里摆弄着一个孟有博刚刚给她的模型。

孟有博终于走了,沈惊瓷呼出一口气,她终于可以过去了。

声音来得突然,从左边传来,定住她的脚步。

很淡的木质香混着冷冽的薄荷味弥漫过来:"给我吧。"

手中的报名表被人抽了出去,沈惊瓷一抬头,视线正撞上男人凸起的锁骨。

半藏在 T 恤之下,还有她的眼中。

蓦地,半边身子麻了,她甚至能感受到陈池驭身上传来的温度,热烈的,灼烧的。

陈池驭拿走了她的报名表,正扫视着内容。

不得不承认,除了紧张,她还有一种小心翼翼的期待。

她移开视线，幅度很小地吞咽了一下，谁都没发现。

男人说话时胸腔震动，睫毛下影影绰绰，他看着出生日期那栏，随口问："12级的？"

"11级的。"沈惊瓷跟着回应。她捻着手腕上的一根皮筋，逐渐用力，鼓起勇气开口，但后半句被她咽回肚子里。

和你一届的。

"11级？"陈池驭眉梢一挑。但转念想到这是大一的纳新，他抬起眼皮看她，想到什么。

沈惊瓷知道他方才在想什么，小声地解释："复读了一年。"

说完，沈惊瓷的心又提了起来。这个词对于陈池驭这种天才来说，似乎不是那么好听。

手里的皮筋被扯来扯去，力度没控制好，"唰"地回弹到手指。

一阵轻微的痛感。

她看到陈池驭点了点头，风把他身上的黑色短袖吹得有些鼓，恣意张扬。

接着，她听到了陈池驭的评价。

男人转过头，顿了下，随即又点了下头，言简意赅："挺棒。"

沈惊瓷愣住了。

沥周大学不比其他学校，能考上的人少之又少，复读也不是什么罕见事。

陈池驭反倒觉得她挺厉害。

他手指在纸面上弹了下，把表格夹进一个文件夹里。

孟有博的声音插入得猝不及防："他啊，空窗期呢，你可得抓紧啊！"

女生娇羞又大方，直接仰起脸走到陈池驭面前，拿出了手机："学长，能加个联系方式吗？"

刚刚的欣喜还没来得及反应，沈惊瓷心里又泛起了酸水。

她没敢愣在原地，抱着那颗七上八下的心从后面绕到邱杉月旁边。

邱杉月对模型有了点兴趣，把手上的东西递到沈惊瓷面前："惊瓷你快看，这个还挺帅。"

沈惊瓷心不在焉地接过来，手指摸着不平的棱角，应和了几句。

耳朵还留在原地，她听见陈池驭挑逗的声音："想要？"

"可以吗？"不用特意转头去看，从语气就能听出女孩的乖巧和欣喜。

可惜，陈池驭兴许算不上好人，坏得让人心痒，浑不惮得让人上瘾。

他话锋一转，语气中夹杂了惋惜，摇头说："不可以。"

不用女孩问出为什么，他抬起眼皮努了下嘴，手插回口袋优哉游哉地荡回椅子上。

他肩膀向上一耸，漫不经心地说道："怕我女朋友伤心。"

女孩显然没想到答案会是这个，她愣了下，想到刚刚孟有博说的空窗期，视线像刀子一样直接看了过去。

然而，孟有博的反应比谁都大，下巴都快掉到地上了。

一下子没控制住，孟有博直接喊了出来："你什么时候有的女朋友？"

陈池驭哼笑一声，倚着黑色椅子的靠背转了一圈儿。

浑死了。

孟有博看得咬牙切齿，扔下手上的东西就过去了。

他做了个锁喉的动作，从牙缝里挤出声音："你就不能少祸害两个？"

"兄弟我一个还没落着呢。"

邱杉月是明着看那几人的热闹，笑得乐不可支，她轻轻地扯了下沈惊瓷的手腕，小声地补充："他女朋友会不会是闫沐晗？"

沈惊瓷心里那点刚刚和他说话又被他认可的喜悦全部被冲散，情绪藏进垂下的睫毛，被邱杉月的声音拉回现实。

"嗯，可能是。"

那个女生眼见没有希望，显出几分失落的样子，也没再管什么报名表，拉着好友离开了摊位。

另一边正儿八经真想进模型社的几个男生填完表正要离开。两个人在这里已经停留了不短的时间，差不多该走了。

邱杉月试探："我们也走？"

沈惊瓷点头，已经没了再待下去的心思，唯恐再多听一句，她便会忍不住暴露自己的情绪。

那种因想接近又怕接近而出现的心跳。

全都只和那个名字有关。

陈池驭。

人都走尽，孟有博得了工夫造作。

他佯装有些心痛地给了陈池驭两拳："你看看你，你看看你。"

陈池驭笑着揉了揉被捶的位置，晃着身子反问孟有博："你觉得她们真想进？"

孟有博一愣，挠了挠自己的头，没说话。

他当然知道，但也确实是想……

男人从孟有博又宽又厚的胸膛中抽出宣传单，不轻不重地拍着："招几个正儿八经的，能做事的。"

陈池驭一条腿搭在另一条腿的膝盖上，跷着的鞋尖钩过去碰了孟有博小腿一下，话说得明白："接了人家的社团就好好干，别天天整些有的没的。答应给人拿回几个奖就拿回几个。"

说这话时，他收敛了笑，盯着孟有博。

陈池驭这人，浑归浑，但做事时不会玩，该他做的没一件差的。

一直没有说话、专心招新的另一个男生终于也开口了，算是打圆场："孟有博，你要敢把这儿变成相亲社，不用陈池驭，我先弄死你。"

他的声音比陈池驭的冷，像是冬天的雨，直钻人心。虽然他语气含笑，孟有博却有种不寒而栗的感觉。

看了眼两位"大佛"，他一个也惹不起。

几秒后，像是认命般地，孟有博点了点头，双手举过头顶，脸都皱到了一起："行行行，听你们的。"

终于，陈池驭的椅子又开始晃了，他哼笑，打趣道："别浪费你爸妈给你取的这个名字。"

宣传单被扔回孟有博怀里，他一下子伸手接住。

反应了几秒，孟有博嘴角抽搐，缓缓转向另一人："晏一，陈池驭这家伙什么时候有的对象，我怎么不知道？"

被叫作晏一的男生轻笑了声，回过头来露出一双凤眼，挑着眼尾，露出不知是对谁的嘲意，一字一顿地说：

"有、个、头。"

04

晏一整理好一沓报名表,收回视线,嘲弄之意直白,不加遮掩:"呵。"

"……"

孟有博感觉自己被歧视,但又反驳不了。两位都不是好惹的,就他一个可怜人。

他看了眼时间,差不多到了饭点,干脆收摊。

去吃饭总好过在这里被气死。

孟有博扭头就叫陈池驭,带着报复心的那种:"过来收拾东西!"

陈池驭气笑了,倒也没说什么,站了起来。

对模型社感兴趣的女生不多,也就陈池驭和晏一过来之后才来了一堆女生。当然,最后还被陈池驭给吓跑了几个。

陈池驭收拾着桌面,修长的手指滑过桌沿的笔,视线忽然落到桌子最边上的那个角落——

一个没摆好的模型和一根黑色圆圈皮筋。

几个大老爷们儿肯定不会用皮筋。

陈池驭眸子微眯,脑海中忽然出现刚刚那个脸红的身影。

他想起是谁站在这里了。

样子温温柔柔的,弯月眉很讨喜。

寻宁的那个……学妹?

莫名地,男人又笑了下。

舌尖抵着上颌,陈池驭的视线停在了那个地方。

孟有博和晏一抱得难舍难分,终于求得几分薄面。

孟有博心满意足地抬头,睁眼就看到陈池驭不知从哪儿弄了根皮筋在玩。

黑色的皮筋套在陈池驭指骨上,转了几个圈儿。

他表情变得嫌弃,嘴角一边向上抽着:"没女朋友也这么浪。"

陈池驭把皮筋套在左腕，特意在孟有博面前晃荡两下，笑得起劲儿。

孟有博恶狠狠地吐了一口："更浪了。"

他看着不爽，就不打算让陈池驭好过，死皮赖脸地改了主意："你自己去买饭，给我和晏一送回宿舍。"

……

食堂队伍有点长，夏天人多，又都嫌热。

沈惊瓷和邱杉月排着队在说话。

邱杉月回忆着刚刚的场面，思索着开口："瓷瓷，你说那个男生怎么样啊，就是……"

她停顿："一直没说话那个。"

沈惊瓷舔了下唇，跟着邱杉月的描述在脑海里找着人。

但结果是失败的，她心思全放在那个人身上了，哪里还有工夫看别人。

"果然，帅哥都是和帅哥在一起玩的。"邱杉月自顾自地说着，觉得自己才大一就悟透了"真理"，"虽然陈学长有女朋友了，但是他身边的兄弟也不错啊！"

沈惊瓷喉咙发紧，说出来的话都有点变调："杉月，你觉得我们进得去吗？"

她还是在思考这个问题。

从填完报名表之后，从离他那么近之后，沈惊瓷改变主意了。

她想进去，很想。

邱杉月"嗯"了声，也在思考这个问题。

虽然没了刚才展望未来的那种底气，但她也有几分把握："应该差不多吧。

"我刚刚跟那个孟学长聊得还行，顺便要了个联系方式，面试的时候再求他放放水……"

邱杉月侧头对上沈惊瓷的目光，笑得狡猾。

后面的答案不言而喻。

沈惊瓷在邱杉月充满希冀的注视下点了点头，带着信任。

"瓷瓷，你想进吗？"邱杉月忽然问。

沈惊瓷正拿着一杯柠檬水在喝，闻言忽地呛住。

"喀喀喀。"

邱杉月"哎呀"了声，给沈惊瓷拍后背。

沈惊瓷皱着眉摆手，表示自己没事。

她耳朵发烫，就好像邱杉月一个问题就炸开了她的伪装。

"喀。"她又清了下嗓子，迟钝地转过头，不自在地望着邱杉月，"怎么了？"

她绕开了这个话题，问得小心，心脏更是悬了起来。

邱杉月应该是没看出什么异常，反倒是自己有些不好意思："我就是害怕你没有兴趣，结果硬生生被我拉进去了。"

悄无声息地，沈惊瓷松了一口气。

她又笑起来，柔柔地，一点攻击力都没有："没有，接触一下应该也挺有意思的。"

邱杉月笑得更开心了，她黏人地搂住沈惊瓷："呜呜呜，我就知道你最好了。"

这个话题劲儿还没过，邱杉月还在兴头上，莫名其妙地又绕到了陈池驭身上。

说起他今天拒绝那个女孩时说的话——"怕我女朋友伤心。"

邱杉月感慨："闫沐晗还真是命好，男朋友不但帅，还对她这么忠贞。"

说完，她顿了下，似乎也是觉得"忠贞"这个词，听起来和陈池驭那种浪荡公子不太搭。

邱杉月把自己都说笑了："不过我还真没想到他会说出这种话，我之前听人说，他换女朋友的次数还真不少。"

沈惊瓷没说话，咬着吸管"嗯"了声，听着声音发闷。

"但是吧——

"也能理解。

"毕竟陈池驭这种人，就算是光站在哪里，都有一堆女孩愿意当那群飞蛾，争先恐后地扑上去。"

邱杉月想到了自己那点烦心事，忍不住吐槽了一句："要是被陈池驭渣，我说不定也愿意，他比许宁楷好一万倍。"

接着，邱杉月脑中闪过一丝灵光，音量一下子提上去："对啊，惊瓷，你也是寻宁的，你之前知道这个人吗？"

邱杉月一而再，再而三地提出"炸弹问题"，沈惊瓷已经做好了准备。

她摇摇头，把腹中早已打好的草稿念出，声音平静："不知道，可能不是一个学校的吧。"

话落，沈惊瓷感受到邱杉月的目光仍在自己身上停留，好不容易攒足的底气有些消散。

下一秒，邱杉月的手忽然捏上了她的脸："也是，我们瓷瓷千万不能喜欢陈池驭这种人。"

沈惊瓷眼神呆滞，一时没反应过来前因后果。

她老老实实地转过头，正儿八经地问了句为什么。

邱杉月看到沈惊瓷这副样子，越发觉得自己刚刚那句话没错。

她有些痛心疾首，又很着急："你可千万别犯傻，你看许宁楷那种没几斤本事的男人都吃着碗里的，看着锅里的，更何况陈池驭那种天之骄子。

"别说会不会有结果了，他们连会不会爱一个人都不好说，和你谈也是在耗着你玩儿。"

当人金钱、地位、家境哪个都不差的时候，就会出现两种情况。

一种是需要爱，一种是不屑于爱。

前者什么都有了，开始想要爱情这种虚无缥缈的东西来增加存在感。

后者什么都有了，发现这种虚无缥缈的东西就是累赘，有没有都一样。

沈惊瓷想了下，陈池驭属于哪种。

反正不太可能是前者。

看见沈惊瓷出神，邱杉月喊她：

"瓷瓷，想什么呢？

"你不会真有一颗离经叛道的心吧。"

沈惊瓷眨眨眼，吞下最后一口酸酸的柠檬水，勾起唇角点头说道："在想你说得对。"

邱杉月说得对。

她和陈池驭一看就不是一路人，怎么看也不会看出合适。

陈池驭是永不会坠的月亮，她只是一个对着月亮许愿的人。

只可惜，他们更看不出的是，沈惊瓷就是有颗离经叛道的心。

她不但喜欢陈池驭。

还喜欢了五年。

沈惊瓷边笑边随着队伍往前走。两人位置靠后，到了跟前才发现想吃的糖醋小排没了。

邱杉月眼泪汪汪地追问阿姨："阿姨，真的没有了吗？"

打饭阿姨热得要死，声音也有点不耐烦："看不到盆都空了吗？没了没了，最后三份都被那个男生买了，你晚了一步。"

三份……

邱杉月当场就不淡定了："什么人能吃三份，猪吗！"

沈惊瓷觉得好笑："应该是给朋友一块儿打的。"

一共两支队伍，她们就慢了那么一步。

邱杉月哼哼唧唧地快哭了，糖醋小排她已经等了两天了，这架势明摆着非要吃到不可。她四处张望，想找拿着三份小排的人，拉着沈惊瓷一起找："那人走了没？我能不能用两倍价钱买一份？"

沈惊瓷也帮邱杉月一起看。

食堂人来人往，根本找不到。

"杉月，要不算了，明天我们早点来。"

就在邱杉月心如死灰，准备放弃挣扎的时候，一只钩着袋子的手忽然出现在两人之间。

邱杉月眼睛瞬间睁大，两个人同时望过去。

一张熟悉的面孔出现在眼前。

陈池驭挑了下眉，没说话。

邱杉月蒙了，刚刚说个不停的嘴像是吃了哑药一样安静。

沈惊瓷更是。

陈池驭在两人面上打量了一圈儿，又钩着袋子晃了晃手指，随口问："要不要？"

邱杉月瞪大眼睛，惊愕地看了眼面前自己心心念念的小排，咽了一下口水，声音颤巍巍的："学……学长……你怎么在这儿？"

似乎是问到点子上了，陈池驭没回邱杉月，目光却掠过另一边的沈惊瓷。

沈惊瓷呼吸一窒，猛然想到，她们刚才的话有没有被陈池驭听到。

男人似笑非笑，眼下的小痣看着有些痞气。

他垂下抬着的那只手，另一只手忽然握住沈惊瓷的手腕，往上方拉。

炙热的温度，灼烧的触感，心跳猝然剧烈。

沈惊瓷猛然抬头，撞上陈池驭垂眼的动作。

他手上的东西，转挂在了她手上。

他靠得很近，温热的呼吸喷洒在她细嫩的肌肤上，眼神却是直勾勾地盯着她，不容置喙。

沈惊瓷听见陈池驭促狭的声音于食堂的嘈杂中脱颖而出。

他刻意重复刚才两人说的话，低笑着，又带着亲昵。

"千万不能……

"喜欢陈池驭这种人？"

纳新进行了两天，后面就是等面试通知。

下午，宿舍难得人比较齐，倒是邱杉月出去了。

忽然，宿舍门一声巨响，邱杉月的声音紧接着传来。

"锵锵锵锵！快看是谁回来了！"

话音刚落，几道视线齐刷刷地望过去，邱杉月夸张的动作也顿住。

几人齐齐望向她，邱杉月停顿几秒，把举到头上的塑料袋像是慢动作一样缓缓地放了下来。她讪笑着碰了下自己的鼻子，有些尴尬："都在啊。"

——明明早晨出去的时候，宿舍还只有沈惊瓷一个人。

另外两个女生，一个叫仰可，另一个叫尹芊芊。

仰可标准的大小姐做派，本地人，开学后就没在这"狭小"的宿舍见着几次，偶尔回来也只把这里当个落脚处。

另外一个叫尹芊芊，倒是跟沈惊瓷有些像。只不过性子更内向，不怎么和人交流，不是做兼职就是泡在图书馆。

仰可扫了邱杉月一眼，有些用力地抽出一张纸，一边盯着她一边擦掉刚刚画歪的眼线。

邱杉月连忙补了句"抱歉"，转身动作很轻地关上了门。

沈惊瓷觉得好笑，看着邱杉月一脸苦相蹭到自己身边，手扒到了自己的桌沿，惨兮兮地滑到了地上。

"没事。"沈惊瓷揉了下她的发旋儿，安慰道。

沉浸在情绪中，停顿了几秒，邱杉月才慢吞吞地拿出袋子里的零食，放到了沈惊瓷手上。

沈惊瓷递了个眼神，视线扫到其他两个人身上，邱杉月秒懂。

仰可是有点脾气，但也不是什么挑刺儿的人，就是拉不下大小姐的脸，语气干硬地说了一句"谢谢"。

尹芊芊倒是朝她笑了笑，很腼腆。

四个人干巴巴的关系，好歹继续维持了下去。

邱杉月再回到沈惊瓷身边时，一袋果冻快分完了。

她咬着手里剩的一个，拉着沈惊瓷走到阳台。

"你猜这是谁给的？"

沈惊瓷垂眸看了眼自己手上被塞的零食，诚实地摇头："猜不出来。"

邱杉月盯着她，吐出一个意想不到的名字："闫沐晗。"

沈惊瓷抬起眼皮，黑净的瞳孔闪烁了下，她看着邱杉月，装作若无其事地问："她啊，你们俩出去吃饭了吗？"

她记得上次邱杉月说过，要闫沐晗请她吃饭……在和陈池驭的关系稳定之后。

这话含着一种卑劣的打探意味。

她总是默默比较着陈池驭看上的女生和自己的差别。

"我见到闫沐晗男朋友了。"

"嗯？"沈惊瓷示意她继续往下说。

"竟然不是陈池驭！！"

〇5

不是陈池驭。

不是陈池驭？

沈惊瓷快速抬眼，下意识地反问："那是谁？"

邱杉月手遮住半张脸，对着沈惊瓷说悄悄话："是陈池驭的一个……"

兄弟。

"今天我见着真人了,两个人直接搂在一起。"她嘴角向下,眉毛也皱在一起,思考着怎么描述这段诡异的经历。

她说话有些慢,沈惊瓷紧紧地盯着她。

"她男朋友和陈池驭在一个车队,关系估计还行。上次陈池驭应该是帮忙送人,但是吧……"

邱杉月表情纠结,觉得这件事情不太好说出口,她省略:"然后就给了我这一包吃的,估计算是封口费。"

沈惊瓷头一斜,消化完这几句话,似乎懂了。

邱杉月一看就知道沈惊瓷明白了。

她愤愤地皱眉,但也不知道在愤愤些什么:"陈池驭还真是个祸害!"

沈惊瓷恍神,在邱杉月说完之后才笑着打趣:

"是啊,唐僧肉。"

谁都想尝一口。

傍晚,沈惊瓷问邱杉月要不要出去买饭。

邱杉月在外面转悠一天,正瘫在床上追着综艺节目乐不可支。

听见沈惊瓷的声音,她在百忙之中探出脑袋,撇嘴瞧着沈惊瓷。

"瓷瓷,你帮我带一份呗。"

沈惊瓷早就料到会是如此,她换好另一只鞋,笑着问:"还是辣椒小炒和麻婆豆腐?"

邱杉月头点得像敲鼓,一下比一下使劲。

沈惊瓷选的时间不错,食堂人不多,菜还齐全。

她打了两份,拎着袋子往外走。

没打算逗留,沈惊瓷找了条近道。她正低头想着要不要给家里人打个电话,身后传来窸窣的说话声。

"快点快点,别结束了。"

"哎呀,我没有兴趣,真的没有。"

"陈池驭和晏一你没兴趣?那你对什么有兴趣!"

"我……我想吃饭……篮球赛什么时候不能看?"

"饭还一天吃三顿呢!陈池驭你能一天见三次吗?!"

接着,两道身影从沈惊瓷身边飞奔而过,一前一后。
塑料袋在手上发出"哗啦啦"的声音。
沈惊瓷盯着她们的方向,指甲忽然戳到掌心,传来细微的疼痛。

篮球场人不算少,但没有高中那会儿多。
沈惊瓷站到了一个角落,轻而易举找到了陈池驭的身影。
这是她最得心应手的一件事,因为熟能生巧。
每一个角落,都存过她的小心思。
陈池驭身影挺拔颀长,有种鹤立鸡群的焦点感。他穿着一件宽松的黑色球服,白色的边,身后印着阿拉伯数字"14"。球服无袖,露出手臂好看的肌肉,线条流畅却不粗实。
黄褐色的球从地上弹起,被陈池驭截住,他身子敏捷地一绕,假动作成功唬住对手。
接着,他如同盯紧目标猎物,身子一跃,篮球离手。
"哐当"一声。
球进了。

一阵热烈的欢呼,不少女孩子脸上出现激动的神情。
从球筐落下的篮球"嘣嘣嘣"点地,一下比一下矮,逐渐滚远。
窃窃私语的声音却一点点变大,不再遮掩。
"陈池驭真的好帅啊!我简直要被迷疯了。"
"好想上去要联系方式。"
"别说了,我也想。"
沈惊瓷闻声看过去,果然,一个女生手里拿着一瓶水,表情跃跃欲试。
种种画面和高中重合,沈惊瓷又看回陈池驭。
他肩膀上搭着一条白色毛巾,手直接抹掉额上的汗。
额前的碎发被汗水打湿,露出眉宇间的冷戾,痞劲儿十足。
身旁的女生蠢蠢欲动,拉着朋友的手焦虑地跺脚:"怎么办怎么办?我不敢。"
"那就别去了。"
"呜呜呜,可是我真的很喜欢他。"

"听说陈池驭不怎么给微信的,你喜欢也没用啊!"
可能是这句话激到了那个女生,她不服气地回了句:"不试试怎么知道?"
话落,人已经迈开腿走向球场中央。

画面逐渐全部重叠。
但是不论看到多少次,她好像总是无法免疫。
一个很卑劣的声音在心底叫嚣:
"不要给她。"
沈惊瓷看到陈池驭在笑,意气风发,肆意轻狂。
晏一穿着和他颜色相反的白色球服,扔下毛巾朝陈池驭伸出拳头。
他接住晏一的拳,折了回去。
两人说笑着,周围讨论声更大了。
当然,还有一部分人的目光,放在去要联系方式的那个女生身上。
那样子仿佛只要她成功了,她们立马就会扑上去。
隔得远,沈惊瓷听不见他们在说什么。
只能看到女孩仰着头,送出了手中的水。
陈池驭和晏一停止说话,头微斜地垂眸看向那瓶水。
沈惊瓷的视线忽然拐了个弯,落到那只刚刚被遮住的手上。
从腕骨处开始,白色的绷带缠绕住半只手掌,细长的手指骨节分明,露在外面。
她眉心一皱,不自觉想起昨天见面的时候他还好好的,是受伤了吗?
思绪被扰乱,忽然没心情在意陈池驭到底会不会给那个人微信。她更想知道陈池驭发生了什么事。
应该是没事,如果严重的话应该不能打篮球。
沈惊瓷垂眸,隐隐的担忧还是上了心头。
再次抬眸时,两个人已经说完话了,陈池驭没有接那瓶水,只是说了句什么,姿势都没变。
她读不懂唇语。
两个人的身影在燥热的风中沉寂了几秒,以女生转身而告终。
就连沈惊瓷自己都没发现,她什么时候松了一口气。
可出乎所有人意料的是,女生猛地回头,把矿泉水直接塞到了陈池驭手中。

送水的人头也不回地跑开,而看热闹的人起哄声排山倒海地涌来。

"哦——"

陈池驭的眉头似乎皱了起来,他的手留在空中,白色的绷带,细长的手指,被塞的矿泉水,还有……

手腕上白色绷带边缘处的黑色皮筋。

黑色皮筋……

沈惊瓷微怔两秒,视线顿住。她一惊,想起什么,猛地抬起自己的手腕——上面空落落的。

忘记了,上次纳新忘记拿回来了。

一个大胆的想法蓦然闯入脑海,陈池驭手上的皮筋,和她的好像。

这个想法一旦出现,内心就像是有千万朵浪花接踵而来,砸在礁石上荡出波纹,泛起涟漪,还蕴着旖旎的水光。

沈惊瓷不敢相信地盯着陈池驭的手腕,微眯起眼睛,想看得更清楚。

纯黑的素圈,竟然真的一模一样。

紧接着陈池驭放下了手,沈惊瓷的视线被挡。

孟有博起哄得最大声,陈池驭斜睨过去,轻笑了下。

他转过身,一只手抽下脖子上的毛巾,另一只手捏着瓶身丢向孟有博。

"你喜欢就给你了。"

同时,那个女生跑回原位。另一人奚落道:"都说了陈池驭不给微信,这下死心了?"

"没有,下次还来。"那个女生回头,双手抱胸盯着球场,就算看到水到了孟有博身上也没在意。她豁出去了,一副势在必得的样子,"反正他身边没有人,那为什么不能是我?"

沈惊瓷没反应,她脚像生根,鬼迷心窍般,脑中的画面一遍遍重放。

脑子里全是陈池驭手上为什么会戴着她的皮筋。

那些人打完球,走到场地边缘。

陈池驭坐在了篮球场绿色铁栏边的凳子上,手肘抵着膝,两条长腿敞开着,浑身荷尔蒙在散发,侧头和身边人说着话。

孟有博走在最后,不知怎的敏锐地发现了后面站着的沈惊瓷。

他一顿，手抬起来对着沈惊瓷，叫她："哎，你不是……"

沈惊瓷没想到会被认出来，她刚要走的脚步急刹车一样停住。

孟有博话说到一半卡住，他叫不上沈惊瓷的名字。

周围的人渐渐散了，向各个方向走着，沈惊瓷一动不动地站在人群中特别显眼。

少女局促不安，手握紧了袋子，头一次没预设好碰巧撞见陈池驭时应该怎样解释。

她直愣愣地僵在原地。

陈池驭听见孟有博的动静，抬起眼皮看到了孟有博的手势。这人站在他面前叽叽歪歪半天，他不耐烦地跟着回头，却一眼瞧见尽头的沈惊瓷。

陈池驭眉毛一挑。

他眼中带着刚运动完的倦怠，眼皮耷拉着，笑不达眼底，眼睛直勾勾地盯着沈惊瓷的方向看，几秒后，了然。

看样子是认出沈惊瓷了。

沈惊瓷也看到了他，脑袋嗡嗡地转不动。

陈池驭眼中促狭的笑意，让她一步步上瘾。

但上次见面他挑逗自己的画面又时时刻刻冒出来。

陈池驭是怎么想的？

转眼孟有博就走过来了，他隔着铁栏跟沈惊瓷打招呼。

"哎，妹妹，你也来看我们打球啊？"

沈惊瓷支支吾吾地不知道怎么回，随口就扯了句："我路过。"

"噢噢。"孟有博笑嘻嘻地问，"怎么样，打得不错吧？学机械的那帮小孩根本干不过我们。"

透过孟有博宽厚的身子，沈惊瓷不小心看到后面一群人望着这边的视线。

人好多，他就在那里，还看到了自己。沈惊瓷指甲掐着手心让自己表现得正常。

孟有博还在邀请沈惊瓷下次来体育馆看正式的球赛："你喜欢的话到时候我可以给你留前排的位子啊！"

顾不得自己答应了什么，沈惊瓷截住孟有博滔滔不绝的话："学长，我还有事,先走了。"

"行。"孟有博说,"面试别忘来啊,虽然陈池驭不让我给你们放水,但我觉得学妹你可以的。"

沈惊瓷也不知道孟有博对她哪儿来的信心,一副和她很熟的样子。

她不会拒绝,走路的脚步都匆忙。

另一头,晃荡回球场的孟有博正对上一堆打趣的眼神:"行啊胖子,什么情况啊?"

孟有博皱着眉招手:"去去去,人家顺路,哪有什么情况。"

不知道是谁眼尖,一下子看穿沈惊瓷手上拿的是什么:"你家球场和食堂顺路?这附近什么时候有辣椒小炒了,我怎么不知道?"

孟有博显然没有注意这些,他挠了挠头:"那人家姑娘就是这么说的,总不可能暗恋我,特意绕这么远吧。"

闻言,陈池驭回头随意扫了一眼离开的那道纤细身影。

他拧上矿泉水盖子,对孟有博轻嗤:"看来你还有点自知之明。"

孟有博一听:"你!"

陈池驭一副你能奈我何的我行我素样儿,拿起手机滑走几条消息,忽然立起身来。

"阿驭,你去哪儿?"有人问,"一会儿不是要去喝酒?"

吵闹声小了,一众准备聚餐的人齐齐看过来。

陈池驭撂下一句:"有事。"

他拎着东西要走,故意拍了拍孟有博肩膀,对其他人笑着说:"账记在我的名下,多喝点。"

有人管账,自然不差少一个人去玩,几个人打趣地喊:"谢谢兄弟!"

"好好玩。"

陈池驭回去草草冲了个澡,随手抓了件衣服套上。

灰绿色的越野车在三院门口停下,井嘉泽已经等了会儿。他看到陈池驭下来立刻迎上去,开门见山:"病历带过来没有?"

牛皮纸袋装着的一沓资料被拍在井嘉泽胸前:"别磨叽。"

……

沈惊瓷接到沈鸿哲电话时,刚跟邱杉月解释完自己怎么回来晚了。

她撒了个小谎,吃饭的时候还有点惴惴不安。

好在邱杉月忙着乐,根本没有多问。

沈惊瓷看了眼来电显示,走到阳台带上门。

"喂,爸。"

"有时间,嗯,阿枞……"

那头语气有点急,沈惊瓷把想问"阿枞醒着吗"的后半句话咽了回去,听着那边的要求。她一一记下,平静地说:"好,我马上过去。"

这个时候新鲜荔枝并不好找,沈惊瓷跑了好几家超市才买到一小盒。

但想着是阿枞要吃,干脆又拿了几盒。

她找了个空地,从五盒荔枝中挑出新鲜的,放在一个干净的袋子里。

时间耽误了不少,跑着赶到医院时她洁净的额头满是汗珠。

她呼吸急促,停在病房门口,慌忙地整理了下自己的形象。

盯着模糊的玻璃,沈惊瓷深吸一口气,手终于搭上门把。

病房空落落的,花白的背景,只有床上躺着一个瘦削的身影。

少年倚着靠背,一动不动地盯着狭窄的窗外面的景象。他皮肤病态的白,头发是很短的寸头,宽大的蓝白色病号服套在他身上,显得格格不入。

沈惊瓷推门的手一顿,眼睛霎时被刺痛。

而床上的人听见这边窸窣的动静,缓缓地侧过头。

动作很慢,露出一双宛如深潭死水的眼睛。

沈惊瓷与那双眼睛对视,愧疚一遍遍侵蚀着心脏。她嘴唇嚅动了下,开口的声音发涩:"阿枞。"

少年看到沈惊瓷,没有表情的面孔上有了波澜,他眼睛亮了下,露出一丝苍白的笑意,唇角看着扯动得费劲。

人终于有了点生气,只不过声音有些哑,有一种脆弱的少年气。

"姐——"

医院萧条的走廊,空气混着消毒水的味道,让人难挨。

少女穿着一袭米色长裙，只露出泛红的脚腕。两条如玉藕般的胳膊折着，倚着白漆裹住的墙，摇摇欲坠。

而走廊尽头的陈池驭，看到的就是这样一幅景象。

06

沈惊瓷耳边还回荡着沈枞刚刚带着歉意的话。

少年清瘦的身影带着病态，手臂上青色的血管明显，上面能看到一个个针眼。

修长的手指甲剪得干净，他拨弄了两个荔枝，忽然开口，情绪低沉，带着自嘲：

"对不起啊姐。

"我忘了荔枝不是这个季节的。"

……

沈惊瓷后背撑着墙面，好似承受不住地弓起腰来。衣服下是瘦削的脊骨，凸起的蝴蝶骨硌住墙壁。

她闭着眼睛，表情痛苦。

沈枞怎么可以怪自己？明明是她的错误，为什么沈枞要说对不起？

两只细瘦的手挡住整张脸，沈惊瓷顺着墙角缓缓滑下，周围气压很低，如同一个深深的旋涡。

她不由得想起那年。

沈枞还没出事的那年。

如果当时广告牌没有坠落，如果沈枞没有替她挡那一下子，他现在应该也是意气风发的少年。

他比她小两岁，应该正在上高三，拿着数不清的奖项，名字占据着红字榜的最上头，放假就和朋友出去打球，疯闹后一身臭汗地回家，沈母笑骂他一句，再招呼他过来吃饭。

沈枞有多好呢？

在父母偏心自己亲儿子的时候，是沈枞悄悄地过来把好东西给沈惊瓷。他扬着眉梢，语气轻快，得意扬扬地让她多吃点。

在父母让沈惊瓷干什么活的时候，是沈枞立马从门口冒出，蹿着高说自己去，又回过头对沈惊瓷挤眉弄眼，说外面晒，姐不能被热着。

下雨天沈枞为了给沈惊瓷送一把伞会走一个小时，下雪天他会半夜两点偷跑出去给沈惊瓷买热水袋。

一些说她身世的不入耳的话沈惊瓷从来没听过，因为沈枞曾经拿着凳子差点把人家打得住院。

"你就是我姐，以后有我，没人能欺负你。"

过去短短的十几年里，对她最好的、处处护着她的，永远都是那个比她小两岁的弟弟——沈枞。

可是她的阿枞，一闭眼，就是三年。

醒来的时候，连荔枝是什么季节的都模糊了。

那一下伤到了头部，沈枞昏迷将近三年。

沈惊瓷的高中时代，再也没有人钩着她的肩，提起她的书包，笑着说："真重，姐，我给你背。"

她见过父母彻夜未眠，见过他们在沈枞病房外抹掉眼泪，见他们早早地就长出了白发。

这一切，都是因为她。

而他们没有对沈惊瓷说过什么狠话，好吃好喝供到大学，因为沈枞最后一句话说的是"别怪我姐"。

沈惊瓷一次又一次地想，如果沈家没有收养她就好了，反正她从小就是被人抛弃的。

她偷了本应该属于沈枞的人生。

医院空调温度开得低，沈惊瓷后知后觉地感受到胳膊上的凉意。

长发垂下，遮住泛红的眼尾。

脚下一麻，差点没站稳。

手臂撑着墙缓了一会儿，沈惊瓷才慢慢地往安全出口走。

不想看到别人打量的眼神，沈惊瓷转身，走向方向相反的楼梯间。

显眼的指向灯发出暗淡的绿光。

沈惊瓷推开楼梯间的木门，发出"吱嘎"一声。

走廊尽头光线昏暗，推开门闪过刺眼的光线，高楼大厦在马路对面耸立，霓虹闪烁纸醉金迷。

晚风吹进窗户，发丝遮挡了视线。

她轻咳了声，将头发别到耳后。

鞋跟与灰色斑纹大理石碰撞发出清脆的声音，声控灯逐渐亮起，沈惊瓷垂眼看着脚下的台阶，情绪低沉。

又下了一层，视野昏暗没有光线，沈惊瓷下意识地抬头，发现灯坏了。

迈下最后一级台阶，她搭着扶手，准备拿出手机照明，余光忽然注意到什么。

下面台阶的窗户前，立着一个男人的身影。

她准备向下走的步子戛然而止。

灯火明灭，金属打火机的齿轮声清脆。一只漂亮的手随意把玩着打火机，幽蓝色的火苗若隐若现。

窗户大开着，风呼呼地灌进来。男人背着身子，烟雾越过窗沿，与外面的车水马龙接轨。

沈惊瓷愣了，她呆呆地看着出现在自己眼前的人。

陈池驭逆着光，置身于黑暗中，虚化得厉害，却又像神祇，悄然降落在她最难挨的时候。银灰色的衬衫布料柔顺，随着风勾勒出男人精瘦的腰身。

他们之间隔着一道很暗的分界线，距离是十级台阶。

沈惊瓷没再动，她明明在高处，却不像在俯视他。她贪婪地看着面前的人，鼻头发酸，忽然很想哭。

为什么陈池驭总是出现在她最想见他的时候？

她好想过去抱一下他。

男人手指夹着的那截烟烧尽，楼梯间留下很淡的烟草味。

陈池驭活动了下肩颈，身子无意地一侧。

而沈惊瓷却好似受到惊吓，心脏猛烈一缩，慌忙地往旁边躲了一步。

鞋跟的声音在楼梯间难免被放大，自然传入男人耳中。

陈池驭动作停顿，缓缓侧过头，看向身后。

沈惊瓷手指用力地抓住扶手，呼吸也随之屏住。她睫毛眨动得很快，不想被陈池驭发现。

好在，男人果真没有兴趣，下颌线条冷硬，淡漠地收回视线。

从缝隙中，沈惊瓷看到他抬手拿起放在窗台上的香烟盒，转身拉开一旁的门，跨步走了出去。

楼梯间安静了，声控灯熄灭，沈惊瓷在透彻的黑暗中松了口气。

她视线望向陈池驭刚刚站过的地方，眼眶发酸得厉害。

通过那扇窗户，沈惊瓷看到了和陈池驭眼中一样的风景。

没什么不同的。

只不过空气中似乎还留着陈池驭身上的薄荷味，莫名安定了她的情绪。

……

沥周温差比寻宁大，沈惊瓷出来得匆忙忘记带上外套。

冷风刺骨，旁边是一家便利店。

闪烁的淡黄色广告牌让沈惊瓷想起她今晚还没有吃饭。

那份买好了的饭凉了又凉，她已经没有胃口。

最后她还是选择迈进店门。

胃不舒服，吃不进东西，沈惊瓷随手拿了瓶酸奶结账。

收银员打了个哈欠，扫码报出价格："六块九毛。"

付钱的瞬间，她的视线不由得落到收银员身后竖着的那排架子上。

鬼使神差地，沈惊瓷想起刚刚男人伸手拿过的那个盒子。

还有空气中烟草味带给她的安定感。

下一秒，沈惊瓷忽然指向那个和陈池驭手中一样的包装盒。

女声响起："再要一包这个。"

从便利店出来，沈惊瓷手上提着一个袋子。

心脏还在紧张地跳，就跟她第一次偷喝沈鸿哲的酒一样。

沈惊瓷敲出盒子里的一支烟，另一只手握着一块钱的打火机。

浅绿色透明塑料壳的，还能看到里面的油，和陈池驭手中的不能相比。

她面朝着一个昏暗寂静的角落,猩红的火光从指尖冒出。

烟的尾部微微燃起一簇烟灰,烧成圈儿。

沈惊瓷愣神两秒,她想着方才男人的动作,眉头皱了下。

淡粉的唇瓣覆上去,沈惊瓷轻轻吸了一口。

不成形的烟雾紧接着从唇齿间吐出,混着一种猎奇的心理。

没什么感觉,平常的烟草味,和陈池驭身上的不沾边,也没有想象中的那种畅快的感觉。

沈惊瓷移开嘴唇,又愣了两秒。

她垂眸看着烟,抿唇吸了一口气,再次靠近。

沈惊瓷不会什么过肺或是吞气。这是她第一次抽烟,吸得很重,带着莽撞和稚嫩。

比方才强烈的烟草味充斥口腔,陌生的感觉让上颌也跟着难受。

沈惊瓷还在尽力适应,朦胧中,一道不属于这里的声音打破寂静,是偏冷的金属质感,与黑夜的冷风融为一体。

"沈惊瓷。"

听到自己的名字,单薄的女孩下意识地回头,她还含着那口烟,眼睛像是一汪干净澄澈的池水。

只不过此时,貌似乖乖女的沈惊瓷手中拿着一支烧到一半的烟。

陈池驭站在距离她五步远的位置,冷冷地盯着她。

水眸中多了惊愕和慌张,沈惊瓷没想到来人是陈池驭。

她一着急,猛地咽了下去。

接着就是惊天动地的咳嗽声。

"喀喀喀。

"喀喀喀喀。"

被呛得猝不及防,喉咙有种被沙砾滚过的疼痛,她手按住胸口,咳嗽的样子狼狈。

陈池驭很少将真实的情绪外露,此刻他的语气却不加遮掩,带着嗤笑。

"沈惊瓷。"他字正腔圆地喊她的名字,疏离冷漠。

沈惊瓷强忍着咳嗽抬头,听见陈池驭下半句话——

"别学。"

07

男人身高腿长,步子迈得也大,沈惊瓷跟得有些吃力。

脚下的人行道坑坑洼洼,停步太过突然,沈惊瓷额头倏地撞上了一道坚硬的"墙"。

"啊!"

猝不及防地被弹回几步,她摸着额头,抬眼看到陈池驭停在一辆车的旁边。

他正回头看着她。

刚刚的疏离全然不见,这会儿又成了一副浪荡公子的样儿,散漫地把手搭在车把上:"你这是准备走回去?"

沈惊瓷摇头,意识到陈池驭是要送自己回去,她有些惊讶。

或者说,从刚刚他喊自己的名字开始,就好像有什么和她想的不一样。

沈惊瓷听话地走到被陈池驭打开的车门旁,想要进去。

但是男人的身子一动不动。

她目光迟疑,看了看那半开的车门,又仰脸看了看陈池驭,嘴唇微启,想提醒什么,但最后只剩两个人对视着。

她进不去。

陈池驭看着沈惊瓷的表情,他的脸在路灯的阴影下晦暗不明。他不走心地笑着点了点头,一副认了的样子:"也行。

"就给沈同学当回司机。"

沈惊瓷后知后觉地反应过来,百口莫辩。她眨了眨眼睛,慢吞吞地反驳:"你拉开的门。"

陈池驭觉得好笑,他没说话,只是弓腰从后座捞出一件外套。

接着反手扣上车门,扬开外套披到沈惊瓷肩膀上。

黑色冲锋衣冷冽的薄荷味惹得她一怔。陈池驭的声音传过来,他嗤笑了声,似乎在讲沈惊瓷没良心:"嗯,我开的门。"

男人抬起眼皮,下巴指了下副驾驶座,示意她:"坐那儿。"

……

车内静悄悄的,陈池驭手肘抵着窗沿,不吭声也不动弹,像是在思索。

对比起来,沈惊瓷就坐得拘束,冲锋衣她穿着大,一直盖到大腿的位置。

透明的塑料袋就放在腿上,露出里面的酸奶和烟盒。

密闭空间中,陈池驭的存在感格外强。

空气变得稀薄,沈惊瓷感受到他的目光看了过来。

"……"

手指从衣袖中露出一半,她带着冲锋衣的宽大袖子,动作很小地移动,盖住塑料袋。

"呵。"陈池驭笑得突兀,倏地打断沈惊瓷的小动作。

沈惊瓷手指下意识地缩了下,躲进宽大的衣袖。

"你也抽这个?"陈池驭看到了刚刚她抽的是什么烟。

"嗯……对。"沈惊瓷面不改色。

陈池驭点了点头,睨着袋子里的那瓶酸奶,伸手拿储物盒里瘪了的那个烟盒。

白色的包装,金色的字,繁体的名字。

他敲着底部抽出一支烟,细细长长的一条,动作自然地递给了沈惊瓷。

沈惊瓷错愕地对上陈池驭眼睛正中那漆黑的瞳孔,倒映出一个她小小的影子。

"赔你的。"

他吓掉了她的一支烟。

沈惊瓷喉咙发干。

他食指和中指夹着烟,白皙的指骨微微泛红。

场面僵持着,沈惊瓷还是伸出了手。

紧接着,她听到了陈池驭的笑声。

愉悦的声音带着戏谑,薄唇吐出的字干脆:

"小骗子。"

沈惊瓷手一抖,像是被戳穿了心事,一晚上的战战兢兢在此刻变成脆弱的包装纸。

陈池驭钩出沈惊瓷膝上的袋子，廉价的打火机和拆封的烟盒瞬间转移到了他的手上。

"哐当"一声被扔进了储物盒。

"姿势错了。"他没什么波澜地说道，似乎只是在陈述一个事实。高挺的鼻梁留下绰绰阴影，只有眼尾余下若有若无的笑。

沈惊瓷也意识到自己拿烟的姿势生疏。

陈池驭收回俯视着她的目光，仰靠着靠椅，手搭在方向盘上有节奏地敲着，散漫随性。

沈惊瓷整个手掌拢住烟身，她忽然反问："那你呢？"

"嗯？"

"为什么抽烟？"

车内充斥着一种好闻的古龙水味，和陈池驭身上的有些相似。

寂静了一秒，外面救护车尖锐的警报声划破天空，红蓝交替的灯光从后视镜穿到眼前。

焦急和恐惧喧嚣而来，陈池驭没有说话，他还维持着原来的动作，像是没有听到沈惊瓷说的是什么。

那道弯眉蹙了下，似乎也觉得自己刚刚的话太过鲁莽。

她开口："抱歉，我只是……"

"下次别忘了藏裙子。"

陈池驭没再多说，声音却在沈惊瓷耳边炸开烟花。

男人已经自顾自地跳过了这个话题，他耷拉下眼角，手指旋开酸奶瓶盖，重新递到沈惊瓷面前："润润嗓。"

从冷柜中拿出的酸奶还冒着冷气，瓶身上有细小的水珠，随着指尖沁入心脏。

沈惊瓷喉咙发涩地说了声"谢谢"，心慌地觉得自己暴露得有些多了，他果然发现了自己。

"回学校吗？"

沈惊瓷说是。

引擎声响起，陈池驭踩下油门，方向盘转得利落。

他根本没问自己为什么出现在这里,也没问为什么要学他抽烟。

沈惊瓷甚至不敢想,他是没有兴趣,还是已经猜透。

但又很庆幸,因为窗户纸不能被捅破,这是暗恋者的规矩。

风一股接一股地往车里灌,吹得发冷。

沈惊瓷又往外套里缩了缩。

今天发生的事情有些多,也可能是沉溺于他的温柔,她觉得今晚和陈池驭离得好近。

看向前方的目光悄悄地落到了他手腕上,白色的绷带被拆了,手背上有些红,仔细看能发现几道擦伤。凸出的骨节明显,留着很小一道血痕,不严重。

但除此之外,一双干净好看的手空落落的,已经没了皮筋的痕迹。

沈惊瓷眼神暗了两秒,又无痕地别开。

陈池驭在宿舍楼后的花坛边停了车,这里人少,没人会看到。

沈惊瓷准备脱下外套还给他。

陈池驭喊住她:"穿着,别着凉。"

沈惊瓷站在车旁,听到这句话,悄然发现这样又多了一次见面的机会。

她压下心跳克制地开口:"那我什么时候还给你?"

陈池驭想了下,不怎么在意地说:"那就面试的时候吧。"

……

沈惊瓷进宿舍门前,脱下了外套抱在怀里。

然而邱杉月眼尖,还是一下子就发现沈惊瓷怀里抱着的衣服不对劲。

她目光突然变得警惕:"等等!你抱着哪个男人的外套?"

逐渐冷静的沈惊瓷耳根一红。

邱杉月"嗷"了声,立马走过来想仔细看看。

沈惊瓷猛地把外套扔到自己床上,她一把抱住邱杉月,把人拦住:"下次告诉你好不好?"

邱杉月深吸了一口气,声音尖了几分:"还真是个男人的?!"

沈惊瓷没作声。脑子清醒后,陈池驭说的每一个字都让她觉得自己疯了。

邱杉月最终也没刨根问底。

睡前，沈惊瓷听见邱杉月说："对了瓷瓷，明天模型社面试。"

沈惊瓷"啊"了声："这么快？"

"还好吧。对了，刚刚那个孟学长问我要了你的微信，好像和面试什么的有关，我就给他了。"

沈惊瓷疑惑："和面试有关？"

邱杉月"欸"了声，忽然转过身子看向沈惊瓷，八卦地说："他怎么不直接问我？他不会是看上你了所以套你的联系方式吧？"

沈惊瓷擦头发的动作停住，顿了下，说："不能吧。"

沈惊瓷打开手机，果然看到微信通信录那里新添了一个小红点。

她点开"新的朋友"那栏，上面显示"对方请求添加你为好友"。

没有备注，网名是"Yu"。

沈惊瓷一愣，她盯着那个名字看了三秒，确定自己没有看错。

Yu，驭？

邱杉月看着沈惊瓷，问："他加你了吗？"

沈惊瓷回神，她忽然站起身来："没有。"

不顾邱杉月的目光，沈惊瓷藏了心事，磕磕巴巴地说："我先上床休息了。"

她手紧紧地握着手机，悄悄地放下了床帘。

光线昏暗许多，沈惊瓷盯着那条验证消息，心脏跳得一下比一下剧烈。

是陈池驭吗？

可陈池驭怎么会有她的联系方式，又怎么会来加她为好友？

脑海里一下闪过孟有博那张自带喜感的脸，一个诡异又符合逻辑的想法忽然冒出。

是孟有博的微信，但用了"Yu"这个网名。

这样是不是可以加到更多的学妹？

沈惊瓷眼中划过一丝茫然，随后又好像说服了自己。

听之前他们的对话，也不是不可能。

犹豫了两分钟，她还是点了"通过"。

系统自动显示消息：

10月13日晚上11：21。

Yu。

以上是打招呼的内容。

你已经添加了Yu，现在可以开始聊天了。

对方的头像是纯白的雪山背景，一辆黑色的越野车出镜，位于角落。

沈惊瓷看了两秒，和陈池驭今晚开的车确实不一样。

心里微微有点失落，她敲了敲屏幕，给对方发了一条消息：

孟学长？

对方应该正好在看手机，几乎是秒回：

？

沈惊瓷眼皮不安地一跳，有种不好的预感。果然，下一秒那头不客气地说道：

我姓陈。

场面弥漫着一种迷之尴尬，看着那个"陈"字，沈惊瓷突然呜咽了一声，脸埋进了枕头里。

几秒后，她又忍不住露出一只眼睛，不太敢直视地瞥着聊天页面。

没再有文字发来，橙色的转账消息跳出来得出乎意料。

35元，请收款。

系统提示：请收款。

沈惊瓷身子逐渐放松，这下她彻底确定，对面的人就是陈池驭。

因为被他拿走的那盒烟。

正好三十五元。

沈惊瓷原本以为自己会睡不着。

她的睡眠质量很差，昨天晚上却意外地睡得安稳。

沈惊瓷悄悄取下挂在一旁的冲锋衣，整整齐齐地叠好装进了一个袋子里。

按理说是应该洗一下的，但是没想到面试来得这么快。

沈惊瓷爬下床，发现邱杉月妆都化完了，还涂了一个大红唇。沈惊瓷还是第一次看邱杉月化这么艳的妆,一时没醒过神。

邱杉月看沈惊瓷醒了,一把把人拉过来:"瓷瓷快来!我给你也化一个,等会儿保证让他们挪不开眼。"

沈惊瓷紧抿着唇一个劲儿往后退:"不不不!太红了!"

"不给你涂这个!"

两人一顿拉扯,最后选了个烟熏玫瑰调的,清冷感一下子达到极致。

邱杉月呜呜地装哭:"这么好看,我都不想把你给别的男人了。"

"哪有?"

"那你说!昨天晚上那件衣服是谁的?"

"……"

"果然,你就是对我有秘密了。"

不知道为什么,面试的人好像还真不少,有模型社之前的学长学姐带着他们去了一个空的休息室。

沈惊瓷放眼望去,一半是女生。

邱杉月沉默了三秒:"我猜陈池驭在模型社的消息……走漏风声了。"

沈惊瓷手里还提着一个纸袋,不透明的,从外面看不出装了衣服。

她心不在焉地应了声,心里却想着一会儿要怎么还给陈池驭。

屋子里有些乱,大家三五成群地聊着天。

"你担心什么,这种面试不就走个流程。"

"社团这种东西不就来玩玩?"

"哎呀,放心好啦!"

直到前门被推开,一个男生表情不耐烦地进来。

拿起第一排桌上的书包就走,门被摔得震天响。

教室安静了下来。

所有人面面相觑,这时门又开了。

他们赶紧喊住那人,开始打探消息:"兄弟兄弟,怎么了这是?"

那人摇了摇头:"问题很奇葩,他可能被气到了。"

在所有人的注视下,前方的人缓缓开口:"他们问我,对引力常量的测定和引力定律的实验检验有什么看法?"

"啊……"

"认真的吗?"

"天啊,这是什么?我们专业不学这玩意儿。"

"我们也不学……"

沈惊瓷也没想到问题会是这种。

她有些担心。

又叫走了一个人,沈惊瓷的眉皱着,她翻出手机,找了找著名的物理实验都有哪些。

全是密密麻麻的数字和不认识的公式,沈惊瓷看得头疼。

她认命似的关了手机,把袋子抱在怀里。

在桌子上趴了不到一分钟,后门的方向有人喊她的名字。

"沈惊瓷?"

"沈惊瓷同学是哪位?"

沈惊瓷闻声转头,站了起来:"是我。"

"出来一下。"

邱杉月投来疑问的眼神,沈惊瓷表示自己也很疑惑。

她从后门走出,喊她的那个人带着她拐了个弯,让她等一会儿。

沈惊瓷不确定地问:"为什么要在这里等啊?"

"孟有博让我来喊你的,我也不知道是什么事情,你先等一下,他马上出来。"

沈惊瓷说了声"好",靠在窗边,忽然想起应该把衣服拿出来,正好让孟有博捎给陈池驭。

她快步往回走,拐弯的时候没有注意,一不小心撞到了一个陌生人。

那个人原本皱着的眉头在看清沈惊瓷的脸后松开了,他换上了笑容:"没事没事,我刚刚和你在一个休息室,就坐在你后面。"

沈惊瓷没注意那么多,她点了下头,又说了声"抱歉"。

那个人见缝插针,趁着这个机会问:"我能不能加你的微信啊?要是我们都进了社团以后也好有个照应。"

说着,他掏出了自己的手机,直接递到了沈惊瓷面前。

沈惊瓷不太喜欢加一些无关人员的微信,更何况她现在有别的事情。

"下次吧,有机会再说。"

沈惊瓷着急往回走，可又被拦住。
"我看你刚刚抱了件衣服，是你男朋友的吗？"
沈惊瓷难得地不耐烦，她忍着情绪，直接了事："是。
"而且我男朋友就在里面，所以抱歉，不方便加微信。"
男生愕然，没想到试出这么一个结果，他有些没面子："哦，好的。"
说完又主动错开沈惊瓷，走得很快。
沈惊瓷担心孟有博出来看不到她，刚想加快步伐。
手腕上突然出现一股力量。
没用劲儿，只是桎梏住她。

沈惊瓷深深吸了一口气，以为还是刚才那个人，她表情不耐烦地回头。
喉咙里生气的话猛然卡住，因为身后的人不知道为什么变成了陈池驭。
她现在就像是一只猫，奓着的毛瞬间被抹平，露出来的爪子也没了力道。
而陈池驭歪着脑袋，很认真地看着她，像是发现了什么新奇的东西一样，又明显是被她的反应给弄愉悦了。
沈惊瓷被吓了一大跳，眨着眼睛话都说不出。
陈池驭笑得越发明显，黑色的瞳仁在光的折射下很亮，有种肆意的感觉。
他松开抓住沈惊瓷的手，改抵在唇边，溢出的笑声阵阵传来，胸腔也跟着震动，颤得沈惊瓷心里发痒。
沈惊瓷不自在地往后退了一步，呼吸发紧。
陈池驭又靠过来，一边笑一边绕到她身后。
在她回头的前一秒，用手指拢住了她的头发。
亲昵的靠近让沈惊瓷身子僵住，她感觉到一股皮筋的力道带动头发。
"别动。"

地上两个人的影子重叠，男人动作的轮廓映在眼前。
皮筋物归原主，陈池驭却没松手。
他的动作不熟练，似乎在考虑要不要再缠一道。
手指停下的间隙，低沉的声音随着起伏的风从她耳边擦过，话语半真

069

半假:

"沈惊瓷,其实你一点都不乖。"

脑中的那根弦和皮筋一样,猛然断裂。
黑色的长发顺着他的腕骨簌地散落,发梢擦过手腕,地上影子晃动。
陈池驭又笑了。

08

陈池驭说得对,她确实不是什么乖孩子。
或者说,起码以前不是。
九岁之前,沈惊瓷压根儿没想过沈鸿哲和徐娟不是自己的亲生父母。
那时候沈惊瓷的性子是有一点娇气的,还很爱和沈枞斗嘴。
家庭小资,生活富裕,她长得漂亮,成绩好,学校的老师也都喜欢她。除了那个不听话的弟弟偶尔会欺负她一下,一切都是顺顺利利的。每天看到自己穿的裙子那么好看,就会觉得很开心。
直到有一天,沈惊瓷经过隔壁小区一堆下棋的老爷爷身边。
她恍惚地听见一句话:"沈鸿哲从福利院抱回来的那个,都养这么大了啊。"
她往前走的步子一顿,随后又觉得,那人瞎说什么呢,她怎么可能不是爸妈亲生的。
只是种子一旦埋下,迟早会生根发芽。
她开始比较徐娟和沈鸿哲对自己和沈枞有什么不同,会在经过下棋的老爷爷身边的时候刻意避开,会思考为什么爷爷奶奶对她冷淡,对沈枞就那么好。
沈惊瓷实在想不通,钻到徐娟面前,眼睛眨啊眨,问得小心:"妈,我是你亲生的吧?"
徐娟愣了一下,随即转过身来诧异地说:"当然了!你怎么这么问?"
委屈终于忍不住,化成眼泪一颗一颗掉下来。她哭着说:"他们说我是从福利院抱回来的。"
徐娟一下子就火了,拉着沈惊瓷的手就问:"谁说的?我找他算账去!"

沈惊瓷摇摇头，窝在徐娟怀里哭。

生活像是一场精彩的戏剧，就在沈惊瓷渐渐快忘记这句话的时候，转折点又出现了。

沈枞和同班的一个小胖子扭打在一起，把人颧骨捶出一块青紫，别人拉架的时候他还死死咬着身下的人的胳膊，孩子的家长闹着喊着要报警。

当晚，沈鸿哲大发脾气，拿着戒尺狠狠地揍了沈枞一顿，最后沈枞才不服气地吼着说："他说我姐！他说我姐没爹没妈！是野孩子！说她根本不是我们家的人！！"

沈枞紧咬着牙眼睛却通红，人还靠着墙角站得笔直。

沈鸿哲举到半空中的手硬生生停住。沈惊瓷躲在书房外，身上的力气好像被抽空了。

为什么这么说？为什么他们都这么说？

更奇怪的是，沈鸿哲没反驳。那天晚上沈枞回到房间后睡着了，她看到书房的灯还是亮的。

沈惊瓷没穿鞋，偷跑到书房外，听见爸妈的对话。

"这怎么办？以后别让年年听到了。"徐娟气得说话都在抖，"一群老头子嘴比女人还碎！"

沈鸿哲沉默了好久，终于开口："搬家吧。"

沈鸿哲的回答佐证了传闻，沈惊瓷惊恐地捂着嘴不敢出声。

他们换了一个新家，以为不会再有这种传闻。

可世界上没有不透风的墙，更何况寻宁本就不大。

沈惊瓷不是傻子，随着年龄的增长，渐渐知道了前因后果。

沈鸿哲和徐娟因为身体原因，一开始医生说他们是生不了孩子的，所以他们领养了沈惊瓷。但没想到，后来竟然有了沈枞。

两人不是什么封建的父母，就算有了沈枞，也一直把沈惊瓷当作亲生孩子。

一家人都没有明说，但沈惊瓷的心态却没办法回到从前。

每当她尝试着忘记这个事实，就会冒出一两根刺提醒着她自己和沈枞不一样。

父母对沈枞的爱是无条件的，可对她不是。

小孩子心里是害怕的，又不敢说。她害怕突然有一天，他们就和亲生父母一样，又不要她了。

意识到这个问题之后，沈惊瓷用一种近乎严苛的标准要求着自己，成为所有人眼中的乖孩子、好学生。

尤其是在沈枞出事之后。

沈惊瓷更是收起了所有的脾气和棱角，她已经足够幸运，没理由再给任何一个人添麻烦。

她确实不是乖孩子，但不得不当一个乖孩子。

然而陈池驭就用一句轻飘飘的话，戳穿了她这么久的伪装。

一种道不明的情绪，颤巍巍地爬上沈惊瓷心头。

面前坐着五个人，孟有博坐在中间。

刚刚拆穿她的那个人，就坐在最边上，像是什么都没发生一样垂着头摆弄着桌子上的那支笔。

沈惊瓷强迫自己移开目光，听见前一个人开始自我介绍。

她是下一个面试者。

孟有博此刻也和之前不一样，穿了件纯色衬衫，看着还挺像回事。

沈惊瓷听见他问了个什么无人机和航模的问题，面试的人侃侃而谈。

坐着的学长学姐时不时低头记录一下，只有陈池驭纹丝不动。

他一只手支着脑袋，似乎是觉得无趣，模样恹懒倦怠。

上午阳光很好，耀眼的光射进来，空气中飘着一些细小的絮。

她时不时瞄一眼陈池驭，不知不觉中前面的人面试已经结束。

孟有博正正经经地喊了一声她的名字，没了之前的热络。

"下一位，沈惊瓷。"

沈惊瓷匆匆收回视线，走到正中央。

她清了下嗓，开始自我介绍。

"各位学长学姐好，我是传媒学院新闻专业的沈惊瓷。"

说话时，她的视线礼貌地看过每一个学长学姐，最后一个是陈池驭。

陈池驭还是原来那个姿势，沈惊瓷却暗自松了一口气。

他低着头，应该是没在听。沈惊瓷想，万一自己一会儿回答得不好，他应该也不会注意到。

面试开始，以孟有博的提问为主，他铁面无私一下就问到最关键的问题：

"你刚刚说自己是传媒学院的，为什么要来模型社？

"对这些东西了解多少？如果加入，是否能以较为专业的知识交出让人满意的答卷？"

沈惊瓷不怯场，从小到大没少上台发言过，但是这次不一样，下面坐着陈池驭。

尽管他可能都没注意是自己站在这里。

她手心微微冒汗，声音清脆悦耳，语气柔和："可能相比于很多其他理工科专业的同学来说，我在这方面还有很多不足，但是我会抱着虚心请教的态度，向各位学姐学长不断学习。"

回答结束，一直低着头的人忽然抬起眼皮，沈惊瓷余光一动，刚刚平息的心跳又卷土重来。

沈惊瓷目光凝聚在正中央的孟有博身上，丝毫不敢偏移。

站得也比刚刚直了点。

她说完之后是一段空白，孟有博也没着急说话，周围的人听着这个回答也觉得很空。

沈惊瓷终于知道为什么一个个出去的人脸色会那么难看，面试是真的不放水。

不仅如此，还有一种自惭形秽的尴尬。

呼吸在陈池驭的视线中被拉得缓慢悠长，她不安，又不敢动。

孟有博身边的一个女生似乎对这个答案很不满意，皱起了眉："沈惊瓷是吧，你觉得你这个答案，有几句话是有用的？"

一般来说，这种面试不会问太犀利的问题，毕竟是大一新生，不至于。

但这句话让她喉咙一紧，有些被人戳着脊梁的难堪。

这是她能想到的最好的回答。沈惊瓷抿了抿唇，道歉："抱歉学姐，我目前了解的确实不够多，但我查过一点资料的。"

她按照记忆，说了一些自己知道的基本知识，虽然浅薄，但起码态度摆在那里。

那个女生往背后的椅子上一仰，眉头没松，张开口还想说些什么。

话音还没响起，忽然被陈池驭截和。

"沈同学。"

他喊。

清冷的嗓音萦绕着一种倦意，他两条长腿在桌下交叠伸直，手指交叉随意搭在桌上。

他一开口，另外四个人的目光忽然都移到了他身上。

陈池驭侧目睨了其他人一眼，没说什么，继而慢悠悠地转到沈惊瓷身上。他开口："问你个问题。"

沈惊瓷不知道自己的主考官怎么就成了陈池驭。就连孟有博都是一副惊呆了的样子。

陈池驭坦然自若，他修长的手指夹着一支笔，倒着在桌子上点着，一下又一下。

沈惊瓷声音变了调，说："好。"

陈池驭："如果你损坏了别人的东西，该怎么办？"

和面试八竿子打不着的一句话，似乎能听见孟有博深深地吸了一口气。

沈惊瓷一愣，但陈池驭的表情很认真，只是眼神在警告过孟有博之后变得更淡。

"协商之后赔偿。"沈惊瓷猜不到他为什么要问这个问题，但还是一五一十地回答。

"如果没法协商，要你自己想呢？"

沈惊瓷不确定地说："赔偿比原价高或者对方想要的东西？"

黑色的碳素笔"啪"一声落到桌面，陈池驭点了点头。

"好了，可以结束了。"

……

邱杉月出来的时候，也是一脸不确定："别说，我心里还真没底。"

沈惊瓷也没说话，因为她心里更没底。

陈池驭问的那个问题，是什么意思？

他喊结束是因为她表现得太差了吗？

直到回宿舍，沈惊瓷的情绪都有些低落。

她想起了陈池驭说的那句话，又想起面试不佳的表现。

也不是非要进社团不可，就是想在喜欢的人面前表现得好一点而已。

——"沈惊瓷，其实你一点都不乖。"

——"好了，可以结束了。"

思绪如乱麻，沈惊瓷觉得好烦，他是不是讨厌自己了？

邱杉月倒是看开了，进不了拉倒。

下午，她拉着沈惊瓷去图书馆，说要补一补上周落下的课。

图书馆座位常年难抢，偏偏这两人运气还不错，一眼就看到两个空着的座位。

只不过是拼桌。

邱杉月一喜，拉着沈惊瓷跑过去坐下。

桌子对面的人听到声音，随意地抬头看了眼。就是这一眼，让三个人动作都停住。

上午戗沈惊瓷的那个学姐，下午再次出现在两人的视野之中。

三双眼睛相对，隔着空气眨了眨。

学姐表情又冷又傲，没等两人打招呼，她就当作什么都没看到低下了头，一副生人勿近的样子。

沈惊瓷和邱杉月对视了两秒，不约而同地扯了下嘴角。

接着，沈惊瓷看到手机上邱杉月发来的消息：

她好傲。

之前面试的时候就一直找我碴儿。

沈惊瓷回：她对我也不满意。

聊完，两人摇摇头放下手机，翻开了课本。

不到五秒，沈惊瓷已经锁屏的手机又亮了。

沈惊瓷以为是邱杉月又给自己发消息，她滑开屏幕却突然怔住。

昨晚没来得及给他填备注的那个人的聊天框因为出现了新消息被顶到最上方。

一个小红点出现在那个头像之上。

Yu：一样的没买到，想要什么？

孤零零的一句话，连上下文都没有。

一时间沈惊瓷禁不住怀疑陈池驭是不是发错消息了。

她放下笔，两只手拿起手机等了两分钟，过了能撤回的时间，陈池驭还是没有发来其他消息。

她这才组织好语言，手指紧绷地回复：

什么？

聊天框中又弹出新的消息。

还是来自 Yu。

图书馆外那棵大树的叶子又飘落几片，不知名的小鸟点了一下枝梢飞得更远。

啾啾的叫声透过开着的窗户闯进沈惊瓷耳朵，掩盖住山崩地裂般地心悸。

聊天页面上还存着新鲜的证据：

你的皮筋。

得赔。

09

图书馆里安静得只能听见书页翻动和纸笔摩擦的声音。

太阳渐渐落下西山，到了吃饭的时间，不少人合上书本起身离开。

邱杉月摸了摸自己的肚子，手从桌子底下伸过来扯沈惊瓷衣服。

她笑眯眯地挑眉，下巴往出口方向示意："走吧，去吃饭。"

沈惊瓷心不在焉地点了下头，手捏住书脊，合上的前一秒才反应过来，这一页一直没动过。

她眨了眨眼，不自在地瞥了一眼邱杉月。

好在邱杉月没发现这边的异常。沈惊瓷快速拿好手机，又趁机低头看了一眼，确定陈池驭没有再回消息之后才放心收好。

白绿相间的聊天框有长有短，像是他们的关系真的有几分亲密。

傍晚的小路风吹着舒适，邱杉月踢着脚下的小石子，忽然提议："要不晚上我们出去玩吧,我看最近新上映了一部电影。"

这周作业不多,今晚也没什么事情,沈惊瓷没有异议地说了行。

邱杉月立刻掏出手机买了晚上七点四十分的电影票。

吃过饭后邱杉月又补了个妆,这才匆匆赶到影院。

这一片是大型娱乐中心,各种娱乐设施很齐全。

路过一家酒吧,邱杉月的脚步自然地慢下来,她往里看了两眼。

纯黑色的店面配着白色的灯光,藏在角落的阴影中,有种别具一格的感觉。

沈惊瓷跟着望去:"看什么呢?"

邱杉月指了指那个名叫"make zero"的店面:"之前听闫沐晗说过这家不错,我还没去过,想着下次去玩一下。"

沈惊瓷舔了下唇,点头:"行,下次带着我一起。"

邱杉月佯装惊讶地回头问沈惊瓷:"看不出来,你这小姑娘还挺能喝啊!"

沈惊瓷挑眉:"还好吧。"

"我还偷喝过我爸的茅台。"然后她又开玩笑地一句话带过原因。

她们选的是一部喜剧片,但不知为何上座率不是很高。

电影看到一半,邱杉月终于忍不住了,凑到沈惊瓷耳边吐槽:"怪不得没人看,这是什么烂片!"

前面带着女儿的那位大哥已经头仰在靠背上睡了过去,小女孩拿着爸爸的手机看《熊出没》看得津津有味。

亮光反到她们眼底,邱杉月干脆身子前撑,借着小女孩的手机屏幕看熊大、熊二和光头强斗智斗勇。

明明买的是喜剧片的票,莫名其妙成了狗血爱情片。

画面上女主角终于认清自己喜欢的人是男主角而不是男二号,两人在电话里立下海誓山盟,约好远走高飞。女主角披上婚纱,正美滋滋地等着新郎,然而镜头一转,男主角开着的法拉利发出"砰"的一声,车毁人昏。

"……"

像是看到了什么离奇桥段,沈惊瓷呼出一口气,惊叹地摇了摇头,回刚刚邱杉月说的话:"你说得对。"

确实烂……

但作为一部打着喜剧标签的电影,这自然不是结局。

看着刚刚过半的进度,邱杉月的视线从前面小女孩播完一集《熊出没》的手机上移开,有点生无可恋:"要不,我们走吧……"

两人猫着腰从影厅一口气跑出去,不约而同地呼出一口长气。

邱杉月有些不高兴:"还不如躺在宿舍里刷综艺节目呢。"

沈惊瓷也难受:"下次我宁愿选恐怖片都不会来看这个。"

邱杉月一听这话,立马否决:"不行,我死都不看恐怖片。"

沈惊瓷笑了两声,认真地说:"其实我也是。"

时间才八点二十分。

"这么早,回宿舍岂不是浪费了我的美瞳。"邱杉月摸了摸自己的脸,补充道,"我今天戴的可是日抛。"

沈惊瓷今晚有点心痒,不知道是不是因为下午的消息,就连看了那么烂的电影心情都是愉悦的,她忽然有点想放肆一个晚上。

两人视线接触,沈惊瓷试探地说:

"要不……我们去 make zero?"

make zero。

是那家酒吧的名字。

邱杉月眼睛亮了。

酒吧内部的布局很高级,灯光打得清冷,最里面的那个角落是一段螺旋复古楼梯,通往二楼。

沈惊瓷一进门就看到左手边第一张高桌旁两个女生遮着唇聊得正欢。

她们只有两个人,随便找了个人不多的地方坐了下来。

沈惊瓷点了一杯度数低的酒,顺便提醒邱杉月:"别喝太猛,一会儿还要坐地铁。"

邱杉月回了沈惊瓷一个"放心"的眼神。

她张了下嘴,要对沈惊瓷说些什么,只不过声音没来得及发出,被手机铃声突兀地打断。

两人的视线一起被吸引了过去。

邱杉月垂眸看向桌子上屏幕亮起的手机,是一个没有备注的号码。

她嘟囔了一句:"这是谁?"

手机放在耳边,她"喂"了声,那边忽然传出一道熟悉的声音。

"杉杉。"

电话这端的两人皆是一怔,沉默几秒,邱杉月没忍住骂了一声。

她当机立断,摁下挂断键。

她语气像是见鬼了:"这人有病吧,换了号码打过来?!"

说着,就要把号码拉黑。

只不过许宁楷的动作更快,来电显示又出现在她视线之中。

邱杉月深深地吸了一口气,咬牙切齿地盯着屏幕:"没完了是吧?"

她望向沈惊瓷:"要不骂一顿再拉黑也行。"

几秒钟的时间,邱杉月已经做好了决定,沈惊瓷阻止的念头都来不及动。

邱杉月扯着嗓子,语气冷冷的,带着嘲意:"是不是当时没骂你你难受啊?你是大肠阻塞、小脑神经出问题了吗?谁准你给我打电话的?

"前任就应该待在垃圾桶,那个女的没教你这个道理吗?再给我打电话小心我……"

"等等杉杉,我就问你一个问题,你是不是在 make zero?"许宁楷的声音很哑,像是有沙子在嗓子里面硌着。

邱杉月骂人的话一顿,猛地反应过来。

她突然笑了,很轻一声,对着话筒字字清晰地说:"你要是敢出现在我面前,就等着吧。"

电话彻底挂断,邱杉月一秒没犹豫地将那个号码拉进了黑名单。

邱杉月生气地对沈惊瓷摆摆手,宽慰道:"放心吧,我没事。"

然而沈惊瓷一口气没松完,面前的邱杉月忽然被一道力量拉扯,直接被拉下了椅子。

许久不见的许宁楷再次出现在眼前,在所有人始料未及时,将邱杉月硬生生拽到自己眼前。

他弯着腰,姿态卑微又狼狈。

"杉杉,能不能不分手?

"你知道这些天我是怎么过来的吗?

"不分手好不好？"

邱杉月大脑"死机"几秒，随即一把甩开了许宁楷的手："你有病吧！"

周围不少人的视线聚集在此处，邱杉月更加觉得丢人。

她拉开距离，从齿缝中挤出声音："滚啊！你不要脸，我还要！"

许宁楷前进了两步，当作听不见一样，接着去拉邱杉月的手。

"杉杉，你别这样，我知道我错了。"

邱杉月干脆气笑了，她双手抱胸，语气染上轻蔑："垃圾本身就是错。"

多日不见，许宁楷变得快认不出来了。之前那副学生样儿全然不见，下巴上还有胡茬儿，身上刺鼻的酒精味道难闻得要死。

沈惊瓷眉头一皱，感觉不太对劲，上前拉住邱杉月的袖子，把人挡在自己身后。

"杉月，我感觉他不对劲，别起冲突。"

邱杉月看了看四周，各种目光集聚于此。

酒吧里这种事情不少见，但发生在自己身上还是第一次。

好心情全没了，邱杉月也不愿多说，拉着沈惊瓷正欲离开，身后那股力量不放弃地再次袭来。

许宁楷像是疯了一样，拽住邱杉月的手腕就要走。

邱杉月踉跄一下，口中溢出一声闷哼。

沈惊瓷睁大眼睛，急急地要去拉邱杉月。

然而许宁楷似乎早就料到，他力气极大地挥手，重重地将沈惊瓷甩到一旁。

场面混乱，眼前什么都看不清，膝盖就传来一阵剧痛。沈惊瓷的骨头像是要裂开一样，耳边的喧嚣声都不及刚刚腿着地的那声闷响。

很痛……

有人过来扶她，有人在说话。

沈惊瓷白着脸，额上冒出密密麻麻的虚汗。

她焦急地仰脸，眼前却没了邱杉月的身影。

慌乱涌上，沈惊瓷强忍着疼痛，拨开人群就要追过去。

一股不容置喙的力量将她往后一拉。

冷冽的味道伴着夜晚的凉意触碰到裸露在外的皮肤。

那人感受到沈惊瓷试图挣脱的力气，清冽的声音响起，带着不耐烦："跑什么？"

沈惊瓷所有惊慌和不知所措的情绪在听到陈池驭声音的那一刻，得到巨大的安抚。

"陈池驭"这三个字像是带着魔法。

在她内心深处，对陈池驭的依赖甚至比对自己的信任还要多。

像是溺水的人漂泊许久终于看到一叶浮萍，她指尖搭在了陈池驭的袖子上，声音紧涩："我……"

膝盖因为疼痛用不上力气而轻微弯着，大半个身子的重量全靠陈池驭两只手支撑着。她比他矮一个头，只到陈池驭胸口的位置。

"我朋友被人拉走了……"

陈池驭眉一皱，轻轻地"啧"了声，他的视线随着沈惊瓷的话看向正门的位置。

只是片刻，又收回。

沈惊瓷仰视着陈池驭，他今天穿了一件黑色的夹克，皮质的面料冰冷，和他不在意的表情一样。

脑袋像是生锈了，沈惊瓷手指揪着衣服的动作越来越用力，呼吸因为疼痛而发闷："我得去找她。"

恍惚间，她手腕上的力道加重，似乎听到陈池驭叹了口气，带着几分无可奈何。

"已经有人去拦了，不会有事的。"

他的声音像是一道符咒，沈惊瓷紧绷着的神经有了一瞬的缓和。

她回头，周围看戏的人不知什么时候已经被疏散。

陈池驭站在她身前挡住所有的目光。随即他对前台的人说了什么，头顶的光忽然消失。

两人在众人的视线中隐匿消失。

黑暗中，陈池驭忽然蹲下身来，一只膝盖轻微点地支撑着。

他半抬着一只手，手掌与沈惊瓷的相对，稳稳地托着她的。

沈惊瓷穿的是一件及膝的裙子，所以刚刚磕得也更为严重。

原本细腻光滑的皮肤已经出现了大片的乌青，看着触目惊心。

这件事好像有点难办，陈池驭眸色渐深，瞳孔在灯光的折射下像是深色琉璃。

他站起身，俯视着沈惊瓷："能走吗？"

沈惊瓷动作迟钝地点头："能。"

陈池驭盯着沈惊瓷惨白的小脸看了看，似乎是在考量这句话的真实性。

在他沉默下来的时间，沈惊瓷忍不住追问："那我朋友呢？

"追出去的人……拦住他们了吗？现在怎么样了？"

她自己脸色都差到不行，还顾着惦记别人，陈池驭舌尖抵着上颌，不由得觉得好笑。

刚刚混乱的时候孟有博已经和晏一带着人追了出去，不可能会有问题，不过看沈惊瓷这么担心……

陈池驭怀着鬼心思地把这句话咽了回去。

他单手撑着沈惊瓷，将人带到一把矮椅上。

"老实坐着，我出去给你看看。行不？"

在沈惊瓷惊愕的目光中，他笑了声，咬字有些重，改口："你信我不？"

……

陈池驭去的时间有些久，再看到他的身影时后面还是空无一人。

"你朋友没事，但出了点意外。"陈池驭直来直去地说道。

沈惊瓷愣了一下："啊？"

陈池驭没解释，却递过来一部手机，直接放到沈惊瓷耳边。

沈惊瓷微怔，话筒里传来邱杉月的声音。

带着点疲倦，但没有别的异常，她早已知道对面的人是沈惊瓷，声音响起："瓷瓷，我没事，你别担心。"

沈惊瓷猛地抬眼，对上陈池驭的眼睛，见他也在看自己，她垂眼接过手机，问道："杉月，你现在在哪里？"

"刚刚孟学长他们出来解决了，我没事。"

邱杉月似乎在强忍着怒火："不过许宁楷非要发酒疯，拿着酒瓶把旁边的车玻璃砸了。"

"所以,"邱杉月停顿了一下,继续说道,"现在我们正在去公安局做笔录。"

"……"

电话挂断,陈池驭问:"放心了?"

沈惊瓷轻轻点头,又小声补充了句:"谢谢。"

他的手指落在吧台上,一下一下敲着节奏。

忽然,他开口:"不用谢。

"不过……"

男人的眼神不带笑地扫过来,眉头皱在一起,像是遇到了更难的问题。

然后他语气认真地说:"怎么把你弄上车倒是件难事。"

10

黑暗中两道视线默然对望。

男人的轻笑声打破沉默。

他指着她的腿,怀疑地问:"真的能走?"

沈惊瓷嘴唇都没了血色,刚刚那几步像是已经用尽全部力气。

她手放在膝盖上揉了揉,颔首道:"不是很痛了,能走的。"

不知怎的,那晚他说的那句"小骗子"再次在沈惊瓷脑海响起。

沈惊瓷霎时意识到自己的话好像不是很有说服力。

迟疑几秒,她两根手指缓缓地竖起,放在脑袋旁边,是一个"发誓"的手势。她声音娇软,不太好意思:"真的,这次没骗你。"

……

陈池驭没有走前门,沈惊瓷跟着他从帘子后面绕到酒吧的一个侧门。

看着陈池驭轻车熟路的样子,沈惊瓷忽然想,他是不是经常来这里,不然今晚也不会这么巧遇到他。

在陈池驭推开玻璃门的前一秒,头顶传来的声音倏地叫住他。

陈池驭脚步停住,伫立着的人缓缓转头,沈惊瓷随着他一同看去。

几个顶着寸头的脑袋在螺旋楼梯中间探出,几双又亮又大的眼睛瞪着往她这边看,毫不遮掩。

沈惊瓷不自在地往后退了一步。

一个长相很讨喜的男生染了一头黄毛，明知故问地开口："不玩了啊哥？这还没开始喝呢。"

陈池驭眉毛动了下，他手上钩着一串钥匙，没吭声。

"这个漂亮姐姐是谁，嫂子吗？"

说完，几个人"哟"的一声，开始起哄。

"让他这么担心的肯定是嫂子啊！"

"哈哈哈，你小子真敢说！"

一道道目光在她和陈池驭之间打量着，在他们之间硬生生地画上一个双箭头。

她没有开口解释，苍白的脸上多了几分红色。

羞的。

与酒吧前面不同，这里的灯光是明亮的白色，瓷砖干净，甚至能倒映出人影。

陈池驭又沉又低的声音就这样响起。

"够了啊。"

沈惊瓷紧绷的心一缩，他的声音已经含了警告，还带着半分笑意。但意思是明摆着的否认。

不光沈惊瓷能听出来，那些人也能。

"行行行，您说什么就是什么。"黄毛打了个哈欠，搂住身边一个兄弟的肩膀，"那我们继续回去喝了，你一会儿看看还回不回来。"

"再说。"

"得。"

他没再管那群人，反身推开门。

冷冷的晚风吹进来，陈池驭回头凝视着在原地没有动弹的沈惊瓷，尾音上扬："还不过来？"

"啊，好。"

身后的目光逐渐消失，沈惊瓷跟陈池驭走到了后院一个空旷的地方。

沈惊瓷微怔，和上次的车不同，她面前停着一辆又一辆十分吸睛的竞赛摩托车。

陈池驭把手中的钥匙插进最前面的一辆，火点着油气的声音瞬间响起。

他取下扣在把手上的头盔，动作行云流水地举到沈惊瓷眼前。

他们之间隔着五步远的距离，沈惊瓷视线越过男人向后看。

那辆车只是静静地停在陈池驭身后，都有着一种势不可当、无法忽视的强大气场。

黑色的机身，少部分是干净的白，显出巨大的反差感。线条不仅流畅，还锋利，似乎下一秒就要腾跃而出。

陈池驭靠着车身，肆意不羁和离经叛道体现得淋漓尽致。

沈惊瓷第一次见，迟疑地问："坐这个回去吗？"

他颔首，朝她扬了扬手中的头盔，举手投足野痞十足："怕不怕？"

今晚的月色特别好，墨蓝色的夜空中点缀着零零散散的星，沈惊瓷想，明天一定是个好天气。

她眼睛澄澈明亮："不怕。"

陈池驭的车上只有一个头盔，男人不带商量地扣到了她的头上。

沈惊瓷下意识地问："那你呢？"

陈池驭说他进去拿别人的，黄毛有备用头盔，她就戴他的。

沈惊瓷点点头，感受到头顶传来的压力，不停地用手扶着，还是往下坠。

她动作特别乖，戴着头盔像个可爱的大头娃娃。

这种行为直接取悦到陈池驭，他冷硬的轮廓在月光下显得越发柔和。

"啧。"

"大了点。"他两只手捧着套住沈惊瓷的头盔，提起一点，笑得顽劣，"那你就自己扶着吧。"

她第一次坐这种车，穿的还是一条裙子。

陈池驭没作声地脱下穿在外面的夹克，缠在沈惊瓷腰间，两只袖子打了个结，一下子遮到小腿肚。

川流不息的马路，霓虹灯在道路两旁迅速地倒退。

隔着闷闷的头盔，沈惊瓷也感受到凌厉的风在她脸上迅速刮过。余光中所有景物都一闪而过，五感变得迟钝，他的气息太过浓烈，只剩鼻尖能闻到陈池驭身上隐隐的薄荷味。

陈池驭身上一件单薄的黑色T恤被风吹得很鼓,他后背弓着,形成一道有力的弧线,意气风发。

她的手抓着陈池驭腰侧的衣服,感受到他的温度从指尖逐渐传遍全身。

十字路口之前是一个很陡的下坡,引擎声加大,轰隆隆的排气管声传来,失重的感觉在一瞬间到达顶峰。

伴随着沈惊瓷心脏的急剧收缩,眼睛生理性地泛起一点湿意。

她的手抓得越来越紧,在右拐之后,陈池驭的声音突然响起,语调被风吹得很模糊,又难掩张扬:"手抖什么?别怕。"

秋日落叶萧瑟,路边挂在枝头已久的黄叶在陈池驭风驰电掣地经过后恰好飘落。

如同世间赠予他们的点缀。

速度减慢了下来,坑坑洼洼的路段让沈惊瓷感受到颠簸。

脑袋上不稳定的头盔晃荡得差点磕到她鼻子。

沈惊瓷没忍住闷哼了一声。

她听到他问:"怎么了?"

沈惊瓷抿唇,她望着陈池驭的后脑勺,酒精有些上头。她想到他兄弟叫自己"嫂子",又想到他拉住自己的手腕。

声音从头盔中传出,闷闷的,似乎还带着一点委屈,她喊出心底念了几千次的名字:

"陈池驭。"

"嗯?"

"我能不能用一只手抱着你啊?"沈惊瓷鬼迷心窍地问。

"头盔太大了,我得扶着。"

恰好月明星疏,恰好风华正茂,恰好少女头一次有勇气,想往前迈一步。

他这么好,如果迟早都要属于一个人。

她也想赌一次。

实在太喜欢了,太舍不得拱手让人了。

沈惊瓷的左手挪动，环住了他半截腰身，比刚才更紧。如果这是一场大胆的美梦，她也愿沉溺其中。

车子在一个街角停了下来。

不是学校。

她微微直起身，有些茫然地看了看周围。

左手的手背忽然被人拍了两下。

陈池驭轻佻的声音冲她而来："还没抱够？"

沈惊瓷如大梦初醒，手触电般收回得飞快。

陈池驭被逗得直笑："你还挺有意思。"

沈惊瓷一句话怎么说也说不好，干脆气馁得不解释了。

"下车，给你买点药。"

沈惊瓷看了一眼自己青肿的膝盖，刚刚还真忘了这回事。

转眼，陈池驭已经步伐稳健地从药店走出，他手指钩着一个透明袋子，里面是一瓶云南白药，还有一支药膏。

他递给她："按上面写的用法，回去看着弄。"

沈惊瓷又说了声"谢谢"。

陈池驭憋着一股坏，故意问："这么爱谢我？"

沈惊瓷听着他不正经的语气，抬起眼皮看了眼，回答得一板一眼："不是。

"因为你人好。"

莫名其妙地被发了一张好人卡的陈池驭咬着下唇，痞里痞气地哼笑，没真当回事。

不知想到了什么，陈池驭突然"喂"了声。他喊沈惊瓷，语调轻浮浪荡，话语半真半假：

"你可千万别把我当个好人。

"我不是。"

……

一直到回宿舍，沈惊瓷还在想陈池驭那两句话。

他好像在提醒她什么，他是看出自己的心思了吗？

她的勇气全部积聚在那个气球中，又慢又难地被吹在一起，但只要有一根针扎在表面,那点气儿就会烟消云散。

桌子上堆着陈池驭给的药,他对她似乎还不错,但也不是那种好。

沈惊瓷有些烦躁,但还记得最重要的事情,宿舍里没有邱杉月的身影。

她给邱杉月发消息:杉月,怎么样了?

隔了十分钟,邱杉月回:笔录做完了,还有二十分钟到学校。

沈惊瓷:那就好,我在宿舍等你。

仰可最近好像和家里吵架了,这几天都住在宿舍。

她倒了杯水往里走,视线不小心落在沈惊瓷膝盖上,她直接叫起来:"我的天,你腿怎么了?"

"啊?"沈惊瓷自己看了眼,膝盖边缘凝着的瘀血仿佛要透出皮肤,中间鼓鼓的,凸起一块。

是有点骇人。

沈惊瓷不好意思地说:"不小心摔倒了。"

仰可把水杯一放,惊讶浮现在眼中:"你是怎么摔成这样的?"

缘由不太好说,沈惊瓷支支吾吾敷衍了过去。

仰可开始翻自己的柜子:"你有没有药啊?你这腿看着怪吓人的。"

沈惊瓷说:"买了,不用麻烦你找了。"

她举起那个透明袋子,上面还写着药店的名字。

仰可催促道:"那你快涂啊,磨叽什么呢,留疤怎么办?"

看着沈惊瓷动作慢吞吞的,仰可嘟囔了一句:"邱杉月怎么不在,你俩不是天天在一起吗?"

她走过来替沈惊瓷拆开包装,自己蹲下来上手。

听着喷雾"沙沙"的声音,沈惊瓷微愣。

沈惊瓷和仰可接触得不多,平常仰可也不会主动和她们接近。

但今晚,她发现自己这个舍友好像还挺好相处的,和她想的有点不一样。

擦完药,仰可让沈惊瓷坐在凳子上别动:"你先等等,稍微干了再走动。"

"药膏别蹭到了。"

沈惊瓷说"好"。她坐在凳子上,不自觉地想到陈池驭。

如果是在赛道,他是不是会更不一样?

沈惊瓷想了下,心里有点发痒。

她看了一眼，仰可正在护肤，宿舍没有别人。

她动作有些小心地在手机屏幕上敲出了三个字——

"陈池驭"。

没想到的是，还真能搜出来。

刺眼夺目的标题：

《2014世界摩托车越野锦标赛比利时站MXGP组冠军》。

《亚洲摩托车组第一名》。

……

还有很多，沈惊瓷往下滑动，看到了一张照片。

上面的人站在领奖台，脸上没带着笑，眼睛随意地扫着摄像头，有种睥睨一切的轻狂。偏偏他有这个资本。

那时他才十八岁。

沈惊瓷没找到视频，又回去看了看那张照片，有种心潮澎湃的感觉。

她继续搜索着，意外地看到一个沥周大学的帖子。

主楼赫然写着陈池驭的名字。

沈惊瓷点了进去，看到日期是2014年陈池驭夺冠的那个晚上。

1L：谁知道这个大一金融系陈池驭的联系方式？重金悬赏。

2L：加一，同要。

3L：那个赛车的视频帅爆了啊！

下面又有几人追问。沈惊瓷唇角有很淡的笑，她能想到当时有多轰动。

8L：别想了，人家有女朋友，我前天看到他和中文系的隋零在一起。

9L：楼上的，你的消息已经过时了，这俩人昨天已经分了。

沈惊瓷手指一顿，她见过隋零，主持新生晚会的学姐。

他们在一起过吗？

15L：听说他家里有钱，赛车估计是个消遣，说不定毕业就回家继承家产了，再找个门当户对的，所以现在谈得也不经心。楼上的都想什么呢？

17L：这叫不求天长地久，只求曾经拥有，你懂不懂啊！

23L：好想知道谁能拿下陈池驭，让浪子收心。

最后楼盖了不少，没一个人知道陈池驭的联系方式。

最后一条留言的日期是今年开学前一个月。

47L：听说今年学妹已经出手了。真行啊！

沈惊瓷看着那些留言，愣神了会儿。

她好像忽视了什么。

陈池驭对她好，也可以对每一个人都这么好。

今晚自己到底是被酒精冲昏了头脑。

她在想什么？

飞蛾会一直扑火，但火是烧不尽的，更不会为飞蛾熄灭。

那个还没膨胀起来的气球碰到了尖锐物，悄无声息地破了。

邱杉月回来得正好，她脸色乌青地回到宿舍。

声响打断了沈惊瓷的思绪。

"哐当"一声，她扔下手中的包，呜呜咽咽地张开手走向沈惊瓷："瓷瓷，吓死我了。"

电话里逞强的她在见到真人的那一刻再也绷不住："还好孟有博来了，不然我真的不敢想。"

沈惊瓷仔仔细细检查了一遍邱杉月，确定人是真的没有问题，这才呼出一口气："怪我，如果我不说去 make zero，就不会遇到这种事情。"

邱杉月看到沈惊瓷腿上的伤，更难受了："才不是，怪我以前眼瞎。"

"都过去了，没事的。"

邱杉月缓了一会儿才站起身："我先去洗个澡，身上脏死了。"

沈惊瓷说"好"，而后又看了一眼自己的腿，今晚还是别洗澡为好。

手机在这个时候振动，沈惊瓷看见陈池驭的消息。

Yu：到了没？药涂没涂？

在别人面前装出来的若无其事即刻土崩瓦解。

沈惊瓷眼睛酸涩地盯着那条消息好久，一边开心一边忍不住想他是不是对别人也这样。

只不过最后还是狠不下心不回：

涂过了。

陈池驭没有再回消息，沈惊瓷看着页面，很轻地笑了下。

他可能只是随便发了条消息，她就在这边费尽心思地想要怎么回复。

心里有种很奇怪的情绪，沈惊瓷闭着眼，胸口起伏。

而另一头。

陈池驭已经回到 make zero。

他两腿交叠，随意搭在一起，看着手机上发来的消息，突然轻嗤了声。

手机被扔开，他俯身喝掉面前的酒。

有人眼尖，非要多嘴问一句："怎么了这是，谁惹着你了？"

陈池驭懒得搭理，薄唇轻启："没有。"

"不会是嫂子吧。"黄毛故作恍然大悟的语气让众人放肆大笑。

"拉倒吧，他啊，他能看上谁？"

"他那车什么时候让女人坐过？李珏，我就说你没脑子吧，那人绝对不一样。"他推了一把另一头的晏一，问道："是不是？"

晏一晃着杯中的液体，周遭的气氛与这边好似隔绝。

他膝上还放着一本《5 年高考 3 年模拟》，另一只手中的红笔微动。他闻声抬头，用一种无关紧要的语气回答，随性得很："你觉得对就对了。"

那人探过身，看到晏一手中的书，头疼得很："又给你家那小孩改作业呢？"

最后一笔改完，晏一没应声，他合上书，视线却扫向陈池驭，凤眼含着促狭的笑。

"只怕某人没那个胆子。"

陈池驭笑笑，不说话。

他半张脸藏匿于黑暗中，看着有些颓，眼前有画面一闪而过。

乌云成片，雨半天落不下来。

医院门前，有人白色的裙角沾了水，单薄的肩胛骨随着擦拭水渍的动作微动。她眼神清冷，似凝了一团浅浅的雾，明明易碎得像个艺术品，纤细的脖颈却挺得比谁都直。

那才是他第一次见她。

半晌，他又低又哑地开口："弄碎了怎么办？"

~"

那天晚上沈惊瓷没睡着。

酒精的刺激加上离奇的经历，还有她抱住陈池驭时手臂传来的滚烫温度，让神经一遍一遍地高度兴奋。

她睡不着，雾蒙蒙的黑暗中，沈惊瓷手摸向枕边的那个铁皮盒子。

里面空荡荡的，除了几根平时扎头发用的皮筋，就是一张薄薄的照片，静静地躺在正中。

沈惊瓷手指摩挲了两下，忍不住捏着边缘拿了出来。

照片已经有点旧了，手指触碰到背面不平处，是抠不掉的胶水。

半晌，沈惊瓷拉高被子，手机屏幕微弱的亮光隐蔽地照出照片的内容。

沈惊瓷发现，有月亮的夜晚，就容易想起他。

比如现在。

辗转难眠。

六个少年穿着清一色的校服，前后各一排。

第二排最后面的那个人，高出别人一截。鼻梁高挺，五官硬朗，皮肤被晒得没那么白，眼下的小痣存在感削弱，眼神没现在那么冷戾，但疏离感还是很强的。

他正着身看向镜头，散漫地笑着，笑容很淡又十分显眼。

那年上高二，陈池驭他们几个人夺得物理竞赛榜首，老师强拉着他照了合照。

照片被光荣地挂在荣誉栏里。

沈惊瓷经过那里无数次，偷偷地瞥了无数次。

她不敢像别人一样光明正大地站在他跟前恭贺，因为她心里有鬼。

大概挂了一个半月，荣誉栏满了，要开始新的表彰。

沈惊瓷知道上面的内容即将作废，可能被丢弃在垃圾桶，也可能被风吹进下水道。

所以那天晚自习课间，沈惊瓷有了一个大胆的想法。

楼梯间迅速闪过的身影体现着沈惊瓷惴惴不安的心。

她踮着脚尖伸出手，指尖用力，照片轻飘飘地落在手心。

心脏跳动得比跑完八百米还要剧烈，沈惊瓷回到教室，手忙脚乱地将照片夹进桌上的课本，生怕被别人发现。

但又欣喜若狂。

背后的胶水泛黄，这是她唯一一张不敢公之于众的照片。

从高中看到现在，已经好多个日夜。

下午三点，沈惊瓷在宿舍休息了一天，憋不住地在走廊试腿还痛不痛。

药很好用，膝盖消肿了大半。

手机忽然振动，她收到消息。

沥周大学模型社：同学你好，恭喜你通过了模型社的面试，正式成为我社一员，请尽快加入沟通群，群号如下。

沈惊瓷一愣，没想到自己面试成那样子还能进。

邱杉月的消息也跟着发来：瓷瓷，我收到短信了！进了！你收到没有？

沈惊瓷脸上旋即出现一抹笑：进了。

邱杉月发了一个"耶！"的表情包：对了。

要不下次请陈学长他们三个吃顿饭吧，昨天的事情还挺感谢他们的。

是该感谢，但沈惊瓷想不到要怎么开口。她迟疑两秒，犹豫地问道：你去说？

邱杉月利落地回了个"行"。

大约过了十分钟，她发过来一张截图。

是和孟有博的聊天记录。

沈惊瓷扫了眼，大体意思是孟有博说问问另外两人，不一定有时间。

这点事也不用放在心上。

沈惊瓷回了"知道了"，把手机放在了一边，又走了两步。

中午涂过一次药，现在膝盖感觉不到很不舒服的地方，可以随意动弹。

她鼓着腮给邱杉月发消息：

杉月，晚上不用给我带饭了，我准备出去吃。

邱杉月在学校里有份兼职，今天恰好她值班，现在人还在外面。

过了会儿，她忙里偷闲看手机，回复了沈惊瓷：啊？你腿好了吗？

沈惊瓷：好了，就是看着青，走起路来不疼了。

那行，我刚刚看群，新闻学导论布置新作业了，这周末收，别忘了做啊。

沈惊瓷还准备抽出时间去医院，这周留的那些作业不能拖到后面，她收拾好书包准备去教室里写。

因为不是考试周，空教室还挺多。

沈惊瓷随便选了一间，推开后门选了一个靠窗的位子。

不是大教室，加上沈惊瓷才四个人，十分安静。

前面挂着的钟不停走动，静谧得十分舒服，沈惊瓷写完一半感到脖子酸痛。

她抬起头，手在肩膀上捶了两下，外面刺眼醒目的粉色忽然吸引了她的视线。

沈惊瓷别过头，大片大片粉色的晚霞映入眼帘。

像是大火弥漫天空，极致的浪漫。

手中的笔停住，沈惊瓷惊叹地仰起头。

目光盯着窗外看了会儿，鬼使神差地想起高中那会儿，傍晚窗外也总是有这种晚霞。

从题海中一抬头，听见教室各个角落传来激动的声音。

那时同桌对她说，这种晚霞要和喜欢的人一起看才最浪漫。

她就总会想起陈池驭。

暗恋就好比一个人的恋爱，未征得对方允许，却在不断地得到又失去。

当时沈惊瓷又期待又心酸地安慰自己，他们看到的是同一片霞光，已经很好了。

然而，她脑海中的画面一转，不受控制地想起两道并肩而立的身影。

她只是随意一瞥，三楼的窗台下面的篮球场，如神迹降临般出现了她心心念念的身影。

少年没上最后一节课，出现在楼下，身边还有一个叫不上名字的女生。

有人将她脑海里想象出来的画面一分不差地演出来，女孩拽着少年的衣摆指向云彩。

那一瞬，沈惊瓷自欺欺人的安慰难堪地被打破。

刺眼的场景提醒着她，在她还是胆小的暗恋者时，他已经陪在别人身边看粉色的云了。

沈惊瓷唇角的笑倏地淡了，睫毛颤了颤，费劲地将自己从回忆的泥潭中脱离。

她迫使自己移开视线，仓促地低下头看书。

情绪缓慢地平复，卷子上的单词她想了两分钟才记起是什么意思。

沈惊瓷写完两道翻译题，教室响起开门声。她揉了揉发酸的脖颈，抬头看见一个男生表情烦躁地走进来坐在她前面一排。他把课本放下后，几张写满公式的演算纸不小心从书里滑到地上，他又弯腰捡起。

沈惊瓷随意瞥了眼，桌子上那本《线性代数应该这样学》的标题后面打了一个重重的叉，看起来苦大仇深的。

男生捡起演算纸坐下，翻开书抓了两把乱糟糟的鸡窝头，浑身上下都散发着被线性代数折磨的郁闷气息，手指摁动笔的速度越来越快。

沈惊瓷理解这种感觉，她默默拢了拢自己超出桌沿的资料，生怕碰到他身上，搅乱了他那马上就要冒出来的思路。

她低头继续做题。

挂钟上的指针不断走着，只不过，教室里像是突然多了只打桩的啄木鸟，声音不大但异常明显。

"嗒嗒嗒。

"嗒嗒嗒嗒。"

沈惊瓷动作稍微停顿，目光落在前面同学手里那支不停摁动的碳素笔上，欲言又止。

有点吵，但也没到不能忍的程度。

要不要提醒他一下？

但看他现在挺烦的，感觉被人碰一下就能爆发。

在她纠结之时，后门突然被人从外面推开，一个高大的身影出现在视线中。

他将手里的东西利落地往离后门最近的那个座位一扔，人跟着坐下来，没管别的，头往胳膊上一枕，凌厉的眼神被额前的碎发挡住，半张脸陷进衣袖中，柔软的布料让棱角显得柔和。

沈惊瓷眨了眨眼，看了三次才确定这个人真的是陈池驭。

只不过他看着很颓，穿一件灰色的连帽卫衣，下面是浅色的牛仔裤，像没有骨头似的趴在那里。

和他平常的穿搭风格很不一样，很干净，有很少见的少年感。

外面是漫天的粉色，余晖透过云层洒进窗户里，在她背后静止。

她似乎美梦成真，上天听到她内心的声音，从天而降一个弥补遗憾的机会。

于是她仿佛回到了高中。

除了教室里那扰人清静的"啄木鸟"。

"嗒嗒嗒"的声音不光吵到了沈惊瓷，最前排戴耳机的一个女生也受不了了。

她回身环视一圈，最后皱着眉走到沈惊瓷前排的男生旁边，敲了敲桌子。

跟线性代数拼命纠缠的那位茫然地抬起头："啊？"

女生愤然一指他手里的笔。

男生愣了一下，恍然大悟，双手合十，嘴里小声地说："不好意思啊，不好意思。"

女生看他还算自觉，摇摇头，没再多说什么，比了一个"OK"的手势，回到自己的座位。

教室里重新安静。

倒是沈惊瓷不平静了，她后背微僵，注意力转移到了身后。

她前面和线性代数大战的那位终于胜利了，翻出一本新的练习册开始解题。沈惊瓷指腹抵着试卷的边角，试探地回头，朝最后一排的那个人看去。

也许是对目光敏感，没过多久，趴着的人有了动静。陈池驭从臂弯中露出半张脸，抬眼，像旧电影中的慢镜头，同她对视。

陈池驭那张脸没什么情绪，瞳孔漆黑，眼中的红血丝显得疲惫。

看清是她时，他皱了下眉，眼神慢慢聚焦，那表情挺明显的——没想到在这儿也能碰见她。

沈惊瓷也没想到。两个人就这样直愣愣地对视了会儿。

陈池驭先有了动作，他手肘撑着桌子，卫衣帽子边的两根绳子晃动起伏，金属的尾端泛起银色光泽。他用手支起脸，捏了捏鼻梁，冲她挑眉。

沈惊瓷想了下，准备跟他出去说。

陈池驭跟着她起身，在后门外等她。

走廊中的灯没有全开，光线不均匀，分出一条斜线。

沈惊瓷出来后，陈池驭关上教室后门，打量了她一圈，清咳一声找回自己的声音。

"你怎么在这儿？"

沈惊瓷觉得这个问题应该她问他才是，她来教室是写作业，那他呢？

"这周作业多，图书馆比这里远。"

言下之意，没想到能在这里碰见你。

陈池驭反应了会儿，感觉自己这问题问得怪欺负人的。

人家早就来了，他问这问题算怎么回事？他莫名觉得好笑。

沈惊瓷没等到下文，却发现陈池驭似乎在笑，笑得她摸不着头脑，只能猜测他还没睡醒，反应比平时慢半拍。

他没说话，沈惊瓷也不知道要说些什么。

再看他一眼，想起他刚才在教室里的模样，感觉他今天心情一般，有种说不上来的低气压。

和昨晚很不同。

风吹过来时带着一股很淡的酒味，不难闻，还有种微醺的感觉。

怪不得他和宿醉的人一样。

沈惊瓷想起了昨天那个黄毛口中刚开始的酒局。

沈惊瓷想问几句，又觉得两个人的关系没到那么亲近的程度。陈池驭也不知道在想什么，呼吸声有点重，动作缓慢。

斟酌之后，沈惊瓷轻声问："你用不用回宿舍休息一会儿啊？"

陈池驭兀自开口:"还躲着我啊。"

他低头,目光和她的对上,似乎是不解。

他一下就看到沈惊瓷那双干净的眼,此时盛着他的身影。

心中的烦躁不动声色地加重,但他还是压了下来。

陈池驭声音模糊:"早知道你在的话。"

沈惊瓷听清了这句,但是等了半天都没听见下文,不由得问:"什么?"

陈池驭"哦"了声,带着不明显的鼻音,想起自己后半句话还没说完,懒散地补充上。

"我就不这样来了。"

沈惊瓷没懂这句话是什么意思,她又"啊"了声,问:"为什么?"

陈池驭眼里终于有了波澜,语气散漫下来。

他抬手拍了拍沈惊瓷的脑袋,卫衣袖子往上跑了一截,露出的手腕上浮起凸显的青筋。

陈池驭眯了下眼,不太能听得出他的情绪:"带坏你了怎么办?"

又过了几秒,他思索着,半开玩笑半认真地说:"那样好像也行。"

12

沈惊瓷的视线掠过桌子上被陈池驭扔在那儿好久的淡粉色书包,耳边时不时响起刚才那两句话,脑袋不受控制地自己去翻译。

什么叫早知道她在的话他就不这样来了?

见她还要准备什么吗?

他也不坏啊。

那样好像也行,又是什么意思?

沈惊瓷稀里糊涂的,又不小心对上男人戏谑的目光。

沈惊瓷别开视线,假装看题。

几分钟前,陈池驭不但没回宿舍休息,还跟着她回到教室,坐在了她旁边的位子。看她写题似乎也成了什么有趣的事情。

狭窄的窗户缝吹来燥热的风,窗帘被一阵一阵地吹起。沈惊瓷写得不太顺,这种感觉就好比高中那会儿监考老师站在自己身边摇头叹气。

在她停顿的间隙,有人把教室的灯打开了。

霎时明亮的长管灯灯光有些刺眼,陈池驭眯了下眼,缓缓地适应。

沈惊瓷没忍住,用视线去寻他,她的眼睛好像会说话,原本就讨喜的弯月眉平直了几分。

沈惊瓷抿了下唇,写了张字条给陈池驭:你别闹我。

明明没声音,陈池驭就觉得他听出了几分娇气的商量意味。

不会提要求的人害怕这句话的语气太硬,怕陈池驭当真,又补充了两个字:行吗?

陈池驭沉默了几秒,这种感觉很陌生,但又十分契合他这个人。

他忍不住心痒,想逗她。

他敛了笑,了然地颔首,拿了沈惊瓷的笔,在下面干脆地回了一句:行。

陈池驭老实地侧头,把头枕回臂弯,闭了眼。

外面天色渐暗,晚霞只剩下最后的余光,暮色扩散,时间仿佛被按下慢速键。

沈惊瓷想到什么,愣神了一秒,他今天穿的是往日里很少见的卫衣,真的有种回到十七岁的感觉。

而她最喜欢的人就在身边。

她想再看他一眼,却见陈池驭睁开了眼,随着她的视线一起看向窗外。

心跳"扑通扑通",旧梦与现实的轨迹意外重合。

陈池驭目光慢悠悠地转回沈惊瓷脸上,他坦荡地侧着头,短发利落清爽。见沈惊瓷出神,他伸出食指弹了弹她试卷的边角,示意她学习专心点。

沈惊瓷用指甲戳了下手心,警告自己不要乱想,赶快做题。

陈池驭似乎又看了她一会儿,之后也没再打扰她,扣上帽子静静地休息。

开始沈惊瓷还有点不习惯,后面他好像睡着了,一点声音都没有,反而让她心安。不知不觉教室里空了,只剩他们两个人。

沈惊瓷合上试卷,发现时间已经有点晚了,她扯了下陈池驭帽子的一边,喊他起来:"陈池驭,陈池驭?"

"你该起来了。"

陈池驭被她拉起来,"嗯"了声,说:"知道。"

沈惊瓷跟他距离近了,才发现他眼底那圈青色更明显,那句担心他的话她还是问出口了:"你还好吗?你为什么来这里啊?"

陈池驭解释了一句："要去接个人，不过还没到点。"

手机振动得突然，在教室的角落里发出声响。

陈池驭看周围只有沈惊瓷一个人，腾出手抽出插在口袋里的手机，后半句话模糊在振动声中。

"这边近。"

因为这边近，所以他就过来了，没别的事。

他垂眸看向显示屏，屏幕倾斜，备注一同进入沈惊瓷眼中。

"易顺慈。"

一看就知道是个女孩名。

陈池驭手指一滑，点了接听键，也没避着沈惊瓷。

他声音有些平淡，但显得亲切："喂？"

沈惊瓷一顿，说不清是什么感觉。

下一秒，男人的笑意忽然淡了，情绪变化明显。

笑意彻底消失，男人喉结一动，目光冷了起来。

沈惊瓷离得近，似乎听到了一句什么："……周四别忘了。"

是一个中年男人的声音，沈惊瓷下意识地抬眼。

……

不是易顺慈。

"没可能。"陈池驭吊儿郎当地吐出一句，又成了那副样子，眉眼间的戾气仿佛没出现过。

接着，他轻嗤一声，嘲讽的话语不尖锐却也不留半分面子："下次这种手段少用！"

话落，他直接撂了电话，顺势将号码拉进黑名单，没有一丝犹豫。

刚刚的那股劲儿没了，情绪不再假装，充斥着阴郁。

忽然，男人感知到盯着他的那道视线，冷冷地抬起眼皮。被抓包的沈惊瓷骤然被刺了一下。

她可能是碍到他了，沈惊瓷有些慌乱地想。她静静地站在那里，垂着眸，降低自己的存在感。

陈池驭似乎缓了一会儿，忽然开口，声音哑得和之前不一样："腿好了？"

"不疼了。"她老老实实回答。

陈池驭有些烦躁，又扫了沈惊瓷一眼。舌尖抵着上颌，他磨了磨牙，站起身，突兀地结束对话："再送送你。"

沈惊瓷知道他要走了，能说话的机会已经没了，从那通电话开始。

她知道两个人的关系不到她可以窥探陈池驭个人秘密的程度，所以嗫嚅着开口："我不是故意听的。"

陈池驭反应过来，是他刚刚没收住眼神。

他轻啧，手搭上沈惊瓷卫衣后的帽子，推着人往外走："没凶你。"

他一句话带过，手上传来的压力却十分清晰。沈惊瓷一僵，瞬间觉得刚才是什么眼神都不重要了。

男人步子大，就着她走慢了许多。她仰头想说不用送了，都是在学校，自己可以回去。

但陈池驭没有给她这个拒绝的机会，也可能是她仍在贪图这点相处的时间，所以拒绝得不够直白。

两个人从楼梯间走下去，不少人的目光看过来。

她听见擦肩而过的一个女生和旁边的朋友说："她男朋友好帅，还愿意给她背粉书包。

"有点羡慕。"

沈惊瓷这才发现他们两个今天都穿的卫衣，她为了遮住膝盖也穿的裤子，还真有点像情侣装。

只是听得心虚，她偷偷瞥了一眼陈池驭的表情，男人没反应，似乎是没注意到。

他脸上没什么表情，但能感觉到他心情很不好，人也不在状态。

但他肩上那抹粉色又十分显眼，沈惊瓷开始胡思乱想，他真是对每个女生都这么好吗？

粉书包的主人，来电原主人，还有她。

可能还有很多她不知道的。

心中出现两个声音，一个理智的声音来替他开脱，陈池驭不是那种人。

另一个又往她心里捅刀，还能指望着浪子变情种吗？

眼前的场景已经转换到她站在陈池驭车前，车又和他之前开的不一样。

黑色的 SUV，和陈池驭的气质其实不怎么相符。

她发现陈池驭总是会先替她开车门再自己绕到驾驶座,这种不经意的举动真的会让她记好久。

然后越接近,越上瘾。

但今天,他开门的动作忽然停住,想起什么。

他欲言又止地看了眼她,眉头皱了下。

下一秒,他伸手推上车门,自顾自地骂了句:"麻烦。"

他回过头拉开后座门,对沈惊瓷开口:"坐后面吧。"

沈惊瓷心一缩,明明没什么毛病的话语,她听完喉咙却像是堵住了。指甲掐住手心,沈惊瓷没脾气地说"好"。

上车后,陈池驭将那只不知是谁的书包往副驾驶座一丢。沈惊瓷诧异地发现,副驾驶座坐垫的颜色和书包的颜色竟然巧妙地重合。

同样的粉,很淡,但在黑色汽车高级的配置中显得格格不入,用意又昭然若揭。

她仓促地别开眼,手没忍住攥成拳。

那他送自己回宿舍算什么?

一种名为难堪的情绪侵略着沈惊瓷的自尊,甚至比之前见他有女朋友更难过。

车子缓缓启动,陈池驭的声音忽然打破束缚她的茧房。

"晏一的车,副驾驶座不让坐。"

他有点不屑,扫了眼那片粉色,嫌弃溢出来:"事真多。"

沈惊瓷愣了下,呆呆地从斜后方看着陈池驭。

陈池驭从后视镜中精准捕捉到沈惊瓷的双眼。看着那双水汽氤氲的眼睛,他眉一皱,多说了两句:

"晏一家一个小孩,上学呢。

"替他去接一下还非要指定开什么车,矫情死了。"

书包的主人是谁,浮出水面了。

晏一。

晏一的车。

和他都没关系。

沈惊瓷觉得陈池驭这话就跟特地解释给她听的一样,她似乎应该表个态。
"哦……"
沈惊瓷干干地吞咽一下,头顶的乌云被拨开了。她点了点头,说:"都一样的。"
坐在哪里都一样的。
车子速度不快,驶过图书馆的时候,前面的人忽然轻笑了声。
什么都没说,就是很轻地笑了一声。
钻进沈惊瓷的耳朵,她脸唰地红了。
……

后来的几天,沈惊瓷的生活和往常一样按部就班。
只是好久没看到陈池驭的身影。
模型社举办了一场见面会,晏一和孟有博都在,那个人照样没有出现。
沈惊瓷有些失落。
趁着周末,她又去了趟医院,沈枞的气色似乎比之前好了些,她去的时候沈枞刚刚复健完,额上挂着密密麻麻的汗珠。
沈枞拉着沈惊瓷笑,呈现出一种少年应该有的活力。
他悄悄凑到她耳边说:"姐,下次能不能给我带几本书过来?"

再转眼,时间一晃就到了日历上的周四。
邱杉月最讨厌周四,因为这天的课从早上八点上到晚上九点十分才下课。
除了下午一、二节全部有课,累得要死。
七点五十分,邱杉月有气无力地趴在最后一排的桌子上,眼皮重得要死,抬都抬不起来。
"我上辈子造了什么孽,为什么要……这么对我?"她打了个哈欠,亮着的手机屏幕上是一个非常帅的男人。
邱杉月自从经历上次的事便发誓彻底远离男人。她最近沉迷一个乙女游戏[①],扬言还是纸片人最香。

---

① 乙女游戏:一种以女性群体为目标受众的恋爱模拟类游戏。

沈惊瓷问:"怎么了?昨晚没睡好?"

邱杉月摆摆手,指了指屏幕:"和帅哥恩爱到三点半。

"你不懂。"

"……"

沈惊瓷唇线抿直,看着疲倦的邱杉月,替她从包中拿出课本,翻开一半盖到她头顶。

"您请继续。"

忙了一上午,邱杉月体力被榨空,又开始念叨她的糖醋小排。

"走走走,我们去食堂,吃小排!"

熟悉的语气带着记忆涌上,沈惊瓷不受控制地想起陈池驭。

周四……

电话里说的周四?

耳边是快走带过的风,沈惊瓷心不在焉,没听进去邱杉月在说什么。

好想知道陈池驭怎么样了,已经有一周多没见。

又忍不住好奇周四他要去干什么,为什么那么不开心。

他的朋友圈是三天可见,没有任何动态。

沈惊瓷只能对着那个不变的头像,反反复复翻看之前的聊天记录。没几句话,她都快背下来了。

只是中午的沈惊瓷还没想到,她心心念念的人,马上就能见到了。

在晚上。

代价是逃掉一节课。

13

五点四十八分,下午最后一节课还有十几分钟结束,邱杉月手肘忽然碰了沈惊瓷一下。

沈惊瓷看着投屏的目光侧过去,转过头询问:"怎么了?"

邱杉月什么话都没说,只是从桌子上将手机推到沈惊瓷面前。

沈惊瓷低头,见邱杉月手机的页面停在朋友圈。

最新一条是孟有博发的,四分钟之前。

灯光昏暗的角落,桌前堆积了不少酒瓶,出镜的只有旁边捏住杯壁的一只好看的手。青筋微微凸显,微红的腕骨上戴着一只黑色皮带腕表,银色的表盘光洁,模模糊糊地倒映出一个影子。

说来也怪,沈惊瓷一眼就认出了那是陈池驭。

沈惊瓷看着邱杉月的手机,问:"什么意思?"

邱杉月指了一下文案,没说话。

沈惊瓷这才注意到,孟有博的配文是——

"终于灌醉了,五十元可带走。"

十一个字,沈惊瓷看着沉默了。

她皱着眉别开眼,声音压得很低:"什么意思?"

邱杉月食指弯着,在那条朋友圈旁点了点,开门见山:"陈池驭。

"你不想去?"

沈惊瓷觉得口干,错愕地反问:"我为什么想去?"

邱杉月的手从下面碰到了沈惊瓷的大腿,用了点力压着。

沈惊瓷觉得痒,忍不住想躲。

邱杉月脑袋凑了过来,离得很近。她头微低,温热的呼吸喷洒在沈惊瓷锁骨上。她还在笑,用气音说:"瓷瓷,别装。

"我都知道。"

沈惊瓷脑袋闪过一道白光,身子发麻,脸烫,发蒙地问:"你知道什么?"

讲台上的老师在往这边看,眼神盯着后方,含着警告。

邱杉月瞥见,立马噤声,写道:等等,下课再说。

沈惊瓷听得恍恍惚惚的,脑子里有根尖锐的弦不断拨动,震得发疼。

她忍不住拿出自己的手机,她也加过孟有博的微信。

一分钟前,那条朋友圈多了一条孟有博自己的评论:快快快,想来的赶紧,大仇得报。

沈惊瓷没看懂,她想点开那张图放大看看,但又顾及着邱杉月在旁边。手心出了汗,等不到下课了,她忍不住戳邱杉月。

"你别吓我,你知道什么了?"

不是所有的秘密都能见光。

她现在心很慌,也顾不得讲台上的老师,太阳穴突突直跳。

邱杉月忽然有些后悔,她好像不应该说,但刚刚可以说是下意识地反驳。

看沈惊瓷的模样确实是被吓到了,她点开微信给沈惊瓷发了一条消息。

模样还欲言又止的。

——我感觉你喜欢陈池驭。

沈惊瓷没有看自己的手机,而是跟着邱杉月的输入法,看着消息在她眼前发了出去。

完了。

说不上是什么感觉,沈惊瓷眼前霎时发白。

是秘密被揭穿后的害怕和恐慌。

她果然还是没藏好,那陈池驭是不是也能看出来?

邱杉月看到沈惊瓷表情不对劲,有些慌了。

铃声恰好响起,台上的人一刻也不愿拖,直接喊了下课。

教室里的人吵吵闹闹地站起来,沈惊瓷还坐在原地。

邱杉月嘴角僵直了一下,恨不得抽自己一个嘴巴子,她就不应该多说那句话。

该解释的还要解释。

"惊瓷……"

"那天路过你的桌子,看到你手机亮着,页面是陈池驭的朋友圈。"

沈惊瓷没反应,邱杉月更急了:"其实我也是瞎猜的,就随便一说……"

没想到真是瞎猫撞上死耗子了。

沈惊瓷自己缓了会儿,邱杉月的话听得模糊,她喉咙又干又疼:"杉月……我……"

教室里的人陆陆续续走完,从嘈杂到静谧。邱杉月举起手指,动作麻利地发誓:"我绝对不往外说。"

沈惊瓷扯动嘴角笑笑,头还是疼。

她点点头,轻声问:"你会不会觉得我很自不量力?"

敢喜欢陈池驭。

邱杉月没忍住,一把抓住沈惊瓷的手,声音急切:"你说什么呢!

"你怎么会这么想？"

"他哪哪都好啊。"

邱杉月不服："什么啊！

"人无完人，更何况你也很好。"

沈惊瓷摇摇头，她才不好。

不然为什么一出生就被人抛弃？

两个人还坐在原位，邱杉月想起什么，松开沈惊瓷的手去点朋友圈。

她滑动了两下，孟有博的头像却不见了。

她不敢相信地又看了看，确实没有了。

被删了。

沈惊瓷也看到了，整理好情绪笑了声："我猜孟学长可能挨揍了。"

邱杉月闻声抬头，没笑，浅棕色的瞳孔目光变得坚定，明亮亮地盯着沈惊瓷，嘴巴一张一合，吐出几个字："瓷瓷，给我一个将功补过的机会。"

"啊？"

"我说，我帮你。"

……

沈惊瓷觉得自己一定是疯了，不然为什么会被邱杉月哄到这里。

熟悉的场景，位置却不一样了。

她陷在柔软的皮质沙发中，隔着段距离，视线的尽头是一张模糊的侧脸。

若隐若现，时不时被外侧活动的人遮住。

沈惊瓷手指无意识地捏紧杯壁，还是觉得太疯狂了。

此时是七点二十分，晚上最后一节课早已开始，她们却在 make zero 看别人醉生梦死。

"杉月，要不我们回去吧？"沈惊瓷抿唇，迟疑地说，"说不定还能赶上最后半堂课。"

邱杉月面前已经空了几个杯子，制造出一种假象，就像她们早就在这里了。

"不行！你不是想见他吗？好不容易有个机会！"

沈惊瓷是想见，但她有种预感，周四对陈池驭来说不会发生好事。

有点担心，想知道他怎么样了。

邱杉月把沈惊瓷强拉过来的时候拍着胸脯保证："一切都交给我！放心，我演技贼好。"

邱杉月不听劝，歪歪斜斜地走了过去。

沈惊瓷脸埋进了掌心，重重地叹了一口气，不敢看前面即将发生的事。

要不她自己跑吧。

在这种被撕扯的纠结中，她姿势不变地维持了三分钟，再抬眼时，邱杉月已经在往回走了。

邱杉月走近，招手："来。"

她脸上带着收不住的笑："他们让我们过去坐，一块儿玩。"

"……啊？"

邱杉月拉沈惊瓷的胳膊："你看，我就说能成。"

沈惊瓷越来越后悔，她真的不应该跟邱杉月来。

太糊涂了，邱杉月的助攻太猛，她挺不住。

可如今箭在弦上，不得不发。

过去之后才看清，卡座里面还有两个女生。

沈惊瓷视线一滞，事情越来越超出她的想象。

她不比邱杉月，更何况是在有陈池驭的场所。

她半个身子藏在邱杉月的身后。还是孟有博话最多：

"沈妹妹也来了啊，坐坐坐。"

他边说着边推了一把黄毛，吼道："池嘉，坐里面去！"

池嘉不客气地用胳膊肘给了孟有博一拐，嘴角一抽："看不到驭哥心情不好？

"没脑子才去撞枪口。"

不似那天晚上沈惊瓷见他时那种鲜活样儿，暗调的灯光下，偏金色的头发张扬桀骜。

沈惊瓷不动声色地瞥了眼，果然，陈池驭两边的位子空着。

半包的空间只有他那里显得寂寥。

邱杉月脑子灵光，立马解围："没关系，我们随便找个地方坐就好了。"

而沈惊瓷就这样坐到了陈池驭边上，中间只有大约一个人的位置。

意识到沈惊瓷坐的靠近谁后，所有人的视线不约而同地集聚。

空气安静了。

孟有博嘴巴微张，脖子向前倾，似乎有话想说。

池嘉眉头也跟着皱起，两秒后，他瞅了孟有博一眼。

他跷着的腿放下，手臂从后面绕回来，烦躁地拍了拍身边人的胳膊："你先起。"

突然，晏一清冷的声线随着酒杯碰撞的声音响起，截断池嘉的话。

"一个位子而已，玩就是了。"

"你让人起来做什么？"

所有人下意识地去看陈池驭的反应，然而陈池驭如同置身事外，姿势一直没变。

他脖子泛红，后仰着，后脑勺抵在沙发靠背上，闭着眼睛，真的醉了。

孟有博瞥了眼晏一，眸色深了几分，思索着什么。

片刻，他拍了拍池嘉，手捞过桌子上的骰子，叫道："喝！"

池嘉接话也快："行，一会儿别说我不给你面子。"

孟有博的声音喊回了那些视线，谁也不是傻子，解围的话不用说得太明。

目光前后挪开，气氛复原，杯盏交错。

邱杉月的手握了握沈惊瓷的，让她安心。

节奏渐渐地好了起来，没人在意角落里的她。

昏暗的光线中，沈惊瓷终于有机会轻轻地偏头。

陈池驭的呼吸声又重又缓，手里还掐着一支快烧到尽头的烟，猩红的小火光就快触到肌肤。

混乱的说笑声遮住沈惊瓷的声音。

"陈池驭。"

"……"

意识消消沉沉，被人叫到名字的陈池驭喉结滚动一下，闻声微微偏头。

他睁开眼，长密的黑色睫毛下影影绰绰，明亮的瞳仁情绪深浓，疏离地看向她的脸。

陈池驭没什么反应，人没清醒，仿佛也没看出她是谁。

沈惊瓷还是细声提醒："烟。

"别烧到手。"

他垂眸，眼神在沉浮的光的罅隙中，看向自己的手。

火光烧到指尖，他被烫了下。

细小的刺痛让他清醒片刻，陈池驭随手掐灭了烟，烟蒂倏地落到地面。

眼睛适应了这片的光线，他愣了会儿，嗓音喑哑，尾音直直地扫在她跳动的心上。

——"是你啊。"

沈惊瓷手指不安地抠着皮质沙发，她"嗯"了声，眼神却落在陈池驭面前杯子上的口红印上。

他没动，沈惊瓷也就没开口。

周围很乱，只有他们是安静的。

沈惊瓷以为他会问自己为什么会出现在这里，但他没有。

他说那句话的语调很轻，仿佛已经预料到，又仿佛习惯了她这个人在。

"习惯"这个词，不免有些暧昧。

陈池驭今天看着很颓，又格外地性感。他撑起身子，手臂抵着膝盖捋了把头发，眼神不咸不淡的，气场很冷。

"喀。"陈池驭咳了声，手指捏了下不舒服的喉咙，又抬起眼皮拿过前面的杯子，仰头将酒送入口。

沈惊瓷愣神，他的唇只差一点就跟口红印重合。

紧跟着，陈池驭也意识到什么。

他仰头的动作一顿，旋即放下手腕低下头，口腔中的酒"哗"的一声吐出。

玻璃杯发出巨大的"哐当"声，连带着里面的酒，毫不留情地被扔进地上的银色铁皮桶里。

沈惊瓷听见他低声骂了一句。

陈池驭下颌紧绷，眼神嫌恶地拿过旁边刚启盖的酒瓶，三根细长有力的手指捏住靠近瓶口的位置，生硬地灌了几口。

动作循环，漱口一样吐了个干净。

陈池驭长臂绕过沈惊瓷,动作自然地准备搭在后面的沙发上。

然而身边的人随着他的动作忽然一抖。

像只受惊了的兔子,警惕又胆小。

他另一只手还捏着酒瓶,看见沈惊瓷的动作,一怔:"你缩什么?"

沈惊瓷抿着唇摇头,不承认:"你看错了。"

但她确实是被吓了一跳,还在想陈池驭是不是不喜欢别人坐在他旁边,要动手。

陈池驭自己思索了两秒,忽地气笑了,他反应过来:"我能打你不成?"

沈惊瓷没吭声,头发随着她的动作从耳后垂下,清冷又柔和。

但陈池驭就是看出了一丝倔,他笑着,手就近点了点沈惊瓷脖颈:"小没良心的。"

话落,他的眼神在她浅黑色的头发上停了几秒,忽然想到什么。

心思一动,陈池驭收敛了笑意,他若有所思地放下那只手,忽然朝沈惊瓷勾了勾:"把手给我。"

他思维跳转得太快,沈惊瓷没懂:"嗯?"

陈池驭"啧"了声,头侧着,不想多说,嫌麻烦似的直接拉过沈惊瓷的手。

男人手掌温热,指腹有几道粗糙的硬茧。

沈惊瓷全身发麻,身体本能地随着男人手指滑过的地方泛红。

他手指捏住她细软的指尖,另一只手从自己手腕上顺下一串东西,想从两人交叠的手指转移到她手腕上。

在沈惊瓷愣神时,一道不同于手掌的温热的冰凉,从指尖滚到白皙的手腕,最后停下。

紫檀木的珠子圆润有光泽,一看就是好品,只是环在女孩胳膊上松垮了些。

却也有一种别样的美。

陈池驭把着她的手腕看了两秒,似还满意般地点了下头。

动作撞进沈惊瓷视线里,她看到陈池驭唇角噙着一抹捉摸不透的笑。

他开口:

"戴着,留给你扎头发。"

14

　　他的声音有被酒精润透过的沙哑，但沈惊瓷不知道为什么觉得醉的是自己。
　　粗糙的指腹每触碰到一寸皮肤，她的身上就好似被野火烧过一次。
　　酥麻从左手被捏住的手腕跑遍全身。
　　偏偏陈池驭的动作太过平常，没有半分逾矩。
　　他的目光只是驻足在那串被他套上来的紫檀木上。光线沉浮，不知他在想什么。
　　沈惊瓷好久没回神，反应迟钝地低头维持着同样的姿势。
　　心跳如雷，遮住所有杂音，又害怕被人听见。
　　她看见陈池驭还是没有松手，松散地扣着她的手，一分多余的力道都没使。
　　算不上第一次接触，却和之前每一次的接触都不一样。
　　太久了。
　　还是带有目的的。

　　沈惊瓷觉得自己心跳得身子都快颤抖了，她手指发僵，又不敢让陈池驭发现。牙齿磕到唇内，似乎出血了，轻微的刺痛让她茫然。
　　眉蹙到一起，眼睛微眯。
　　这是真的。

　　沈惊瓷的手腕又细又白，凸起的腕骨小小的。陈池驭目光顿了一下，手指钻入手串的空隙挑出一截多余的，向外扯着又绕了一圈儿，原本缠了两道的，又被他弄出一圈儿。
　　珠子被扯开距离，露出里面的黑色皮筋，很细，将一颗颗珠子串在一起。
　　"合适了。"
　　手腕上的温度消失了。
　　陈池驭松了手。

他又懒散地仰靠到了沙发上，腿敞开着，浑身染着倦怠，一句话也不愿多说。

沈惊瓷下意识地跟着陈池驭的动作看他。

她听见他呼吸粗重地咳了声，往嘴里又送了口酒。

眼睛也闭上了。

男人五官线条流畅，没了笑意的唇线绷得直，左眼下的小痣都显得淡。

沈惊瓷不敢再看。

她木讷又仓促地收回视线，被他握住的那只手的掌心出了密密麻麻的汗珠，手腕上的紫檀木仿佛是一条铐链，圈住她，让她动弹不得。

陈池驭一没了声，周围的视线全都往这边瞥，有的偷摸，有的直接，无一不在打量她。

沈惊瓷和斜对面的一个女生视线猛然撞上。

那个女生在一个她不认识的男人怀里，但两个人的视线都在往她身上瞥。女生化着很浓的妆，咬着唇瞪着沈惊瓷，像是要吃人一样。

沈惊瓷后背绷直，她口舌发干地站起来："抱歉，我去趟洗手间。"

沈惊瓷今天穿的是一双白色的帆布鞋，脚步落在地上没有声音，但沈惊瓷愣是觉得自己走得太过慌张。

洗手间的光亮得刺眼，没了混沌昏暗的光，她抬眼看向镜子中的自己。

滑落的发丝也遮不住红透的耳尖。

沈惊瓷脑子还是发蒙，水龙头冲出的水流径直砸进白瓷盆台的弧面，她动作慌乱地接住一捧水。

秋日里，冰冷的水流冲刷着燥热。

身后悄然传来邱杉月的声音——

"瓷瓷。"

沈惊瓷立马回头，脸上还沾着水，澄澈的眼睛似乎凝了一团雾气。

邱杉月惊喜地笑，视线紧接着落在沈惊瓷的手腕上。

颜色一深一浅，莫名有种禁忌感。

她欣喜地走过来握住沈惊瓷的手腕，又惊讶。

"我的天，陈池驭送你东西了？"

沈惊瓷更清楚地看到了紫檀木的样子，似乎还带着陈池驭的体温。

"我也不知道这是怎么回事。"她没和邱杉月说过之前那根皮筋的事情。

那天他说过"得赔"之后,沈惊瓷当然说了不用。

一块钱的东西,随便在哪个商店都能买到。

陈池驭过了好久都没回,直到她快睡了,那头才回了一句:

不行。

沈惊瓷浅淡的睡意被那两个字一下子就折磨没了,她想了好久也没想到应该怎么回。

最后,沈惊瓷只能委婉地拒绝,再次强调:

不值钱,真的不用。

那是那个话题的最后一句,她又干巴巴地等了半个小时。

她看着只有那么几个字的聊天记录,又看着最后一个绿色的聊天框,忽然觉得,自己说的话好无聊。

拒绝也拒绝得那么死板,一点都不讨人喜欢。

陈池驭是不是也觉得没什么好说的?

手指在屏幕上犹犹豫豫地打了几个字,试图让呆板的回答变有趣些。

但她失败了。

绞尽脑汁也不知道还能怎样说,半个小时的时间让她不管说什么都变得好突兀。

凌晨一点,宿舍悄无声息。

沈惊瓷翻了个身,心里发闷地将聊天框中的字一个一个删掉。

她最后看了一眼陈池驭的头像,知道他不会再回消息了。

那天,沈惊瓷的心情从愉悦突然跌到低谷。

因为加上他的微信而开心,又因为自己的死板而讨厌自己。

可是现在……

邱杉月越看越震惊:"瓷瓷,陈池驭是不是想追你啊?"

沈惊瓷出走的神志被扯回:"不可能!"

她回答得斩钉截铁,邱杉月愣了下,瞬即反驳:"那他为什么对你这么好?"

沈惊瓷垂下眼眸。

"可能是……赔给我的吧。"

他说过什么,就真的做到了什么。

沈惊瓷放下自己的手:"还是还给他吧,这个太贵了。"

"为什么啊?陈池驭又不差这点钱,送给你的为什么不要?"

"再说,你可以下次回送他啊,这样你们就又多了一个见面的机会。"

沈惊瓷温吞地摇头:"不太好。"

邱杉月还想再说什么,被沈惊瓷堵了回去。

两人往回走着,临近卡座脚步一顿。

刚刚还是满着的,现在人散了大半。

孟有博看到两个人回来,招手解释:"他们说累了,走了。"

邱杉月一愣,又不是没出来玩过,哪有这么早散场的?

她扫了眼,只剩陈池驭和孟有博两个人。

说是两个人,陈池驭却紧紧锁着眉,手背搭在额上,看着十分不舒服。

孟有博顺着她们的视线睨了眼陈池驭。

他似乎是特意对某个人解释:"喝了两天了。"

但又不像是解释,是那种幸灾乐祸的语气:"不过死不了,不用管。"

沈惊瓷手指要摘手串的动作慢慢地顿住。

他看着不想被打扰。

孟有博站了起来:"我送你们两个回去吧。"

邱杉月不怎么给面子地"啊"了声:"你送?你不是喝酒了吗?"

孟有博轻哼了声,从兜里掏出自己的钥匙。

哗啦哗啦地在邱杉月面前抖了抖。

"哥不会叫代驾?"他肩膀一耸,吊儿郎当地站在边上等两人。

"走啊,你们两个女生,还喝酒了,被变态盯上怎么办?"

邱杉月想到上次的经历,瞬间觉得整个人都不好了。

她点了头,脸变得快:"那谢谢学长。"

沈惊瓷的目光还停在陈池驭身上,她眉也跟着皱,脑子里全在想陈池驭为什么要喝这么多。

是遇上什么烦心事了吗?

邱杉月悄悄地叫了声沈惊瓷:"走吗瓷瓷?"

也没有走不走的选择了,沈惊瓷点了点头,也对孟有博说了声"谢谢"。

孟有博笑笑，眼神却往她手上扫了眼。

代驾还没来，孟有博坐在副驾驶座，沈惊瓷坐在后面。
车厢中开着一盏暖黄色的照明灯。
沈惊瓷的视线一直落在紫檀木手串上。
过了好久，沈惊瓷眨了下眼，鼓起勇气问了句："学长，陈池驭……遇到什么烦心事了吗？"
孟有博喝了点酒，嘴比脑子快，闭着眼睛嘴皮子一张，直接吐了出来："就家里那点破事呗。
"他家那位隔段时间就得作妖，要搁我身上我也受不了。"
沈惊瓷微怔，这些都发生在和她隔绝的一个世界。
她抿了下唇："那陈池驭一个人在那里行吗？"
他们都走光了，谁照顾他？
孟有博满不在乎："能有什么事？被人拐了他也不会吃亏。"
"……"
邱杉月嘴角一撇，没忍住翻了个白眼。她握住沈惊瓷的手摇头表示安慰：不会有事的，别听他的。
沈惊瓷虽然知道他们既然能放陈池驭一个人在那儿，就说明不会有什么问题。
可她的心就是很不安。

"嗒嗒嗒。"
车窗从外面敲出声音，孟有博了然地"哦"了声。
代驾来了。
然而沈惊瓷如梦初醒般说了句："我有东西落下了，杉月，我回去拿一下。"
邱杉月秒懂，她直起身："那我和你一起去吧。"
沈惊瓷摇了摇头："不用，我没喝酒，自己能回去。"
邱杉月又觉得自己不好打扰他们，两个人都下去孟有博这边也不好解释。
沈惊瓷做出决定，行动非常利落。

她推门直接下车。

同时,代驾进入驾驶室。看到后门开关,他有些蒙地看向孟有博:"欸?我们走吗?后面有个人出去了。"

……

沈惊瓷顺着记忆找到刚刚的卡座,和想象中的一样,见到了在原位置的陈池驭。

在没有人的地方,他似乎更疲倦了。

黑色的衬衫上面有几道褶皱,他眉头就没松开过,似乎真的遇到了什么烦心事,颓得厉害。

桌上又出现了一个空的酒瓶,男人眼尾泛红。

沈惊瓷站在一旁,看得心疼。

心脏窒息一样地闷,喘气都难受。

忽然,他有预感似的抬起眼,长密的睫毛动了下,扫了一眼面前的人又闭上了。

也不知道他看没看清她是谁,沈惊瓷手指不安地摩挲着。

他好似没骨头般地放下了一只手,眼没睁,嘴唇却张合了下。

沈惊瓷靠近,想听清他说的是什么。

声音很轻,又颓又哑,前面的音节就这样藏匿在唇齿间。

只有尾音留下。

是一个"cí"的发音。

沈惊瓷恍神,不自觉地想起那通电话上的名字。

那应该是导致他成现在这样的原因,沈惊瓷没有把握。

他喊的是哪个 cí 呢?

是瓷,还是慈?

15

沈惊瓷想靠近一点,想听清陈池驭说的是什么。

但陈池驭噤声了。

温暖的热气突然喷洒在她耳廓,沈惊瓷半撑着沙发的僵直的手一抖,如遇到洪水猛兽一样往后踉跄了一步。

猛然撞上身后的茶几,酒瓶轰然掉落。

噼里啪啦的玻璃碎裂声震耳惊心。瓶子中的酒水湿答答地黏在沈惊瓷小腿上。

地上一片狼藉,几个透明的玻璃杯被一同牵连滚落在地,发出沉闷的声响。

沈惊瓷下意识地抬眼去看陈池驭,他眉头皱得紧,不知道有没有被吵醒。

沈惊瓷迅速地收回视线蹲下身,伸手去捡那个滚得越来越远的杯子。

碎玻璃碴崩远,星星点点。杯子滚到茶几下面的另一头,有些远。

她脖颈压低了些,用力地去够那个杯子。

靠在沙发边缘上支撑的手臂忽然被一股很大的力道拽起。

连带着她整个人一同落到沙发上。

沈惊瓷蒙了下,忙不迭地看向身边的人。

陈池驭手揉着眉,瞥了眼还没坐稳的沈惊瓷:"干什么呢?"

沈惊瓷讷讷地应了声,手指掩饰地指着地面:"杯子掉了。"

陈池驭今晚没说几句话,仅有的几分钟清醒也就送了那条手串。

他一抬眼,周围全空了,就沈惊瓷还在。

他声音有些沉:"你怎么还在?"

沈惊瓷怔了怔,脸色瞬间涨红。

她记得自己的理由是有东西忘拿了,下意识地要用这个理由解释。

可又对上陈池驭那双漆黑的瞳,说谎的声音硬是卡在喉咙中。

她抿着唇,两人对望着沉默了几秒。

末了,沈惊瓷吸了一口气,歪着头巧妙地避开那个话题:"你感觉怎么样了?"

陈池驭笑了声:"就跟我说这个?"

"啊……"沈惊瓷不自然地咽了下口水,陈池驭的视线从上而下看着,无形的压迫感落在她身上。

有种小学不听话被老师抓包的感觉。沈惊瓷手指在沙发上抠着,想着对策。

思索了片刻，她小心翼翼地迎上男人的眼神。

眼睛真好看，哪哪都好看。即使暗地里描绘了千百遍，但只要一见他，就会止不住地想靠近。

沈惊瓷心一颤，悸动得厉害。

沈惊瓷鬼迷心窍地说了句"不是"。

不是想说这个。

她来是想看看他怎么样了，再回来也是担心他出事。

沈惊瓷陷进了一个漩涡，被蛊惑了心智。她鼓足了所有的勇气，小心翼翼地问："陈池驭，你有人照顾吗？"

一切都是浑浑噩噩的，耳边响起的声音仿佛不是自己的，只有陈池驭是清晰的，脉搏跳动得剧烈。

但身上的枷锁好像轻了些，沈惊瓷想，就当自己和他一起醉了吧。

她眼睛很亮，弯弯的一道眉只要沾上一点笑意，就会惹人心软。

就像现在，她像是还没养熟的小猫，第一次试探着迈出步子要和人亲近。

须臾，陈池驭眸色似乎深了些，影影绰绰地看不真切。再看时，他散漫的表情收敛了，眼中的情绪也跟着变淡。

"沈惊瓷。"

他没有预兆地连名带姓地喊了她一声。

男人的醉意好似开始消退，冰冷难攀的气场重新回到陈池驭身上。薄唇挺鼻，脸部线条优越凌厉。

沈惊瓷脸一白，一种不好的预感爬上心头。

她好像猜到陈池驭要说什么了。

果然，陈池驭开口说的话没什么感情，他语气很淡，但不锐利，平静地说着一个不重要的事实："喝了点酒而已，还不至于。"

沈惊瓷垂下眼，人体本身的自我保护系统让她想逃，可是不行。

陈池驭说完，没看沈惊瓷是什么表情，他自顾自地弯腰，捡起了沈惊瓷没有够着的那个杯子。

手指轻轻将杯子倒扣放在桌角，发出一声清脆的响声。

他的声音听着没什么说话的兴致，言简意赅："捡杯子这种事以后别做,不适合你。"
"以后别做。"

别做。
沈惊瓷沉默两秒,侧过头看他,她的声音很轻,问:"为什么不适合?"
她手上还戴着他今晚刚给的檀木手串,缠了三道正好,根本不会松垮。
酒吧的背景音乐不知什么时候变了,放着一首有点舒缓的爵士乐,但不低沉。
混着陈池驭的声音,温吞地袭来。
"地上全是碎碴,容易伤到手。"

是吗?
沈惊瓷有些执拗,明明已经该住口的话偏偏非要问到底。眼中的酸涩开始往上涌,她直直地盯着陈池驭手里扣着的杯子:"那就不捡了吗?"
陈池驭却痛快地"嗯"了声:"反正也不是什么重要玩意儿,就不要了。"
沈惊瓷双手撑着沙发的两边,没想到他会说得这么直接。
明明之前还是好好的,为什么一周就变了?
她不懂,鼻尖慢慢变红,声音也发哽:"那如果我很……"
陈池驭打断她:"一个杯子而已,没什么如果。"
他好像真的只是在说一个杯子。

失态的话堵在胸口,沈惊瓷喘不上来气,难受得要死。
她抿着唇不说话,过了好久,才想到什么,跟找到什么证据一样。
"那你刚刚,是不是喊的我的名字?"
"不是。"男人回答得利落,声音已经含了不耐烦,有种想快点结束这个话题的意味。

不是。
那他喊的真的是另一个人吗?
心里的侥幸被他亲自打破,她的声音在不正常地颤,最后一丝勇气终于被消耗完毕。

眼尾一滴泪猝不及防地落下，不轻不重地砸在黑色的沙发上，沈惊瓷用手指慌乱地抹掉，生怕被谁发现。

打火机扳动扣板的声音响起，但没有烟味。

陈池驭手指一下一下地摁着银色的打火机，节奏稳定，却好似在催促。

沈惊瓷深吸了一口气，牵强地笑了笑。

她还算平静地回答：

"那是我听错了。"

沈惊瓷觉得自己像个傻子，为什么憋了那么久的事情就因为今晚的一点不同而越界了。

她不该说的。

女孩突兀地站起身，使劲地掐着手心憋回泪意，她扯出一丝笑，不去看陈池驭，自己说着："那我先走了。

"下次见。"

说完，沈惊瓷背过身，踩着地上的碎玻璃和水渍往外走。

小腿不小心碰到桌角，钻心地痛。人却越走越快，越走越快。

陈池驭再也没有发出声音。

眼泪不争气地掉下来。

她赶紧抹了一把，咬着唇不出声。

她小跑到路边，极力地向远处眺望，眼睛睁得很大，用劲儿地克制着。

只是风吹得眼睛还是干涩。

她向那辆出租车招手，上车后缩起来，若无其事地对司机报出地址："沥周大学。"

车子飞快行驶，风呼呼地往车里灌，吹得沈惊瓷头发乱起来，她眯了眼。

外面的夜如此平常，和每一天都别无二致，沈惊瓷别过脸看着窗外的景象，手指用力揉了两下眼。

偏偏一抬手就看到左腕上的东西。

泪像是珠子一样不要钱地往下落。

沈惊瓷仓促地把手串摘下来，颤抖着尽量不哭出声。

前面的司机听到声音,以为小姑娘失恋了。
"哎呀,怎么哭成这样了,怎么了?失恋了啊?"
沈惊瓷鼻音很重地摇头说不是。
她根本连失恋的机会都没有。
沈惊瓷缩着腰,手抵在唇边,牙齿咬着指骨克制情绪,满脸湿润。

她不应该来的,不应该窥探陈池驭的生活。
那从来就不属于她。
是她太贪心了。
只不过周四真的好讨厌。
说了下次见。
就好像真的还有下次。
真的有吗?

make zero。
手机不合时宜地响起,陈池驭看了眼来电显示,把手机放到耳边。
"人到学校了,看着她进去了。"
"嗯,知道了。"
那头又忍不住说:"你这是何必呢,惹人走了还挂念着。"
陈池驭懒得搭理:"挂了。"
手机被他扔回桌上,恰好砸到边缘的那个杯子。
"啪——"
这次杯子碎得四分五裂。

16

邱杉月看到沈惊瓷红肿的眼睛时,直接蒙了,连忙走过去问是什么情况。
沈惊瓷勉强地笑了笑,但还是一副明显哭过的样子。
邱杉月舌头都在打结:"怎么回事?陈池驭不会喝醉后打你了吧?"
沈惊瓷摇头,疲惫地从衣柜中翻出衣服和毛巾。

小腿上的酒渍黏得难受。

被风吹了一身冷汗,她现在一句话都不想说。她有气无力:"杉月,我先去洗个澡。"

进浴室前,沈惊瓷脚步一顿,慢吞吞地从口袋里拿出那条细长的檀木手串,看了眼,放到了自己床上。

她洗澡很慢,心思也不集中。

地板砖上积了不少泡沫,脚下打滑差点摔了一跤。

洗得也差不多了,她干脆冲了冲从浴室出来。

出来之后才发现仰可也在,和邱杉月齐齐地望向自己。

洗完澡后的沈惊瓷脸格外地白,唯独眼眶和鼻头泛着红,看得人心疼。

仰可扫了眼,转头问邱杉月:"她哭什么?"

仰可是个"直球女",说话也直来直去。

邱杉月嘴角一抽,忍不住白了她一眼。

见邱杉月也不说话,仰可歪着头打量着沈惊瓷,不确定地问:"你失恋了?"

"什么时候谈的?我怎么不知道?"

一晚上被两个人问是不是失恋了,沈惊瓷也觉得好笑,声音又哑又闷:"单方面失恋。"

"哦——"仰可点头,"我知道了,那你这是暗恋。"

沈惊瓷坐在椅子上,一下一下地擦着头发,没否认。

仰可挥了挥手,给沈惊瓷倒了杯水,老生常谈的语气:"小女生的心思我懂。"

邱杉月没想到仰可看着比自己还懂,有些不敢相信地问:"你也暗恋过?"

仰可点头:"高中的时候。"

她话锋一转:"不过后来我发现这招没用,就直接挑明了。"

说实话,邱杉月在这方面是没有发言权的,她就谈过一段恋爱,是对方追的她,谈到最后对方还是个渣男。

仰可转过头来问沈惊瓷:"你喜欢的那个人有女朋友了?"

沈惊瓷抿了一口温热的水,摇头。

"你去表白了?"

沈惊瓷眼神向上瞥了一眼仰可。

她又摇头。

"那你哭什么?"

沈惊瓷垂下眸,碰了下自己的眼尾,不知道怎么说:"我……"

"嗯?"

沈惊瓷皱着眉,犹豫片刻才道:"我试探了。"

"然后呢?"

沈惊瓷想起两人的对话和陈池驭那双冷淡的眸子,心里闷闷的,说话时也跟着难受。

"他应该是不需要的意思。"

"而且……"沈惊瓷忍不住说,"他应该是烦了……"

仰可思索:"嗯……那他之前对你好吗?"

沈惊瓷想到前些日子见面时的相处,陈池驭对她……真的不算差。

"可以的。"

仰可安慰她:"说不定,他只是暂时不想和你谈恋爱。"

"……"

沈惊瓷觉得自己白在这里浪费时间了,她丧气地垮了肩膀:"算了吧。"

仰可恨铁不成钢地拍了一下沈惊瓷的后背:"哎呀!这算什么。

"他又没明着拒绝你,邱杉月不是说你们在酒吧吗?说不定他就是喝多了。难过什么,给我自信起来!"

怎么可能不难过?沈惊瓷勉强配合着笑了下。

她和仰可又不一样。

渐渐冷静下来,她不禁想陈池驭那种态度是因为赔给了她东西所以要两清,还是因为她那句话。

但不管是哪种,沈惊瓷都从短暂的梦境中醒了。

她明明已经见过他身边出现过多少人,但那道光照到自己身上的时候,还是忍不住贪念。

邱杉月安慰了她很久,又开始埋怨自己:"都怪我,我如果不带你去,就不会出这种事了。"

"你别这么说。"

是她早该认清的。

"对了，"邱杉月支支吾吾的，想起了什么，"瓷瓷。"

"今天晚上的课，点名了……"

沈惊瓷眸子瞪大了点，意识到什么，紧接着就听邱杉月继续说道："咱俩被抓了……平时分扣百分之十。"

祸不单行，沈惊瓷吸了一口气，最后说："算了，扣就扣吧。"

……

床上，沈惊瓷愣愣地摸出那条手串，带着一种让人心安的檀香味。

想到陈池驭说的话，沈惊瓷不禁觉得好笑。

用这个扎头发，亏他想得出来。

笑着笑着，唇角原本就淡的弧度渐渐变得平直。

说他懂女生吧，他能说出用这个扎头发的话。

可说他不懂女生，他的每一句话，都能轻而易举地让你忘不掉。

沈惊瓷想，她以后看到皮筋，可能就会想到陈池驭。

太特别了，所以太难忘。

她的一生不会再遇到比他更难忘的人。从十五岁到现在，这个想法都没有变过。

但就像《小王子》里说的，想要驯服一个人，从来都是要冒着掉眼泪的风险。

眼眶又凝聚起雾气，沈惊瓷眨了眨眼，若无其事地忍了回去。

她把手上的东西也放进了枕边的那个小铁盒里。

总共三样东西，都和他有关。

半夜十二点，周四结束。

井嘉泽的电话准时打来："你要把他气死了。"

陈池驭没说话。

沉默了几秒，井嘉泽"喂"了声："喝酒了？"

陈池驭兴致缺缺："还行，醒了。"

那边又说："你真不回来？"

陈池驭身子倚着靠背，眼里布满红血丝，笑得吊儿郎当："回啊，这

125

就回。"

井嘉泽叹了口气："你这个点还不如不回来。"

"老子结婚儿子能不回去吗？"顿了一秒，他"嗤"了声，"好歹也得看看比我大了十岁的妈长什么样儿吧。"

井嘉泽叹了口气："你爸给你妈打电话了，听着俩人吵起来了。"

陈池驭问他："哪个妈？"

井嘉泽没说话，陈池驭自己了然地"哦"了声，满不在乎地说："这有什么好吵的，她二婚我也不去不就扯平了。"

良久，井嘉泽叹了口气："阿驭，你别这样。"

陈池驭笑意消失了，没什么表情地说："这有什么。

"我还该感谢他们只是骗了我十五年，起码没把我一辈子都当个傻子。"

就是一块儿被捉奸在床恶心了点。

现在也嫌恶心。

井嘉泽知道多说无用，最后劝了句："别自己开车，我叫了个代驾，你等会儿。"

车窗玻璃上映出男人轮廓锋利且冰冷的侧脸，薄唇抿得很紧，眼神锐利地直视着前方。

他的手青筋凸起明显，一道血痕从食指划到无名指，隐忍着阴鸷。

残余的酒精麻痹神经，脑海里不断划过零碎可笑的话。

"阿驭，虽然爸爸妈妈不在一起了，但我们还是爱你的。"

"你是我们的儿子，我们怎么可能不照顾你？"

十五岁，两个人各玩各的的父母站在他面前，义正词严地说为他好。

"不行，我们都不在寻宁，你过去谁照顾你？"

"你不要任性，我和你妈都是为你好，我们也有苦衷，你应该理解。"

车窗忽然被敲响，陈池驭眉心一皱，冷着脸转过头。

是代驾。

车子启动，他忽地"嗤"了声。

理解什么？

理解为什么他们家会出现一块儿出轨的父母吗？

时间流逝，代驾最后才说了句话，气氛实在压抑，但车子总算停下了。

眼前洋溢着喜庆，陈池驭在车上又坐了会儿，才钩了个礼盒下车。

陈明辉可能知道陈池驭会回来，正坐在大厅沙发上。

闻声，陈明辉气愤地站起身看向门口的方向："混账，你眼里还有你老子吗？"

陈池驭眉毛动了下："啧，这不是回来了。"

他动动手指，在眼前晃了两下："还给你带了新婚贺礼。"

吊顶的水晶灯亮眼，陈池驭眯了眯眼，单手插兜慢悠悠地靠近。

他把手上的红色礼盒顺势丢到人身上。

陈明辉动作有些狼狈地接过，他呼了一口气，脸色好看了些，又拉不下脸地明知故问："这是什么？"

陈池驭坐在一边的圆桌上，长腿点地交叠着。

他随口说道："送子观音。"

陈明辉刚要拆东西的手停住，他怒目瞪着陈池驭，气得发抖，手中的东西赫然砸向陈池驭。

"畜生！"

陈池驭没躲，似笑非笑地看着陈明辉。

礼盒的棱角直直砸向陈池驭额头，鲜红的血从额角缓缓流下。

陈池驭舌尖抵着齿内滑过腮帮，低低地笑了。

他背微弓着，抬手抹过额角，看了一眼血，越发愉悦。他笑得肩膀也颤，拇指和食指摩挲了下，跳下桌直起了身。

手指上的血缓缓抹在金色楠木上，动作不轻不重。陈池驭挑着眉望了眼不远处指着他的中年男人，冷笑了声。

他转身离开。

没有半丝痛快的感觉。

夜风汹涌又喧嚣，短发被吹得凌乱，陈池驭目光淡淡的。

怎样都不觉得痛快。

真虚伪。

脑海中忽然出现那双干净的眼睛。

沈惊瓷弯着眼在他旁边的情景。

他眉心皱到一起。

酒精退去，意识渐渐回笼。

陈池驭脚步一顿，烦躁地想起，他今晚好像把人给弄哭了。

7

下午两点，昏暗的房间窗帘紧闭，手机贴着床头柜振动的嗡嗡声突兀地响起。

床上的人被吵醒，陈池驭睁开眼，静了几秒才反应过来自己在哪儿。

醉了一宿，昨晚还吹了冷风，现在整个人一动弹头就疼得跟要炸了似的。

他一动，浑身的骨头仿佛散了架一样，半点力气都用不上。

不光如此，喉咙也火烧火燎的。陈池驭喉结滚动，咽了一下。

眉头难受地皱了起来，嗓子干得要死，跟在吞刀片一样。

手机铃声响了一遍，又开始响，节奏紧密地催促着他。

陈池驭胳膊支着床，半撑起腰捞过手机。

他扫了眼，看到是孟有博打过来的视频电话。

电话接通，孟有博"哟——"了一声。

他用两秒的时间打量完陈池驭，干笑了声："你还好吗？"

陈池驭把手机往边上一撂，整个人跌回床上。

"嗯。"他语调没什么生气，声音哑得要死，反问，"你觉得呢？"

孟有博又问："你脑袋是怎么回事？"

"被揍了？"

陈池驭眯着的眼睁开一瞬，才想起来这件事。

忘处理了。

破事一堆，彻头彻尾的疲倦感涌来，他喊了声孟有博，嗓音沙哑难耐："过来给我送点东西。"

孟有博很痛快："行，看你这个可怜样儿，我过去看看你。"

陈池驭挂了电话，发了个定位给孟有博。

他一动不动地缓了一会儿，才沉着呼吸从床上撑起来，迈进浴室。

冷水浇过没精气神的脸，陈池驭抹了把头发，双手撑着洗手台边缘。

他抬头看向镜子，里面的人白着一张脸，水珠半掉不掉地挂在黑色发梢上，额角凝结的血顺着水渍往下滑。

他想起来了，昨晚这副样子进酒店的时候，还把前台的人吓了一跳。

陈池驭觉得好笑，扯了下嘴角。

笑着笑着又淡了，因为眼前忽然闪过一张倔强的脸。

沈惊瓷昨晚回过酒吧？

男人皱着眉，顺着记忆往下捋，画面一帧帧划过。

从沈惊瓷捡那个杯子开始，到最后听见她问自己是不是喊了她的名字。

他说了什么来着？好像说了"不是"。

然后就把姑娘委屈着了。

陈池驭抿着唇，下颌绷得很紧，脑中倏地浮现出沈惊瓷手飞快抹眼的场景。

……

真把她弄哭了。

花洒还在哗哗地往下落水，冲击在地面上溅起水滴，吵得陈池驭心烦意乱。

他一把关上花洒，外面门铃正好响起。

陈池驭从浴室出来，裸着上身，露出一截精瘦的腹肌。

门"哐当"一声开了，孟有博手上提着一个塑料袋，看到眼前的场景，贼眉鼠眼地打量着陈池驭。

"大清早你浪什么呢？"

陈池驭抽出脖子上的毛巾甩在孟有博脸上，语气不耐烦："把东西放下人就可以走了。"

孟有博哼笑了声，也不听，自己带上门进屋。

他把药和衣服扔下，自己凑到陈池驭额前，"啧啧"两声："你这伤口都泡水了。"

陈池驭眼皮都懒得抬，推开人从袋子里拿出T恤，展开看了眼，皱着眉找孟有博："你弄这么皱我怎么穿？"

孟有博"哎哟"一声："您就别嫌弃了，大老爷们儿哪来那么多事，有本事找个女人给你送。"

陈池驭冷笑。

他随便套上衣服,正好想起什么,踹了一脚孟有博:"喂。"

孟有博坐在沙发上,拿着一个创可贴,撕开一半。听见陈池驭叫他,"嗯"了声。

陈池驭嘴唇动了下,又停住。他手抵着唇咳了声,淡漠的眉眼缠了几分情愫。

孟有博已经把创可贴撕开了,手比画着,寻思着这玩意儿怎么贴才好。伤口不大,斜着来一道正好。

孟有博看着陈池驭的表情,往后撤开距离,十分警惕:"你想什么呢?"

陈池驭往后一仰,看着随意,斜眼看孟有博,有一搭没一搭地问了句:"沈惊瓷昨晚怎么回事?"

一说这个,孟有博想起来了:"哦对了,昨晚她不是回去找你了吗?"

陈池驭不耐烦:"我能不知道?"

"那你问什么?"

"昨晚不就是碰着了一块儿玩了会儿,然后你拉着人家的手不知在干什么,散伙了又一个人跟死尸似的躺在那里,妹妹担心你回去看了看你。"

孟有博说了一长串,不解地问:"不是吗?"

陈池驭觉得自己跟孟有博说不通,嘴角撇了下把人推开,懒得费口舌。

他自己俯身拿过手机,手肘撑着膝盖靠前,瞧见黑色的锁屏界面倒映出额头上的创可贴。

陈池驭嫌蠢,撕下来,反手粘到孟有博脸上,眼神嫌恶。

好心被当成驴肝肺的孟有博:"……"

陈池驭起身去倒水,身后孟有博吵吵闹闹地又开始叫唤。

"所以你昨晚干什么了啊?"

孟有博往陈池驭这边走:"你不会欺负人家了吧?昨天晚上她俩好像还是逃课来的,看不出来……"

话没说完被陈池驭打断,他捏着水杯转身,眼神锐利:"什么意思?"

"我看邱杉月发的朋友圈,好像是昨晚逃课被抓了,平时分没了。"

陈池驭眼神动了下,低低地咒骂了声。

孟有博看这个反应就知道，昨晚他们走了后绝对发生什么事了。

但本着看热闹不嫌事大的态度，孟有博笑了："真出事了？"

陈池驭抓了把头发："喝多了，说了浑话。"

孟有博转着自己的手机，摇头："兄弟，你这就不好了啊，人家多好，你都凶得下去？"

陈池驭没吭声，但面上染了几分阴沉。

要是别人也就算了，但偏偏是沈惊瓷。

陈池驭从看到她第一眼起，就知道自己不能随便碰。

所以在医院那天他看着她擦干裙角后就移开了视线，走往相反的方向。

就是没想到后面竟然一次次地越了界。

孟有博看陈池驭这样子，表情慢慢收敛了："这不像你啊，你以前伤了多少人的心都没摆出这么个表情。

"准备栽了？"

话音落下的同时，陈池驭放下水杯，抬眸冷冷地瞥了孟有博一眼。

孟有博两手一摊，无所谓地说："那就别管呗，反正也没见你哄过谁。"

掌心被杯壁碰得很凉，凉意一直传到喉咙里。

安静了几秒，陈池驭忽地瞥了孟有博一眼，径直向外走去。

"你去哪儿？"

"哐——"

回应他的只有关上的门。

陈池驭不见了踪影。

女生宿舍楼下，陈池驭看了眼刚刚要过来的课程表。

沈惊瓷这节是没课的。

正好是吃饭的时间，她应该在宿舍。

陈池驭站在距离门口十步远的位置，在干枯的草地和树枝边，抬脚踩着花坛边的路基石。他穿着一身黑，衣服还是皱的，但丝毫不影响身上散发出来的那种痞气。半干的短发被风吹起，露出流畅的轮廓线条，手背上没包扎的伤平添几分禁欲感。

周围不少女生的目光被吸引过来，边走边往回看这个方向。

陈池驭背着身，没管。

他还低着头盯着手机上的聊天框。

半响也没敲出一个字。

怎么说，说他昨晚喝多了？

还是说点烂理由糊弄过去？

就在他毫无头绪的时候，身后传来一个女声。

"你是在等女朋友吗？如果不是我们可以加个微信吗？"

……

沈惊瓷和邱杉月买完饭回来，正好撞见宿舍门口围了一堆人。

邱杉月纳闷："今天没带卡的这么多？堵在这儿了？"

沈惊瓷摸了摸自己的口袋，她拿了校园卡，能进去。

"不对，她们在看什么？"

邱杉月晃了晃沈惊瓷胳膊，让她往那边看。

视线的尽头，一道高而瘦的人影立在树荫底下。

下午五点三十二分，橙黄色的光从枝梢中穿过，余晖零零散散地化成碎片落在男人身上，他居高临下地站在一个女生身前，脸上神情难辨，明暗交织。

邱杉月的声音激动地响起："我没看错吧，陈池驭怎么在这儿？"

她又看自己身边的人："瓷瓷，他是不是来找你的啊？"

沈惊瓷左胸腔下的跳动漏了一拍，怔怔地看着，像是出现了幻觉。

而他似乎也感受到这边的视线，方向拿捏得恰好，淡淡的目光在朦胧的光线中越过人群，停在了那张恬静的脸庞上。

18

四周的空气仿佛跟着变慢，眼神猝不及防地对上。

男人瞳孔漆黑，渐渐聚焦在沈惊瓷身上。

邱杉月倒吸一口凉气，刚刚还扯着的嗓门瞬间哑了。

她胆怯，身子慢悠悠地转向沈惊瓷，低着头小声嘀咕："他看过来了，我的天,是在看你吧?是在看你吧?"

沈惊瓷睫毛颤了两下,沉默半晌。

她抿着唇摇头:"不是吧。"

视线挪回正门的方向,垂下的眼眸遮住情绪,沈惊瓷拉住邱杉月的袖子,脚步仓促地往宿舍楼里走:"我们回去吧。"

没走出两步,陈池驭的声音不高不低,随着风沙哑地飘来。

"沈惊瓷——"

他直接喊了她的名字,没有任何避讳。

沈惊瓷的脚步像摁了暂停键。

在声音落地的那一秒,宿舍楼前围着的人目光全部聚集于沈惊瓷和邱杉月身上。他们打量着,好奇着,视线在两人之间盘旋着。

良久,沈惊瓷才回头——

他就那样静静地站在那里,身姿颀长挺拔,眉宇间堆满了倦怠,幽黑的瞳孔凝视着她,像是一张密不透风的网卷向她的心脏。

心脏在剧烈跳动,又像被石头压着。目光接触,沈惊瓷瞳孔紧缩,躲闪地收回视线。

身后的陈池驭面色不见波澜,只是亲眼看见那个小小的身影像是遇见了鬼一样匆忙拨开人群刷卡进楼。

一秒的犹豫都没有。

那些目光空落落地回到陈池驭身上,忽然,男人轻笑了下。

他垂眸望了眼还伫立在自己身边的那个女生,斜着脑袋漫不经心地问道:"知道了?"

虽然两个人没有实质性的接触,但大家都能看出这个人是为了刚刚那个女生来的。

女生丧气地"哦"了声,人群也渐渐散开。

他还是没走,抬头将灰色的宿舍楼尽收眼底。几个从阳台上探着头往外看的女生一下子被镇住,红着脸往后撤。

男人应该已经见惯这种场面,哼笑了声,耷拉着眼角,情绪渐深。

小姑娘生气了，开始不待见他了。

陈池驭慢悠悠转身，身影匿于黑暗。

沈惊瓷站在三楼楼梯拐角，直到那个身影消失才回过一丝神。

邱杉月憋了口气，忍不住看沈惊瓷的反应。

"瓷瓷……"

沈惊瓷却忽然开口："他额头怎么了？"

风吹起陈池驭的黑色短发，露出他的左额角，肿得明显。

"啊？我没看到……"

沈惊瓷皱着的眉松不开，过了好久，才说了句"算了"。

回到宿舍，一道直直的目光望向推门而进的两人，尹芊芊出其不意地开口："刚刚那个人是在等你吗？"

沈惊瓷愣了一瞬，才反应过来她说的人是陈池驭。

邱杉月问了句："怎么了？"

尹芊芊手里拿着一支笔，还在整理上堂课的笔记，素净的脸，抿着唇，缓缓地开口道："没什么，就是刚刚听隔壁宿舍都在讨论，没想到惊瓷是主角。"

沈惊瓷走回自己的位子坐下。她和尹芊芊交流得不多，这是她第一次听尹芊芊说这么长的话。

她没答，宿舍静了半晌，尹芊芊又开口："惊瓷，你认识那个人吗？"

沈惊瓷拿着筷子的手动作停顿，随即又恢复原样，她不太想回答，但问题明摆着抛向自己，就含糊地说了句："算认识吧。"

菜有些咸，沈惊瓷喝了口水。

"你们怎么认识的啊？"

沈惊瓷忍不住皱起了眉头，尹芊芊的问题有些多了，她们还没熟到这个程度。

邱杉月的声音从天降落，解了这个围："参加社团认识的，怎么了芊芊，你也认识？"

尹芊芊的目光从沈惊瓷身上挪向邱杉月，停了两秒，她慢吞吞地"嗯"了声，手臂搭着椅背转回身。

她的声音不大，语速也慢："我之前经常碰到他，不过那时候……"

尹芊芊停顿了下，说："他身边好像有女朋友。"

"所以惊瓷，你别和这种人走得太近，我们还是好好学习就好了……"尹芊芊点着沈惊瓷的名字，语气很是认真。

邱杉月喉咙一哽，下意识地看向沈惊瓷。

沈惊瓷没说话，一下一下咀嚼着嘴里的饭，腮帮有些鼓，圆圆的，像只囤粮的小仓鼠，莫名地可爱。

她正盯着手机，过了好久才想起两道目光在她身上，一脸无辜地抬眸，随意地"哦"了声。

尹芊芊看她没有要继续聊的意思，自己安静地转回脸。

而沈惊瓷还看着手机上的两条消息。

Yu：不是说下次见？
Yu：你躲什么？

沈惊瓷想起楼下的人，心里纳闷：他不记得了吗？

而包厢里，陈池驭抽空瞥了眼毫无动静的手机。

池嘉离陈池驭最近，歪着脑袋凑过来看。

但陈池驭动作更快，他只看到了一个模糊的影子。

他看着陈池驭的脸猜测："不会吧，兄弟你还能被女人晾了？"

陈池驭没搭腔，冷冷地睨了池嘉一眼："你很闲？"

池嘉连忙转头用杯子挡着脸，一副不敢多说的样子，但肩膀颤动的幅度还是暴露了他笑得多过分。

几秒后，跟憋不住似的，池嘉转过头："不会吧？真的啊。"

在陈池驭越发冷的视线中，他故意问："要不要我教你几个哄女人的法子？"

陈池驭不屑地"嗤"了声，长腿交叠往桌上一搭："用得着你？"

"行行行。"他没否认，池嘉心里简直乐死了，但不能明说。

他强忍着压下唇角翘起的弧度，头点得跟敲鼓一样，倒了杯酒给陈池驭，好心地提醒："那您把握好分寸，别跟晏一似的，人都跑了。"

最近晏一都不在，陈池驭才想起这件事，顺便问了一句："他怎么了？"

池嘉说："晏哥家那小孩，正叛逆呢，前几天被抓着早恋。"

135

"嗯？"陈池驭眉毛上挑，跟着记忆追寻，"她不是上高三吗？"

"对啊。"池嘉点头，"你没看这几天晏一脸色就没好过。

"不过她也不是什么正儿八经的早恋，纯是想气晏一。"

陈池驭想了下那个场面，也跟着笑了出来。

"所以啊，你要是有什么想法还是抓紧行动比较好。"池嘉漫不经心地说了句。

陈池驭身子后仰，整个人懒懒散散的，没什么情绪地侧目反问："你觉得我这种人能沾她？"

池嘉听到这话反而皱起了眉："什么叫你这种人？你能不能别老用你家那点破事来框着自己？"

陈池驭摇头："不是。"

"那你是什么意思？"

陈池驭半眯着眼，没说话，但整个人散发一种很沉重的气场。

池嘉盯着陈池驭半天，最后移开视线点了点头，他声音正经起来："哥，人总是得抱着点期待过日子的。"

他们这圈子的人，不管怎么样，总是有点追求的。

孟有博想要钱，晏一想要家人，他想成为最牛的赛车手，只有陈池驭不一样。

他什么都不想要，所以什么都不怕，永远都是一副无所谓的样子。

有时候池嘉想，让他跌个坑都好，就算痛了，起码人会有点生气。

不像现在，仿佛下一秒就可以了无牵挂地死掉。

陈池驭，是对这个世界不抱一点信任的人。

对自己也是。

有时候他看着都难受。

角落的人突兀地笑了声："你真能耐，还教育起我来了。"

他放下腿，下巴抬了下，对池嘉示意："行，我看看你有什么法子，说来听听。"

一听这话，池嘉来劲儿了，他咳了声，挺直腰板，侃侃而谈："首先，你要把人约出来。

"然后准备一束花，要大。

"约一家餐厅,最好是那种有氛围的双人座位,来一个……"

身边的人忽然站了起来,响起动静,池嘉收住话头:"欸,哥你去哪儿?我还没说完呢……"

陈池驭冷笑了声,觉得自己真是信了邪,以为狗嘴里能吐出象牙。

……

沈惊瓷昨天纠结了好久,还是没回陈池驭那条消息。

一是她不知道怎么说,二是有点想逃避,生怕他下一秒就会冒出更绝情的话,所以干脆当没看到。

今天上午这堂课上座率很高,老师讲课很有意思,不少外院的也会过来听。

今早动作有点慢了,她们到的时候只剩最后一排靠墙的几个位子。

前面是乌泱泱的人头,沈惊瓷侧了点身子才能看见黑板。

靠窗的桌子正好是三个座位,仰可还让她们帮忙占了一个,但人都快到齐了仰可还没来。

邱杉月发微信疯狂轰炸,过了好久,仰可才回了条消息:不行了,我真起不来,下次我一定去。

邱杉月:"……"

"我就知道,大小姐又不来了。"

沈惊瓷也跟着笑:"我打赌,她下次也不会来。"

说着已经到了八点,上课铃声准时响起,台上早已准备好的女老师边关前门边开口:"好,我们现在开始上课……"

只剩一条缝隙的门忽然被外部力道卡住,女老师的声音一顿,顺着门看去。

一门之外,一道偏金属质地的声音清晰入耳:"抱歉老师。

"我来晚了点。"

熟悉的声音让沈惊瓷一怔,她不可置信地抬眼,猝不及防看到了刚刚脑海中浮现的脸。

带着一丝昨天留下的倦怠和惯有的高高在上的疏离,如神迹降临般出现在自己面前。

这个老师规矩少,她开口说道:"没事,找个位子坐吧。"

四周响起窸窸窣窣的声音,沈惊瓷坐在最后一排,清楚地看见前面的女生交头接耳。

"这是谁啊,不是我们院的吧?"

"不是,没见过,好帅啊。"

但沈惊瓷全都无暇顾及。

站在前面的人穿着一件黑色的冲锋衣,立领抵在下颌,银色的拉链透着凉意。男人碎发落在额前,微微颔首,谢过老师。

狭长的眼扫视了一遍教室,他的目光平缓地落在了角落里沈惊瓷的位子上。两人视线相交,她心跳漏了一拍。

大脑"死机",留下一片空白,沈惊瓷眼睛里满是惊愕。

周围对陈池驭的讨论声不断,台上的老师笑了声,手指在黑板上敲点两下,开玩笑地说道:"是挺帅,不过心急吃不了热豆腐,怎么着也得等到下课再看个够,不是吗?"

下面一阵爆笑,但讨论声小了。

陈池驭表情一直没变,仿佛周围的声音都与他无关,眼神平淡,迈着步子绕到最里面的那条过道。

在众人的视线中,停在了沈惊瓷身边。

高大的身形落下一片阴影,修长的手指闯入视线,他指骨朝下,在空着的位置敲了下。

"同学。"

低沉的声音有抹不易察觉的笑,瞳孔中映出沈惊瓷的侧脸:"请问这里有人吗?"

教室里还安静着,就连老师也在看向这边等着上课,沈惊瓷脸皮薄,不敢耽误时间,手臂赶紧抱着自己的东西往里挪了点,意思是没人。

陈池驭挑着笑,心安理得地坐了下来,还有模有样地说了句"谢谢"。

从头到尾,都没有多余的目光接触。好像他们从来不认识,客套有礼。

而旁边,邱杉月屏着呼吸,身子僵硬地用手肘顶了顶沈惊瓷,想问这是怎么回事。

沈惊瓷搞不清状况。讲台上老师的声音已经响起，陈池驭懒懒散散地靠在椅子上，身上的薄荷味明显，将沈惊瓷裹得密不透风。

她也不知道是怎么回事。

下意识地往邱杉月的身旁缩了缩，想寻求安全感。

身旁的人察觉到她的动作，忽然开口："还躲？"

沈惊瓷半边身子麻了，动作也来不及遮掩，手臂挡着书本硬往里挪，小腿也不自觉地往椅子下面缩。

所有的动作都有种要跟陈池驭离得很远的感觉。

陈池驭注视着黑板，手搭在桌面上随意地点着节奏，忽然很轻地笑了下。

他没说话，也没揭穿她。

沈惊瓷的手指却倏地蜷缩，一种诡异的红色蔓延全脸，人静止了。

她整张脸皱在一起，指尖用力地掰着一支笔。

五秒后。

又因失败而泄力。

邱杉月感觉到沈惊瓷的紧绷，用眼神询问她怎么了。

沈惊瓷没动，脸却更红了。

没人注意到，陈池驭眼中的笑浓得快要溢出来。

别人不知道，但他懂。

风平浪静的表面下，在椅子挡住的隐秘空间里。

陈池驭用左腿轻而易举地别住了她想要躲避的右腿。

男人的声音随之传来，很淡，只有两个人能听见：

"这么大点地儿，你能往哪儿跑？"

19

在学生时代，当看到暗恋对象出现时，身边的朋友总表现得比自己还激动。

例如此刻的邱杉月。

她偷偷瞄了眼沈惊瓷，发现身边的人从脖子根开始到耳朵尖，一抹红明显又刺眼。

知道是因为陈池驭在旁边,但没想到影响这么大。

她惊了一下,赶紧安慰道:

"你脸怎么这么红?

"咱不至于啊瓷瓷,你得争气!"

那天晚上之后,邱杉月一直有些自责,但今天陈池驭出现在这里,目的昭然若揭。

邱杉月两眼坚决地看着前方,手指默默地把沈惊瓷往外面的方向戳了戳。

突然被戳到的沈惊瓷猛然颤了下,人仿佛刚回过神,眼眸微睁望着邱杉月。

"我……"沈惊瓷不自觉地停顿了下,即将说出的话戛然而止。

她身子被牵制,幅度很小地动了下。

陈池驭桌子下的腿带着她向右挪动,似乎在告诉她他的不满,这是提醒。

到嘴边的话又吞了回去,沈惊瓷强忍着把邱杉月糊弄过去。

忍不住蜷缩的手又缓缓舒展开。

陈池驭今天穿的是一条工装裤,黑色的布料有些硬。她的裙摆被蹭起褶皱,堆在两人的小腿之间。

这让她心惊胆战。

凉意透过小腿传来,沈惊瓷尝试了几次,真的敌不过陈池驭的力道。

男生女生力量天生悬殊,而陈池驭一脸坦然,丝毫看不出底下在干什么勾当。

沈惊瓷忍不住脸红。

但又不敢让邱杉月看到。

她撑起一只手臂挡住半张脸,才微微侧目瞪向陈池驭,眼神恼羞又焦急,疯狂传递着让陈池驭松开她的信号。

陈池驭眼皮轻耷,垂着眼对上沈惊瓷的目光。

小姑娘哪哪都白,带着微薄的怒气都看着鲜活。

说实话,是有点好玩的。

他眉梢挑着,带着一抹笑,斜着脑袋看她。

沈惊瓷眉蹙在一起,往后使劲,像是小猫夸毛:"松、开。"

和她想的不一样的是，在说完这句话后，陈池驭真的收回了自己的腿。

没有什么多余的条件，面上的表情也特老实，跟事情不是他干的一样。

有种被戏耍了的恼怒涌上心头。陈池驭薄唇轻启，刚要说什么，沈惊瓷二话不说转了头。

她换了一只手臂抬起，是在自己和陈池驭之间形成一个遮挡。

她好似听见陈池驭在笑，呼吸声也重了。

听得她心慌意乱。

教室前面的大屏幕播放出新的一页PPT，女老师的声音温柔清朗："下一章我们主要讲沉默的螺旋，这是德国学者伊丽莎白·诺尔-诺伊曼提出的。"

上课已经十分钟，沈惊瓷迷迷糊糊的，听也听不进去。

心底有些浮躁，书本都没翻好位置。

她瞥了眼邱杉月书的页码，想要忽视陈池驭，好好上课。

老师还在讲话："刚刚都看过定义了吧，现在找个同学来说下自己的理解。"

教室安静，只有"哗哗"的一阵翻书声。

沈惊瓷翻开那页，却发现内容不对，探着头想要看仔细些。

但点名来得猝不及防："这一排最后面那个女同学，你来说一下吧。"

沈惊瓷一愣，有种不好的预感，抬头的瞬间，恰好对上那道正盯着自己的视线。

她的脸上滑过一丝茫然，女老师却微笑着点头："对，就是你。"

"……"

沈惊瓷不得不匆忙地站起，但是她连讲到哪页都没找好。

身边的邱杉月小声地提醒："127。"

沈惊瓷和坐着的人不在同一个高度，那么多视线又盯在她身上，手指的动作也有点着急，121还是127？

越来越多的人回过头来看她，沈惊瓷也越来越急。

邱杉月再次捂着嘴小声提醒："127！"

12……

她脑中仍然一片混沌，视线右侧忽然出现一只骨节分明的手。

陈池驭捏着书页翻过一沓，又坦然自若地翻了两页，手指点了下左上角："念。"

那是答案的位置。

陈池驭的声音带着一股让她心安的魔力，拨开浓雾灌输到她耳中。

噪声小了。

沈惊瓷快速扫过，立马开口，声音变了调：

"沉默的螺旋即当一种声音符合主流意见时，就是优势意见，群体发声也会越来越大；反之，当不符合主流意见时，就是劣势意见，原本持此种意见的人会越来越沉默。"

……

念完，沈惊瓷不确定地抬眼看向老师。台上的人温和地挥挥手，示意沈惊瓷坐下。

"很好哦。"

她笑笑，没有再说其他的话。

像是得到赦免一样，沈惊瓷坐回座位。

身上出了一层密密麻麻的冷汗，但不是因为提问。

而是那一秒，沈惊瓷看着台上人的眼神，像是被发现了秘密。

心跳得快要钻出心口，沈惊瓷缓了好久。

她不敢说话了，整个人变得非常拘谨，老老实实地抬头听课，身上的热久久消不下去。

她努力将身边的陈池驭当成空气，陈池驭也没再闹出什么动静。

但他的存在感太强，听见细小的声音，沈惊瓷都会下意识地想他在干什么。

习惯性地牵挂他的一举一动。

半个小时后，快要到课间休息时间，沈惊瓷才敢放松。

她脑中总是忍不住去想刚才的尴尬场面，为什么陈池驭比她知道得还清楚？不公平……

思来想去，沈惊瓷谨慎地看了一眼讲台，慢吞吞地摸出手机给陈池驭发过去一条消息，样子十分纠结。

——你怎么知道的?

陈池驭手机忘记设置静音,嗡嗡地振动了两下,沈惊瓷心又开始颤,生怕别人发现这边的端倪。

男人睨了她一眼,捏着薄薄的手机解锁。

"啧。"沈惊瓷恍然听见这么一声。

没一会儿,她又从手机上看到消息。

Yu:看来没坏啊。

沈惊瓷不懂:?

Yu:那消息怎么发不出去?

沈惊瓷眉头皱了下,细白的手指在屏幕上敲着:啊?我这边能看到啊。

Yu:是吗?我看看。

沈惊瓷以为是他发了别的什么自己没有看到,真的乖乖地把手机递了过去。

平放在两人桌子中间。

陈池驭将沈惊瓷的动作全部看在眼底,包括沈惊瓷刚刚纠结的小表情。

他忍着笑,装模作样地探身往前看了眼沈惊瓷的手机。

小姑娘没一点防备心,又纯又乖。

陈池驭眸色深了些,第一眼看到的是上面的备注,和他网名一样——

Yu。

他悠悠地抿着唇,指尖在两条消息旁边点了点,眼神盯着沈惊瓷,一副"我就听你解释"的样子。

沈惊瓷怔怔的,顺着男人好看的手指看去。

被点过的消息瞬间放大,整个屏幕只有那么几个字:你躲什么?

"!"

她倒吸一口凉气,一把捂住自己的手机:"你……"

沈惊瓷像是被人抓住小尾巴一样羞恼得不行。

两人对视,一个皱着眉,一个挑着笑……

打断这种氛围的,是响起的下课铃声。

老师说完最后一句话:"先休息一下,一会儿我们继续学下一章。"

在最里头躲了好久的邱杉月熬到了头,她动作很轻,拿着水杯从墙和桌子间的缝隙挤了出去，自始至终一句话都没说过。

陈池驭懒散地倚着椅背，身子微侧转向沈惊瓷。他愣了下，低声地笑后又收敛。

"抱歉啊。"

他忽然来了一句，努嘴示意她护着的手机："不小心看到了。"

没什么诚意，沈惊瓷听着来气。

"你怎么乱看……"

她两只手盖住手机，往回挪。

陈池驭道过歉后那点不好意思也没了，他不依不饶地追问："所以昨天你是故意不回复的？"

沈惊瓷气得慌，什么人啊！

但她争不过陈池驭，嘴皮子也没他快，干脆眼一闭，头枕手臂脸朝窗户，当作没听见。

不长不短的头发随着她动作的幅度铺落桌面，看着特别柔软。

八点多的阳光正是最温和的时候，光线零零散散地盖住沈惊瓷。只有那点小巧的耳尖露了出来，能看到细细的小绒毛，看着也软。

陈池驭搭着桌角的手指不自觉地摩挲了下。

他有些想笑地望了眼别处。

教室里的人群不断发出声音，嬉笑、抱怨、期盼……

他回过头时，没忍住拨了下她的头发，轻到沈惊瓷没有感觉。

人莫名地就跟着笑了出来，陈池驭忽然说："看到了旁边人的课本。"

这是回答她之前的问题。

他的声音好似在和她商量，但又吊儿郎当的："看在我将功补过的分儿上，跟我说句话？"

那个身影没有反应。

陈池驭没皮没脸地戳了下她："理理我？"

尾音上挑地"嗯"了声。

沈惊瓷觉得痒，声音不自觉地带着幽怨："你那算什么将功补过？"

她该丢的脸都丢完了。

她转过头，半张脸还埋在臂弯中，只露出一双很亮的眼睛。

比很久之前陈池驭见过的那场大雪都干净。

低沉的声音混着一点哑，语气和之前不同，带着认真。

"我错了。"

"嗯？"教室里刚刚忽然有人尖叫，沈惊瓷没听清，蹙着眉又问了一遍，"你说什么？"

陈池驭咬了咬后槽牙，气笑了："该听的你不听是吧？"

"我真的没听清。

"你说什么？"

陈池驭没对谁低过头，长这么大更没怎么认过错。

舌尖抵着齿内，他跟认了似的："得。"

他手指点着桌子，过了几秒，才拖了个长腔：

"陈池驭说——他错了。

"想问问你，愿不愿意原谅那晚的浑蛋？"

男人声音低沉好听，直勾勾地盯着她的眼睛，一字一顿地问："这、次、听、清、了、吗？"

黑白分明的眼睛望着她，在等她的答案。

沈惊瓷发愣，心跳在这一瞬间停止。

耳边的话不知回荡了多少遍，指甲抠着掌心的刺痛告诉她这不是假的。

你知道吗？

你光是出现在我面前，就够我丢弃全部的盔甲。

喜欢了太多年的人，触碰一点都能欢喜好久，连生他的气都舍不得。

好久好久后，她才闷着声音，很轻地"嗯"了声。

"那你以后不准这样了。"她下意识地说，一下子露出警惕和委屈。

静了两秒，对面的人没有声音。

沈惊瓷心悬在空中，担心自己的话是不是有点得寸进尺。她眼眶微微发酸，手指不自然地抠着面前的笔，生怕下一秒听见什么伤人的话。

"好。"他开口。

语气了然，没有一丝不满。

不会了。

145

委屈终于渐渐消散,心脏从酸涩中分泌出一种甜蜜。

"不过,下次乖一点。"

"别逃课。"男人看似散漫地提了一句,但眼神却明摆着掠过沈惊瓷。

沈惊瓷沉浸在上一句话中,没反应过来就乖乖点头,后知后觉地听出什么。

她猛然转头,满眼的惊愕:"你怎么知道?"

"我什么不知道?"

他笑得痞气又刺眼,迎着光的眼睛半眯。

那点颓终于不见了,他还是那个意气风发又桀骜难驯的陈池驭。

20

直到铃声再次响起,沈惊瓷也没看到邱杉月的身影。

手机收到一条不起眼的消息。

邱杉月:我在前面找了个位子,就不回去当电灯泡了!!

然后是一个"愤怒捶桌"的表情包。

沈惊瓷怔了一下,又莫名被戳中。

她忍不住想要蜷缩身子。但才过了几秒,手机又在振动。

她稍直起腰,看到邱杉月发过来一张图片——

人头攒动的教室,镜头定格在最后的角落。

她穿着灰粉色的针织衫,趴在课桌上,脸朝窗外,柔顺乖巧。

而身旁的男生穿一身冷漠的黑衣,下颌线条清晰流畅,短发凌厉露出眉骨,懒懒散散地靠着椅子,稍斜着头在看身边的人,眼尾带笑。

照片中央,他伸着手,似乎与她那缕头发相碰。

沈惊瓷的心剧烈地跳动了下,他指腹干燥的触感和温度仿佛后知后觉地浮现。

邱杉月:很配。

"啪。"手机没拿稳。

沈惊瓷手忙脚乱地摁灭屏幕,身体发麻又发软。

听到声音,陈池驭用手撑着脑袋,懒懒地投过来视线。

沈惊瓷倏地抬起眼来，两人视线碰撞。
"嗯？"他随意地问了声。
沈惊瓷视线不自觉地移到他太阳穴旁边的手指。
偏偏陈池驭面色坦然，什么都看不出。
说不定只是不小心碰了下。
"没什么。"这样想之后，沈惊瓷仓促地别开脸。
不敢再看，怕暴露脸红，沈惊瓷暗暗摇头。
黑色的中性笔在课本上添了几个知识点，笔握得很紧。她手在动着脑子却很乱。
为什么明明是他干的事情，心虚的却是自己？
沈惊瓷有些气馁。

心思不在这里，沈惊瓷写得越来越快。
都没有注意到身后陈池驭的表情。
此时的陈池驭看着沈惊瓷跟只小猫似的，快要把头埋起来了，吭哧吭哧地一个劲儿地写。
他觉得好笑，盯了会儿，果不其然沈惊瓷又看了回来。
一脸惊慌地被抓包。
陈池驭压着笑，觉得欺负人都是犯罪，特别故意地提醒她：
"听课。"
他身上的薄荷味让沈惊瓷呼吸困难，根本没法心静。紧张又激动的神经分子在躁动，她思绪混乱，想到这是陈池驭第一次和她来上课。
她还有了一张合照。
沈惊瓷捏着手机的力气很大，想再看一眼照片又不敢。
尽管不去看他，余光还是能瞥到他的动态。
沈惊瓷看到他拿起手机，有人给他发消息，他单手在屏幕上点了几下。
好像遇到了什么问题，他眉头皱了下。

时间嘀嘀嗒嗒地走着，陈池驭手指忽然点了下桌子。
他脖颈微低，语气也轻，薄荷味更重。
"我有点事，你继续听。"

原本就不是他的课,陈池驭的目的就是来找人和好,现在问题解决,他也没必要再待下去。

沈惊瓷点点头。

她给陈池驭指了下后面狭窄的过道,又做了一个"拜拜"的手势。

陈池驭思索了几秒,似乎有话想说。

沈惊瓷仰脸等着。

最后,他只是微抬下巴,指了下黑板。

还是那个意思。

好好听课。

沈惊瓷默默在心底回了个"好"。

邱杉月是看到陈池驭不在才冲回来的:"他走了?"

"他有别的事。"

邱杉月连连点头表示理解,但还是激动得快要自掐人中:"他竟然为了你特意跑过来听一节课!"

沈惊瓷收拾好东西,和邱杉月沿着台阶往下走。

"你们两个简直太配了,看到我照的那张照片没?"邱杉月的语气忍不住得意,"真的,我抓拍得太好了。"

沈惊瓷被说得脸上发烫,忍不住小声地说:"你别再说了。"

"行,我不说了。"邱杉月笑得比沈惊瓷都厉害。

直到后面的声音喊住沈惊瓷。

她回头,发现是一个同专业的女生,两个人仅聊过一次天也就是问小组作业。

沈惊瓷以为有什么专业上的事,问了句:"怎么了?"

那个女生叫林烟,很漂亮,家里条件出了名的好,是被惯着的性子,不愿多说废话。

她直接问:"刚刚来上课的那个男生是你男朋友吗?"

沈惊瓷愣了下:"怎么了?"

林烟追问:"是不是呀?"

"……不是。"

林烟呼了一口气:"那就好。"

没等沈惊瓷做出反应,她笑着伸出自己的手机:"你能给我个微信吗?"

"啊?"

林烟想了下,说:"我没别的意思,我们之前见过,不过上次忘记留联系方式了,你能推给我他的微信吗?"

几道目光注视在她身上,跟把她的路堵住了一样。

沈惊瓷面上没表情,心里却不太想。

没有人愿意将自己喜欢的人的联系方式推给别人,她也不例外。

她支吾了下,脑海里忽然闪过一道光。

"可能不太行……"声音出口沈惊瓷自己都惊了一下。

"我手机没电关机了。"

林烟一愣,目光落在她垂着的那只手上。

沈惊瓷又说了句"抱歉",刚想拉着邱杉月走,尹芊芊不知什么时候从身边出现。

"我有充电宝……"

一个白色的手掌心那么大的充电宝出现在视线中,她诧异地抬头。

眼前是尹芊芊无辜而善意的笑脸。

……

仰可最近谈了个新男朋友,长得白净,声音也奶。

她中午直接收拾好东西美美地约了个会。回到宿舍已经是下午四点,她推开门,笑都遮不住:"我跟你们讲,找'奶狗'弟弟真的太快乐了。"

"你们知道……"仰可刚准备继续说,却敏锐地发现宿舍氛围不对。

她四处打量着,走到自己的位子上放下肩膀上的包:"怎么了啊这是?一个个都哑巴了呢。"

沈惊瓷敲着电脑的手指停顿几秒,又当成什么都没听见恢复原样。

仰可在邱杉月和尹芊芊之间看着,最后选择戳了戳邱杉月胳膊。

"喂,怎么不说话?"

被叫到的邱杉月冷笑了声,放下手中的东西,转身就对仰可做出一副特别惊讶的样子:"你可算回来了,不然你都不知道我们宿舍什么时候出了一位'活菩萨'。"

"啊?"

邱杉月身子后仰，唇角勾着的笑带着凉意。她视线往后瞥了眼，看着某个挺直的背影示意："喏，就是那位喽。"

仰可跟着看过去，眉挑了下，用口型示意："尹芊芊？"

"平常没见她多热心，关键时刻可当个主角啊！"

话没说完，尹芊芊忽然激动地站起身来："够了！"

她回过头，眼睛通红地对着邱杉月："你至于这么阴阳怪气吗？

"我确实不知道惊瓷说谎了啊，我以为她手机是真的没有电了……"

样子确实楚楚可怜。

邱杉月笑了下，顺着说："对，你只是凑巧。"

顿了下，她面色变冷，继续说：

"你只是凑巧站在后面听了两分钟，凑巧那个时候经过，凑巧当众拆我们台。"

"我没有！"尹芊芊咬着唇，一脸倔强。

邱杉月气得要死。

当时尹芊芊递完充电宝后，林烟笑得眼睛都眯起来了。

她直接热情地接过充电宝，另一只手从沈惊瓷手中抽出手机，自己上了手。

难堪的是，手机在连接充电宝的那一刻，自己亮了。

根本没有关机。

尹芊芊像是受到了极大的侮辱一样，但邱杉月不给她这个面子。

"你上次就对惊瓷说些奇怪的话，背后却在套模型社的消息，你别以为我看不出来……"

"杉月。"沈惊瓷打断她，"别说了。

"一个联系方式而已。"

尹芊芊最后看了邱杉月一眼，默默地坐回自己的位子。

声音轻飘飘地传来，她说："再说我也没想到。

"一个联系方式还要占为己有。"

"……"

邱杉月"哟"了声："你来劲儿了是吧。"

沈惊瓷攥紧了手中的笔又松开,她觉得这个人的脑回路真的很神奇,笑了声回她:"我也没看出来你这么想要。"

……
从那天起,宿舍的关系在无形之中蒙上了一层冰。
但沈惊瓷觉得也没什么,她和尹芊芊不是一条路上的人。
就算关系没法多好,相安无事和平共处也是好的。
上次和陈池驭分开之后,她已经很久没有他的消息。
模型社组织过几次见面,也没有陈池驭的身影。
不知道孟有博是不是看出了什么,笑眯眯地对她说了句:
"陈池驭最近有场比赛,不在沥周。"
沈惊瓷走出去好远,眉才皱到一起。
比赛啊。
想起那晚的速度和体温,沈惊瓷心里发痒。
好想看一看他在赛场的样子。
属于他的耀眼时刻。

直到周一。
在陈池驭久未更新的朋友圈中,沈惊瓷出乎意料地看到了一条新的动态。
没有文字。
只有一张图片。
是一个金色的奖杯,被高高举起。
冠军。
沈惊瓷放大那张照片,心潮开始翻涌,她忍不住笑出来,越来越开心,又为他骄傲。
她在评论的地方打出"恭喜"两个字。
发出去的前一秒忽然犹豫。
会不会太突兀?
纠结了好久,最后,她只点了一个赞,又悄悄保存了那张照片。

……

上周结了一门课，沈惊瓷今天正准备去医院。

周一是工作日，沈鸿哲和徐娟都要工作，多数时间还是请了护工。

她到医院的时候，沈枞不在病房。

她问了护士，护士说沈枞在后面透气。

这个季节连点有生机的绿色都看不到，看到沈惊瓷的时候，沈枞眼中明显带了笑，但嘴上还是说："姐，你怎么又来了？"

"来看我弟弟呀。"

沈惊瓷的手掌触到沈枞黑硬的发，一切都好像在朝着好的方向发展。她摆摆手中的东西。

"你不是想复习吗？我把资料带来了。"

……

一场秋雨一场寒，最近雨下得特别多。

沈惊瓷从医院出来的时候雨下得已经很大了。

她没带伞，站在门口等了不短的时间。但雨不但没有要停的趋势，天反而更暗了。

乌云一大片一大片的，全盖在头顶。

沈枞发来消息：姐，你带伞了吗？

沈惊瓷不想让沈枞担心：我打的车，淋不到。

可现实是，打车都需要排队四十八分钟，手机屏幕上又是"呼叫未成功"。

地铁站也不近，沈惊瓷看了眼距离医院几百米远的公交站点。

没有办法了。

一会儿兴许直接电闪雷鸣，到时候更回不去。

沈惊瓷闭着眼想：淋就淋吧，回去就吃药，死不了的。

她记好路线，手没什么作用地挡在头顶、猫着腰从树底下钻了出去。

倒霉的时候连红绿灯都在和她作对，沈惊瓷冲到公交车站牌底下时人已经湿透。

身上那件单薄的衣服湿答答地贴在皮肤上，难受得很。

唯一庆幸的便是出来的时候穿了卫衣和牛仔裤。

公交车刚走了一班，只有两三个人停在这里。

她从包里翻出了几张还存活的纸巾，好歹收拾了一下头发。

沉闷的几声车鸣，伴着刺眼的近光灯被雨滴砸中的声音。

沈惊瓷被光刺到眯着眼抬头。

一辆黑色迈巴赫撕开雨帘出现在公交车站后面的位置。

车窗缓缓摇下，棱角分明的面孔出现在眼前。

沈惊瓷一愣。

男人皱着眉，上下打量着沈惊瓷。

说不清是气还是笑。

"沈惊瓷。

"怎么我每次见你，你都是一副小可怜样儿？"

他的声音和雨幕混为一体，低低凉凉地钻入心间。沈惊瓷被冷得晕头转向，却又忍不住仰脸。

乌云密布，从罅隙中透出细微的光。

男人没什么犹豫地推开门，声音渐渐靠近。

她听见他开玩笑地问："我是不是被派来拯救你的啊？"

21

陈池驭举着一把伞，单手打开副驾驶座的门，却不见面前的人动弹。

他把沈惊瓷垂下来的头发别到耳后："淋傻了？"

沈惊瓷的目光从车内黑色高级的配饰上挪开，抿着唇看了陈池驭一眼，跨踌地小声说：

"会弄脏的。"

她身上淋了雨。

陈池驭一怔，目光在她湿着的衣服上停留了一瞬，看向里面的皮质座椅，才反应过来。

沈惊瓷睫毛轻颤，样子不知所措。

陈池驭瞳色很淡，折射着路灯昏黄的光。他面上的表情从无波无澜到似笑非笑："车能有你金贵？"

不等沈惊瓷做出反应，人已经被塞进了车厢。

斜着的雨丝飘忽地打进来，车门在自己眼前闷声关上，湿乎乎的空气从面前消失。

陈池驭从车前绕回去。

密密麻麻的雨点落在风挡玻璃上，车子启动，雨刮器拨开几道水流，距离道边的路灯越来越远，公交车从远处冒出影子。

等红灯的间隙，陈池驭拍开储物盒，里面有干净的抽纸。

他弯着手臂递到沈惊瓷面前，又问："冷不冷？"

沈惊瓷接过。她头发湿漉漉的，身上也是，衣服与皮肤融为一体，其实很难受。

她扯了下自己宽松的卫衣，尽量不让衣服塌下触碰到自己，不想再给陈池驭添麻烦所以摇摇头："不冷。"

陈池驭平常不开这辆车，连件备着的衣服都没有。

他看了看缩在副驾驶座的人，白色的衣服湿得明显，看着就难受。

沈惊瓷一下一下摁压着，时不时还擦下椅垫，动作小心又细致。

他眉头不自觉地皱起，汽车驶出，踩着油门的力道又重了些。

他直视着前方，摸到按钮的位置摁了下去，传来暖气启动的声音。他用手挡在出风口前试了下温度，忽略了沈惊瓷的回答："这样呢？"

左侧的身子先感受到温度，沈惊瓷愣了下。

陈池驭睨了眼反应很慢的沈惊瓷，干脆不再给她出选择题。他声线低沉，但语气还算轻：

"暖一暖。

"很快就到了。"

医院和学校的距离不近，四十分钟的路程。

停车的十字路口，天上乌云成片，风雨欲来，势头不断变猛。

一辆辆停在十字路口的车近光灯连成片，陈池驭手抵着方向盘，下颌线绷得紧。

红灯一过，陈池驭就打着方向盘转弯，车速很快，不断地超越着前车。

车厢内的温度因为开了暖气有些高，陈池驭袖子挽到小臂，凸显着青筋的手敲点着，暴露了烦躁。

雨点落在玻璃上的声音出奇地脆，车内氛围静谧。可能是太静了，所以陈池驭开了广播。

时机凑巧，天气预报的广播声徐徐传出：

11月9日，沥周市气象台发布最新消息。自11月以来，我市出现两轮持续性降温。气象专家介绍，本轮降温开始于10月29日，预计未来五天仍将继续降温。局部地区从今夜开始会有阵雨，伴有阵性大风、短时强降水、雷电、冰雹等强对流天气。请广大市民做好保暖措施。

沈惊瓷闻声望向车窗外，风吹得张狂，干秃的树枝被吹得弯腰。

雷电好像要来了。

她抬着眼，忽然发现什么。

她和陈池驭的故事，似乎总是和下雨天有关。

别人青春里的少年都伴着春光明媚，但她的记忆不是。

记忆回溯。

高一报到那天，雨。

她踮着脚尖看分班表，地上的雨伞乱七八糟，沈惊瓷被挤到最后。她一回身，意外地发现和她一样站在最后的少年。

知道他的名字那天，雨。

走廊上，有人喊："陈池驭，你带没带伞？"而后，沈惊瓷听见一个熟悉的声音，噙着笑，又坏又顽劣："淋死你。"

他们正面相迎那天，雨。

他夹着篮球，身后有一群人，少年个子高，黑色的球衣衬得他更挺拔。沈惊瓷站在红色的塑胶跑道上屏住呼吸，心跳剧烈，而他说笑着经过，并没有认出她的意思。

还有很多，数不清了。

但唯独，知道他有女朋友的那天，阳光照得刺眼，晴空万里。似乎老天爷都在说这是一个好日子。

那她呢？

她的暗恋湿漉漉又灰蒙蒙，始终蒙着一层水汽。

车内的暖气让玻璃起雾，沈惊瓷眼前跟着模糊。

车辆忽然停止，陈池驭的声音随之响起：

"沈惊瓷，你还真是个小可怜。"

情绪霎时中断，沈惊瓷又回归现实。

她没收拾好情绪就回头，黑黑亮亮的眼睛盛着茫然。

陈池驭叹了口气，眼神对她示意前方："回不去了，怎么办？"

沈惊瓷诧异地看过去，只有路灯照亮的道路上，前方一辆几米长的长货车不知是怎么了，横在道路中间。

警示牌和警车围绕，黄白色的警戒线刺眼。

"……"

沈惊瓷眉头皱了下，她下意识地侧过头问陈池驭："怎么办？"

陈池驭觉得好笑，听着她把问题抛回来，舌尖顶着齿，看了看周围。

一个个走到这里的人都在掉头绕道。

不过如果往回走，那就离学校越来越远。

沈惊瓷看着陈池驭，手拎了拎衣领。在冷风中还不觉得，但车里回暖，她身子开始发烫，头也有些疼，耳边嗡嗡的。

陈池驭注意到沈惊瓷的小动作，侧目视线回到她身上，眉头跟着皱起来。

沈惊瓷从脖子就开始红，一直到脸颊。

头发塌塌地别在耳后，整张脸都露在外面。眼里蒙着一层雾气，嘴唇没有血色。

陈池驭问："难受？"

沈惊瓷先是摇头，思维转得很慢，停顿一秒，又点了下头。她舔了下干燥的唇，干巴巴地补充："也不是很难受……"

话说得颠三倒四，陈池驭打着双闪把车停在一旁。

沈惊瓷的手乖巧地摸了摸自己的额头："不烫。"

陈池驭一把抓住她的手腕，卫衣袖口的布料厚，摸着全是湿的，粘在手腕上留下一道痕迹。

深邃的目光带着捉摸不透的情绪，他感受到沈惊瓷手上烫人的温度。

手背直接贴上沈惊瓷的额头，前面的人下意识地往后撤。但陈池驭不容置喙地用另一只手垫在了她后脑勺后面，阻挡了她的后路。

沈惊瓷像是被雨淋湿的小动物，毛发很软很细，骨头也小。
没了最初的突兀感，沈惊瓷温顺下来。

她耷拉着脑袋让陈池驭碰。
手背传来的是不正常的体温。
他身上只穿了一件衣服，连让她先换下来都没办法。
再绕路赶回学校还得半个多小时，陈池驭松了手，开始把沈惊瓷的衣袖往上挽。
几秒后，陈池驭忽然开口："沈惊瓷，咱不回学校了。"
"嗯？"
"找个酒店，你先把衣服换了。"他盯着她，似乎是在询问她的意见。
陌生的地点让沈惊瓷反应了几秒。
陈池驭看着她的表情，笑了。
低而缓的声音敲打着她的耳膜，她听见他问：
"害怕？"
警车上面红蓝灯光闪得刺眼，沈惊瓷眼睛有些刺痛地对上他的视线。
广播到了空白阶段，车内静谧，只有风雨的呼啸声。
良久，她才找到自己的声音，柔柔的，但又很认真：
"我怕什么？"

22

浴室的水流声哗啦啦地没个停。
陈池驭订的是顶层套房，视野极好。
落地窗前倒映出一抹人影。陈池驭颀长的身影立着，手指夹着的那抹猩红刺眼。

水流声蓦然停止，浴室内传出窸窸窣窣的响声。

门开了一条缝，细软的声音在空荡宽敞的房间中随着热气飘荡出来。

安静的夜被打破。

"陈池驭。"

"……"

等了会儿，沈惊瓷鼓着劲，声音放大。

她又问："陈池驭，你在吗？"

几秒后，脚步声响起，男人低声回应：

"在。"

护着门把手的手指用了几分力气，洗完澡的热气萦绕在周围，她有些不好意思地问："衣服呢？"

陈池驭咳了声，声音更低沉了些：

"等一下。"

啊？

沈惊瓷不自然地捏了捏浴袍的领口。

半个小时前，陈池驭掉头找了最近的一家酒店。

"先进去洗个热水澡，一会儿换身干净的衣服，我再送你回去。"

潮湿透凉的卫衣终于被扔到角落，温水冲去冷汗，沈惊瓷才慢慢地感觉到自己的意识回归。

"好。"她站在门内，纠结着要不要出去。

白色的宽大浴袍垂落，一直遮到小腿。露出的一小截腿直到脚腕都笔直流畅，瓷白的肌肤上透着一层粉。

门忽然被敲了下，陈池驭的手机从门缝中递进来。

他的声音听着有些缥缈，只有一个字："接。"

沈惊瓷顺从地接过，他松手利落，脚步声又出现。

陈池驭走远了。

沈惊瓷呆愣地看了眼手机，显示正在通话中。

一串没有备注的号码。

隔着空气，电话里的人突然开口：

"女士？"

"嗯？"意识到是叫自己，沈惊瓷捏着手机举到耳边，"喂，你好。"

"女士您好，刚刚那位先生说需要送一套衣服，请问您的尺码是？"一道公式化的声音礼貌地询问。

沈惊瓷刚想到这个问题："S码就好。"

"好的，那内衣的三围是？"

"！"想到刚刚陈池驭的轻咳和离开，沈惊瓷恍惚发觉了什么。

脸一下暴红，沈惊瓷黑长的睫毛颤了颤，脑子里嗡嗡的。

"……"

许久没有听到回答，电话里的声音又询问了一遍。

沈惊瓷跟熟透了的虾子似的，慌忙报了三个数，一秒也不敢多听。

"好的，我们会尽快送上去。"

沈惊瓷垂着头，咬着唇支支吾吾地道了句"谢谢"。

通话界面消失，沈惊瓷身上的热度丝毫没有减少。

她忍不住呜咽了声，蹲下身抱住了膝盖。

怎么能这么尴尬？

他一定是听到了提问才会把手机给自己。

沈惊瓷觉得自己没脸再见陈池驭了。

她脸还没抬起来，陈池驭的手机振动了一下。

几秒后，又振动了一下。

沈惊瓷眼睛凝着雾气，缓缓地仰脸，不自觉地看了眼亮起的屏幕。

陈池驭手机没设置什么信息保密，微信消息的内容直接跳出来。

一个没有备注的人。

直接显示微信名，一串没什么意义的英文，但一看就是个女人。

——你到底什么时候回来呀？

沈惊瓷愣了下，没等她反应过来，又跳出一条：

都等你好久了。

语气好似委屈。

消息在手机上停了一段时间才消失。

159

陈池驭的手机壁纸是一片海，幽蓝色的海面，壮阔而寂寥。

沈惊瓷害怕水。

她凝视着蓝色的海，壁纸像是一道旋涡，要把她吸进去。

脸上的热度和羞恼淡了些，像是有一盆冷水倒下来。

微信铃声突然响起，吓得沈惊瓷打了个战。

她捏着手机身子僵直，不敢再看。

沈惊瓷快步走出那道门："陈池驭，你的电话。"

男人坐在客厅沙发上，身子后仰，身上的衣服不知道什么时候换了，可能是因为进酒店的时候伞向沈惊瓷偏斜，所以他也淋湿了。

黑色的夹克敞着，在高高挂起的吊灯下，灯光在他冷峻的脸上分割着明暗，显得他表情很淡。

陈池驭身上有一种恣意又散漫的气质，干净也耀眼。

他听见沈惊瓷的声音，侧头。

喉咙哼出一个字：

"嗯？"

视线又落在沈惊瓷伸手递出的手机上，铃声已经响到末尾，倏然停止。

她眼神躲闪了下，有些慌乱地把手机送到陈池驭身边。

手机安安静静的，铃声停了。

陈池驭不知道为什么没接。

她垂眸，开口说道："挂了……"

他随意问了句："谁打来的？"

沈惊瓷摇头，直接放到他手上，诚实地说："不知道。"

陈池驭倒是没在意，他好像一个没事人，反倒仰头看她："怎么样了？"

"不冷了。"

男人点了点头。

陈池驭起身，后背离开沙发，弓着身将支撑点转移到膝盖。

他解锁，看到了几条消息。

沈惊瓷的位置比他高，视线正好能看到陈池驭手机屏幕，还有他微皱的眉。

沈惊瓷迫使自己移开视线，坐在了沙发的边缘。

酒店的沐浴露味道莫名地重，沈惊瓷只是稍微活动了下，就能感觉到环绕在周围的一股淡香。

毕竟身边还有人。

她忍不住把自己裹得更紧，又往旁边移。

玻璃茶几上忽然碰撞出一声巨大的响声，她看到陈池驭不耐烦地扔了手机。

他又回过头，样子有些阴沉。

扫见在角落里的沈惊瓷时，那种情绪又变淡，男人愣了下，低笑。

"你再往外坐点就掉下去了。"

沈惊瓷低头，明明是封闭的……怎么会掉下去？

陈池驭拍了拍身边的沙发："往这边坐。"

"……"

沈惊瓷静了两秒，没动。

浅棕色的瞳孔微动，她突然开口："你是……有什么事情吗？"

"嗯？"

"我是不是又给你添麻烦了。"

她的语气听着平静，视线看了眼陈池驭的手机。

她似乎在纠结，抿了下唇，小声地说："我看那个人叫你回去。"

陈池驭的目光重新回到沈惊瓷身上。沈惊瓷两只手交叠在一起，坐姿很老实，手心被抠得发红。细瘦的锁骨出现一个窝，一半在浴袍下。细软的黑发窝在脖颈中，后面一缕陷入白袍内。

大概是因为刚才的话。

他眉皱得比刚才更紧，眼中的情绪也更浓，但又说不清原因。

沉默中，沈惊瓷和陈池驭的声音同时响起。

"我……"

"沈……"

沈惊瓷停下，字音藏匿。她抬头望着男人。

陈池驭的话没有中断，他喊她的名字："沈惊瓷。

"你要知道，我不是为了听你说一句'对不起'的。"

沈惊瓷轻微地抖了下:"酒店和衣服的费用……还有洗车的费用我都会给你……

"如果还有什么……"

"你在想什么?"陈池驭越听越觉得离谱,忍不住打断她。

"你要是病了才应该觉得对不起我。"一句话堵住沈惊瓷想好的措辞。他忽然靠近,温热硬实的手掌直接打破距离。

沈惊瓷缓慢地瞪大了眼睛,陈池驭近在咫尺。

"没发烧。"声音在她面前响起。

他试完下了个结论。

陈池驭放下心来,视线不小心掠过沈惊瓷白皙的脖颈,他眸色暗了些,手指离开时状若随意地钩出那缕头发,柔软的触感停在指腹。

他又哼笑:"想什么呢,我差你那两个钱?"

发丝抽离的感觉从后颈传来,沈惊瓷身子敏感地一麻。

她又听见陈池驭的声音,语调轻得无所谓:"看到了就看到了,不是什么重要事。

"老头子找的人,我没见过。"

沈惊瓷"啊"了声,反应过来陈池驭是在跟她解释,又缓缓地点了点头。

沈惊瓷看着陈池驭,他眼睛双眼皮的褶皱很深,尤其是眼尾那块,眼尾的小痣特别迷人。

他似乎在笑,从刚刚开始就在笑。

她喉咙有些干,黑长的睫毛向下扫了下。

陈池驭鼻间若有似无地传来一股很淡的香味,干干净净的,弥漫在周围的空气中。

侵略着他的领域。

时间似乎静止了,格外慢。

门铃在此时响起。

陈池驭扫了眼沈惊瓷,穿着浴袍的人被衬得特别小,皮肤也白,那双眼睛就显得很亮,干净又澄澈,看得人心里发躁。

但她似乎还沉浸在自己的思绪中,感受到陈池驭的目光,她瞳孔动了下,像小鹿。

陈池驭没说话也没叫她,很自然地走去开门,将两个纸袋子接了过来。

他手指钩着袋子递到沈惊瓷面前:"嗯。"

"去换。"

沈惊瓷僵硬地接过,脚步急切地跑去了浴室,不知是为了躲身后的人还是怎么着。

心跳得大声,她唯恐暴露。

她心不在焉地把自己的脏衣服装好,换完衣服还在想陈池驭。

走出门,发现陈池驭正在打电话。

他一手撑着沙发靠背,姿势懒散地斜站着,语气很差,声音又模糊:

"你是不是有病?"

不耐烦得太过明显。

一句话的间隙,他突然笑了,声音轻浮顽劣:

"谁叫你去的你跟谁好呗。"

说完,陈池驭面无表情地放下手机,挂断了电话。

回头才发现沈惊瓷站在身后。

沈惊瓷两只手放在身前,捏着袋子,表情不太自然,毕竟她不小心听见了人家打电话。

他刚刚的语气是真的烦,看来两人关系真的不好。

沈惊瓷岔开话题,悬着心问:"回学校吗?"

陈池驭歪了下头,目光扫着沈惊瓷身上那件看着有些薄的米色连衣裙。

沉默了几秒。

他突然开口:"沈惊瓷,十点半了。"

"啊?"

"十一点的门禁。"陈池驭有意无意地看了她一眼,提醒道。

沈惊瓷下意识地念叨了一句:"糟了。"

送衣服耽误得似乎有些久。

陈池驭又说:"外面打雷了。"

沈惊瓷从窗户往外看去,跟要应景似的,白紫色的闪电"刺啦"一声

163

劈开漆黑的夜空。

她小幅度地颤抖,被吓了一跳。

陈池驭被沈惊瓷的反应逗乐,他尾音带了笑:"你今晚在这儿睡吧。"

沈惊瓷思维在跳跃。

和他一起……在这里睡吗?

"我不留。"似乎看穿她的心思,陈池驭冒出这么一句。

就是看她这小身子骨,总觉得再折腾一下会生病。

"啊……"

他不留。

那他是不是要回去?他不是没见过那个人吗?

半晌,沈惊瓷闭着的唇微动,她问:"那你……那外面打雷了……"

"嗯?"陈池驭站在那里,等着她的下文。

沈惊瓷也不知道自己是怎么想的,垂在身侧的手指捻了两下。雨打在窗上的声音有些大,怔了几秒,她听见了自己的声音。

很细很轻,有些陌生。

"开车安全吗?"

"我技术应该还行。"

"那……"沈惊瓷捏着手里袋子的绳,动作一顿,"那也不安全吧。"

陈池驭看沈惊瓷犹豫了半天,眉梢一挑,沾上笑。他一副看穿沈惊瓷心思的样子,表情放松了几分。

他问:"你是不是害怕?"

问题和车里的渐渐重合,沈惊瓷想起自己当时的回答,有点丢人。

陈池驭的声音又钻进她耳朵,他低低地笑,舌尖和上颌一碰,轻轻念出她的名字,像带着蛊惑。

"沈惊瓷。

"你害不害怕?"

外面闪电肆虐,大雨瓢泼。天气预报中的强降水和雷电,终于迎着分秒针重合的时刻降临。

道路寂静,世界被冲洗。

沈惊瓷对上他的眼睛。良久，她终于做了一个决定。

"嗯。"她垂下眼。

"害怕……"

与此同时，她的脸红透。

得到了答案，陈池驭开始笑，胸腔跟着颤，笑意外泄。

……

清脆的一声，钥匙被扔到沙发中，陷进缝隙。

他迈着步子走到窗前，手臂一挥，米黄色的窗帘瞬间遮死窗户，昏沉恐怖的天空顷刻消失在视线里。

房间内，他们与世隔绝。

而陈池驭回过身，头稍倾斜，喉结微动。

他笑她。

"胆小鬼。"

不过，他又说：

"怕什么？我在。"

23

那天晚上，外面雷电交加，沈惊瓷窝在柔软的被子里睡得迷糊，但也格外安稳。

陈池驭就在仅有一墙之隔的房间内。

呼吸似乎都在靠近。

早晨八点半，沈惊瓷是被敲门声叫醒的。

陈池驭的声音从门外响起，喊了一声她的名字。

沈惊瓷睁开眼，陌生的环境让大脑迟钝了两秒，记忆才缓缓地重新启动。

她"嗖"地一下从床上坐了起来，望向门口的位置。

沈惊瓷慌了一瞬，清晨刚起床声音还有些柔和哑，很软。

她冲着门的位置喊："等……等一下！"

外面的人似乎低声笑了下，也没再催促，只是说："出来吃早餐。"

沈惊瓷慌忙下床找到拖鞋，莫名地害羞。

昨天晚上，陈池驭把她赶进了房里，他给她开了一盏小灯，说自己就在隔壁守着，她害怕可以随时找他。

男人笑得又懒又痞，拖着腔。顾长的人影立在门口，占据她全部的视线。

所以啊，你看——

就算是胆小鬼也可以不用害怕的。

沈惊瓷洗漱完毕，抬眸看了看镜子中的自己。刘海儿有些乱，她整理好，才做好准备走到餐桌旁。

陈池驭已经坐下，他散漫地滑着手机，凌厉的短发似乎是刚洗过，还没怎么干，看着干净又矜贵："吃完送你回去。"

沈惊瓷没忍住悄悄多看了两眼，坐到了他旁边的位子，问了句："你顺路吗？"

陈池驭抬眸看了她一眼，挑着笑逗她："不顺也得顺。"

沈惊瓷差点呛到，欲盖弥彰地往嘴里送了一个生煎。

陈池驭买的东西不少，但沈惊瓷胃口不大，没用多长时间就放下了筷子。

陈池驭瞥了一眼桌子上的东西，又看了一眼沈惊瓷，好似不太满意。

"吃饱了？"

沈惊瓷喝完最后一口牛奶，朝他点头。

"才吃了几口就饱了？"陈池驭又把一盘薄皮虾饺推到沈惊瓷面前，"再吃点。"

沈惊瓷默默看了眼自己的盘子，哪有女生早晨能吃那么多的，她屈着手指憋屈地反驳："明明吃了好多。"

陈池驭哼笑了声："跟只猫一样。"

少女手指蜷缩得更厉害，她看向别处，带着几分羞怯，不作声。

下过雨的地面潮湿，空气中弥漫着一种独特的味道。

但天空特别蓝，被冲洗后的宿舍楼焕然一新地出现在眼前。

不平的道路上留下一处处水洼。陈池驭将沈惊瓷送到宿舍楼底下。

黑色的迈巴赫吸引足了视线,陈池驭置若罔闻,或是早已习惯。

下车前,他特意提醒沈惊瓷:"药再吃一顿。"

沈惊瓷眉头不自觉地皱了下。

那个药特别苦,昨天晚上睡前,她硬是被陈池驭摁着灌了进去。

她不喜欢吃药,又拗不过陈池驭的力道。

下车前还是被人逮住了命门。

反抗不过,她只得囫囵吞枣地点了点头。

沈惊瓷两只手碰上车门,心虚的人想要赶紧跑。

在她成功的前一秒,车锁"咔嗒"一声。

被车门的阻力挡住,沈惊瓷身子随之僵住了。

陈池驭的声音不疾不徐从后面传来,他故意磨着沈惊瓷:"你急什么?"

"……"

沈惊瓷慢吞吞地"啊"了声,不死心地伸手推了两下门:"没有啊。"

"没急……"

她苦着脸干笑了两声。

"少来。"陈池驭却不给面子地拆穿她。他"啧"了声,身子侧转左臂抵着方向盘,半眯起眼看着沈惊瓷那副心虚的表情。

"别以为我看不出来。"他身子凑得近,语气也重,身上清冽的薄荷味扰得沈惊瓷难挨。

沈惊瓷忍不住往后躲:"我没有。"

陈池驭点了下头,身子往后撤开,忽然松口:"行。"

沈惊瓷也没想到会这么容易。

下一秒,淡漠的眼睛噙起一抹笑。

他状若随意,目光又不离沈惊瓷:"吃药的时候录个视频。"

"?"

低低的嗓音磁性好听,但沈惊瓷仿佛是受惊吓的兔子,不可置信地看向陈池驭。

而陈池驭一脸淡定,薄唇微动,缓缓地吐出几个字:"我要检查。"

他的手指刻意停在车锁上,大有沈惊瓷不同意就不放人走的架势。

车内的氛围僵持着,沈惊瓷视线无意滑过窗外,似乎有几个人站在那里不知在看什么。

不管是车还是人都太招眼了。

几秒后,沈惊瓷率先宣告失败。

她顶着压力,点了下头。

陈池驭终于满意。

看着沈惊瓷一溜烟地跑进了宿舍楼,仿佛身后有豺狼虎豹,没往回看一眼。

他气得笑骂了句"小白眼狼"。

......

今天的两节课都在下午。

沈惊瓷进了宿舍,邱杉月还在睡觉。

陈池驭跟算好了时间一样,消息掐着点发过来。

Yu:视频。

只有两个字,却让沈惊瓷有一种在劫难逃的感觉。

一想到又要吃一顿那苦涩的药,她整个人都蔫了。

她抿了下唇,不愿意地转身接了杯水。

一包颗粒和三颗胶囊。

光是看着深棕色的药,味蕾就发苦。

沈惊瓷坐了下来,不自然地立起手机。

白净的脸出现在摄像头中,她看着里面的自己,手怎么也动不了,干瞪了一分钟。

"瓷瓷,你干吗呢?"

声音成功打断动作,沈惊瓷刚要抬起的手迅速归位,她惊恐地回过头,看见邱杉月垂下来的脑袋。

"你回来了啊。"邱杉月的声音还带着困意。

沈惊瓷"嗯"了声,手指拢了拢,药片聚集在手心

邱杉月迷糊地努力睁开眼,想到什么,"嘿嘿"笑了声。

"你昨晚和陈池驭一直在一起吗?"

沈惊瓷不太好意思,草草地"嗯"了声。

邱杉月又开始闭着眼傻笑："真好……那你们有没有什么进展？"

"没有。"沈惊瓷回得干脆，忍不住堵住邱杉月的嘴巴，唯恐她越说越过分，"你别说了。"

邱杉月知道沈惊瓷脸皮薄，哼笑两声把脑袋缩了回去："行，我不说了。"

视线消失，沈惊瓷才呼出一口气。

她盯着手机，眉皱得越来越紧，又回到刚刚那个问题上。

到底要不要发？

迟疑了好久，沈惊瓷一脸纠结地把药含进嘴里，一只手快速地点了"开始"。

录下短暂的三秒。

她喝完杯子里的药，喝水把药送了下去。

沈惊瓷觉得自己像个小学生在被老师检查作业，哪里都不自在。

手指停在发送键上好久，却怎么也下不去手。

视频里的人素着脸，妆都没有化。

还在吃药。

一点都不好看。

陈池驭为什么要这种视频？

要不算了。

沈惊瓷十分纠结地用牙齿磨了下唇肉。

沈惊瓷抱着这样的想法，犹豫且迟缓地摁了"取消"。

不发了。

说不定陈池驭也就忘了。

果然，一直到中午，陈池驭那边没再有动静。

说不上来是什么感觉。

有点失落又觉得正常。

下午，去上课的路上，邱杉月忽然想起什么。

"对了瓷瓷，昨晚有人来查寝，不过我给你应付过去了，说你在帮老师处理作业。如果有学姐问，你别说漏嘴。"

沈惊瓷挽着邱杉月，蹭了两下，特别甜地说："好。"

下午的课又是理论课，听着有些枯燥乏味。

但沈惊瓷倒是听得认真，她很喜欢讲这节课的老师，身上有一种儒雅的气质。

手机在桌子上倒扣着，直到下课沈惊瓷才看了一眼。

微信消息赫然出现在视线中。

那一瞬间，沈惊瓷的心重重跳了下。

有一种很微妙的期待。

她解锁屏幕，微信头像上的那个红点提醒着她有未读消息。

但沈惊瓷却忽然一怔。

备注的名字是顾涅。

顾涅：最近还好吗？

她愣怔的表情逐渐染上浅淡的笑。

刚刚在上课。

你怎么突然找我，有什么事情吗？

那边回得很快：没有事情就不能找你吗？

真生疏。

最后三个字好像在怪她，但两个人的关系却一下子像是回到了之前。

她和顾涅小时候就认识，不过顾涅在高二的时候转学去了别的城市。

但两个人还是一直保持着联系，直到高考完。

顾涅又回到寻宁，问沈惊瓷报了哪里的学校。

那年沈枞的情况刚看到希望，后续治疗需要来沥周。

偏偏她听说，那个人也在沥周上大学。

沈惊瓷望着顾涅，说她想再考一次。

算起来两人也有几个月没有联系，沈惊瓷不好意思地回：哪有。

顾涅：我在沥周，你有没有时间？

我们见一面。

沈惊瓷有些惊喜，很开心地回：好啊！

两个人约定好，恰好到了上课时间。

沈惊瓷要放下手机的前一秒，手机上又划过一条消息。

聊天框瞬间压下顾涅的，钻到了最上方。

与顾涅的温柔不同，他的语气带着一如既往的随意，但又透着一股强硬。

Yu：忘了？

简单得只有两个字，却是陈池驭的风格。

Yu：等你四个小时了。

沈惊瓷盯着那句话看了几秒，心头忽然划过一丝怪异的感觉。

他等了自己四个小时。

感觉太亲昵了。

沈惊瓷顺势就想去解释：我……

打完一个字才发现自己没想好理由，那个"我"字又被删了。

等等，她想想应该怎么说。

陈池驭仿佛能透过屏幕看到这边。

属于他那边的聊天框又冒出一句话：这么慢？

沈惊瓷一愣，手指蜷缩着摩挲了下，好奇地问：什么慢？

Yu：敷衍我。

嗯？

沈惊瓷连着看了几眼，意思就是，为什么敷衍他还这么慢。

他已经等了她好久。

因为这句话升起的情绪把沈惊瓷的心挠得好痒，像是在夏天吃了一颗薄荷味的清凉糖，上瘾又依赖。

沈惊瓷头埋得更低了点，她动作很轻地回复：你怎么知道我在线？

Yu：不是说过了？我什么都知道。

你那点小心思，瞒不过我。

写着备注的地方在他输入时倏地变成"对方正在输入"。

沈惊瓷猛然醒悟。

原来是这样啊!

她摸了摸自己的鼻尖,放下了手中的笔,有些心虚:药吃过了。
Yu:视频呢?
对面的人似乎对这件事情真的很执着,沈惊瓷拗不过,抬眼看了看四周,最后还是把那个视频发了过去。
沈惊瓷又发了条消息:没骗你。
陈池驭这下没有秒回,应该是在看视频。
沈惊瓷的心忽然就紧张起来了。
三秒的视频怎么看得这么慢?

殊不知另一边的陈池驭,人窝在沙发中,身子后仰。
客厅明亮的光线照到手机上,小姑娘皮肤白,看着又软又乖。她头微微一仰,睫毛也跟着颤,浅棕色的瞳孔像是折射着光的琉璃,纤细的脖颈不堪一握,脸蛋上似乎还有细细的绒毛,端正地坐在书桌前给他录视频。
药应该是吞下去了。
陈池驭把手机举得靠自己近了点,眼中的笑意浓。他又点了一次播放键,手指无意识地在屏幕上摩挲了两下。
直到楼梯上的声音打破这个画面——
"陈池驭,你背着我们在这儿看什么呢?!"
孟有博停在螺旋楼梯的中央,怒目往这边瞅。
陈池驭心情好,斜眼扫了下孟有博,懒得搭腔。
"哎!你……"孟有博被激着了,撸起袖子就要打陈池驭。
他一只腿跪在沙发上:"看什么呢?给我瞅瞅。"
陈池驭皱着眉,从下到上打量孟有博。
他耷拉下眼,也没用那种不屑的眼神看孟有博,就光"嗤"了声。
还不搭腔。
"你不会是在看女人吧?"孟有博终于感觉到不对劲。
不然也不至于这么藏着掖着啊。
话落,陈池驭倒是有了点动静,他收了手机抬起下巴,抬腿把孟有博踹了下去,又哼笑:"碍着你了?"

孟有博被踹了都没反应，下巴快掉到地下了。

他没反驳。

那不等于变相承认吗？

"还真被我说中了？"他说着就不死心地要去抢陈池驭的手机，"是谁啊到底？！"

陈池驭利落地起身就走，躲开孟有博。两人之间拉开距离，他的声音从门口的方向飘回，尾音上扬。

他恣意又嚣张："不告诉你。"

孟有博没看到的那份聊天记录，对话最后停在陈池驭的一句"乖"上。

车上，孟有博给晏一发完消息，忍不住说了两句："晏一怎么回事？问夏还跟他闹别扭呢？"

陈池驭把着方向盘，漫不经心地开口："不知道。"

孟有博："他说让我们先过去，问夏刚下晚自习。"

陈池驭没意见地点头。

两个人到的时候，只看到了一个穿蓝白色校服的背影。

喻问夏坐在烧烤摊边的一个凳子上，两条细白笔直的腿慢悠悠地荡着，扎着一个松松散散的高马尾辫。廉价的灯泡在她头顶，昏黄的光线下，女孩皮肤白得刺眼。

孟有博认出来了，招着手冲那个背影喊："问夏！"

女孩刚好喝完手中的巧克力奶，回过头定住视线，露出一颗小虎牙。

她也招手："池驭哥！"

孟有博："……"

人跑过来，裙角跟着风在动。

孟有博"嘿"了声："喻问夏，不兴你这么区别对待的啊。"

问夏吐了吐舌头，笑了一声。

陈池驭也跟着懒懒地笑："晏一人呢？"

问夏不好意思地摸了摸鼻尖："他去买关东煮了。"

孟有博笑了两声："行啊，也就你能使唤得动他了。"

问夏不服："什么啊！"

孟有博话音刚落，晏一的电话就打过来了。话是对问夏说的，他开门

173

见山:"你要的魔芋丝和萝卜没有了,要吃别的吗?"

问夏失望:"啊,那算了吧,不吃了。"

晏一那边的声音听着很吵,他顿了顿,似乎是不太喜欢听见问夏用这种语气说话,又问:"那糖人呢?"

问夏眼珠一转:"可以!"

孟有博在旁边听得清清楚楚,他侧头有一搭没一搭地跟陈池驭唠着:"晏一这跑腿的活儿干得挺不错,下次我也试试。"

陈池驭正低着脖颈发消息,他所处的地方很暗,光线断断续续地落在他身上。

男人侧脸的弧度冷硬,几秒后,他唇角勾着一抹很淡的笑,瞧着孟有博,给他挖坑:"你试试?"

孟有博低头夹了一筷子小菜,跟着乐。

问夏又说了几句,孟有博没仔细听他们在聊些什么,就觉得这天气又降温了,风也大了,旁边的小凳都被吹倒了。

他往旁边瞥了一眼,没注意问夏身后的立式烧烤店广告牌也在晃。

"欸,陈……"孟有博回头还想说什么,目光忽然闪动。

那个广告牌有一米多高,应该是用得日子久了,里面的铁皮冒头,倒下的时候声音尖锐惊悚。

惊呼脱口而出,喻问夏还在状况外,茫然回头,却被回来的晏一喊住:"喻问夏——"

那一瞬让人慌张又心惊,电光石火间,陈池驭反应极快地扯了一把喻问夏。

肩膀传来一阵尖锐的刺痛,陈池驭眉心一皱,手臂在广告牌的重压下歪斜了几度。

……

医院里,晏一脸色很沉。

问夏也老老实实地低着头不敢出声。

孟有博负责去警察局处理后续事宜。烧烤店老板一直道歉,他今天是忙忘了,那广告牌应该用石头压着的,没想到这就砸到人了,还见了血。

几人之中,倒是那个伤者显得最轻松。

人刚从诊室里出来,领口还没整理好,歪歪斜斜的,露出平直的锁骨。

问夏垂着头往前迈了一步,声音没了之前的活力:"对不起,池驭哥。"

晏一抿着唇,下颌绷得很紧,薄唇轻启,还没说话,就被陈池驭打断:"行了,跟我快死了似的。"

陈池驭抬起另一只手敲了下问夏的头:"跟你有什么关系?你要是在我们眼皮底下伤着了,那还得了。"

陈池驭把外套随手搭到臂弯,散漫地走了两步,一锤定音:"散了吧。明天问夏还要上课,你送她回去。"

晏一:"谢谢了,兄弟。"

陈池驭单手插着兜,抽出来摆了摆手,示意这不过是一场小意外。

没走出几步,身后又传来晏一的声音:

"你看下手机,孟有博说沈惊瓷好像找你了。"

原本前进的脚步一顿,陈池驭回头,眼神微动。

"什么?"

……

陈池驭回拨电话,听到的是沈惊瓷有些试探的声音:"是陈池驭吗?"

陈池驭坐在车里,有些倦地揉了揉眉心,他"嗯"了声,声音放得柔了些。

电话里面传来脚步声,沈惊瓷似乎是去了阳台。

紧接着是关门声。

小姑娘的声音再次响起,她忍不住问:"你是不是受伤了?

"刚刚你消息发到一半就没有了下文,我看到孟有博朋友圈发的动态,给他打了电话,他说你在医院。"

陈池驭身子靠后,磨了磨后槽牙。孟有博一天天把朋友圈当垃圾场,屁大点事都要说一声,自己迟早要收拾他。

左臂还有些胀痛,陈池驭的声音听着有几分沙哑:"没事,伤得不重。"

电话里静了几秒,不知道是怎么回事,沈惊瓷的声音似乎有些颤。

陈池驭动作一顿,眸色深了些。

下一秒,他切实地感受到了沈惊瓷的担心。

她问:

"陈池驭——
"我能去看看你吗？"

陈池驭到北校门时，沈惊瓷已经在等着了。

她缩在校门旁边的人行道上，人蹲着，看着很小。

身上还穿着睡衣，被风吹得鼓，身影特别单薄，像是会被风吹跑似的。

刺眼的近光灯靠近，沈惊瓷才迟钝地抬起头。

还没来得及眨眼，陈池驭已经几步跨到自己身前。

"陈……"

男人手上的衣服一下子包裹住她，遮去了后两个字。

陈池驭单膝半蹲，和她保持相同的高度。只不过他眉皱得特别紧，眼里也没笑意，拎着外套的衣角把拉锁拉好。

他语气有些重："不是说到了给你打电话？"

沈惊瓷被凶了一下，眼眶倏地红了。

她含着水雾的眼盯着陈池驭，咬着唇不说话。

和他无声地对峙。

人本来就白，被风吹了不知多久，嘴唇连点血色都没有。

整张脸上最明显的就是眼尾的红。

陈池驭看着，脾气也发不了，手搭在沈惊瓷肩上，低声喊了句："沈惊瓷。"

沈惊瓷垂下的眸子又抬起，说不上是倔还是委屈地看着他。

又静了几秒，陈池驭跟认了一样。

他叹了口气，手掌抚着女孩后脑勺的发，安抚地摸了摸："别哭。"

和解后，陈池驭站起身，而沈惊瓷动了下又差点跌倒，一脸委屈地仰头望着陈池驭。

"腿麻了……"

她小声地嘟囔一句，自己试着挪动。

陈池驭忽然自顾自地笑了声："你今晚是不是来算计我的？"

声音被风吹走，沈惊瓷没听见。

下一秒，她身子腾空而起，双脚离地。陈池驭还能拉开车门，将人放进了后座。

沈惊瓷差点惊呼出声,她鼻子不小心磕到陈池驭胸膛,又硬把声音咽回嗓子。手臂条件反射钩住他,仰起头看到他凸起的喉结,不明显的青色血管和微微浮起的青筋延伸到黑色的衣领下,冷白的皮肤很性感。

和沈惊瓷一起,他也坐在了后面。

车门关闭,随着气息渐远,沈惊瓷听到他说的第一句话就是:"把脚放上来。"

"啊……"沈惊瓷没听懂。

他表情还是不爽:"这么冷的天不知道穿双袜子再出来?"

陈池驭把人包得更严实,连带着腿和脚。他的外套够大,沈惊瓷撑起腿来正好。

沈惊瓷摇摇头:"还好,不是很冷。"

脸也红,脚也红,手一碰冷得像个冰块,这叫不冷?

十一月的夜风,真的不是随便吹吹的。

陈池驭被气笑,磨了磨牙:"回去再吃一顿药。"

沈惊瓷默默地不反抗,她抱着膝盖,用下巴抵着,视线盯着陈池驭:"我想看看你的伤。"

陈池驭拽了下衣领,恶意报复地问:"脱了给你看?"

"……"

沈惊瓷怔了几秒,目光落在他领口的位置。

她很慢地眨了下眼,周围的空气似乎凝结。沈惊瓷垂下眸,慢吞吞地说:"行啊。"

她表情不咸不淡,在这个问题上异常地执着,目光也坚定。

陈池驭惊愕一瞬,旋即低低地笑。

他声音低沉,似带上几分无奈:"就是划了一道口子,过几天就好了。"

沈惊瓷垂下眼,缓了段时间。

轻而缥缈的声音传来,女孩缓缓开口,时间隔得有些久。

"之前,你手上缠着绷带,好像也是受伤了,我看你好几眼,又不敢问。还有前几天看到你额角肿了一块,我好努力地忍着才没有问你。今晚也是这样。"

"陈池驭,我想看看。"

她的样子有些难过,声音是强撑到极致的感觉。

陈池驭心口发闷,有种被烟呛到的辛辣感。

他忽然想起三十分钟前,晏一发过来的那条消息。

是肯定的语气。

——"沈惊瓷喜欢你。"

第三章 ❤ 和他

RIGHT NOW

I REALLY

MISS HIM

01

　　车里的光线暗，沈惊瓷维持着原来的姿势一直没变。

　　他垂下视线，看到了沈惊瓷毛茸茸的发顶，眼眸变得幽深起来，手指不自觉地摩挲。

　　他们停在马路边上，偶尔，背后的车窗闪过呼啸而过的车灯。

　　他没说话，却转头看了眼前方，保安亭的白亮灯光有些刺眼。

　　陈池驭眼睛半眯，模糊地看到门口吞云吐雾的大爷，记忆中自动浮现熟悉的味道，一寸一寸地钻入肺腑。

　　痒。

　　手痒心也痒。

　　半晌，他抬起右臂。他身上随意穿了一件T恤，黑色的。

　　领口折腾得有些松垮了，还沾着一股医院的消毒水味，在他身上却不刺鼻，和薄荷味混在一起，层次不明。

　　"不是要看吗？"他忽然开口。

　　沈惊瓷抬头，男人的视线落在她身上，修长的手指却搭在衣领处。

　　她的身子被风吹得难受，说了那些话口也干，望着面前的人，她从紧绷着的情绪中抽离几分。

　　陈池驭看似不正经地侧目看她，眉毛上挑，笑着问了最后一遍："真要看？"

　　锁骨处衣领上的手指敲点两下，警示着沈惊瓷。

　　沈惊瓷迟钝了一秒："是伤在这里吗？"

　　"不是，在肩膀下面。"

　　沈惊瓷的目光顺着他平直的锁骨向下，似乎能透视看到后面的肩胛。

不知过了几秒,她还是点了头。

陈池驭低低地笑了,舌尖顶着上颌,像是发现了什么有趣的事情。
他不再啰唆,意味不明地朝着沈惊瓷微微颔首。
他本来就不是好人,难不成怕被一个姑娘占便宜?陈池驭在心底嗤笑。
他侧身,左侧的肩膀偏向沈惊瓷,两只手抓住T恤下摆靠上的位置,往上掀露出半个身子。沈惊瓷的目光跟着他动,不自觉地扫到了腹部平坦紧实的肌肉。
男人右手松了下摆,把衣服左边再往上抓了两下,露出了白色的纱布。
其他地方的衣料松散落下,他手心处堆积出褶皱,散漫又颓废。
"看见了?"他哼笑着问。
那块纱布不大,比手掌小一点。
贴在肌肤上,凸出薄薄的一层。
沈惊瓷却看得流出了眼泪来。

车内很静,呼吸的声音都能听见。
陈池驭发现不对劲的时候,沈惊瓷的泪已经掉下来了。
"啪嗒"一声滴在皮质座椅上,留下一块水渍。
陈池驭一怔,腰间忽然传来一种陌生的感觉。
沈惊瓷的声音响起:"那这里呢?"
微凉的触感覆在那道老旧的疤痕上,陈池驭顺着看去。
已经尘封好久的记忆逐渐涌入脑海。
足足五厘米长的一道疤痕,淡淡的白色,看着伤得有些深。

下一秒,沈惊瓷带着哭腔问:"你怎么天天受伤?"
陈池驭眉一皱,手指上的力道瞬即消失,衣服掉落,被沈惊瓷伸出来的那根手指挡住。
陈池驭身子僵了一下,眼中情绪翻涌,又被他压下。
他直起身子,毫无痕迹地躲开了沈惊瓷的触碰。
抬起眼,看到的是沈惊瓷通红的眼睛。
沈惊瓷看起来情绪十分低落,说实话,陈池驭不太懂。

他想了下那道疤，应该是那年，玩得最疯、觉得什么都没意思，跟家里对着干的时候留下的。

车子撞了个报废，人在医院躺了半个月。

思绪拉回，他静静地看了她一会儿，像是鬼迷心窍般，手指捻住了欲坠的那滴泪。

沈惊瓷愣了下，他的手掌已经擦过她眼尾。

女孩下意识地闭眼，在他的手掠过后，睫毛轻轻地颤了下。

陈池驭凝视着沈惊瓷泛红的眼眶，低声开口，跟哄人似的：

"别哭。

"闹得我心疼。"

从前方驶过的车灯光照进来，在两人之间流动。

她的泪停止了。

眼里的雾气凝在眼眶中，有些迟缓地掉不下来。

良久，她的动作像是被慢放了一样，缓缓地抬起头。

陈池驭用不轻不重的声音在她面前叹了一口气，没注意音调，视线随意地落在她脸上。他帮她彻底擦干泪，有点无可奈何："有点输给你了。"

沈惊瓷没弄清楚这句话是什么意思，木讷地张嘴："什么意思？"

陈池驭像没了力气一样，身子后仰，后脑勺靠着椅背："你别哭，以后我不受伤就是了。"

沈惊瓷心口一滞，心脏重重地跳了下。

他的气息似乎重了些，也不知是不是沈惊瓷的幻觉。

她盯着陈池驭的脸，男人说得认真，不像是开玩笑的意思。

是真的吗？

别哭了……

她的眼泪这么管用吗？

沈惊瓷懵懂地眨了眨眼，好久才找回自己的声音，心跳如擂鼓，快得要死。

"真的吗？"

她问。

陈池驭分辨出那声音里面的欣喜和紧张，仿佛生怕下一秒他就改了口。

男人笑，吊儿郎当地伸出自己的食指，轻佻又痞气。

"真的。

"还要拉个钩？"

小姑娘眼睛湿润，看到他的动作盯了他几秒。

她抿着唇纠正："应该是小拇指。

"陈池驭，你伸错了。"

说着，不顾陈池驭的反应，沈惊瓷自己动手将那根骨节分明的手指握了回去，又钩出了男人的小指。

自己的手顺着绕进去。

小指交叠，这才是拉钩。

陈池驭看得发笑："沈惊瓷，你怎么这么有意思。"

沈惊瓷脸红了一瞬，指腹却忽然传来压力感。陈池驭小指微屈，钩住了她的。

他闭着眼，唇角弧度很浅，任由沈惊瓷控制着手。

心里像是有一瓶橘子味的汽水，酸酸甜甜地升腾起小气泡。

他的手又白又长，骨节好看，手背透出青色的血管，拇指那里有道劲瘦的筋。

沈惊瓷"盖上章"，真正手对手地触碰到他的指腹。有些硬，是很薄的一层茧子，但摸着却格外舒服。

心里那种难受终于消散，沈惊瓷没松开他的手，澄澈的眼睛看着亮晶晶的，仰起头来看他。

"说好了的。"

陈池驭抬起眼皮，笑得散漫。

"我什么时候骗过你？"

他盯着她，停顿两秒，忽然做了个口型：

"没良心。"

沈惊瓷被噎了下。

"……"

刺耳的电话铃声响得猝不及防。

像是有了一个机会，沈惊瓷的视线心虚地从陈池驭身上移开，手忙脚乱地找到自己落在座椅上的手机。

上面的备注是"妈"。

是徐娟的电话。

沈惊瓷心口一滞，她脸色微变，连忙点了"接听"，把手机举到自己耳边。

"喂，妈妈。"

陈池驭听到称呼，起身坐直了些，一声不吭地腾出一个安静的空间。

声音透过空气隐隐传入陈池驭耳中。

"睡了吗，年年？"

沈惊瓷也坐好："没有呢，有什么事吗妈妈？"

"阿枞后天有个检查，我和你爸爸都没有时间，想问问你能不能去陪他？"

"可以的！"沈惊瓷回答得利索，"后天休息，我没有课，可以早点过去。"

徐娟在那边笑了笑，松了口气："行，好好照顾阿枞，有什么事情就给我们打电话。"

"好。"

话落，两个人同时安静了下来，只剩下浅浅的呼吸声。

母女之间似乎再也没有别的话可说。

沈惊瓷垂下眼，手指抠了抠睡衣上的花纹。

气氛有些沉闷，沈惊瓷张了张嘴，干涩地开口："最近天气不好，妈妈你们注意身体。"

"我们知道，你也好好照顾自己。"

陈池驭看到沈惊瓷点了点头，她忘记了对方看不到。

"那妈妈早点休息，我会照顾好阿枞的。"

那边又说了些什么，两个人各自挂断电话。

陈池驭忽然问："阿枞是你弟弟？"

沈惊瓷恍神，看向他，慢慢地点头。

思绪停下来，她好像忘了什么事情。

沈惊瓷眉头皱了下，冷不丁想到，后天是她和顾涅约定见面的时间。

事情好像有点多，想到阿枞的检查结果要出，沈惊瓷染上一丝愁，情绪比刚刚低落不少。

陈池驭看在眼里，但他没有多问。

男人漫不经心地转移了沈惊瓷的注意力。

"你小名叫 nián nián？"

沈惊瓷一愣，刚要问"你怎么知道"，又想起徐娟在电话里对自己的称呼。

她"嗯"了声，心不在焉地想陈池驭听到了多少，他会不会觉得自己家很奇怪。

男人的声音起伏不定，一个问题接着一个问题钻进她耳朵。

他又问："哪个 nián？

"黏人的黏？"

沈惊瓷明亮的眼睛在听到他的组词时错愕地睁圆了。

"什么呀！

"年岁的年。"

"不是啊——"陈池驭看着她炸毛的样子，不禁抬手抵着唇笑了笑，语调听着还有些可惜。

沈惊瓷从来没想过还能这么叫。

亲昵得让她脸发烫。她忍不住小声辩解了句：

"我才不黏人。"

陈池驭哼笑，抬眸看了她一眼，意味不明。

有种微妙的纵容。

他声音很轻，夹着丝丝缕缕勾人的气音，缓缓开口：

"年年——

"做个好梦。"

02

手机的亮光映着男人的脸，车窗开着，车里的味道逐渐消散。

他眉头皱着，总觉得身边还是有一股若有似无的淡香，挥之不去，在夜晚让人躁得心烦。

聊天记录停在晏一发过来的那句话上,他还没回。

脑海中自动对应上小姑娘今晚的样子。

他不是没有感觉,但在此之前,他从没有过一种要和谁安顿下来的想法。

不会有结果的事情他懒得去想。

但今晚,从他看到那个单薄的身影蹲在路边开始,也可能是从接到电话时听到她的哭腔开始,他心里就像是扎了一根刺。

不疼,但就是忽略不了。

他的手臂抵着窗沿,垂眸盯着那句话,陷入了沉思。

马路对面的灯一闪一闪,最后还是灭了。

良久,男人低声笑了下,人也终于有了动作。

说不定,这根刺是可以不拔的。

让他好好想想。

……

到了去陪沈枞检查那天,沈惊瓷已经提前跟顾涅解释过,两个人约定的时间也从中午改到了傍晚。

医院。

她过去得巧,恰好看到一个护士路过门口时往沈枞的房间看了一眼。

沈枞还是穿着蓝白相间的病号服,稍显空荡地套在他身上。但少年挺拔清瘦,眉眼干净,还是吸引人得很。

沈惊瓷这才注意到,病房里不知什么时候多出来一个和沈枞年岁相仿的女孩,坐在旁边的凳子上,笑得灿烂。

沈枞的病房一直都是单人间,冷冷清清的,今天却意外地活跃几分。

透过玻璃往里看,传入耳中的是一阵银铃般的笑。

不知道两个人之前说了什么,但那个女孩笑着笑着忽然停了,她皱着眉凝视了沈枞一会儿,有些不高兴地说:"沈枞,你怎么不笑?"

倚在床上的沈枞微抿着唇,轮廓分明的脸上没什么笑意,有些长的头发挡在眉骨上方,看着还有点冷漠。

听见女孩的话,少年才"哦"了声,跟陈述事实一样说了句:"因为不好笑。"

闻言，沈惊瓷眼皮跳了下，没想到沈枞这么不给面子。

她看了眼女孩，害怕人伤心，清脆的声音却又响起："那我再换一个！"

沈枞眉梢终于动了下，忍不住开口："你有点吵。"

表情算不上烦，但他摆出一副不欢迎女孩的架势。

他的目光微动，无意间掠过门口站着的沈惊瓷，表情微微僵硬。

被抓到的沈惊瓷有一丝尴尬，推开门进屋。

"姐，你什么时候来的，怎么不进来？"沈枞起身，换了个姿势，模样正经很多。

沈惊瓷笑了笑掩饰尴尬："刚来。"

放下东西，她还是有些好奇地看了眼那个女孩，语气轻柔："你是阿枞的朋友吗？"

女孩听到她在问自己，立马从凳子上弹起来，笑的时候露出两颗小虎牙，看着可爱："姐姐好！我叫谈祈。

"我是隔壁病房的……"

她的话说到一半，忽然被沈枞的咳嗽声打断。床上的人脸色有些怪："谈祈，我姐来了。"

他看了眼墙上的钟，示意她："你是不是应该去吃药了？"

谈祈的表情一下子垮了下来，她撇嘴瞪了沈枞一眼。

"沈枞，你好烦！"

说着，人已经跑了出去。

沈惊瓷还挺喜欢刚才走的小姑娘，沈枞现在没法去学校，有个朋友也是不错的。

她坐下，笑眯眯地望着沈枞。

沈枞看着沈惊瓷的表情，有些烦躁地抓了抓头发："她就是不想吃药才躲在这儿的。"

沈惊瓷努力地控制表情，点了点头："嗯。"

沈枞脸色黑了一瞬："你真的想多了。"

沈惊瓷笑着说："我没想什么，就是觉得你认识个朋友挺好的。"

她看到沈枞桌边的课本："毕竟你之后还是要回学校的。"

说起学校，沈惊瓷想起顾涅，三个人之前是一起长大的。她对沈枞说:"顾涅现在在沥周,一会儿要不要让他上来和你说几句话?"

沈枞听到顾涅的名字,有一种陌生又熟悉的感觉。他想了会儿才说:"好像很久没见过他了。"

沈惊瓷剥水果的手指一顿,"嗯"了声。

沈枞忽然问:"顾哥现在过得怎么样?"

"挺不错。他后来跟着他妈妈,不在寻宁了。"

沈枞笑了下:"那就行。"

他随口说了句:"先不见了吧,我现在的样子怪别扭的。"

沈惊瓷心里有些难受,她刚想说什么,外面的护士敲门喊人:"沈枞!到点了,出来检查。"

检查一项又一项,检查结果出来的时间也不一样。

等待的过程总是焦急的,到下午四点才出完结果。

但好在,消息还是好的。

沈惊瓷脸上的笑意止不住,马上给徐娟和沈鸿哲打电话说明情况。

沈枞身体的各项指标都在朝好的方向发展。

沈枞笑着赶她走:"这下放心了?"

"都在医院一天了,快走吧,顾哥在下面等你多久了。"

沈惊瓷一看时间,果然已经迟了。

她脸色迅速变了,念叨了声"糟了,忘了看时间"。

沈惊瓷匆匆地对沈枞说:"那阿枞我先走了啊,你有什么事情再联系我。"

沈枞笑着说"好"。沈惊瓷脚步匆忙,人影消失在门口。

顾涅连条催促的消息都没给她发。电梯门马上就要在眼前合上,沈惊瓷小跑着成功拦截。

她对周围的人说了句"抱歉",还有点喘。

电梯门再次关合,沈惊瓷焦急地在给顾涅发消息:马上下来,两分钟。

所以她没有看到电梯外面的走廊中间,穿白大褂的人旁边立着一个高大俊挺的身影。

男人单手插在裤兜,穿着夹克外套,看上去又冷又痞。他眼睛忽然半眯,看到了电梯门缝中出现的那半张脸。

井嘉泽注意到身旁的人步子停顿,侧目疑惑地问:"怎么了?"

看着数字已经往下走的电梯，陈池驭懒散地哼笑："看到了只兔子。"

井嘉泽看了眼电梯的方向，又看了看陈池驭，从这个亲昵的称呼中反应过来："女人？"

陈池驭没搭腔，斜眼看了他一眼。

"真是的，你什么时候有女人了？"井嘉泽皱了下眉。

"我有女人很奇怪？"

井嘉泽沉默了一瞬："主动贴你的倒不奇怪，你要是看上谁那才是稀罕事。"

陈池驭眼皮都懒得抬，笑了一声，拖着长腔"嗯"了声。

"是看上了。"

他拿出手机，明晃晃地发了条消息。

在井嘉泽想再次问他什么时，陈池驭撂下一句"走了"，转身很利落。

井嘉泽在他身后气笑了："牛啊。"

陈池驭没回头，背着手隔空朝井嘉泽摆了摆手。

手晃荡着，丝毫没有愧疚之心。

这层有两部电梯，他下去的时间应该和沈惊瓷差不多。

通过之前在医院和沈惊瓷碰面还有前天的电话，大概能猜出沈惊瓷的弟弟在这家医院。

一楼敞亮的大厅，挂号和询问的人不计其数。

陈池驭定住脚步朝四周看了看，没找到刚才看到的那个身影。

手机上发的消息她也没回，他眉动了下，又想笑。

跑得还挺快。

人向门口的方向走了几步，一辆保时捷从停车位中缓慢倒车开出。

他无所谓地要移开视线，副驾驶座降着的玻璃后却忽然闪过一张熟悉的侧脸。

他嘴角的弧度消失，笑意也戛然而止。

车里的沈惊瓷低着头，丝毫没有注意到这边的情况。

他的手机此时响了下。

黏：我刚从医院出来，怎么啦？

陈池驭眸色渐深，眼中没什么波澜地想笑。

还挺诚实。

银灰色的保时捷已经消失在视线里,男人顾长冷淡的身影伫立在正门口,垂着的视线情绪晦涩。

有路过的小姑娘激动地多看了他两眼,似乎被他身上矜贵冷漠又浑不懔的气质吸引。

半晌,陈池驭歪了下头,手指微动:

晚上一起吃饭?

沈惊瓷又是好久没回。

接近深秋,又下完雨,空气越来越凉。

陈池驭没有给旁边踟蹰着要不要上前的人半个眼神,迈步走下台阶,走向自己的车。

沈惊瓷是在十分钟后才看到陈池驭发来的这条消息的。

刚刚和顾涅聊了很多新的生活,他现在读的方向是海洋保护。

她听了不少前所未闻的趣事,不禁感慨:"那你以后是不是能下海看到真的珊瑚礁?"

沈惊瓷想了下那个画面:"肯定很漂亮。"

顾涅笑了笑:"没你想的那么轻松。"

沈惊瓷点点头:"肯定不容易,但起码你开心。"

"那你呢,有什么开心的事吗?"

"其实跟之前差不多。"她想到今天下午沈枞的检查结果,语调上扬几分,"不过阿枞的身体好了很多!"

她垂眸笑着。

接着看到了弹出的消息。

陈池驭的邀请赫然出现在眼前,沈惊瓷笑容一僵,愣了几秒。

顾涅观察敏锐,随口问了句怎么了。

沈惊瓷抬眼,看了看顾涅,又看回自己的手机。

"没什么。"

沈惊瓷不知道陈池驭为什么忽然要和自己吃饭,她问:有什么事情吗?

她有些纠结地抿了下唇,难办地拒绝了陈池驭:今晚好像不行……

不久,Yu 回消息:

有约了？

沈惊瓷盯着这三个字，觉得他语气似乎有些怪。

但事实就是如此。

她不太好意思地回了个"嗯"，心里还有点怯。

那头沉默了很久，久到沈惊瓷以为陈池驭不会再回消息的时候。

白色的聊天框冒出来。

Yu：行。

一个字，情绪不明。

沈惊瓷愣是没摸透陈池驭是怎么回事。犹豫几秒，沈惊瓷问：明天可以吗？

跟心里愧疚一样，她补充：我请你。

而陈池驭硬是被这条消息逗笑了。

这姑娘怎么跟可怜他似的。

还明天她请。

心头涌上一股从未有过的感觉，又麻又胀。

兔子跑得还挺快，捉不住。

陈池驭后仰着头，举起手机。

沈惊瓷的头像是只白色的小猫，长毛的，漂亮又乖，和她人一样。

半晌，陈池驭按着语音键，离唇近了些。

他问："几点吃完？我在你宿舍楼底下等你。"

03

沈惊瓷用语音转文字的功能看到消息，完全愣住。

顾涅注意到这边的情况，朝沈惊瓷望了一眼："有事？"

沈惊瓷偏头，眼中还留着惊愕。

顾涅手撑着方向盘，侧目看到沈惊瓷不在状态，还觉得有些可爱。他露出愉悦的表情："怎么了？"

沈惊瓷眉心微动，干巴巴地问了下顾涅："我们几点能回来？"

又觉得这话不太对，显得自己不想跟人家吃饭一样，她改口解释：

"我一个……"

沈惊瓷在称呼上停顿三秒,继续说道:"一个朋友,他说……一会儿回学校想找我一趟。但我觉得有点晚。"

"嗯——"顾涅看了眼自己的手表,沉吟片刻,"不晚。

"如果你想,我们可以快一点结束。"

此时是晚上六点二十分,窗外,天空中最后几缕昏黄的光影从暗沉的云彩的罅隙中穿涌而出。

光柔和又混沌,打在顾涅身上。

他给沈惊瓷算好时间:"九点,把你送回学校。"

九点,似乎可以。

还不晚。

沈惊瓷呼了口气,跟了却一桩心事一样,重新看向手机,笑着夸顾涅:"你还是和以前一样。

"只要有你在,什么问题都能解决好。"

"是吗?"

"是啊,特别安心。"

他们绕过那些不好的时候,只说之前的美好。

沈惊瓷舔了舔嘴唇,低头给陈池驭回消息:九点可以吗?那时候我大概就回去了。

顾涅垂下睫毛,脸上带着笑意。因为沈惊瓷的话,他也想到之前。

那时候沈家刚搬过来。

他放学路过小卖部,听到有人说搬来的是对漂亮的姐弟,跟洋娃娃一样。

跟他没有关系,他表情平静地进去买了一瓶白酒,又拿了两包创可贴。

绕过崭新的楼房,从生锈的绿色大门拐进去,老旧的楼房光线昏暗,楼道狭窄。

301。

沙哑撕裂的声音吼来,一个空荡的白酒瓶猝然砸到他脚下:"你个兔崽子怎么才回来,老子都要饿死了!"

酒气熏天的房间内,清瘦的少年眼中映着一地碎玻璃,他静了几秒,垂眸一脸平静地低头换好鞋,将新买的白酒放到茶几上。

少年走到自己的房间，把书包放下，外面的辱骂声愈演愈烈。

但他像是已经习惯似的，仿佛听不见一样按部就班地走进厨房，熟练地开火。

顾炼今天喝得确实多，还进了厨房。

恶心欲呕的劣质酒味和烟味争先恐后地将顾涅包围，粗糙干裂的大掌不轻不重地捏住少年的脖颈。

他在笑，声音却如地狱的阴鬼："要不是你妈拿着老子的钱跑了，你用过成现在这样？

"留了个孽种给老子拖后腿。"

手掌一下一下拍着，顾炼越说神色越阴郁，口中喃喃："顾孽啊顾孽，你怎么不跟你妈一块儿死了呢？"

脖颈上承受的力气越来越大，他甚至有一瞬间觉得，顾炼是想掐死自己。刀子切到了手，创可贴又派上用场。

也就是那晚，他拿着书出门，碰见了漫无目的游荡的沈惊瓷。

沈惊瓷看到了他手臂不知什么时候被割破流的血，脸上的表情由淡然变为诧异："你的手……"

十几岁的小姑娘心思单纯，看到别人有更严重的事，马上就忘记了自己的烦心事。

"你这是怎么弄的啊，要不要回家处理一下？"

她干净的眉眼和衣着与附近老旧的破楼格格不入，他心脏像是才恢复跳动一样。

伤口的疼痛都变得可以忍受。

后来，顾涅认识了沈惊瓷和沈枞。

他性子最稳重，沈惊瓷有什么问题是他解决，沈枞惹了什么麻烦也是他处理。

那是他生命中最美好的日子。

莫名地想到了那段时光，他皱着眉拉回思绪，忍不住看了眼自己身边的人。

事情都过去了，他们都在变好。

沈惊瓷唇角的笑有些扎眼，几缕头发滑落耳边，露出柔和的轮廓。

心口的窒息感减轻，顾涅视线回到前方，唇角挂着浅浅的笑。

电光石火间，他笑容忽然一僵。

几秒后，沈惊瓷放下手机之际，清润的男声响起："是喜欢的人吗？"

沈惊瓷反应了两秒："什么？"

"刚刚看你发消息时笑得很开心。"

沈惊瓷惊愕，捂了下自己的脸："这么明显吗？"

顾涅没回答，又问了一遍："真的有喜欢的人了？"

"嗯……"可能是面对从小一起长大的人，什么事情都瞒不过，她也没再遮掩，犹豫过后很小声地"嗯"了声。

顾涅唇角的弧度淡了些："是大学认识的吗？"

"不算，很久之前就遇到了。"

"到了。"顾涅的声音随着车子减速停止。

他没再继续上一个话题，只是说："走吧。"

叙旧的时间总是过得快，晚上八点半，顾涅送沈惊瓷回学校。

顾涅明天就离开沥周，沈惊瓷临走前，他语气佯装有些可惜地说："本来还想约你再逛一逛沥周，看来只能下次了。"

沈惊瓷也不太好意思，本来她是要带着顾涅逛一逛的，起码也尽个地主之谊。

但陈池驭今晚不知是怎么回事，她只好先回来。

她冲顾涅摆手："那下次，下次一定带你逛。"

沈惊瓷一边跑进校门，一边拿手机给陈池驭发消息：

我回学校了，你在哪里？

在学校吗？

九点，学校的人正多，尤其是情侣，走十步能遇见五对，黏在一起的身影站在各个位置。

沈惊瓷假装低着头看手机。

陈池驭没说话，只发过来一个定位。

沥周大学主校区——女生宿舍 9 号楼。

沈惊瓷脚步不由自主地加快，他真的在等自己。

平时五分钟走完的路她只用了两分钟。

今天又穿得厚实，到宿舍楼底下时，她身上还出了一些汗，脸色看着也红。

宿舍楼前面的花坛，树干留下一片阴影。

沈惊瓷一眼望到头，也没有陈池驭的影子。

她问：怎么没有看见你？

Yu：后面。

嗯？

沈惊瓷抱着疑问绕到楼后，这里比前面还要黑一度。

还没看到人影，腰身忽然被人箍住，她猝不及防地被拽入一个带着凉意的怀抱。

沈惊瓷惊呼一声，下一秒便有淡淡的薄荷味弥漫全身。

陈池驭有些哑的声音从头顶传来，他喉结滚了下，语调散漫："看路。"

沈惊瓷被他箍在臂弯中，他的胳膊脉搏跳动剧烈，一下一下乱了节奏。

翘起的井盖埋伏在她刚刚走过的位置，陈池驭还没松手。

男人抓着她的手掌指骨都是凉的，让她酥麻又战栗。

她感觉到他的胸腔和声带在震动。

"沈惊瓷，你知道我等你多久了吗？"

04

他的气息喷洒在沈惊瓷耳尖上方，带着丝丝缕缕的凉意。

沈惊瓷没忍住，打了个战。

心脏跳得快要被人发现，但陈池驭还是没有要松开她的意思，呼吸的空间被挤压。沈惊瓷被他困在身前的两只手挣扎了下，身子酥麻得用不上力。

她臊得脸都要烧起来，喉咙也干，张嘴吐出的声音都不像自己的了：

"很……很久吗？"

陈池驭低低地"嗯"了声，嗓音更哑：

"很久。"

今晚的陈池驭好像格外磨人,两个字就让沈惊瓷招架不住。

腰间的手臂成了支撑,两个人贴在一起,他手指掠过沈惊瓷的头发,别到耳后,声音漫不经心:"跟谁出去的?"

沈惊瓷迷迷糊糊的,如实说了答案:"一个朋友,他来沥周和我见一面。"

"男生?"

"嗯……"

他的手从沈惊瓷耳边放下,又挪了位置,手指极有存在感地落在了她的手腕上。

余下的那只手臂还是稳稳地箍住了她的腰,另一只手的指腹却一下一下地,很轻地在摩挲。

又痒又难挨,她原本就是跑着过来的,身上的温度明显烫人。沈惊瓷莫名想到来的时候看到的那对情侣。

男人不紧不慢,每一个字都像在蛊惑她。

陈池驭忽然问:"喜欢他?"

沈惊瓷皱了下眉,跟想不通陈池驭为什么问这种问题一样。她抿了下唇:"怎么可能。"

"哦?"陈池驭上扬了音调。男人的呼吸靠得越来越近,沈惊瓷感觉到他侧脸贴在了她垂着的发上。

陈池驭用着很轻的气音,指腹上的力道也跟着变轻。

沈惊瓷真的受不住,眼神都开始聚焦不拢,耳边的声音模模糊糊,她听见他问:"那你喜欢谁?"

下意识地,她出于本能回答:"你……"

视线逐渐适应黑暗,隐蔽的角落外有自行车经过,忽地有人喊了一声,打破寂静。

那个字的声音很小,但当她发现自己说了什么的时候已经晚了,头脑瞬间清醒,漆黑的瞳孔慢慢睁得滚圆。

沈惊瓷慌了,身子瞬间僵硬,所有的感知都消失不见,只有耳鸣声钻着神经。

她惊慌地开口:"我……我……"

"我……"她又急又怕。

舌头也发麻,什么话都不会说了,一个劲儿重复。

直到她的声音被身后的笑掩盖住。

陈池驭确实是在笑。

而且笑得特别开心,头也低下了。

他懒懒散散地俯在她脖颈处,用没有丝毫距离感的姿势环抱着她。

每笑一声,就会有灼热的呼吸刺激着她脖颈和锁骨处细嫩的皮肤。

沈惊瓷还处在混沌的状态,脚底酥得发软,身后的力量猛然捞住了她。

陈池驭低笑着问:"你抖什么?"

沈惊瓷的声音像是要哭了一样:"陈池驭……"

"嗯?"

她喊一声他就老实地答应一声,偏偏这才是最折磨人的。

她胸腔里的心脏跳动得快要爆炸:"你……你……"

沈惊瓷眼眶开始泛红,生怕下一秒听到什么不好的回答。

几秒后,她终于说出一句完整的话,跟祈求似的:"你没听到……"

他们可以假装窗户纸没捅破,无事发生。

好像有一声叹息,接着,陈池驭松开了放在她腰间的手。

他扶住她的手臂,又带着人转了过来,面朝着他。

沈惊瓷垂着眼,还抿着唇,黑长的睫毛有些湿,一副受了委屈的模样。

他眼中还是噙着笑,但语气又是刻意的温柔,跟之前都不一样。

他手指在她眼睛上擦了擦,沈惊瓷下意识地闭眼。

指腹沾上轻微的湿润,陈池驭觉得好笑,问:"哭什么?"

沈惊瓷嘴唇向内抿,委屈又涌上来。

身子猝不及防毫无征兆地被往前一扯,她落入一个宽阔的怀抱,后脑勺攀上一只大掌。男人低沉地笑,声音不急不缓:

"我又没说不喜欢你。"

……

"瓷瓷,瓷瓷,你发什么呆呢?"

邱杉月的手靠近她肩膀推了两下,沈惊瓷才缓缓地回过头,一看就没听进去,眼里都是茫然:"啊……"

"你啊什么啊，听没听到我说的啊？"邱杉月佯装恶狠狠地要去掐沈惊瓷脖子，"我都说完了，你怎么回事！"

沈惊瓷不好意思地摸了下自己的鼻子："我刚刚走神了，你说什么？"

邱杉月举着手机递到她面前："班级群啊班级群！

"我问你什么时候收拾行李。"

沈惊瓷把班级群设置了消息免打扰，只有@所有人的时候她才会收到消息。

今天一天都在医院，也忘记管这些了。

她迟钝地从桌子上拿回自己的手机，翻出已经被压在下面的群聊。

目光在经过那个头像的时候一顿，手指慌忙地逃避似的点进群。

在一排排整齐的"收到"的最上面，沈惊瓷终于看到了消息：

原本根据教学计划定于第十六周的实践课，因为排课问题改到后天，实践地点如下，收到请回复。

沈惊瓷愣住了，愕然地看向邱杉月。

"实践课？"

邱杉月怀里抱着一个抱枕，点了点头。她掏了桌上的薯片塞进自己嘴里："你不想上吗？接到消息的时候大家都高兴炸了。不用上周四、周五的课了。

"周四、周五好多课，我们赚翻了。"

实践课连带着周六，一共是三天。

她这才注意到，宿舍靠近阳台那个属于仰可的位置，已经放了一个收拾好的箱子了。

沈惊瓷眼睛眨了下："这么突然吗？"

邱杉月点了点头："不过是件好事情啊，我最讨厌周四了。"

周四新开了一门课，任务重，课程内容又无趣，很多人都不喜欢上这门课。

邱杉月又喊沈惊瓷："对了瓷瓷，明天我们去趟超市吧，我想买点出去住能用的东西。"

沈惊瓷视线又回到群聊的消息上，人还有些愣。

那是不是这几天都看不到陈池驭了……

想什么来什么，陈池驭的消息应景地弹出来。

Yu：忽然想听你的声音了。

沈惊瓷心狠狠一颤。

"瓷瓷，你想什么呢？今晚怎么一直出神？"

手机差点掉下去，沈惊瓷下意识地捂住屏幕，转头却对上了邱杉月怀疑的目光。

咀嚼薯片的"咔嚓"声也不见了，邱杉月的眼神慢慢变得警惕。

"不对，你有情况。"

沈惊瓷憋着表情，梗着脖子否认："没有！"

"你脖子都红了！还装！"说着，邱杉月已经迈出步子朝沈惊瓷冲过来。

"真没……"

"哈哈哈，你别挠了，杉月……"沈惊瓷窝成一团想抓邱杉月的手，两个人混乱地滚成一团，邱杉月气哼哼地问："说不说？"

"我说，我说。"

沈惊瓷推开邱杉月，喘着气："你等等，我歇会儿。"

"行，我也歇会儿。"

半晌，沈惊瓷才抬眼看着邱杉月，支支吾吾地出声："杉月，我问你个问题。

"如果一个人说，他又没说不喜欢你，那……那是怎么回事？"

邱杉月瞪大眼睛，惊讶了一瞬，然后爆发出天崩地裂般的声音："陈池驭跟你表白了？！"

沈惊瓷一口气噎住，她脸色涨红地往宿舍门口的方向看了一眼，还好关着门，宿舍里也只有她们两个："你说什么呢？！"

邱杉月疑惑："你说的不是陈池驭吗？"

"我……"沈惊瓷被噎住，又没法反驳，"不是表白，你想哪儿去了。"

邱杉月的八卦精神一下就来了，她拖着凳子挪到沈惊瓷身旁："快说说怎么回事。"

沈惊瓷不自然地看了邱杉月一眼："就是，反正就是说了这么一句话。"

邱杉月追问重点："那之后呢？"

沈惊瓷一秒陷入回忆。

陈池驭抹掉她的泪,又把她搂进了怀里。

他说今晚不合适,再等等。

沈惊瓷晕乎乎地被送进了宿舍楼,还没来得及问他等什么。

"他说再等等,今晚不合适。"

沈惊瓷手摁住自己胸腔的位置,垂下眼帘:"我感觉有点紧张。

"又很害怕。"

邱杉月却恍然大悟:"他是不是要找个合适的时间再跟你表白!"

沈惊瓷听不得"表白"这两个字,脸忽然红了。

"你别这么说。"

邱杉月不以为然:"他都说没有不喜欢你了,还能是怎么样?瓷瓷,你自信一点。

"不然你直接问问他。"

沈惊瓷摇头:"我不太敢想。

"也不敢问。"

暗恋的人怎么可能是占主动权的一方呢。

邱杉月恨铁不成钢地拉着沈惊瓷起来去洗漱间。

"你现在去收拾,然后好好睡一觉,说不定好消息马上就来。"

沈惊瓷笑笑。

但一直到上床熄了灯,起伏的心情也未能平息。

她的目光又落在了枕边的小铁盒上。

里面还多了一样东西,是他们的第一张合照。

那天上课邱杉月偷拍的。

手指刚拿出照片,一旁静音的手机忽然亮起光。

锁屏跳出消息。

Yu:睡了?

沈惊瓷猛然想起忘记回复的消息。

黑暗中,她慌乱地拿起手机,回复:没有。

下一秒，一个视频通话的请求直接弹出来。

沈惊瓷一愣，心跳加速地反应过来。

手急急忙忙地摸索出枕头下面的耳机，耳机线团成一团，手指都解不开，沈惊瓷顾不得那么多，局促地插着孔。

试了好几次，终于对准，她拿起一只耳机塞进耳朵，手指顺了下头发。

最后做了两次深呼吸才点了"接听"。

陈池驭那边还没有人像，沈惊瓷竟然莫名地松了一口气。

黑暗中的镜头像素更加模糊，沈惊瓷这边黑，所以只能看清她的一个轮廓。她压低声音，不敢影响舍友睡觉，倚着墙壁坐好，用气音很轻地问对面的人："这么晚了干吗呀？"

她听见手机里传出的声音，很低沉，在电流的作用下变得更加磁性。

他问："熄灯了？"

沈惊瓷不敢多说话，便使劲地点了点头，别在耳后的头发松散了些，穿着睡衣的她显得柔和又乖巧。

陈池驭盯着屏幕，眸色忽地暗了。

沈惊瓷也感觉到对方的呼吸重了些，喘息声更加明显。

接着，陈池驭那边突然关了灯，光线瞬间昏暗下来。

随着他的声音，变得昏沉且暧昧。

"怎么办沈惊瓷？"

"想亲你。"

05

视线逐渐适应了对面的黑暗，陈池驭的轮廓慢慢通过屏幕出现在眼前，他人应该是懒散地半仰在哪里，身子的另一半藏于镜头外。

男人眼睛漆黑，眼尾微挑，下颌线也凌厉，姿势的缘故显得人特别修长，喉结凸起得明显。胸口起伏的呼吸使他的存在感不断加强。

沈惊瓷后知后觉地意识到刚刚陈池驭究竟说了什么。

她没有听错。

"咳咳咳……"那一瞬间，沈惊瓷剧烈地咳嗽起来。

像是受了惊的兔子，目光飘忽不定，眼底还藏着惊慌。

她慌忙地捂住半张脸，手挡在唇边压抑着声音，侧过脸偏向枕头那边，睫毛扇得特别快，脸更是涨得通红，整个人仿佛被烧熟了。

咳嗽声逐渐平息，沈惊瓷手里握着的手机移了位置。她嘴唇嚅动了下，又什么都说不出。

陈池驭的目光一直看着她，她耳机中忽然响起男人的声音。

"这么羞？"

他在笑，低沉地，又带着点轻佻。

沈惊瓷脸烧得更厉害，心快要从嗓子眼跳出来。

紧张的气氛被仰可翻身床响的动静打破。

沈惊瓷一颤，手慢吞吞地拉高堆在一旁的被子，跟害怕被人发现一样，缩回了被子里。

光线更加昏暗，看不清她脸红。

陈池驭看到沈惊瓷的动作，乐得身子都舒展了。

沈惊瓷手指揪着枕头的边角，咬着唇内的肉望了眼陈池驭，憋得一句话也说不出来。看着像是被欺负了一样。

过了好久，她才张了口，眼睛忽闪着挤出几个含糊的字。

陈池驭没听清，忍着笑"嗯"了声，问沈惊瓷说了什么。

被子里的空气稀薄，呼吸本来就困难。

偏偏陈池驭还在眼前。

她不说。

他就看着她等着。

沈惊瓷觉得自己快被融化。

氧气快耗尽，耳边传来一声低喃，他语气暧昧又散漫：

"年年啊——"

沈惊瓷蜷缩着的身子狠狠一颤，一秒钟都熬不住了。

她手指冲动地点到红色按钮，电话倏地被挂断。电流声消失后，只留下怦怦的心跳声，如雷贯耳。

手机屏幕逐渐变暗，好久之后，闯进来的消息亮得刺眼。

他说：

年年，晚安。

沈惊瓷紧紧地盯着，呼吸不畅，她觉得自己快要溺死在这个月色清冷的夜了。

沈惊瓷没想到的是，次日一早，她在手机上看到的第一条消息还是陈池驭发的。

她迷糊地揉了揉眼，视线从左扫到右。

清晨的走廊吵吵闹闹，开关门的吱嘎声断断续续。

而沈惊瓷忽然从床上惊坐起。

人刚睡醒头发蓬松，眼神也带着茫然。

足足反应了十秒，她才确定没有看错。

沈惊瓷睡意全无：你在楼下？

她看清楚时间，距离上一次陈池驭发过来消息，已经有十五分钟。

沈惊瓷起床不算早，别人起来用二十分钟化一个"早八"的素颜妆，沈惊瓷会拿这二十分钟再赖会儿床。

而陈池驭悠悠地回复：起了？

沈惊瓷不知道陈池驭这么早在楼下等着自己干什么。

下一条消息连着发来：我又不急，你慌什么？

怎么可能不慌，她手忙脚乱，来不及多问就从床上往下爬。

邱杉月刚化完底妆，不解地问沈惊瓷这么急干吗。

"杉月，今早不和你去上课了啊，我有点事。"

"什么事啊？"她好奇地看向已经冲到门口的沈惊瓷。

门"哐"的一声，人消失不见。

邱杉月愣了一秒，慢慢地翻出包里的眉笔。

动作从来没有这么快，沈惊瓷喘着气，身影出现在宿舍楼底下。

她张望了下，第一眼就注意到了站在矮台上的陈池驭。

特别显眼出众。

男人没穿外套，上身就一件纯色的T恤，被风吹得鼓起来。短发也吹得乱了些,不知在这里站了多久,手上还拎着一个袋子。

他皮肤特别白,肩线宽阔流畅,再简单的穿着都有种散漫不羁的劲儿。

也不知道他冷不冷。沈惊瓷一下子想起自己身上随便套的长裙,太不好看了。

陈池驭也看到了她,沈惊瓷感觉他的目光在她身上扫了一遍,打量着什么。

她的身体迅速地僵硬起来。

沈惊瓷站在原地停住,抿着唇注视着陈池驭。

尽管早晨时间紧张,大多数人都步履匆匆,但还是有不少女生的目光一直往陈池驭身上瞟。

半晌,男人倏地笑了。

他大步流星地朝她走来,明目张胆。

其他人的目光全都是背景板。

三层台阶下,陈池驭头轻歪,又笑。

"还不下来?"

门后不断涌出的人目光被吸引,在沈惊瓷和陈池驭之间好奇地徘徊。

沈惊瓷听见有人又在惊叹陈池驭长得帅。

沈惊瓷脸皮薄,也有私心,低着头就往台阶下走,想拉着陈池驭快走。

陈池驭不知什么时候伸出了手。

纤细的手腕被一只大掌扯住,沈惊瓷毫无预兆地跌在了他的怀里。

那一刻,沈惊瓷明显感觉到周围聚集的视线更多。

但耳边是陈池驭的哼笑,他明显被取悦到了。

"怎么老不看路,天天往我怀里撞?"

沈惊瓷被强行扣了顶帽子,人多又不好发作。

他身子挡住沈惊瓷的正脸,手却从她后脑勺的发丝上摸着移到后颈,又捏了两下。

声音吊儿郎当:"没想到还有这好处。"

沈惊瓷吃了亏,拽着陈池驭的衣摆就往边上走。

她还要上课,陈池驭的步子也顺着她走。

沈惊瓷现在还不知道陈池驭为什么要来:"你来干吗?"

陈池驭手上的袋子顺其自然地挂在她手上,意味不明地看了她一眼,反问:"昨晚的话忘了?"

不说还好,一说记忆全部回到脑子里。

"你……"

陈池驭垂下眼,熹微的晨光给睫毛下方留下一片淡淡的阴影。他笑了两声:"有点等不及。

"想来看看你。"

嚣张的气焰忽然偃旗息鼓。

沈惊瓷茫然地"啊"了声。

她看到袋子里的是早餐,一看就不是学校食堂能做出来的。

有一种很奇怪的感觉,心里的占有欲和满足感像是小气泡一样在升腾。

她忽然开始懊恼自己为什么没化妆。

离教学楼越来越近,陈池驭问:"明天有时间吗?"

明天……

沈惊瓷想起昨天晚上得到的消息。

"明天有实践课。"

他说那句话是不是有什么事情?

沈惊瓷心头没由来地一阵烦躁,却又不得不实话实说。

她的情绪不会露在表面:"一直上三天……都不在学校。"

身旁的男人好像怔了下,拖了个长调:"这样啊——"

听着又有点可惜。

沈惊瓷拎着袋子的手指摩挲了下:"怎么了?有什么事情吗?"

心跳得很快,总有一种虚无缥缈的预感在冲撞。

但又不敢直视他。

陈池驭没遮掩地"嗯"了声。

沈惊瓷看他,等着下文。

"没什么,打算带你出去来着。"

沈惊瓷抿了抿唇,也沉默了。

两个人之间的气氛安静下来,最后,他们在教学楼前停住。

离上课时间还有十分钟,沈惊瓷侧身。

她抬眼，问面前的人："那……等我回来？"

陈池驭眼眸的颜色深了一瞬，他忽然抬手捏了下沈惊瓷的脸。

"好处？"

沈惊瓷"啊"了声。

听见陈池驭补充："等你，给我什么好处？"

沈惊瓷一只脚往后退了一步，白净的脸上冒出几分警惕和茫然："怎么还要好处？"

陈池驭手插兜，不正经地点头。

男人唇角扬起一抹弧度，眉毛向上动了下，一副不要脸的模样。

他转身前深深地扫了沈惊瓷一眼，语调敖漫："好好想。"

……

沈惊瓷被陈池驭扰得心不在焉，时不时拿出手机看看。

手机上没再收到陈池驭的消息，一条都没有。

心悬在半空不上不下。

邱杉月正拉着沈惊瓷在买生活用品，三个一次性的床单被扔进购物车里。

她忽然回头，看了沈惊瓷两眼，这次直接问："陈池驭？"

沈惊瓷一下子收起手机，模样就像是被抓包。

邱杉月叹了口气："魂儿都快被人给勾走了。"

沈惊瓷笑笑，蹭到邱杉月身边："没有，我不看了还不行嘛。"

邱杉月轻哼："这还差不多。你快来看看，这两个你还想吃哪个？"

沈惊瓷用手指了一个："这个吧。"

"行。"

两个人顺着货架绕到另一边，日用品和零食区的交界处。

邱杉月正在比较着哪一盒巧克力的热量更高，沈惊瓷沉默了会儿，犹豫地提醒："或许都不低？"

邱杉月手上的动作明显一顿，身子缓缓地回转，幽怨地看了沈惊瓷一眼。

四目相对，邱杉月蓦地释然："你说得对。"

两盒巧克力一齐被扔进购物车，发出"哐"的一声。

"……"

罪恶感还是有的，邱杉月嚷嚷着要走，不敢再看了。

沈惊瓷觉得好笑，在后面推起购物车。

低矮货架的另一面，忽然传来一阵喧嚣。

男人的声音忽地高昂起来："我真的服了，叫个外卖不行？非要自己出来买。"

沈惊瓷一愣，脚下生根，忽然停在原地。

她不敢置信地侧目。

声音还在继续。

孟有博白胖的脸上眉皱在了一起，不情愿地从货架上挑拣着什么。

而他的身旁，站着一个模样痞气的男人，眼中有一抹很淡的笑，也散漫地抬手从货架上拿了什么。

他扔给孟有博，略微扫了筐子一眼，薄唇轻启，闲散得很："啰唆。"

"得得得，您说了算行不？"孟有博有种被压榨的感觉，头摇了两下，声音里透出无奈，"谁敢违抗啊。"

陈池驭颔首，下巴微抬，哼笑了声，有不收敛的狂："知道就好。"

余光忽然看到一个熟悉的轮廓。

陈池驭眼皮一跳，沈惊瓷白净的面庞赫然出现在眼前。

视线交会，短暂的一眼。

男人瞳孔漆黑，还带着倦怠，在看到她的那一秒，眸光动了下。

孟有博顺着陈池驭的目光看去，两只眼瞬间睁大。

"啊！"

沈惊瓷被吓得肩膀往后缩了下，眼神瞬间清醒。

陈池驭眉头皱紧，眼神像刀片一样剜了眼孟有博。

孟有博两只手猛然堵住自己的嘴，讪讪地笑了下。

但眼神还是在沈惊瓷和陈池驭两个人之间徘徊，一脸憋不住笑的表情。

邱杉月已经逛到了别处，没看到沈惊瓷的身影，喊了声她的名字在寻。

沈惊瓷如同被释放，赶忙别开眼："来啦。"

小姑娘跟后面有人追似的，车辘辘在瓷砖上摩擦的声音也急。

很快消失在货架的拐角。

孟有博脸上还有余下的震惊,一下子转回来看陈池驭。
陈池驭的目光还没收回来。

孟有博手放下,忍不住了:"不是吧,你这表情……"
"什么?"陈池驭看他,斜睨着。
孟有博也不管货架上的东西了,笑嘻嘻地打听:"欸,你们在一块儿了?"
陈池驭"嗤"了声。
孟有博又开始自顾自地说:"不对吧,我刚刚看人家那架势可不是和你在一块儿的样儿啊!"
明显是偷摸的。
他眼珠子一转,佯装恍然大悟:"你是不是没追到啊?"
陈池驭的脸黑了一瞬。
然后他笑了:"我追不到谁?"
孟有博憋笑快憋死了,还跟着附和:"哪能啊,哪有您做不到的事?"
陈池驭懒得搭理他,骂了句什么,转身就走。

沈惊瓷没告诉邱杉月自己刚刚遇到了谁,说来也巧,一直到结账都没再碰见他。
她最后往后瞥了一眼,不得不说,小心思有点复杂,期待、紧张、难舍难分。
空荡又明亮的超市,陌生的面孔一张接着一张。
她心思落空,邱杉月忽然回头。
"瓷瓷,你提着的重不重?我这边能再拿一点。"
沈惊瓷忙不迭地摇头:"不用,不重的。"
"回去再收拾东西,我今晚要好好敷张面膜。"
两个人并排走着,邱杉月喋喋不休地说着自己这三天的休息计划。
左边的风衣口袋像是被人动了下。
沈惊瓷心里一惊,差点以为是小偷。
视线却正好看到一只往回收的手,骨节分明,虎口处的凹陷和青筋都明显。
余光偷看过千百遍的沈惊瓷瞬间意识到这是谁。

她不敢置信地回头。

陈池驭不知是从什么地方冒出来的，只有他一个人。男人嘴角噙着一抹笑，朝她挑眉。一边往后散漫地退着，一边朝她摆手告别。

邱杉月在皱着眉算账，也没有发现这边的异样。

沈惊瓷慌忙回头，步子在往前走，心脏却"扑通扑通"地跳得更剧烈。

她的手指悄悄地触碰到口袋中的棱角。

很长的一条。

趁着邱杉月不注意，她看了眼。

——是一条草莓奶糖。

就是条简单的草莓糖，让沈惊瓷觉得自己被泡进了蜜罐，手心包裹着糖，意识发昏。

他怎么这么会撩啊！

陈池驭也会悄悄地给女孩子送糖吗？

原来被他看到，是一件这么欣喜的事情。

她都快要不敢相信这是真的。

……

翌日一早，沈惊瓷和邱杉月还有仰可，三个人一人拎着一个小型行李箱，上了班级的大巴。

才七点，车子启动得摇摇晃晃，多数人开始补觉，车厢里安静得很。

沈惊瓷晕车，尤其是这种不通风的大巴。路途又长，她靠在左边的玻璃窗上，迷迷糊糊地闭上了眼。

花了大半个上午，大巴终于磨磨蹭蹭地到达实践地点，带队老师按照宿舍分了下房间，让大家先休息，上午没有活动。

沈惊瓷胃里恶心，脸色也不好看。

随便铺上床单就躺下蜷缩起来。

她们忘记拿薄荷精油，邱杉月看着沈惊瓷发白的脸，倒了杯热水给她："瓷瓷你先休息会儿，一会儿吃午饭时我叫你。"

沈惊瓷有气无力地点了点头。

意识又开始迷蒙，恍惚间手机在响。

她眼睛睁开一条缝,看都没看清楚,直接点了"接听"。

将手机放在耳边,她"喂"了声。

比刚才状态好了很多,但还是没什么精气神。

电话那头的人注意到,话语一顿。

"哪里不舒服?"

陈池驭的声音让沈惊瓷抬起眼皮,反应了两秒。

她撑着身子从床上坐起来,声音软得没力气:"没事,就是有点晕车。"

陈池驭沉默两秒,静下来的时候沈惊瓷听见那头很吵闹。

还有音乐声和碰酒杯声。

这才中午。

沈惊瓷眉头皱了下,她小声问:"你喝酒了吗?"

陈池驭闻言,低笑了两声。

他声音哑,喘息声靠话筒特别近,仿佛还能感觉到热气。他语调上扬,又笑:

"要管我啊。"

混沌的神经有种被针扎过的酥麻感,在清醒的边缘不断徘徊。

她往旁边挪了挪,靠着墙。

沈惊瓷不知道怎么回,岔开话题:"你少喝一点。"

陈池驭开始是"嗯"了声,又忽地想起了什么。

他似笑非笑地叫了声沈惊瓷。

"嗯?"沈惊瓷抠着墙壁。

"我怎么记得你之前偷着不学好。"

沈惊瓷忽然被点名,没懂:"我什么时候不学好了?"

电话里同时传出不断摁动打火机扣板的清脆的声音。她脸倏地一红,猛然想起自己抽烟的那夜。

记忆重合,沈惊瓷恼了。

这个人怎么还翻旧账?

她逃避地想要挂断电话,陈池驭仿佛有预知能力,笑着阻止:"别挂。"

"嗯?"沈惊瓷不情不愿地问了声。

打火机的声音消失,有人起哄了什么。

恍惚间,她听到陈池驭的声音:
"我又没说不听。"
沈惊瓷反应了几秒,心头倏地一颤。
要管我啊。
我又没说不听。

……
吃过饭,沈惊瓷彻底休息过来。
她舌头底下压着一块草莓奶糖,酸甜的奶味浸得整个人心情都变好了。
当然,也有一部分原因是这是陈池驭送的。
第一天下午的任务很轻,大一还没有开摄影课,连照相都不用。
几个人出去做了个实地考察,收集资料写报告。
途中,仰可看着手机,忽然扯住两人手臂。
"二班有人过生日,在林海别墅那边租了一晚开 party(聚会),问我们去不去一起玩。"
沈惊瓷惊讶:"不是要上实践课?"
邱杉月"哎呀"了声:"谁管这些啊,老师都不在,明天集合的时候在就好啦。"
确实是这样。
沈惊瓷无所谓,她看着两人:"你们要是想去我就去。"
邱杉月点头:"去去去!"

三个人打了辆车,到了林海别墅区。
来的大多数是二班的,沈惊瓷社交圈不是很广,但面孔也都熟。
邱杉月和仰可就自在了很多。
沈惊瓷过去祝了声"生日快乐",坐下时手上还多了块蛋糕。
绕一圈儿玩了两把游戏,吵吵闹闹的但也没什么意思。
沈惊瓷看了眼玩得开心的邱杉月和仰可,忽然有些后悔跟着来。
犹豫片刻,她凑到邱杉月耳边,小声说自己出去透透气。
邱杉月点点头,说想回去就给她发消息。
沈惊瓷不好意思打扰她们的兴致,点头说没事。

她随便走了走。

无意间走到了游泳池那一片。

透亮的水被风吹起涟漪,沈惊瓷盯着看了会儿。

她无聊地走近,低头映入眼帘的是一块块蓝色的方砖,很小巧,排列得整齐。

外面夜凉,这个位置是迎风口更凉。

她往后退了一步,转身想要离开。

然而腰间忽然出现一道力量,沈惊瓷惊呼一声,身体失衡地往下坠。

来不及反应,巨大的水花腾空而起。

"扑通"一声,声音被落地窗隔得透彻。

冷。

彻骨的冷。

水漫过头顶,失重的感觉席卷全身。

沈惊瓷的手剧烈挣扎着,被水浸湿的脑袋钻出水面。

"救命——"

鼻腔酸涩,眼睛和喉咙都灌了水,大脑"死机",眼前一片模糊:"救……"

坠落时握在手中的手机摔在岸边,迎着清冷的月和冰凉的水波发出亮光。

06

手臂扑腾着水花,身子上下沉浮。

脚下像是踩到了地面,又随着水流失去平衡。

沈惊瓷呼救着,力气渐渐消失。

意识也跟着模糊。

耳边传来忽远忽近的吵闹声,不知道是谁尖叫了一声。

身子沉沉浮浮,手臂被一道力量抓住,沈惊瓷恍惚间感觉到自己被人拖上了岸边。

她平躺在地上,有谁的手掌摁压在她胸口,巨大的压力感传来。

一下,又一下。

"喀喀。"

沈惊瓷忽然咳嗽，呛住的水被吐出很大一口。

"你醒啦？！"

沈惊瓷脸色苍白，头发湿答答地粘在脸颊旁，看着虚弱极了。如果不是刚刚咳嗽，连呼吸都像是不存在了。

邱杉月眼都红了，抓住沈惊瓷的手："惊瓷，惊瓷！你别吓我啊，感觉怎么样？"

沈惊瓷没有力气开口，她幅度很小地摇摇头，指尖的颤抖却暴露了她的恐慌，牙关也在打战，浑身上下都冷得要结冰。

她身上还滴着水，周围的地面上也凝聚起一片水渍。仰可二话不说脱下自己的外套裹在沈惊瓷身上。

一片混乱中，周围的人交头接耳窃窃私语。

还有今晚的寿星，喝的酒瞬间清醒，毕竟是她的场子，人要是出了什么事，她怎么交代？

女生慌忙从人群中挤出来，也蹲在沈惊瓷身边，看着仰可问："她没事吧？先进屋吧，能站起来吗？"

沈惊瓷低着头，还未从刚刚的窒息中缓过来。

房间内，屋门紧关着，嘈杂都被隔绝于墙外。

沈惊瓷缩在床上，没有血色的脸上眉头紧皱，双眼无神，因为呛水鼻头和眼睛都是红的。

邱杉月从屋子里出来看到水里的是沈惊瓷的那一瞬间，心跳都要停止了。

她坐在床沿，仰可在旁边站着，想到什么。

"惊瓷，你是自己不小心掉下去的吗？"

沈惊瓷的眼神终于有了点波动，她手臂圈着膝盖，摇了摇头。

动作不明显，仰可不敢确定，又问了一遍："有人推你？"

沈惊瓷脖颈又低了些，她身上罩着一片宽大的浴巾，凸起的颈骨嶙峋，人像是纸片一样，很轻地"嗯"了声。

当时腰部那只手掌传来的力道确实存在。

仰可抿着唇，人都快气炸了，她愤怒地走出去："我去要监控。"

房门关上，只剩沈惊瓷和邱杉月。

寂静得可怕。

过了好久，邱杉月慢慢地俯身，把沈惊瓷圈在怀里，手臂绕到后背轻拍着。她小声地安慰着："没事了啊，别怕。"

怎么可能不怕？不会水的人被淹过头顶，还是有人故意为之。

命悬一线的感觉，邱杉月想想都后背发凉。

门忽然被敲响，"咚咚咚"的三声。

邱杉月往后看了眼，手又轻拍了沈惊瓷两下，才松开手臂起身去开门。

外面是一个不认识的同学，怯弱地递过一部手机："泳池边的，问过了没人认领，好像是你们的。"

邱杉月道了谢拿回手机，惊觉手机还在振动。

她不认识那个备注，快步走着递给沈惊瓷。

"瓷瓷，你有个电话，接不接？"

沈惊瓷茫然地看了眼，在看到来电显示的时候表情忽然变了下。

她摇摇欲坠地伸出细瘦的手腕，眼睛凝视着手机，唇咬出了几分血色。

似乎是没想到那边能接通，陈池驭停顿了两秒，才笑着说："肯接电话了啊。"

他的声音这次没有杂音，也不沉不哑，淡淡的，让沈惊瓷忽然很想哭。所有的委屈和害怕都在这一瞬间涌现出来。

她声音沙哑又抖，眼泪"唰"地掉了下来，嗓音变了调，喊着心里的那个名字。

不会有人知道，呼救的那一刻，她有多想陈池驭。

"陈池驭……"

"嗯？"后半部分的声音消失了，陈池驭意识到有什么不对。

沈惊瓷哭得更厉害了，但又像是在压抑着。

方才还散漫的腔调猛然消失，陈池驭正了身子，唇角的笑收敛了："沈惊瓷。

"你在哪儿？"

……

沈惊瓷没有看时间，浑身都使不上力气。

眼前掠过一阵风，接着出现了一道颀长的身影。

她迟钝地抬眼，陈池驭已经沉着脸出现在床前。

原本已经哭完一次，但当人真的出现在面前时，好不容易给自己树立起来的防线全都塌了。

通红的眼又凝起了水雾，干燥的嘴唇叫着他的名字。

陈池驭凝视了她几秒，确定人还是完好的。

下一秒，他的手臂忽地圈住沈惊瓷，下颌抵着女孩冷汗涔涔的额头。

他身上还带着凉气，穿在外面的风衣材质很硬。陈池驭没说话，手臂却抱得越来越紧，手腕的青筋明显凸起。好久之后，才听到他哑得可怕的声音：

"在这儿等我。"

沈惊瓷愣愣地看着陈池驭消失在门口，身上有她从未见过的阴骇戾气。

门没关严，沈惊瓷恍惚听到了邱杉月的声音。

她歪了下头，发现似乎还有仰可。

三个人不知道说了什么，身影又全部消失。

沈惊瓷又低下了头，她还是没有从刚才的阴影中走出。

她不知道谁会这么做。

她真的好怕。

而楼下，气氛沉闷得可怕。

男人一身黑色的衣服气场凌厉，他站在中间，眯眼扫视一圈儿。

有人没见过陈池驭，但被这气场压制得也不敢作声。

陈池驭居高临下地睥睨着，面色阴戾，薄唇上下相碰吐出几个字，他问："谁的场子？"

那个女生被点到，无奈地从中间皱着眉站了起来。

陈池驭的目光移向她，问题干脆利落："走了几个？"

女生反应了一瞬才意识到他说的是人数。她左右看了下，模棱两可地报出一个数字。

陈池驭手插在兜里，扔下了一部手机。

"砰"一声脆响，手机与玻璃茶几碰撞振动。

他语调没什么起伏，却不容置喙："人名，全部写下来。"

女生犹豫了一下，似乎想说什么。她的视线猛然对上陈池驭冰冷的视线，他明明什么都没说，却让她不可抑制地涌上恐惧。

她颤巍巍地环顾着周围，有的人她也不熟，记不得叫什么。

她抿了下唇，手指的动作停住。

"如果我来查，就不是这么个事了。"陈池驭徐徐地坐在了茶几上，弓起腰，手肘撑在膝关节处。

他音调低沉，不掩威胁之意。

女生眼中浮起惊慌，刚刚升起的要糊弄的心思瞬间消失。

客厅诡异地安静。

"谁干的就赶紧出来，这事才好翻篇。"

陈池驭平静地开口，他都没有回头给个视线，人低着头字却咬得清晰。

没人回答，但他仿佛早已预料到。

他无所谓地轻笑："监控坏了又怎样？

"我女人在这儿受的委屈不能白受。"

……

沈惊瓷只觉得时间过得很快，陈池驭只去了一小会儿就回来了。

她仰头，无依无靠像只可怜的兔子。

陈池驭一言不发地将自己的风衣脱下，这里没有可以换的衣服，沈惊瓷身上只是大体烘干了，还有明显的潮湿。

他用长款外套包起沈惊瓷，手臂探过女孩的膝盖和后背，轻而易举地将人抱起。

男人沉默地站着，身上被一种无法言说的情绪环绕。沈惊瓷说不好那是生气还是什么，但她从没见过。

从他出现的那一刻起，沈惊瓷的惊恐和害怕逐渐消失。

他身上有比刚才更浓郁的味道，格外让她安心。

沈惊瓷钩着他的脖颈，脸埋得往里，又往里。

他还是没动，似乎在低头看她。

沈惊瓷缩了缩，全身心地依靠他。

只是，耳边忽然感到一种很柔软又微凉的触感，蜻蜓点水，还有温热的呼吸。

他的声音摩挲着耳廓随之传来,很哑,传到她心底。

"带你回家。"

沈惊瓷藏起来的眼睛缓缓睁圆。她偏头,看到的是他凸起的喉结和平直的锁骨,还有看不清的朦胧轮廓。

沈惊瓷眼眶发酸地想,那是吻吗?

车内,男人一只手越过中间的置物盒和手刹,紧紧地握着沈惊瓷的手。

沈惊瓷一直没说话,陈池驭的手还在往沈惊瓷头上试。

"有没有哪里难受?"

沈惊瓷脸泛红:"都不舒服。"

不管是惊吓还是发冷。

陈池驭启动汽车,车子的速度加快,车窗不断倒映着陌生的景色。最终在一栋高层公寓前停了下来。

她还是被他抱着,16层的电梯,公寓的门在眼前打开。

他都没有换鞋,直接将沈惊瓷抱到卧室。

男人动作利索,从衣柜中随意拿出一件衬衫塞到她手中,说出来的话井井有条:"进去洗澡,你身上太冷了,不然会生病。里面的东西都有新的,衣服先穿我的,有任何问题都可以叫我。"

陈池驭盯着她的眼睛,嗓音低沉:"年年。

"我就在门外。"

别怕。

浴室水声哗啦啦的,陈池驭坐在床头,面色阴沉地看着手机上的消息。

晏一回复:修复数据要看是什么原因造成的损坏,你先把视频发我,我试一下。

陈池驭没再吭声,他看到了那个名单,忽然注意到一个名字——

林烟。

眉皱了下,门铃忽然响起。

他放下手机,迈开步子走出卧室。

外卖到了。

姜茶、感冒药,还有沈惊瓷需要的衣服都有。

他提着袋子回头,脸色忽然一变。

沈惊瓷不知什么时候站在他跟前,两只眼红得跟兔子一样。

身上穿的还是他的衬衫,长度到大腿,下面穿的他的睡裤应急,露出来一部分黑色边缘,再下面的部分白得刺眼。

他心一慌,就跟被什么扎了似的。

比在电话中听到沈惊瓷说发生了什么意外的那一刻更加窒息。

"怎么了?"陈池驭快步走到沈惊瓷面前,声音明晃晃地在哄人。

沈惊瓷低着头,睫毛颤啊颤:"你不是说你就在外面吗?"

陈池驭眉皱了下。他刚刚出卧室开门,沈惊瓷可能又害怕了。

男人垂着头摸她头发,声音放得更低:"我的错。"

他把手上的东西给她看。

"给你拿点东西。"

"不走。"

沈惊瓷抿着唇没说话,陈池驭牵着小姑娘的手往回走。

他这次学会了征求她的意见:"我去给你冲药?"

沈惊瓷不想吃药,倔强地摇头。

陈池驭叹气,他好像把这辈子的低声下气都用在今晚了,心脏像是被一只手捏住了,酸胀得厉害。

"听话。"

给她盖好被,空调调到合适的温度,见沈惊瓷没再有什么反应,他才拎着袋子起身。

迈出第一步,手指忽然被一股力量钩住。

陈池驭身子僵住,回头。

他看到沈惊瓷仰着头,忽然叫他:

"陈池驭。"

"嗯?"

她沉默片刻,浅棕色的瞳孔动了动,手指不自觉地在用力。

半晌,她问:

"你会一直在吗?"
"会。"

07

沈惊瓷硬生生地将那杯褐色的药灌进嘴里,眉眼间露出了几分痛苦的神情。

她一口气喝完,剩了一个浅浅的底。

陈池驭眸光微动,移到那个杯子上。两人静止两秒,陈池驭嘴唇微张:"喝完。"

沈惊瓷另一只手的手背捂着嘴,拼命摇头:"不喝了!真的太苦了!"那样子仿佛真的受了天大的委屈。

陈池驭动作停顿,失笑。他抬手接过杯子,同时手指抵着一块东西塞进沈惊瓷的嘴。

小姑娘微微一怔,舌尖泛起的草莓清甜味冲淡了苦涩,奶味也渐渐化开,和上次他给的那条糖是同一种。

她听到他的声音:

"还苦吗?"

沈惊瓷吞咽了一下,摇头:"不苦了。"

水杯被放到床头,陈池驭又问:"那还怕不怕?"

沈惊瓷抬起澄亮的眼睛看着他,一想到刚才的场面还是会心悸,但现在的环境太有安全感。

在他的床上,身上盖着的是他的被子,陈池驭身上的味道染在她身上,沈惊瓷后知后觉地发现原来他的沐浴露也是薄荷味的。

情绪从那种混乱和未知的惊慌中脱离之后,她眼神变了,低声说:"我更想知道是谁做的。"

沈惊瓷问:"那里没有监控吗?"

"坏了。"

"原本就坏了吗?"

"画面不清晰,晏一在修复数据。"

沈惊瓷声音沉闷地"嗯"了声。

陈池驭摸了摸她的发丝,深黑色的眼眸幽暗,像是一汪深潭。他声音低沉:"我会解决。"

沈惊瓷沉默了两秒,有些犹豫地开口:"我想自己解决。"

陈池驭手一顿,喉咙中溢出一声:"嗯?"

沈惊瓷手指不经意地抠着深灰色的被套,害怕陈池驭误会,给他解释:"如果晏一能修好监控的话,你告诉我就行。这件事情本来就是冲着我来的,我想自己解决。"

陈池驭听着她的话:"有什么打算吗?"

沈惊瓷没犹豫:"如果监控修不好,那先报警吧。"

这已经不是什么同学间的玩笑了,就算是不小心做的也应该承认。沈惊瓷实在想不到谁会下这种狠手,她自认为平时没有和谁结过仇,突然发生这种事情心情自然也很差。

她的眼皮耷拉下来,胸口几次起伏,缓缓开口:"不能白被人欺负啊。

"监控找不出是谁干的,那就让警察找吧。"

陈池驭眉毛挑了下,第一次听沈惊瓷说这种话还有些新奇,又觉得这样的沈惊瓷莫名地可爱。他惊讶地笑:"我们年年原来这么厉害啊。"

沈惊瓷小小地别扭了下。

"我有个弟弟叫阿枞,小时候有段时间,总有人在我背后说我。"她说的是流言蜚语最为严重的那段时间,"其实也不是多难听,但因为年龄小我每天都会在房间里哭。

"有一次就被阿枞撞见了,他那时也不大,但特别生气。他也没有告诉爸妈,自己跑出去收拾了那些人,让我记住不能这么容易被人欺负。"

要还回去。

可是她的性子比不上沈枞那么好。

后来家里出事,更是越来越多的人指责她,说她哪里有脸惹那么多事啊。别人都让她忍,让她不要找麻烦。

人没有底气的时候,就会自卑。

可今晚陈池驭抱着她的时候,她恍惚觉得,也是有人站在自己这边的。

陈池驭还是第一次听她说自己的弟弟。听得出两人关系好,甚至沈惊瓷现在一半的底气都是从那个少年身上汲取的。

沈惊瓷自己慢慢地把思路捋顺了,陈池驭却忽然很想笑。
"你在一个男人面前说着另一个男人对你有多好?"
沈惊瓷抬眼,倏地撞上陈池驭噙着笑的眼。她忙不迭地解释:"阿枞是我弟弟。"
"弟弟不是男人?"他故意逗她,况且他没记错的话,好像沈惊瓷她弟和她年纪差不多大。
沈惊瓷被噎了下,一时之间竟不知说什么。
气氛在不知不觉中变化,沈惊瓷发现陈池驭在意味深长地打量自己,他眼微眯,衬衫领口解开了两颗扣子,身上那种浪荡痞劲儿回来一大半。
"你……"
陈池驭忽地倾身靠近,他直接漠视了沈惊瓷没说完的话,浓郁炙热的气息不由分说地朝沈惊瓷扑压而来。
沈惊瓷手指一颤,高大挺拔的身影挡住白亮的灯光笼罩住她,他的手指捏住了她的下巴,迫使她直直地对上他的视线。
陈池驭唇角挑着漫不经心的笑,额头徐徐地同她相抵。
沈惊瓷全部视野都被他占据,又听到男人哼笑了声,似是看出她脸上的薄红与羞怯。
"年年。"他声音压低,喊她小名。
她眨了眨眼,还没稳住心跳,忽然从脖颈处传来痒意,她猛地眨眼,意识到刚刚桎梏她下巴的手指已经下移,并且没有停止。
略冷又粗糙的指尖滑过敏感的肌肤,刺得沈惊瓷双眸睁大。

沈惊瓷心跳得很乱。
他抓住了她的手,反剪到身后。
呼吸的温度烫得异常,忽然,温度靠近,他的唇停了,又落下。
沈惊瓷听见他隐忍克制的声音:
"沈惊瓷。
"你喜不喜欢我?"

他的吻密密麻麻。

"陈池驭……你别……"

他步步紧逼:"嗯?

"喜不喜欢我?"

沈惊瓷蜷缩起手指,浑身上下泛着红:"喜欢。"

很小声,很小声。

靠得这么近,他明明是听见了的,得逞又浑蛋的笑低低地传了出来。

吻也在颤。

"没听清,再说一次。"

他抬起头看着沈惊瓷,毫不遮掩的坏。

沈惊瓷没吭声,就这样看着他,她的眼里像是下过雨,全是湿意。

陈池驭手指摁在她的唇角,轻轻地来回摩挲。

他说:"再不说,我就要亲这里了。"

说着,人作势就要低头。

沈惊瓷一下子开口:"你!"

她嘴唇在他手指旁边开合,喉咙烧得疼:"……喜欢你。"

这次,陈池驭终于满意。

他笑得越发肆意,眼神中有一种从未有过的柔和。

随着低沉的笑声,她听见陈池驭说:"我也喜欢你。"

她心脏倏地一缩,脑海中仿佛有巨大的烟花炸开。

思维没有跟上,脑袋天旋地转。

后脑勺垫着一只大掌,身上压下来的力道压着她躺倒在床上。

唇上压来的触感真切,冷冽的薄荷味从唇间渡入。

在她缺氧的临界点,陈池驭松开她:"笨死了,说了也不会放过你。"

……

小姑娘身上全是他的味道,穿的、用的都是他的,一种前所未有的满足感在身体里冲撞叫嚣。

08

直到浴室水声响起，沈惊瓷还是没有缓过神。

所以他们是在一起了吗？

他说喜欢自己了。

沈惊瓷眨眼，确定他是真的说了。

卧室边是巨大的落地窗，十六楼的景色正好，外面商业街霓虹闪烁，盖过冷白的月，纱帘朦朦胧胧的，人也跟着昏沉。

沈惊瓷手指慢慢地覆上自己的唇，满脑子都是陈池驭在她耳边喘息。

"呜呜。"她翻身，脸埋进被子里，情不自禁地摇头蹭着。

好羞。

身上的衬衫是新的，只有一股淡淡的檀香味。但被子却不一样，和陈池驭身上的气味一模一样，她忍不住又蹭了两下。

半晌，小姑娘才迟钝地从被子里露出一只眼睛，悄悄地瞥了一眼浴室。

他什么时候出来啊？

她看着，脸上的表情逐渐有了变化。

似乎落了什么东西。

眼睛眨了两下，沈惊瓷"嗖"地一下从床上挺起身，呆呆地望着浴室的方向。

完了。

她的衣服还挂在浴室。

沈惊瓷懵懂地睁着眼，窘迫传遍全身，脑海中不停循环播放那个尴尬的场面。

沈惊瓷仰头绝望地呜咽了一声，一下子倒在床头。

陈池驭肯定看见了。

这下真的羞死了。

陈池驭确实看见了。

淡蓝色的文胸旁边挂着一块薄薄的白色布料。

洗过后静静地晾在那里。

他眼神停顿，眸色逐渐变得幽暗，凸起的喉结滚动了下。陈池驭咬着后槽牙忽地低咒了一句。

……

沈惊瓷不知道为什么陈池驭洗澡比自己还慢，她看了一眼时间，已经过了四十分钟。

她抿着唇往浴室的方向看，又不好意思地收回视线。

盖过水声的是手机铃声，她一怔，顺着声音找到客厅。

陈池驭的手机上显示的是晏一打来的电话。

她一下子想到之前的话。

是修监控的事有消息了吗？

沈惊瓷的心开始怦怦跳，一丝焦急又不安的情绪微微上涌。

她很想快点知道结果，心里格外慌张，但陈池驭还没有从浴室出来，她不好随便接电话。

沈惊瓷拿着手机，穿着男士拖鞋走到门前。

咚咚咚。

"陈池驭，你洗好了吗？"

男人以为是幻听，身子一颤。

女孩用娇软的声音在喊他的名字。

沈惊瓷显然不知里面的情形，她又说："晏一的电话打来了，你……你还要洗多久啊？"

听着沈惊瓷毫无防备的话，陈池驭气得直想笑。

他声音喑哑："马上。"

男人挤了一把洗发水，随意在头发上抓了抓，冲完直接套上衣服出来了。

他刻意忽略沈惊瓷的衣服，脚步踏出浴室的门。

沈惊瓷听见声音，眼巴巴地望过去，立马把手机递给他："我没接。"

陈池驭脖子上挂了条白色毛巾，手扯着一边擦着头发上的水。他头发短，擦两下就不滴水了。

他朝沈惊瓷伸手，问："你怎么不接？"

"你的电话我接不太好。"沈惊瓷身边的位置下陷，他靠着自己坐下来，一股薄荷柠檬味闯入鼻间，随之而来的还有一股寒意。

他的气息太浓，沈惊瓷忍不住放缓呼吸。

贪婪地想靠近他。

"没什么，下次我不在你接就好。"陈池驭当着她的面解锁屏幕，看到了晏一从微信上发过来的视频。

晏一只说了一句话：修复了。

沈惊瓷一怔，表情也渐渐正经。

陈池驭把手机往她的方向移动："现在看？"

沈惊瓷目光一动不动地盯着手机，"嗯"了声。

黑色的画面消失，出现了泳池的样子。

视频是从沈惊瓷出现开始，画面中的她慢慢走向水池边发呆，平静的几秒过后，两人看到视频的角落中出现了一个女生。

和沈惊瓷来时站的位置一样，她悄无声息地站在后面，盯着沈惊瓷的背影好久。

沈惊瓷眉头紧紧皱起，她惊讶地说："尹芊芊？"

男人没有反应，他目光紧盯着屏幕，眉头皱得紧。

场面已经变得激烈，沈惊瓷被推下水，激烈地挣扎着，水花从她身边炸开，又无能为力地沉下。

晏一将后面的视频一起发送了过来。

一直到沈惊瓷被人扶回房间。

陈池驭脸色越来越差，监控没有声音，但已经足够让他感受到现场的惊恐。

"她就是这么对你的？"

沈惊瓷一怔，她没想到竟然会是尹芊芊干的。想到这是和自己朝夕相处的舍友，她情绪复杂难辨。

她们之前是闹过一些不愉快，可怎么也到不了这种程度啊。

她想不通，但心里又诡异地放松，知道幕后是人是鬼，也就不那么害怕了。

"那个人是你同学？"

沈惊瓷看了他一眼："我舍友。"

陈池驭眼皮狠狠一跳，重复了一遍："舍友？"

沈惊瓷看着陈池驭这样,她"嗯"了声又笑着打马虎眼:"我现在不是没事了嘛。"

陈池驭不敢想,如果没有人出现,那沈惊瓷会怎么样?

沈惊瓷犹豫几秒,伸出手钻进了陈池驭的掌心,她手指张开与男人的相扣。

陈池驭低头看到沈惊瓷的小动作,她柔软的指腹摁了摁他的,跟安慰人一样。

他觉得好笑:"你在干什么?"

沈惊瓷说:"不要生气,我没事了。

"明天回去我就会找校方处理这事,会处理好的,你别担心。"

沈惊瓷靠着陈池驭,觉得今天也不是那么糟糕,她今晚还赚到一个陈池驭。

做了好多年的梦今晚似乎成真了。

她手指又蹭了蹭男人的,懂事得让人心疼。

陈池驭揽着人的后颈往自己怀里使劲,侧头在她脖颈舍不得下狠劲地咬了一口:"你就会折磨我。"

知道怎么往他心里钻。

沈惊瓷头埋在他胸口,沉默了会儿。

她手臂在下面试探了下,慢慢地圈住陈池驭的腰:"哪有,你别乱说。"

陈池驭哼笑,问沈惊瓷:"抽时间学学游泳吧?"

沈惊瓷手指一顿,没吭声。

陈池驭抱着她问:"嗯?"

沈惊瓷从小就不愿学习游泳,不知道为什么,可能就是怕水。

陈池驭看她还是不说话,手没用力地在她腰臀的位置拍了下:"少让我担心点。"

"你……"沈惊瓷被拍蒙了,腰杆一下子挺直,涨红着脸看他。

陈池驭咬耳朵式哄人:"我来教你。"

"不……不用。"

他低沉地笑:"怎么不用?

"我自己的女人当然得自己教。"

沈惊瓷听到他的用词才想起之前自己纠结的那个问题。

她问："那我们现在是在一起了吗？"

陈池驭挑眉，没想到沈惊瓷还会有这个疑问。她看着自己，还透着一点紧张。

他开始笑，抱着沈惊瓷的力道加大，手捏着她的后颈往自己这边带："之前让你想的东西想了吗？"

沈惊瓷茫然："什么？"

陈池驭提点："好处。

"前几天不是说让你好好想？"

沈惊瓷想起在教学楼那天，他临走时说的话。

她忘记了。

陈池驭眯眼，看穿她的心思："忘了？"

沈惊瓷圈住他脖颈，主动靠过去："你别气，我想了。"

她问："你有什么想要的吗？"

陈池驭打量着她，不假思索地吐出一个字："你。"

"可你已经在我手上了。"他又说。

"想在你这里写'是陈池驭的'。"他的手指在她锁骨上写字，一下一下地，很轻。

"喜欢你。"

他望着她的眼睛，痞笑着用嘴型示意，没有声音，但沈惊瓷看清楚了。

他说的是——"我的女朋友。"

沈惊瓷眼中一片氤氲的水汽还萦绕着，弯弯的眉像是青山的云雾，忽地用力揽住他的脖颈。

陈池驭又因为她这种小动作心软。

他手掌顺着她的背，轻拍，又捏了捏她后颈的软肉，就像对猫一样："怎么这么乖啊。"

沈惊瓷声音闷闷的，又很快回道："你不许骗人。"

"不能骗我的。"

陈池驭觉得好笑，捧着小姑娘的脸身子后仰看她："我从不骗你。"

她垂眼，再看他的时候好像有什么东西格外亮。

沈惊瓷抿了抿唇，又过去抱了抱他。女孩胳膊细，骨头小，圈在肩膀上像是被挠了一下一样。

陈池驭抱紧她喊："年年。"

"嗯？"

他又喊："年年。"

小姑娘歪着脑袋，又"嗯"了声。

像是发现了什么新大陆一样，陈池驭有了兴趣，手指绕着她的头发，没完没了地喊："年年，年年。"

沈惊瓷终于有反应了，也知道他没什么重要的事，拉开距离看他："我在呢。"

陈池驭笑了起来，盯着她的眼睛一字一顿地说："我、的、年、年。"

09

记忆的最后，是陈池驭咬着牙，给她整理好了衣服把她卷进被子，让她好好睡。

沈惊瓷眨眼，快速问了句："你不在这里吗？"

陈池驭给她掖被角的手一顿，目光幽幽地看过来。

沈惊瓷意识到自己话中的意思，倒吸一口气，窘迫地又往里面缩。

陈池驭低笑，声音淡淡的，面色平静地拍了拍她的脸："不想睡觉就直说。"

沈惊瓷指甲都要钻进掌心了，但还是强装淡定，她暗暗地推开陈池驭的手臂，瓮声瓮气："那你也好好休息。"

男人哼笑了声。

可能是今晚的情绪太过大起大落，身子明明已经疲惫至极，但她怎么也睡不着。

半梦半醒时，沈惊瓷迷迷糊糊地做了个很混乱的梦。她的身子沉溺于海底，水波的压力从四面八方朝她涌来，她再次感觉到了缺氧的难受，眉头紧紧皱着，又觉得自己在被人拽着往上漂，渐渐地，好像有呼吸渡进来……

沉重的眼皮睁开，入眼的是一张压下来的剑眉英挺的脸庞。

沈惊瓷蹙着眉，手臂推了推陈池驭。

陈池驭没太过分，哼笑了声就把人放开了。

沈惊瓷喘着气，声音还发颤："你怎么过来了？"

陈池驭的手指拨开她耳边的头发，手撑着床沿，声音低哑地揉捏她耳垂："你喊我了。"

"啊？"沈惊瓷不知道，她刚刚一直在做噩梦。

陈池驭凝视着她，猜道："做梦了？"

沈惊瓷"嗯"了声，她心跳得快，从梦过渡到现实，还有一种不真切感。躺着的她手不小心触碰到陈池驭冰凉的指尖，她倏地回神："你是不是没睡？"

陈池驭沉沉地"嗯"了声，没反驳。

沈惊瓷过去握他的手，帮他取暖："怎么还不睡？"

小姑娘的手心又软又暖，像没骨头似的，陈池驭任她包裹着，回答："在想事情。"

沈惊瓷心头忽然一紧，她下意识地猜想是不是和自己有关，陈池驭不会是后悔了吧？

她想了想，还是从床上坐了起来。

"我能听吗？"

陈池驭很懒散，夜色衬得他神色恹恹。他没回答这个问题，问："睡不好？"

沈惊瓷心里难免有些失落，小声说："做噩梦了。"

他缓缓地叹了口气，掀开被子挤上了床，手臂从沈惊瓷锁骨前揽住她，压着人一起躺下。

陈池驭扔下两个字："睡觉。"

沈惊瓷还有点蒙，听见旁边的人又补充："明早送你回去，今晚好好休息休息。"

似乎是觉得这个姿势不舒服，男人把沈惊瓷翻了个身，背朝着他，手臂箍着纤细的腰往自己的方向拖。

她的背紧紧地贴着陈池驭的胸膛，坚硬又宽阔，很安全，令她悸动。

后脑勺的头发被蹭了蹭,他的声音贴着耳朵响起:"快睡,不动你。"

酥麻感从沈惊瓷的四肢百骸传来,心跳和呼吸应接不暇。似乎是感觉到她的不安,眼前忽然陷入黑暗,一只男人的大掌盖住了她的眼睛,沈惊瓷睫毛忽闪,听见他又威胁:"沈惊瓷。"

沈惊瓷像被抓包一样"嗖"地闭上眼。

好乖。

心口像是有一颗草莓奶糖融化,甜得她要冒泡泡了。

奇怪的是,她这次睡得很快,也再没做一些奇奇怪怪的梦。

翌日清晨,沈惊瓷是被自己的生物钟叫醒的。

她随手摸了下,身边的位置已经凉透,陈池驭早就醒了。

她的衣服都已经被洗完烘干,沈惊瓷跑进浴室换好,出来正好撞上进来的陈池驭。

陈池驭也换好了衣服,盯着沈惊瓷看了一会儿,忽然笑得有些邪气。

"年年真的好黏人。"

"啊?"沈惊瓷蒙了。

"你睡着的时候原来——"他拖着腔,"是这样子啊。"

沈惊瓷的心跟着他的话一下子提到嗓子眼,她没和别人一起睡过,不知道自己有什么习惯:"我睡着时怎么了吗?"

陈池驭笑得恣意,又故意摇头:"没怎么,挺好的。"

这话更是留下无限遐想。

一顿饭吃得沈惊瓷惴惴不安,她明着暗着追问陈池驭自己有没有干什么不好的事情。

陈池驭又往她嘴里塞了一片吐司,挑着眉说:"下回来告诉你。"

下回……

沈惊瓷咀嚼的动作停了,迟钝地看着陈池驭,而后又恢复正常,但还在害羞。她低头喝了口陈池驭放在旁边的草莓酸奶,垂着眼,说语也慢吞吞的:"骗子,根本就没有。"

陈池驭哼笑:"知道你会赖账,我还给你照下来了。"

沈惊瓷没想到,眼睛瞬间瞪大:"你心理变态!"

陈池驭悠闲地叼着吐司，捞起旁边的手机朝沈惊瓷晃了晃，一副"随你怎么说反正我有照片"的样子。

问也问不出来，抢也抢不到，沈惊瓷生了一路闷气，气鼓鼓地往窗外看。

最后，他忍不住压着笑逗她："很可爱，我舍不得给你看。"

沈惊瓷又委屈又生气："你真讨厌。"

陈池驭被骂，笑得更开心了。

眼看离实践地点越来越近，沈惊瓷心里不由得冒出一点紧张。

她不打算拖延，既然尹芊芊敢做，她就敢在所有人面前和她对峙。

陈池驭开的还是那辆巴博斯，四四方方的越野车很跩地停在了带队老师的小电驴旁边。

他摸沈惊瓷的头，给她空间自己解决，又等在这儿给她底气。

"有什么事给我发消息，我不走。"

因为陈池驭的话，沈惊瓷心里的胆怯慢慢消失，她扬起笑容："好。"

她们的房间在二楼，沈惊瓷推开门，邱杉月和仰可惊得一下子站了起来："瓷瓷你回来了！"

沈惊瓷目光扫向尹芊芊的床位，人不在。

邱杉月呜咽着跑过来抱住沈惊瓷："担心死我了，给你发消息你也没回，怎么样了啊？"

说着，邱杉月已经将沈惊瓷转着看了一圈儿，看到沈惊瓷没事才放心。

仰可也凑过来："怎么样了，陈池驭修好那监控没？"

沈惊瓷点头，也没废话，直接说："是尹芊芊。"

"什么？！"邱杉月"噌"地一下站起来，瞪着眼又说了一遍，"什么？！"

仰可一向淡定，此时也蒙了。

沈惊瓷把那个视频找出来给她们两个看了一遍，邱杉月满屋子转，嘴里念念叨叨："怪不得她昨晚都没怎么在宿舍，敢情她在心虚啊。"

门正好在此时推开，尹芊芊的身影出现在门口。

当她看到沈惊瓷坐在桌前时，表情明显僵住了。

三双眼睛齐刷刷地看过去，尹芊芊眼神躲闪，又很快装得正常。

她若无其事地关上门，走到自己的位子，忽略别人的目光。

上午九点集合，现在是八点四十分。

邱杉月想上前质问，被仰可拉住，她用一个眼神示意：让沈惊瓷自己来。

沈惊瓷什么都没说，直接找到尹芊芊的微信，将视频转发过去。

视频还在发送，沈惊瓷的声音响起："芊芊，这已经是可以报警的程度了。"

尹芊芊皱着眉回头："你在说什么？我听不懂。"

沈惊瓷懒得说废话，敲了敲手机示意。视频正好发送过去，尹芊芊愣住，低头看。

……她的脸色以肉眼可见的速度变白，死咬着嘴唇一句话也说不出来。

沈惊瓷侧头，不解地问："为什么啊？"

真的就因为上次的事情吗？

尹芊芊维持着原来的姿势，一动不动。

良久，在听到沈惊瓷的声音之后，她忽然抬头，恶狠狠地瞪着眼，死死盯着沈惊瓷。

伪装的平静被她撕破："为什么？你问我为什么？

"是我该问你为什么吧！"

尹芊芊忽然指向旁边的仰可和邱杉月，声音由平静变得愤怒："为什么她们嘴上说着我们是朋友，但偏袒的总是你？"

"为什么我的成绩比你好，机会却是你的？为什么我也是寻宁来的，他却从来没有关注过我？为什么每个人都喜欢你啊！"她眼尾发红，"就因为你会做出那副楚楚可怜的样子吗？还是因为你的脸？沈惊瓷，我最讨厌你一副得了便宜还要装菩萨的样子。"

沈惊瓷听得稀里糊涂的："什么机会是我的，没人关注你？"

邱杉月眼珠子一转，恍然大悟："你说的不会是那个主持元旦晚会的机会吧？还是因为……陈池驭？"

沈惊瓷眉一皱，看向邱杉月。

邱杉月："你不会真以为，陈池驭能喜欢上瓷瓷是因为她是寻宁人吧？"

邱杉月想起昨晚沈惊瓷出去之后，有几个好事的人看着沈惊瓷的背影，跟她聊八卦："听说陈池驭和沈惊瓷在一起了？真的假的？上次就来陪她上课，现在还在宿舍楼下等人了？"

邱杉月摸着手里的牌支支吾吾，她也不知道怎么说。

那个人又追问:"快跟我说说,俩人是怎么好上的?"

邱杉月嫌烦,随口扯了句:"一个地方的,老乡。"殊不知被角落里她没在意的尹芊芊听了去了。

尹芊芊瞪着眼,似乎含着泪:"沈惊瓷,一中谁不知道你不是你爸妈亲生的,还害了你弟弟,你怎么有脸心安理得地过得这么轻松?"

沈惊瓷愣了,尹芊芊从来没说过她也是寻宁人:"你也是一中的?"

"对啊,不然我怎么会知道你呢。高一募捐的时候,你捐了一千块钱你还记得吗?真是我收到的最多的钱了呢。"

沈惊瓷愣了下,想起高二那次贫困生募捐,她不知道对方的名字,只知道一个学妹的家长得了脑瘤,需要做手术资金却不够。沈惊瓷因为沈枞也是脑部受伤,听到这个消息格外难受,拿出自己所有的零花钱捐了出去,希望可以出一份力,也是给沈枞积德。

那个人是……尹芊芊?

"你是不是觉得你很伟大?你是不是觉得自己善良极了?"她笑得越来越难看,满脸都是泪,"你知道那些人是怎么说的吗?用我的难堪托举你的仙女形象,你是不是很开心啊?他们用我陪衬了你三年。

"我妈还是没救回来,但我却听了你的好话三年。"

"尹芊芊你是不是有病啊?她帮了你啊,你有没有点感恩之心!"仰可忍不住骂她。

"她不是!"尹芊芊大喊,"她就是故意想出风头,她就是想在所有人面前装好人!

"她推她弟弟替她去死,就是因为她是个养女她爸妈不想要她!她才是最自私的人!"

"你这种人,谁和你在一起谁没有好下场。"尹芊芊笑笑,跟想通了什么似的,"陈池驭也不会例外。"

哨声响起,集合时间到。

沈惊瓷从震惊中脱离,走廊响起人声,吵吵闹闹的,大家开始往外走。

尹芊芊最后说道:"我真是倒了八辈子霉,大学还要和你住在一起。"

她破罐子破摔地往外走:"随你便,爱怎么处理怎么处理。我早就受够你了,怎么没把你淹死呢?"

……

邱杉月气蒙了:"尹芊芊你不正常吧!"

"白眼狼!"

"算了。"沈惊瓷听到理由只觉得身心俱疲,太扯了。她从来没遇到过这种人。

她拉住邱杉月的手:"交给校方处理吧,为这种人生气不值得。"

"可是……"邱杉月想说什么,又收住。

见沈惊瓷脸色不好,最后她也就说了声"晦气"。

然而她们刚下楼,忽然在学校的大巴旁看到了陈池驭的身影。

他脸色阴沉地站在越野车旁,面前站着一个女生。

"我是眼瞎了吗?他俩怎么在一起?"邱杉月盯着陈池驭对面的尹芊芊两秒,忽然反应过来,"陈池驭不会是要揍她吧?"

仿佛有预感一样,陈池驭望了过来。

他单腿微屈抵着踏板,眯眼朝沈惊瓷勾手指。

沈惊瓷愣了几秒,走过去问:"你怎么下来了?"

陈池驭一把抓住沈惊瓷的手拽向自己,目中无人地在她唇上蹭了下,声音很轻:"来给你撑腰。"

声音不大,却足够让尹芊芊听清楚。

陈池驭胳膊搂着沈惊瓷,凌厉的眼睛微眯,倨傲劲儿全显。他视线扫着咬着唇的尹芊芊,放下腿:"尹芊芊是吧?"

周围人的目光齐齐往这边聚,身材高挑的男人面容被光照得看不清,气场疏离却有压迫感。

陈池驭笑了声,声音突然低沉:"过来,道歉。"

10

尹芊芊嘴唇都快咬破了,瞪着眼睛说不出话。她看的是沈惊瓷的方向,仿佛是希望沈惊瓷松口。

良久,她淡淡地开口,垂着的手指甲狠狠抠着掌心:"沈惊瓷,这是我们的事情吧。"

沈惊瓷看着她,只剩乏味和无趣的感觉:"你说得对,不过你确实应该跟我道歉。"

陈池驭在一旁，姿势慵懒，置身事外地把玩着沈惊瓷的手指。女生之间的那点矛盾他懒得插手，他乐意让她自己去解决。但让沈惊瓷受委屈，不行。

周围的人打探的目光像是一把利剑，扎得尹芊芊难堪。她咬着牙，从齿缝中挤出三个字："对、不、起。"

沈惊瓷知道她不是真心的，站在这里也确实扎眼，她说："你说的那些都不是我做的，脏的人看什么都脏，希望你以后可以学会善良。"

尹芊芊冷笑了声，看见一旁的陈池驭没发话，得了空转身就走。

陈池驭眼皮都没抬，捏着沈惊瓷的指骨慢悠悠地问："就这么放她走了？"

沈惊瓷撇了撇嘴："同学都在看，好丢人。"

陈池驭失笑，他挺直了身子，身上的薄夹克敞着，金属拉链晃啊晃，显得笑都凉薄："行，那剩下的你男人帮你收拾。"

时间差不多到了，大巴要开，周围看戏的人也已经散场。沈惊瓷看到老师上去了，她怕来不及，和陈池驭摆手："先不和你说了，我到点了啊。"

陈池驭沉默了，眼神盯着她，微微颔首。

人跑远，他瞥了眼大巴，无奈地笑了声。

沈惊瓷踩着点坐到了邱杉月旁边的位子，上车的那一瞬她清晰地感受到整辆车的人目光都集聚在了她身上，不用听都知道他们私下会说什么。

倒是邱杉月和仰可还不确定地问："你们两个现在是确定在一起了吗？"

沈惊瓷眼睛亮晶晶的，此时还带着点不好意思但又欣喜的笑。她点了头，立马看到邱杉月震惊地捂住了嘴巴。

邱杉月抓着沈惊瓷的手上下晃，激动得不停地说："恭喜你啊瓷瓷，恭喜你啊。

"终于拿下啦！得偿所愿！！"

沈惊瓷笑笑，没否认，因为她真的得偿所愿了。

八卦传播的速度比她想象的还要快。

当天晚上，尹芊芊不知道去哪儿了，沈惊瓷也没在乎。

仰可转了个帖子给沈惊瓷，标题赫然出现了她的大名……还有陈池驭。

沈惊瓷躺在床上，指尖犹豫着还是点开了帖子。无非是一些什么陈池驭新女朋友的噱头，不少人猜他们谈不了多长时间。

还有人发了她的照片，很模糊的一张，看衣服和场景应该是前几天早晨照的。照片上的他们靠得很近，脚底下的影子缠在一起。陈池驭手垂着，像是他们在牵手一样，而沈惊瓷也只露出了一张侧脸。

23L：看着好像还挺配。

下一层紧接着回复：我倒是觉得不会长久，看着不像是陈池驭会喜欢的类型。

下面各抒己见，直到沈惊瓷看到这么一句话：拉倒吧，你们对比一下沈惊瓷和隋零的长相，是不是一类的？只不过隋零的妆比较成熟。尤其是她俩的眼睛，真的好像。

沈惊瓷一愣，脑海中浮现出隋零的样子。

她眉头轻轻地皱了皱，本来并不觉得哪里像，但因为那句话，沈惊瓷刻意地比较着眼睛，竟然真看出几分相似。

她看到仰可的消息：大家都知道你们在一起了。

沈惊瓷看到这句话并没有多开心，她截图问仰可："我们像吗？"

仰可一下子就知道沈惊瓷在想什么，回得超级利索：一点都不像！别给我乱想。

沈惊瓷翻了个身，又点开了那个帖子看完。

无非是一些人好奇和八卦，其实也没什么。

可她心情却莫名有些低落。

沈惊瓷打开了和陈池驭的聊天记录，她给他的备注还是系统自带的。

盯着页面看了一会儿，她似乎想通了。

她对自己不断重复：管那么多干什么，反正他现在是自己的男朋友。

沈惊瓷暂时将那些抛在脑后，觉得自己应该给陈池驭改一个备注。编辑文字的光标闪了好久，她皱着眉在纠结。

最近又沉迷追星的邱杉月忽然爆发出一声喊叫："老公！！"

沈惊瓷手指微抖，被吓了一跳，她看过去——

邱杉月已经在"呜呜呜"地哭:"我老公真的太帅了!呜呜呜,为什么能这么帅啊!"

沈惊瓷忍住眼皮的跳动,默默转回头。

视线不小心扫过仰可,想到她已经在和那个"小奶狗"弟弟谈恋爱,沈惊瓷轻咳,不自然地挑起话题:"你给你男朋友的备注是什么啊?"

仰可正在敷面膜,不在意地说:"宝宝啊。

"我家宝宝已经两天没和我视频通话了,还真有点想他。"

沈惊瓷:"……"

仰可脑子转得快,想到什么,好奇地看了她一眼:"你给陈池驭的备注是什么?"

沈惊瓷支支吾吾的:"这不是在想吗?"

仰可瞬间明白,想笑,为了脸上的面膜又拼命忍着。她抛了个媚眼,重复刚刚邱杉月的话:"你可以备注'老公'啊——"

"什么呀!"沈惊瓷恼羞地背过身,她就不应该开这个口!

沈惊瓷一个人撑着脑袋,思来想去,最后表情认真地编辑了三个字。

——"陈池驭"。

好像还是这样有感觉。

就是属于她的陈池驭。

……

实践课结束,沈惊瓷回到学校第一件事,就是将尹芊芊的所作所为以及证据告知并移交校方。辅导员向沈惊瓷保证会严肃处理,但希望这件事情不要再闹大。

沈惊瓷知道这种事情对外都是保密的,便点了头。

尹芊芊当晚被调了宿舍,过了两天辅导员联系到沈惊瓷,说已经给尹芊芊留校察看的处分,念在平时她表现还算不错,又说沈惊瓷现在也没什么大碍,希望能给她个机会,又说以后评奖评优都会优先考虑沈惊瓷。

邱杉月不服:"凭什么不开除她?"

仰可:"听说她爸来学校闹了,前几天有人看到他都跪在书记办公室门口了,大有尹芊芊被开除,他就那啥在校门口的架势。"

邱杉月翻白眼:"……无语了。"

沈惊瓷也没什么好说的,所幸她之后不用再每天都看见这么个讨厌的人。

原以为生活会归于平静,然而尹芊芊忽然跟疯了一样冲进只剩三个人住的宿舍,冲着沈惊瓷脖子掐:"沈惊瓷,你是不是非要我被开除啊?"

沈惊瓷没有防备被她抓到,还没听懂她说的是什么意思,尹芊芊又开口:"网上的帖子是你搞的吧,要用舆论压死我吗?你怎么就见不得我好啊!"

沈惊瓷的气上来了,伸胳膊一把将尹芊芊推开,尹芊芊没站稳,摔倒在地。沈惊瓷喊道:"你是不是疯了?"

尹芊芊笑得眼泪都掉出来了,她面目狰狞:"就算我被开除也不会让你好过的,你等着吧。"

沈惊瓷本来就憋着气,听着这些胡言乱语更是觉得可笑至极。

她拿起桌子上没喝完的凉开水,抬臂,倾斜杯子,"哗啦"一声直接浇在了尹芊芊头上:"你能不能清醒清醒脑子!"

尹芊芊张合着的嘴一下子消了音,水一滴一滴从她发上滑落,通红的眼睛怔怔地盯着沈惊瓷,满脸的不可置信。

沈惊瓷"哐当"一声放下杯子,一声不吭地把尹芊芊往外拖。

尹芊芊反应过来后,立马开始大叫,沈惊瓷也吼:"闭嘴!"

她利索地把人丢出门,冷下脸,嗤笑了声,用从来没用过的狠毒语调警告:"别丢人了,如果你被开除,那我只会拍手叫好。

"因为,你、活、该。"

她最后厌恶地看了眼地上嘴唇颤抖的人。

"砰!"铁门关上,差点砸到门外尹芊芊的鼻子。

沈惊瓷回到位子戴上耳机,完全隔绝走廊传来的声音,她淡定地倒满一杯水,将这周的作业写完。

邱杉月推开门就是一脸激动:"瓷瓷,你看到网上的帖子了吗?"

沈惊瓷又想到尹芊芊说的话,皱眉:"你怎么也在说帖子?"

邱杉月"哎呀"了声:"尹芊芊那些破事被人发到网上了,现在舆论都在让学校开除她。"

沈惊瓷看向邱杉月递过来的手机,洋洋洒洒的一大篇文章。邱杉月紧接着补充:"想不到她还偷东西,全被揪出来了,我说之前我的晚霜怎么没用几次就空了。

"被开除应该是板上钉钉的事了,不过我觉得更丢人的是现在沥周所有大学都传开了,她就算复读也没法抬头做人了。"

邱杉月喜上眉梢:"是不是你家陈池驭干的?真的太帅了。"

沈惊瓷想起那天他说的剩下的交给他……

转头,沈惊瓷还是发了条消息问:是你做的吗?

备注为"陈池驭"的聊天框跳出来:谁同意这事结束了?

答案不言而喻。

沈惊瓷嘴角忍不住上扬。

是被人护着的感觉。

而沈惊瓷不知道的是,陈池驭用的手段远不止明面上这些。只不过尹芊芊再也没机会出现在她面前质问她了。

陈池驭的消息过了一会儿又发来了:晚上有事没?

沈惊瓷心里还发甜,乖巧地回答:没有。

陈池驭:来这里。

他们好吵。想见你。

她看到陈池驭发了个酒吧的定位。沈惊瓷心跳加速,盯着那几个字,晕乎乎的。

他想见自己啊。

四十分钟后,沈惊瓷到达包厢门口。

她站在门口,紧张地给陈池驭发了条消息:

我到了,能进去吗?

他还没回,面前的门却忽然被推开,里面柔和的音乐倾泻而出,沈惊瓷错愕地抬眼,对上一张不认识的面孔。

男生愣了两秒,看着沈惊瓷猛然反应过来:"嫂子是吧?

"快快,快进来。

"你们看谁来了!"

话落,包厢的声音戛然而止,一道道目光顺着看过来。

沈惊瓷不安地眨了眨眼，空间安静一秒，又爆发出起哄声："噢！！"

"池嘉，"阵阵热浪中，那道低沉的男声在笑，却含着明显的警告，"够了啊。"

沈惊瓷循声望去，包厢里面的角落昏暗，陈池驭棱角分明的面孔也隐进黑暗。他弓腰，推远了手上的酒杯，腕骨处的表泛着银色的光。

男人仰脸，视线射向她，声音微微起伏："年年。"

"过来。"

……

沈惊瓷今晚特意穿了一件白色的长裙，领口处有一段蕾丝，露出一截线条流畅的小腿。她还化了淡妆，口红都选的柔柔的色调，坐在这种纸醉金迷的地方，越发显得出众。

像是红瓦上的一捧白雪，清冷得让人想去融化她。

所有人都给她让开位置，沈惊瓷坐在陈池驭的旁边，却被他打量着。

从上到下那种。

他今晚特别不一样，应该是已经被灌了些酒，身上的味道更浓，沈惊瓷光是坐在他旁边，都觉得醉人。男人喉结泛红，视线盯着沈惊瓷上下打量。

沈惊瓷不自然地推他："你怎么这么看着我？"

陈池驭"啧"了声，不满沈惊瓷别过脸，伸手捏住她的后颈送向自己。

视线顺着往下看，他嗓音沙哑，搭在她颈上的手捏了两下，笑着问她："打扮了？"

小心思轻易地被戳破，沈惊瓷耳根都红了。

她急着否认："没……没！"

陈池驭不吭声，就是笑，伸着的长腿一屈，钩过沈惊瓷老老实实斜放的小腿。

沈惊瓷倒吸一口凉气，挣扎着要收回。

被陈池驭一句话喝止："别乱蹭。"

他问："穿这么点，冷不冷？"

沈惊瓷脸通红，只不过在黑暗中看不出，她欲哭无泪。

"不冷。"

两个人腻腻歪歪，旁边的孟有博看不过去："够了啊，能不能别虐我了？"

"我这歌还没唱呢。"

陈池驭漫不经心地抬起眼扫过孟有博，手上却没闲着，脱下自己的夹克搭在了沈惊瓷腿上。他语调吊儿郎当，朝孟有博轻快地笑："你也谈恋爱呗。"

孟有博烦死了，把话筒从空中丢给陈池驭："别黏了，你唱。

"我去放水。"

陈池驭身子后仰接过话筒，撂到一边："说话注意点。"

这个包厢很大，屏幕上开始放一首粤语歌的前奏，是《无条件》，不过要唱的人已经出门了。

沈惊瓷觉得有些好笑，她钻到陈池驭怀中，男人顺势搂住她。

"孟学长怎么唱这种歌？"

抒情粤语歌，看起来不太符合他的形象。

陈池驭毫不遮掩地嘲笑："装相思。"

沈惊瓷也跟着笑。

歌词的第一句已经在播放："你，何以始终不说话。"她看着被撂在一旁的麦克风，好奇地问："你会唱吗？"

陈池驭挑眉："想听？"

沈惊瓷还没有听过陈池驭唱歌，她眼睛亮晶晶的，带着期盼，使劲点了点头。

陈池驭哼笑了声，闭着唇，吻落在她眼皮上。

音乐又低又缓，沈惊瓷在他冷冽的气息中沉溺。

他没给答案，却移开了，低头将她笼罩在怀中，又凑到她耳边。

背景音的男声伴奏已经带入情绪，被其他人忽略，碰杯声清脆。

几秒的寂静，与伴奏重合的是她耳边感受到的温热呼吸。陈池驭咬着字，轻哼着，附和着高潮部分：

"我只懂得爱你在每天。

"当潮流爱新鲜，当旁人爱标签，幸得伴着你我，是窝心的自然。"

声音很低，只有两个人能听见。

他的粤语发音出奇地标准，低沉的嗓音性感到极致，带着丝丝缕缕的喘息。偏金属质感的声音放柔,他唱得散漫,几句就停了,漆黑的瞳噙着笑看她。

沈惊瓷愣住,视线下意识地凝视着屏幕,歌词一闪而过。

他手指拂过她的碎发,笑得无声,却放浪轻浮。

无视背景音,四目相交,薄唇轻轻张合,他清唱,还是用粤语:

"仍然我说我庆幸,你永远胜过别人。"

~"~

那几句词让她好久都没缓过来,耳边突然躁起来的起哄声强行拉回了沈惊瓷的意识。

一群人不怀好意。

"干吗呢这是?说什么悄悄话不让我们听?这就不仗义了啊。"

"你们说今晚是不是应该让他多喝点!"

有人附和:"对!"

孟有博推门回来,气氛正热闹着,他眼珠子一转,朝陈池驭龇牙咧嘴地笑,就差把"可逮着你了"这几个字写在脸上了。

他"欸欸欸"地出声,张罗着:"玩点什么,干喝多没意思。"

"玩什么?"陈池驭今天的心情是明眼看着地好。平常不敢玩的游戏,他们今天都想拿出来玩。

"那玩真心话大冒险吧,越老越有意思,把秘密全给他套出来。"

越说越过火,陈池驭的声音忽然打断了他们,突兀地响起:

"不玩。"

霎时安静,陈池驭倚着皮座椅,戏谑地看着一群人自己闹腾。他搭起来的两条长腿交叠着,随意地晃着。

那些人不满:"这就没意思了啊。"

"不像你啊,难不成嫂子管得严?"

陈池驭"嗤"了声,他捞过桌前的酒仰头饮尽,冰冷的酒随着喉结上下滚动,厚厚的玻璃杯底碰出响声。他漫不经心地抬起眼皮睨着池嘉:

"你懂什么。"

他看了一眼旁边的沈惊瓷。

刚刚沈惊瓷喝了一杯,不知道哪个不长眼的又给倒上了。

陈池驭看着沈惊瓷面前那杯酒,忽然就不想玩了。

而沈惊瓷靠在他怀里,不知在想些什么,或许是酒精的原因,她眼睛很亮,像是小鹿一样。

这是她第一次以女朋友的身份出现在陈池驭的世界,她从未见过这场面,眼中尽是好奇。

这些人不愿意放过这个机会,不停地求嫂子,非要跟她喝两杯。

就在沈惊瓷脸红着无措地望向陈池驭求助时,陈池驭忽然拉起沈惊瓷的手,夹克滑落,转移到了陈池驭臂弯。

他弯着手臂,拉着人要往外走。

孟有博不爽:"去哪儿?"

陈池驭笑得吊儿郎当,头都懒得回:"去过二人世界。"

"你是不是人啊,她刚来呢!"

十二月的风已经有冬天的味道,从包厢到门口的温差大,穿过走廊,沈惊瓷没经受住,打了个冷战。

陈池驭的目光一下子转过来。她来的时候还没觉得这么冷,可能因为那会儿心思都不在温度上。现在好了,身子冷得要死,裙子外面的毛线外套还透风,根本没什么用。

眼前的男人将手臂上的夹克抖了两下,随着风声掀起,将她裹紧。

陈池驭的声音紧跟着传来,还带着丝丝凉意:"现在知道冷了?"

他说着,手指却毫不犹豫地将拉链从下方拉到最上方,银色的条形拉链坠着,因为他的动作小幅度地晃动。沈惊瓷巴掌大的小脸被宽大的衣服遮住一半,她低头往下埋着脸,澄澈的眼睛却往上看,表情像是正在挨训的好学生,又乖又委屈。

陈池驭的车停得不远,他上下打量完沈惊瓷,手指贴上她脖颈的位置,凉凉的。

沈惊瓷一愣,听见他开口:"代驾来了,我先过去。

"你别出来。"

他身上只剩了一件单薄的黑色衬衫,背过身时随着步伐被风灌得鼓起来。

……

沈惊瓷已经坐上车,终于有机会小声辩驳:"其实我已经不冷了。"

车内没有一点风,像是为了证明自己的话,沈惊瓷默默拉开陈池驭给她穿的外套,又特意给他看:"刚刚出来那阵有风。"

这话半真半假,有风是真的,还有一个原因是他的外套真的抗风,她很快就缓过来了。

陈池驭意味不明地哼笑了声,他手指钩住沈惊瓷衣领,那圈儿蕾丝边和他的手指形成鲜明对比。

他捻着,嗓音低沉:"之前都没看你穿过。"

"是……是吗?"害怕心思藏不住的沈惊瓷自乱阵脚。

陈池驭"嗯"了声。静了一瞬,他又开口:"以后别这样。"

沈惊瓷愣了一瞬,脸上的表情渐渐僵硬。这句话不难懂,偏偏沈惊瓷消化了好久。

鼻头有些酸,被冷风刺的委屈也冒出来。

小女孩的心思总是很简单,想在喜欢的人面前穿上最漂亮的裙子,想在他朋友面前展现出最好的一面。

何况那人是陈池驭。

他之前的女朋友,可能比自己漂亮,比自己性感,比自己讨人喜欢。

他们在包厢里待了四十分钟都不到,那他叫自己来干什么?

是又觉得她无趣了吗?

喉咙像是被人压住,呼吸都像是割在刀刃上,一下一下地疼。她平息着起伏的情绪。

良久,她找到自己的声音,挤出了一声"嗯":"知道了。"

陈池驭就看着她低下头,情绪明显低落了起来。

他眉头一皱,猜小姑娘眼尾又要红了。

他的手顺势松开,反而向上挑住沈惊瓷下巴,习惯性地就要带着人转过来。

但这次不一样，沈惊瓷仿佛在跟他较劲，也使着力不动弹。

男人手一顿，眉毛挑了下。

不等他反应，沈惊瓷自己伸出了手，抵着他的手臂，将他推远。

陈池驭一猜就知道她想歪了。

他怎么会看不出沈惊瓷的心思。他不是不喜欢，就是觉得没必要这么折腾。

"话又重了？"

他第一次觉得养小姑娘还是件难事，稍不留神，就得哄。

沈惊瓷摇头，语气装得稀松平常："没有。"

空间安静，隔着一条街的夜市正热闹着，灯火通明，人行道上的信号灯刚刚变绿，人来人往川流不息。那条街是附近大学生最常逛的地方，尤其是这个季节，人格外多。

车内开着一盏昏黄的灯，似乎有人叹了口气。

半晌——

"今晚的年年特别好看。"一道散漫的声音忽然响起，他一顿，又轻佻地笑，"但冻感冒了，我会心疼。"

这话听起来半真半假，可真的好令人心动。

她睫毛忽闪了下。

陈池驭又说："你也不需要去征服别人的视线，获得那点赞同或认可，因为在我这儿……"

话停了，沈惊瓷等了半天没等到下文，愣愣地转过头来看他。

陈池驭不知道怎么回事开始笑，浓眉挺鼻，漆黑的瞳孔尽显桀骜难驯。

沈惊瓷自己问："什么？"

他挑眉，想到了什么，表情忽然变得蔫儿坏。他似无意地瞥了一眼沈惊瓷的衣服，用一种看似随意又放浪形骸的语调，缓缓开口：

"在我这儿啊。

"你不穿都好看。"

12

那天晚上睡前，沈惊瓷干了一件事。

她把小铁盒里的那串檀木手串拿了出来，重新缠回自己手上。

但可能是连续折腾了好几次，身子终于禁不住，第二日早上，她喉咙便传来阵阵痛感。

邱杉月听到沈惊瓷的声音："欸，瓷瓷，你感冒了啊？"

沈惊瓷吸了吸鼻子，摇头否认："没有。"

她嘴上说着没有，却蔫了一上午。

邱杉月去给沈惊瓷买了药，放在床头嘱咐她一定要吃。

沈惊瓷笑眯眯地点头，人走后，锡箔纸包装里的胶囊却一粒都没少。

她给自己灌了一大杯水，盖着被子昏昏地睡了一觉。

恍惚间鼻息全是医院的消毒水味，她又梦见沈枞刚出事的那段时间，家里和医院全是这个味道，睁眼闭眼都是噩梦。

这种情况持续了两天，邱杉月一直在嘀咕这药怎么回事，沈惊瓷的情况不但没有好转，反倒愈演愈烈。

直到第三天傍晚——

沈惊瓷接水的水杯"砰"的一声落地碎裂，她的腿跟着发软倒地。

她用最后的意识撑住桌沿，膝盖堪堪跌在没有碎碴的位置。身上的珊瑚绒睡衣够厚，痛感不至于很强烈。

意识清醒时，人已经躺在医院打完了一瓶吊瓶。

邱杉月的声音试探地响起："瓷瓷，你醒了吗？"

沈惊瓷头昏脑涨，手背上冰凉的液体顺着血管流进身体，她皱眉"呃"了声。

"别动别动，你发烧了你都不知道啊？"

沈惊瓷感觉自己状态一直不是很好，发烧也没注意到。

她嗓子干得说不出话，邱杉月扶着她喂了点水。

沈惊瓷干涸的嘴唇湿润许多，她抬眼看了下剩一半的吊瓶，不禁皱着眉问："还要多久啊？"

邱杉月回想了下："还有一瓶大的没打。"

巡班的护士看到沈惊瓷醒了，扯着嗓门喊："一床醒了吗？醒了出来坐着打吧，病床不够了。"

秋冬交替之际本来病号就多，医院人满为患，外面全是坐着打吊瓶的。

邱杉月"啊"了声，目光在沈惊瓷和外面的椅子之间徘徊了几秒，似乎有话想说。

反倒是沈惊瓷自己下了床，说没事，都一样。

她缩在外套里面，但还是冷。尤其是打针的那只手，已经麻了，不能动。

邱杉月鬼鬼祟祟地不知在干吗，敲两下手机就看看沈惊瓷。

她偏头的瞬间，忽然感觉到镜头的存在，惊愕地往后一转，果然看到正在偷拍她的邱杉月。

"……你干吗呢？"

邱杉月眼神飘忽地笑了两声："没什么，没什么。"

沈惊瓷不信："那你拍我干什么？"

邱杉月笑得特别开心，但又在强忍着："那个……我去趟厕所。"

沈惊瓷一头雾水，觉得邱杉月奇奇怪怪，她浑身无力又懒得去想。

医院的座椅连个靠头的位置都没有，过了一会儿，沈惊瓷的眼皮闭上，头情不自禁地往下坠。

坠醒的瞬间，脑袋恰好被一只大掌接住。

余光中出现一道颀长的站立的身影。

她意识缓缓回归，下意识地侧头朝着旁边的人看去。视线渐渐清晰，却对上一张素不相识的面孔。

男生穿着白色的连帽卫衣，脸上挂着一丝略带腼腆的笑。

沈惊瓷一愣，眼神瞬即恢复清明，又睁大双眼。

男生可能是看出沈惊瓷的防备，方才的笑因为沈惊瓷的表情带上几丝尴尬。

他张口开始解释："你……你还记得我吗？

"我和你上过同一堂公共课，李阳教授的那门。"

沈惊瓷记得这堂课，但显然不记得眼前的人。

气氛尴尬。

沈惊瓷想起男生刚刚的动作，似乎也是好心。

她带着歉意礼貌地笑了下，又不知道说什么，最后干巴巴地说了声"谢谢"。

那个男生立马摆手说没事："我叫施原州。"

"之前上课那会儿就注意过你，你很漂亮。"他挠了挠头，笑得不好意思，"不是，你上台演讲的那次也很……很厉害，讲得很好。"

自我介绍完，他莫名地和沈惊瓷熟络起来："你是生病了吗？怎么没人陪着？"

施原州向四周环顾，确定真的没人，脸上出现了几分焦急的神色："我刚刚拿完药，要不在这陪你吧。"

他注视着沈惊瓷苍白无血色的小脸，男人的那种保护欲油然而生。

沈惊瓷被这突如其来的热情搞得不知所措，她使劲摇手："不用不用，我有朋友陪的。"

沈惊瓷用方便的那只手指向走廊另一边，视线也跟着寻找邱杉月的身影："她去……"

话音戛然而止，沈惊瓷忽然顿住。

她愣愣地看着手指尽头的方向，眼前像是出现了幻觉。

男人穿着黑色的冲锋衣，拉链拉到锁骨处，脚上的马丁靴穿得气势逼人，绳结系在前方。他单手插兜，一步一步朝他们走来。

施原州看着沈惊瓷滞住的目光，好奇地随之看去。

可下一秒，那个男人已经停在了两人面前。

施原州惊愕一秒，还没来得及反应，坐着的小姑娘却先开口了："你怎么来了？"

不是单纯的疑问，还有丝丝掩盖不住的喜悦。

而面前五官优越气势逼人的男人，只是淡淡地扫了施原州一眼，漆黑的眼睛连情绪都没有，移开了目光。

他的手明目张胆地搭上小姑娘的额头，手指拨弄开她零碎的发，用一种低沉的嗓音开口："嗯？还难受？"

他的手温温的，但因为沈惊瓷发烧，这个温度比她的低，让她很舒服。

沈惊瓷点头,动作轻得像是在故意蹭男人的手。

沈惊瓷没抬眼,所以没看到陈池驭在她做这个动作时,若有似无地笑了下——朝着施原州的方向。

施原州脸色很差,自然明白了陈池驭的意思。

陈池驭带着沈惊瓷向自己身上靠,仿佛身边站着的人是空气一样,旁若无人。

或者说,他根本看不上眼。

还是沈惊瓷忽然从陈池驭的温柔乡中清醒,猛地后挪看向施原州。

陈池驭的目光霎时变得幽深,脸色也变得阴沉。

他唇角扬起一抹淡淡的笑,似是终于想起那个人,冷冷地瞥了过去。

男人声音清冷,是偏金属质感的磁性声音。他哼笑,又透着威胁和轻蔑:"好看?"

施原州表情一僵,下意识地去看沈惊瓷:"你有……"

陈池驭气笑了,浑身上下散发着一种桀骜的痞气,居高临下地睨着他:"看不出来?"

他的话不留半分面子:"我女人就这么好看?"

施原州没有一丝胜算,被陈池驭的目光刺到,他讪讪地点了点头,然后难堪地转身离开。

陈池驭盯着他的背影走远,才重新垂眸看向自己怀里的人。

沈惊瓷察觉到,仰头,两人视线相对。

陈池驭垂眸凝视着沈惊瓷巴掌大的小脸,只有那双眼睛最有神气。

男人眸色越来越深,他手掌箍着沈惊瓷后脑勺,低低地哼笑了声。

手指恶劣地去捏她鼻子,声音低沉:"我的年年还挺招人喜欢。"

沈惊瓷本来因为感冒呼吸就困难,被人捏着鼻子不自觉微微张口:"没有。"

她去抱他的腰,声音软软的:"你怎么来了啊?"

陈池驭不忘她手上还有针,低头去握她的手,不让她乱动:"没发现你朋友不见了?"

触碰到的却是一阵冰凉。

他眉头瞬间皱紧:"手怎么这么凉?"

沈惊瓷想起邱杉月异常的举动,一切都串了起来。她又听见陈池驭问:"里面没位置了?怎么坐在这儿?"

"没了,好多人生病。"

陈池驭想到之前几次给沈惊瓷喂药,一下子就猜到沈惊瓷自己没吃药。

男人掏出手机给井嘉泽拨了个电话,他说了几句,语气开始不耐烦:"啧,你废话真多。

"知道了。"

他微侧着头,手还虚虚地拢在输液管的位置,手心的温度微乎其微地起着作用。

沈惊瓷仰头注意到了。小姑娘眨了眨眼,因为输液而冰冷的那只手蜷缩了下,好像开始变暖。

陈池驭挂断电话不久,沈惊瓷便被他带着进了一间单独的病房。他替她提着药瓶,又给她脱鞋、盖被,弓着腰动作自然,丝毫没觉得有什么问题。

但沈惊瓷却不好意思了。

她躲开陈池驭的动作,缩着脚,忙不迭地说:"我自己来。"

陈池驭动作微滞,轻轻地抬起眼皮。

沈惊瓷不好意思,躲着陈池驭,去摸被子盖住腿和脚。

"好啦,不冷了。"

陈池驭失笑,他戳破她:"害羞?"

沈惊瓷藏在被子里,眨眼,不肯承认:"你老瞎说。"

"是吗?"

"嗯……!"

忽然,"嗯"的音调变了,到了末尾变成一声惊呼。

她脸色骤变,时红时白,惊愕地看向男人。

对上的却是那双漂亮的眼睛中含着的促狭笑意。他眼尾微挑,模样懒散,游刃有余地逗弄着她。

沈惊瓷脚腕上的桎梏压得她动弹不得,又痒又难捱。挣扎无果,她气恼地喊他名字:"陈池驭!"

陈池驭的手指箍住她细瘦的脚腕,食指一下一下漫不经心地摩挲。

他盯着她,突然开始翻旧账。

"年年。

"这样不好。"

沈惊瓷微怔，刚反应过来，还没来得及想他是不是吃醋了，陈池驭却抓着她的脚腕忽然凑近。那张轮廓分明又凌厉的面孔朝她压下来，近得呼吸都交缠在一起。

陈池驭视线下移，一寸一寸，最后停在她红润的唇上，眸色越来越深，喉结上下滚动。男人忽然低笑，边吻边开口：

"你只需要征服我。"

半晌，沈惊瓷终于找到喘息的机会，她单手推搡着他："会传染……"

"我乐意。"

……

一直到她完全好转，陈池驭每天都会打视频电话监督，亲自盯着她吃药。

沈惊瓷苦不堪言，第一次这么恨自己的身体不争气。

可她又觉得，和陈池驭在一起真的好开心，心脏都要被快乐填满了。

12月13日的下午，她还在上课就看到陈池驭打过来的电话。

沈惊瓷慌忙挂断，小心地避着老师回复：在上课，等等。

那边回了个"好"，再没有音信。

那天傍晚下课，夕阳格外漂亮，漫天的粉色霞光笼罩着广场的水池，大家纷纷驻足，沈惊瓷也兴奋地拍了一张照片，条件反射一样发给聊天框最上方置顶的那个人——陈池驭。

那边没说话，看到消息后知道她下课了，所以回拨了电话。

沈惊瓷单臂抱着书，和他分享日常，声音轻快："今天晚上的云好漂亮……"

陈池驭听她说完，"嗯"了声，忽然开口："年年，有件事。"

"嗯？你说。"沈惊瓷竖起耳朵。

"我明天要去趟南城，有场比赛得过去训练，有段时间回不来。"

好突然，沈惊瓷问："很急吗？"

那边又"嗯"了声。

他似乎很疲惫。

"那你什么时候回来？"沈惊瓷的脚步下意识地放缓，面上的笑渐渐收敛了些。

电话里的声音伴随着电流声,有几分哑,似乎还有些倦。

他顿了几秒,说了个大概时间:"月底吧。"

沈惊瓷一愣。

月底啊。

可她的生日,在冬至啊。

13

"你真的不跟他说吗?"邱杉月再次追问。

宿舍楼底下的树早已光秃秃的,沈惊瓷往下望了一眼,她昨天晒的毛巾不知被风吹到哪儿去了。

女孩抱着收好的衣服推开门,邱杉月手肘离开小窗台,也跟着她往里走,嘴里继续说:"你告诉他呗。"

"就算人再忙,回来陪女朋友过一天生日也不过分吧。"她坐下,拽过仰可刚抱回来的大型兔子玩偶,手指绕着兔耳朵,劝道,"何况这还是你们在一起后你过的第一个生日。

"总得正式一点吧。"

沈惊瓷叠好衣服收进柜子里,她坐回邱杉月旁边,眼神无奈,也去戳兔子玩偶。

她犹豫不决:"其实也还好。

"我之前也不过生日的。"

不只是她,他们家在沈枞出事后,再也没有任何节日的氛围。

但是……今年好像是有点不一样。

她心里总有一种很奇怪的情绪在捣乱。

仰可刚和自己的"奶狗"弟弟聊完,美滋滋地关了视频摘下耳机。她回过头听到两人的对话,椅子往后一滑,眼疾手快"嗖"一下从邱杉月怀里抽出兔子,搂回自己怀中,傲娇地轻哼一声。

邱杉月的手落空,努嘴说仰可小气。

仰可也不管，抱紧弟弟送的玩偶，插话："陈池驭还不知道你生日？"

她皱眉，不满地说："哪有这么当男朋友的？"

沈惊瓷小声解释："我也没提……"

话刚出口，又被仰可一个"眼刀"堵了回去，她倏地消音。

三人安静下来，沈惊瓷停顿好久，才默默去抱两个人的腰。她脸埋下去，瓮声瓮气："好吧，我说实话，本来其实是想让他陪我的。

"但是……"

沈惊瓷自己又补充："但是他有事情啊……"

女孩声音低下来："我不想耽误他。"

邱杉月沉默两秒，伸手就要掏她的手机："你不好意思，我说！"

沈惊瓷一愣，抢回自己的手机："别……"

仰可也说："他们俩的事你帮什么倒忙？"

沈惊瓷"嗯嗯"附和了两声，不让邱杉月插手。

她想起什么，好奇地问："你什么时候有他联系方式的？"

上次在医院她就想问，后来一忙忘了这件事。

邱杉月眨眨眼，笑得露出虎牙："上次你出事的时候，他怕你再出意外，所以加了我们的微信。"

沈惊瓷看着邱杉月朝她挤眉弄眼，就差明说"我们是沾了你的光"这几个字了。

"那你打算怎么办啊？"

沈惊瓷也不知道："再看看吧，还有好久呢。"

她再想想。

……

时间一天一天过去，陈池驭似乎真的很忙，两人打的几次电话都是在晚上。

视频通话的时候也能看出他眉眼间的倦意。

每当这个时候沈惊瓷就不想打扰他了，心疼地想让他多休息会儿。

陈池驭说不要紧，又想起什么，再次开口："元旦回去陪你。"

沈惊瓷抠着裤子侧线的手动作一顿，随即扬起一个浅浅的笑："好呀。"

12月21日。

临近圣诞节，商场中央是一棵巨大的圣诞树，红绿的配色充斥着每一个角落，平安果被包装成漂亮的样子放在橱窗，喇叭中放的 *Jingle Bells* 轻快热闹。

手机忽然收到沈枞的消息：姐，你明天来吗？

沈惊瓷低头回复：去，给阿枞捎饺子吃。

沈枞拨了个电话过来，少年的声音带着笑："姐，明天冬至。"

沈惊瓷听出沈枞心情不错，唇角也跟着上扬："知道，有没有想要的礼物？"

"什么礼物？"

沈惊瓷算了算，把最近的节日都说了："嗯……就平安夜、圣诞节还有元旦，都给阿枞买。"

少年低笑了两声，似乎觉得有趣："姐，是你过生日。"

沈惊瓷不听，已经走到她要找的区域，从货架上拿了一个黑色的硬质礼盒，放进购物筐。

礼物沈枞应该会喜欢的。

沉默了几秒，一道很轻的声音钻进她的耳朵，有些缥缈。

沈惊瓷脚步一顿，沈枞说的是："想回家给你过生日。"

沈惊瓷一愣，心口因为这句话开始发酸，唇角的笑微微变淡，旋即又恢复正常。

"下一个冬至，我们就回家过。"

冬至照常来临。

那天风很大，又冷，刮在身上像刀子。

沈惊瓷早晨一睁眼，就收到了邱杉月和仰可的祝福。

她眯眼笑着，对她们说了谢谢，下意识地打开手机。

置顶之下最新发过来消息的人是顾涅，时间恰好卡在00：00。

生日快乐。

礼物明天才能到，物流出了问题。你记得去取。

顾涅每年都是这样，就算人不在，礼物也会准时到。说起来，这还是第一次迟到。

沈惊瓷觉得好笑，也是真的开心：谢谢顾老板。

陈池驭的消息是忽然出现的，在她那条消息发出去的那一刻，从上方弹出来完美遮住顾涅的备注，将沈惊瓷的注意力全部吸引。

女孩心跳暂停，手立马点进去，是一张图片。

赛道上摩托车飞驰而过，快到照片只能捕捉到残影。

沈惊瓷好奇地问：是你吗？

陈池驭：不是。

沈惊瓷想起上次在朋友圈意外看到的奖杯，她眉眼带着喜悦：我还没有看过你比赛。

陈池驭：放假带你来。

沈惊瓷放大了那张照片，想象着陈池驭在上面的样子。他应该会比照片上的人更意气风发，更随性不羁。

很久之前，她坐在他的后座，黑白的摩托车线条凌厉且流畅，男人背向后弓，两者仿佛要融为一体。

沈惊瓷忽然怀念那晚耳边的风，莫名地问：你会得奖杯吗？

这次陈池驭没有立马回，可能有其他的事情。

沈惊瓷是在两个小时后看到消息的。

只有简单的两个字——

给你。

同他的人一样，透着势不可当的张狂，底气十足，却又偏偏能做到开口答应的每一件事。

沈惊瓷要去医院的那刻，邱杉月最后一遍跟她确认："你真的不告诉陈池驭吗？"

"嗯，不告诉了。"沈惊瓷想起他的声音，又倦又哑，让她心疼。

来回坐飞机需要好几个小时，她不想再累着他。

"我走啦，晚上回来，你们也别忘吃饺子。"

"嗯嗯，快去吧，好好过节。"

饺子徐娟会带，沈惊瓷手上拿的是昨天买的礼盒，里面装着一个限量版的手办。

她不是很懂这些，但记得沈枞之前总是在她耳边念叨，她还是拜托班上一个对这些感兴趣的男同学找的渠道。

一进去，她才发现只差自己了。

"爸……妈。"

两人回头，脸上的笑意更深了些，朝沈惊瓷招手："年年，快来。"

沈惊瓷把礼物放在一旁的柜子上，沈枞眼尖地发现："姐，你真给我买礼物了啊。"

"你看看喜不喜欢。"

"你过生日，给我买礼物干吗？"

沈惊瓷不在乎："你是我弟弟，我生日收礼物的机会送给你。"

沈鸿哲和徐娟看着沈枞的精神好，脸上的表情也变得轻松。

他们打趣："你赶紧好起来，还给你姐。"

沈枞浓眉挺鼻，此刻好看的眉却皱在一起："本来就应该我送给我姐。"

沈惊瓷看到了桌上摆着的饺子，夹起一个去喂沈枞："别气别气，花了我不少工夫呢，你不喜欢我会伤心的。"

沈枞别过头不吃，轻哼。

沈惊瓷非要他吃："不吃饺子冻耳朵，知不知道？"

沈枞别扭地吃进嘴，表情还是不爽。

沈惊瓷送什么他都喜欢，可今天是她过生日。

他不爽她不把自己当回事的样子。

不要礼物，不要愿望。

沈枞逼着沈惊瓷去切蛋糕、许愿、吃饺子、要礼物，一个都不准少。

沈惊瓷无奈。

病房黑暗，烛光微弱，沈惊瓷双手合十放在身前。

她脑中不可遏制地想起十五岁那年，黑衣少年说的话：

"今晚是满月，许个愿吧。

"会实现。"

陈池驭真的从来没有骗过她，愿望真的实现了。

在 11 月 26 日之前，少女曾无数次在月光下暗自许愿，能不能让他属于她一次。

这种荒谬的想法会在太阳出现的那刻消失，暗恋无法说出口，也不敢见天日。

但即使听起来是痴心妄想的愿望，也在这个冬天成真。

已经不敢奢求更多，所以沈惊瓷想把今年这个愿望，送给陈池驭。

沈惊瓷闭着眼睛，黑长的睫毛颤啊颤，像是带着希冀的蝴蝶。

几秒后，她缓缓地睁开眼。

沈枞察觉到，问："许完了吗？快吹蜡烛。"

沈惊瓷俯身，烛火微动照亮了她的脸，半明半暗。

微弱的火苗的影子在瞳孔中辗转跳动，她微愣，还没有动。

下一秒，火光倏地消失，很淡的一缕青灰色的烟从烛芯飘远。

"你许的什么愿？"沈枞的声音倏地打破眼前的画面。

沈惊瓷怔了几秒，若无其事地直起腰，转身去开灯："说出来就不灵了。"

沈枞"喊"了声，说沈惊瓷小气。

沈惊瓷没反驳。

漆黑的病房与周围格格不入，井嘉泽穿着白大褂，脚步停住。

他视线掠过门牌，眉心一皱，忽然想起什么。

身影隐藏于门外，他目光透过玻璃，一下子看到了那个生日蛋糕，还有俯身吹蜡烛的少女。

皱在一起的眉骤然舒展，他低笑着，漫不经心地掏出手机。

翻出通信录中某人的号码，打趣地发了条消息过去。

小姑娘生日，让人在医院里过，陈池驭那家伙还真是狠心哪。

一个问号随之出现：？

井嘉泽看着这反应，脑中划过一个他觉得不可能的想法：不会吧，你不会不知道人家的生日吧？

陈池驭这次发来的是语音，他刚训练完，喘息声粗重。

"把话说清楚，沈惊瓷的生日？"

……

沈惊瓷上一条给陈池驭发的消息还是在问他吃饺子了没。

他到现在也没回。沈惊瓷觉得他根本不会记得今天是冬至，就算记得也不会在意这些小习俗。

她最后看了一眼手机，陈池驭仍然没有回复，她压下眼底的情绪，拿起东西去往浴室。

钟表上的时针最后一圈儿即将走到终点。

沈惊瓷从浴室走出来，头发吹了个半干，一边走还一边拨弄着。

拿起手机的那一刻，锁屏界面争先恐后也涌出消息。

未接电话（2）。

微信未接电话（3）。

两条未读消息。

沈惊瓷一愣，快速解锁。

陈池驭：睡了？

陈池驭：年年。

她心很重地一跳，有种期盼已久的东西即将拥有般的感觉，神经紧绷到忘记呼吸。

电话前奏被放慢了一个世纪，就在她紧张到吞咽时，机械音消失，属于陈池驭的气息从电话的每一个角落传来，包裹住她。

她听见一道比平时更低沉的声音，还有风吹不走的哑：

"沈惊瓷，我在楼下。"

沈惊瓷忘记自己是怎么冲到阳台的，思路越发清晰，眼里只有往下看到的那个人。

男人皮肤冷白，在寒风中仰头，他唇间吐出一层薄薄的冷雾，薄薄的眼皮半眯，视线望着她的方向。

路灯昏黄，他颀长又清冷的身影更显单薄，黑色冲锋衣被风吹起褶皱。

他似乎在笑，又喊她"年年"。

14

沈惊瓷也是第一次知道——

原来心可以跳得那么快。

原来喜欢会无止境地向外涌。

陈池驭真实地出现在眼前，沈惊瓷脚步顿住，眼眶开始发涨发热，像是电视剧里面的情节,他就站在十几米之外。

忽明忽暗的灯光下,男人像是有预感般转身。

他的动作比老电影中的慢镜头还要慢,在沈惊瓷眼里留下无法泯灭的痕迹,一直保留到很久很久以后。

他看到沈惊瓷,朝着她自然地张开了手臂。

除风之外,无声胜有声。

沈惊瓷再也忍不住,一下子冲进他的怀中,撞上那个坚硬又冰冷的胸膛。她紧紧地抱着他,嗅着他的气息,可他身上的味道好淡,平常清冽的薄荷味若隐若现,更明显的是湿冷的风的气息,直勾勾地往她心里钻,刺激得她眼眶和鼻头越来越酸。

腰被人抱住,他下巴抵着她的发顶,手臂的力道变轻。男人感受到沈惊瓷跟小动物取暖一样往他怀里钻,又将她箍紧。

真的不是梦,沈惊瓷又想哭又想笑,声音也听不出情绪,只能感觉到最后的尾音在颤:"你怎么……你怎么回来了呀,不是在训练吗?"

沈惊瓷仰头去看他的脸,从她的角度望去,看到的是藏在冲锋衣领口边缘下的喉结和凌厉流畅的下颌线。

陈池驭闻声低头,刚好对上小姑娘水汪汪的眼睛。男人漆黑的眼情绪晦暗不明,难以见底。

心口忽地像是被蜇了一下,痒和痛同时出现,陈池驭的眉皱了下,喉咙里的话堵住,嗓子也发干。身体里像是有什么部位生锈了,平时一向敏捷的思维在这时候停顿。

她好小,笑容也浅浅的,身子好像用点力气都能折断。

陈池驭敛眸,薄唇微启,声音滞后了半秒,带着彻底的哑:

"年年,生日快乐。"

沈惊瓷脸上慢慢出现了惊讶之色,眼睛在他怀中好亮,流光溢彩,尤其是在黑夜。

"你是因为我回来的吗?"沈惊瓷脸上意想不到和欣喜交织在一起,浓密卷翘的睫毛扇了扇,又问,"真的吗?"

陈池驭低头与她额头相抵,与她小巧的鼻尖只有一指距离,清浅的鼻息混在一起。

他声音被风吹散,听不出起伏:"为什么不告诉我?"

沈惊瓷张了张嘴,不好意思地抿唇,又凑上去蹭他,小动作带着刻意讨好:"感觉你好累,不想耽误你的事情。"

陈池驭想到井嘉泽的消息,呼吸越发重,如果不是凑巧得知,他就要错过了。

错过年年和他在一起之后过的第一个生日。

他放下所有事情,缺席了两次训练和一场拉力赛,紧赶慢赶总算是飞了回来。

差一点。

就差一点。

就要错过了。

"你怎么知道我过生日?"沈惊瓷好奇,她想去拉他的手,却忍不住打了个冷战。

好凉。

指骨都透着凉。

沈惊瓷的表情瞬间变了,她的弯眉皱起,想起手机上的未接电话,有些自责:"你是不是等了好久?对不起,我刚刚在洗澡,没有听到铃声。"

她两只手都去拉他,低头哈气,拇指又摩挲了两下,问:"你冷不冷?"

"你穿得好薄……"

"唔……"

她的声音被强制性消音,被她捧住的两只手忽然反钳住她。

后颈紧接着传来一股力量,压着她上仰。

男人的吻势太激烈,沈惊瓷根本招架不住。

沈惊瓷眼睛沾上氤氲的水汽,一不小心对上他的视线,像是要被吸进那个漆黑的旋涡。

小姑娘被吻得眼尾都红了,指腹擦过时,能清楚地感受到她一阵战栗:"冬至没吃饺子,但吃了年年。"

"现在不冷了。"陈池驭缓缓地低声开口,他舔了下唇,笑了笑。

他开始一个个回答沈惊瓷的问题,告诉她:"井嘉泽看到你在医院。

"说我没人性,把你自己丢在这儿。"

沈惊瓷急促地喘息着,刚想反驳,又听到陈池驭停顿后问她:"怎么办?"

"嗯?"

"礼物没了。"

陈池驭腕表上的指针到了五十五分,属于冬至的最后五分钟。

"没关系呀……"沈惊瓷呼吸不稳,声音断断续续,但语调轻快,"能看到你,已经是最好的礼物了。"

陈池驭笑了声:"这么好哄啊。"

沈惊瓷羞怯地点了点头,窝在他脖颈处。

心底却在想,对啊,她就是这么好哄。

是你就好。

只要是你。

她太喜欢陈池驭了。

太喜欢太喜欢了。

"那以后都赔给你好不好?"

沈惊瓷没听清他说的是陪还是赔:"是陪在我身边吗?"

"嗯。

"把我赔给你,每一年都陪我的年年过生日。"

"好呀,那你不准说谎。"

沈惊瓷觉得这就是最好的礼物。

尽管她的理智告诉她未来有太多的不确定,在意的和保证的都未必能长久。

但起码在这一刻,已经够了。

他永远是她的。

半夜十二点的钟声照常响起,身旁的灯也彻底灭掉。

冬至结束。

分针走完下一圈儿前,陈池驭的声音带着丝丝缕缕的哑,温热湿漉的气息落在她的耳畔:"跟不跟我走?"

"现在?"

"现在。"

陈池驭微弓着腰,俯在她耳畔,轻声说:

"沈惊瓷,我带你走。"

他模样散漫懒怠,慢条斯理地启唇,看似是在询问,但每一个字都是在引诱她。

沈惊瓷呆呆的,有些木讷,但脸色红润:"怎么走?"

校门已经关了。

出不去。

"翻墙怎么样?"男人侧头,唇角勾着一抹痞坏的笑。

沈惊瓷一下子想到那天,刚和他有交集,他开玩笑似的说要带坏她。

那时她红着脸祈求陈池驭别闹她。

斗转星移,平行线真的相交了。

沈惊瓷深深吸了一口气,她平静无味的生命长河中被丢进了一颗小石子,泛起涟漪。

又甜蜜又新奇。

她的目光逐渐染上笑意:"好啊。

"你教我。"

学校东北的角落,操场后枯秃的树干后藏着一截矮墙,恰好在监控死角。

一墙之隔的马路外,路灯的光映在陈池驭脸上,影影绰绰看不真切。

穿着黑色冲锋衣的身影利索,他一脚踩上树枝最粗壮的那个分杈,脚用力一蹬,身子就朝旁边跃去。骨节清晰的双手精准抓住墙头,青筋浮起。陈池驭手掌抵住墙体,手臂再次发力,人敏捷地翻坐在墙头,所有动作干脆利落。

耳边的风呼呼作响,他回过头,眉毛向上挑。他看起来恣意轻狂又桀骜不羁,还有一种莫名的少年感。

沈惊瓷看得发愣,陈池驭伸手拨开碍事的树枝,半俯身朝她伸手:"来。"

他高高在上,眼中带着促狭的笑。他在邀请,在等待。

这是沈惊瓷循规蹈矩的人生中第一次做这种事,新奇又刺激。她看了一眼陈池驭，紧张地吞咽了一下。

她抬起手，搭住他劲瘦有力的掌，学着他的样子踩上石头，又跨到树杈上。陈池驭稳稳地托住她。

行动间，他忽然拉了她一把，沈惊瓷还没反应过来是怎么回事，人已经骑坐在了墙头。

她重心不稳，视线往下看觉得好高。沈惊瓷惊呼一声："陈池驭！"

"在呢。"沈惊瓷模糊地听见了一声回应，然后她人被他搂进怀中。

耳边响起散漫轻佻的笑："学得不错啊，沈同学。"

沈惊瓷手心出了汗，视线扫了一圈儿周围，生怕被人发现。

她平息着心跳，呼吸却意外地舒畅。她不禁扬起一抹笑，说了两句"承让"："还是陈学长教得好。"

陈池驭一愣，他轻浮地"啧"了声，声音低沉，不知是在跟谁说："真学坏了啊。"

二十三层的天台，沈惊瓷裹紧了外面的衣服，手被陈池驭握着："怎么来这里？"

"冷不冷？"

沈惊瓷摇头："不冷。"

他带着她往前走，夜色将他的侧脸刻画得更深邃，下颌线条凌厉，薄唇微抿。在沈惊瓷开口的前一秒，他的声音响起：

"年年，抬头看。"

与此同时响起的是巨大的炸裂声。

大朵大朵的烟花在头顶上方炸裂，星星点点的火光从中心散开，坠入凡间。漆黑的夜空瞬间被点亮，光又映照在她的脸上。

沈惊瓷呼吸停滞，愣愣地看着眼前的场景。

烟花一束接着一束，不断地在眼前流转。

寂静无人的夜里，空荡宽阔的马路上，在这个角落，出现了一场盛大又壮丽的烟花秀。

她下意识地去看身边的人，陈池驭在同一秒回看她，他们撞上彼此的视线。

"这是……"沈惊瓷茫然又惊慌,一个不敢说的猜想呼之欲出。

他站在她身边,声音从热闹又嘈杂的烟花炸裂声中脱离,从左耳传入沈惊瓷的耳膜,酥酥麻麻的热胀感一直传到胸腔下的心脏。

"恭喜我的年年。

"又长大了一岁。

"这是二十岁的第一个礼物。"

哪能来不及啊,他的年年得有最好的。

什么都不能拖欠。

沈惊瓷怔怔地看着绽放在自己眼前的烟花,仿佛伸手就能触碰到。

眼眶好热,水汽模糊了视线,光成了虚影在眼中泛起涟漪。

手指忽然触碰到粗粝的指腹,陈池驭捏住她的手指却蹭她眼尾,觉得好笑:"嗯?怎么这么爱哭鼻子。"

"陈池驭……"沈惊瓷一下子抱住他,手臂紧紧地环住他臂膀,嗓音颤抖,又哭,"你怎么对我这么好啊!"

她觉得自己快要溺死了,又惴惴不安。得到之后就再难放开,好想让时间停在这一刻。

烟花易冷,沈惊瓷看到后面那朵金色的烟花泯灭,又有新的接上,热闹依旧。

"你会一直对我这么好吗?"

"会。"

"那我们会分手吗?"

"不会。"

沈惊瓷勒得他好紧,没有安全感地追问:"如果呢?"

男人漆黑的眼眸静静凝视着她,好似一汪深潭。半晌,他声音低沉地开口:

"没有如果。

"我会等你。等不到,就抢回来。

"但你要是敢玩我,就完了。"

高高在上的无爱者被她拉下神坛,他清醒地看着自己一步步沉沦。

"所以沈惊瓷,你别想跑。"

不知道小姑娘听没听懂，怀里的人胡乱地一通点头，陈池驭低头就看见她一个劲儿地往他怀里钻。

"不跑，不分手。"

"一直在一起。"

沈惊瓷抽噎了一下，自己忍住，抬头认认真真地说："我也会对你很好的。"

刚刚硬起来的心一下子软了。

他眉皱起，一种又麻又酥的燥火从心底升起。

"别哭了。"

他的年年还是一个小哭包，得时时刻刻放在心尖上哄着。

半晌，陈池驭笑了声，圈着人吻了吻眼尾。

怎么办？他哄得可真上瘾。

他仰头，用了狠劲揉了揉沈惊瓷细软的脖颈。

"这烟花真衬你。"

他的女人漂亮死了。

哭也好看。

邱杉月洗完衣服，一进来就看到沈惊瓷在发呆，她一脸打趣的表情。

"啧啧啧，瓷瓷，这才分开一天，就想他啦。"

沈惊瓷也不反驳，回过头来撇了撇嘴，又去看那个日历。

"你看那个日历有什么用，又不能看出个男人。"

沈惊瓷叹了口气，看了眼时间，心想什么时候能到月底啊。

好漫长。

为什么见了一面却更想他了？

邱杉月放下东西，手叉着腰说："你直接去找他，正好赶上圣诞节，给他个惊喜。"

沈惊瓷总能被邱杉月的话吓一跳："这不好吧。"

"有什么不好的，一来一往，这才算扯平啊。"

邱杉月振振有词。

15

沈惊瓷真的被邱杉月给说心动了。

她竟然觉得邱杉月说得好像有点道理。

就在她纠结的时候,仰可带着大包小包的东西回来了。

邱杉月看过去,吓了一跳:"你买的什么?这么多。"

仰可"哎呀"两声:"给我男朋友准备的礼物啦!"

她看了邱杉月一眼,矫揉造作地装娇羞:"我忘记了,你没有男朋友。"

邱杉月:"……"

"仰可!你有病吧!!"

仰可跑得快,一下子钻到沈惊瓷后面,她做了个鬼脸,但下一秒就被邱杉月掐住。

"欸欸欸,痒……"

一阵闹腾,以邱杉月胜利告终。

"你还说不说了?!"她咬牙威胁着仰可。

"不说了,不说了。"

两个人气喘吁吁,安静下来后对视几秒,莫名地一同看向沈惊瓷。

沈惊瓷:"……"

"你们看我做什么?"

仰可盯着她看了会儿,忽然问出一个问题:"惊瓷,你不是要去南城找陈池驭吗?"

喝着水的沈惊瓷猛地咳嗽了一下,瞪大了眼睛,一脸诧异:"我什么时候说过我要去?"

仰可疑惑地"嗯"了声:"不是吗?邱杉月跟我说的。"

沈惊瓷一阵脸红,立马去瞪邱杉月。邱杉月动作很快,"嗖"地一下移动,自知理亏低下头不肯抬起。

"我还没想好。"沈惊瓷犹犹豫豫的,不确定地问,"会不会太腻歪了?"

毕竟……陈池驭刚回来看过她。

仰可不以为意:"这有什么,小情侣不都这样。

"况且你们两个还处于热恋期。"

热恋期啊。

沈惊瓷被"热恋期"三个字搞得又动摇了几分。

仰可直接忽略沈惊瓷的纠结,开始给她出谋划策:"你要不要给陈池驭准备个礼物?你看我买的。"

她手撑着地起身,大包小包一起带过来。

"你看这个,这个是围巾,款式还挺好看。

"这个是手表,不过我觉得陈池驭不需要这个。

"这是……"

一个个盒子在沈惊瓷面前打开,她看得一愣一愣的。

她第一次谈恋爱,没有经验。邱杉月还在旁边附和仰可。

沈惊瓷看到一个精美的小盒子,她好奇地多问了句:"那个是什么?"

"这个啊。"仰可拿过来,红丝绒的包装盒慢慢打开,一个银色素圈在她面前出现,"戒指,套在手上做个标记。"

仰可转过头,看到沈惊瓷的表情,一眼看穿她的心思,凑到她面前:"你想给陈池驭买戒指吗?"

"没……"沈惊瓷停顿了一下,盯着仰可,眼睛眨啊眨,又猛地回神,"我想想。"

"戒指好呀!想什么?你们两个买对戒。"仰可笑嘻嘻地撺掇。

沈惊瓷埋起脸,不好意思地说:"我再想想。"

但一下午,沈惊瓷脑海中全是银色的素圈套在陈池驭手上的样子。

他的手那么好看,戴着应该也会很漂亮吧。

越想越心动,沈惊瓷脑袋还蒙蒙的,人已经到了店里。

"女士您的眼光真的很好,这款是我们今年的主打款,卖得很好。

"戴上也很漂亮的,您可以试试。"

沈惊瓷回神就看到被套在自己手上的戒指,铂金素圈套在指上,两个人就好像被圈在了一起。

她伸着手指看:"这两个一起买价格是多少?"

穿着红色工作服的女生笑了笑,在计算器上摁了几个数:"店里现在搞跨年活动,打完折后是八千四百六十元。"

沈惊瓷笑容一僵,抬眼问:"这是打了几折?"

"九七折呢。"

"……"

是挺好的，沈惊瓷眉心一动。

可是她现在没有那么多钱。

销售员还在继续说："这个戒指真的很衬您，这款名叫 Flipped，一向很受情侣喜欢。"

Flipped.

怦然心动。

沈惊瓷嘴唇微抿，销售员看出她的纠结，又拿出几款："或者您看看这几款，价格会低一些。"

她又看了看，却怎么都没有那对顺眼。

最后，沈惊瓷放下东西，带着歉意地笑了笑："抱歉，我再看看吧。"

沈惊瓷心不在焉的状态被宿舍中的邱杉月看出来："瓷瓷，你想什么呢？"

"我吗？"沈惊瓷的目光不自觉地停在了手指上，她犹豫片刻，问邱杉月，"杉月，你做兼职的地方还招人吗？"

"嗯？你问这个做什么？"

沈惊瓷精致的小脸表情纠结，五官皱在一起。沉默了一会儿，她还是说了原因：

"我想买礼物，钱不够。如果我去，能预支工资吗？"

"你想什么呢？"邱杉月食指和拇指比量了一个很小的距离，眯着眼强调，"我们的工资，就这么一点点。

"更别说你要预支了。"

沈惊瓷气馁地叹了一口气："我钱不够。"

邱杉月看了看自己的手机："我借你啊。"

"这怎么行？"沈惊瓷皱着眉，哪有借钱买礼物的。

"八千多块，确实好贵。"

沈惊瓷看了看自己存的钱，前几天给沈枞买礼物已经花了一部分，现在手头只有五千块了。

真的不够。

邱杉月问："要不买银的？"

沈惊瓷摇摇头。

"换一个？"

沈惊瓷想起那个名字，Flipped，她就想买那个。

她又摇头。

邱杉月忽然找到重点："所以你真的要去找陈池驭吗？"

沈惊瓷一愣。

去不去？

晚上沈惊瓷没睡好，梦里都是陈池驭手上戴着戒指的样子。

半夜，她忽然醒来。

做决定就在一念之间。

第一眼看上的东西怎样都难忘。沈惊瓷第二天干脆订了去南城的机票。

还有，她用四千六百元买了那个戒指。

男款的那个。

平安夜那天，沈惊瓷和陈池驭视频通话了，他在酒店，沈惊瓷装得自然，悄悄地打听了他的位置。

陈池驭："怎么了，想来玩？"

沈惊瓷摇摇头："听说那边玩的地方好多，之后有机会再去吧。"

陈池驭说了声"行"："我带你来。"

末了，他隔着屏幕，注视她良久。

男人刚洗完澡，头发还带着湿气，后面暖白的灯光打来，他身上笼罩着朦胧的光。

然后，他泛红的喉结上下滚动。

"年年，想你了。"

他这样说。

沈惊瓷眨了眨眼，已经不是第一次听他这么说，可是为什么心口还是紧得这么厉害？

……

她是下午上完课后离开学校的，收拾了一个很小的行李箱，就提着上路了。

沥周到南城要坐两个多小时的飞机，沈凉瓷到的时候，天已经黑了。

沈惊瓷没有告诉陈池驭，但她提前从孟有博那里问出了酒店地址，用的理由是想给陈池驭寄个东西。

孟有博笑着表示他非常懂，说了好几声"明白"，保证一定不告诉陈池驭。

沈惊瓷站在机场，低头又看了眼自己包里的那个盒子。

包装得好精致。

她忍不住弯了弯唇。

她从机场出来，招手拦下一辆出租车。

酒店不近，沈惊瓷看着打车的费用噌噌往上涨。

心"嗖"地发紧，她嚅动了下嘴唇，问师傅："还要多长时间能到啊？"

师傅说着一口方言，沈惊瓷好不容易听懂："还要四十分钟嘞。"

鲜红的数字又翻了一番，沈惊瓷干脆闭眼，眼不见为净。

但一闭上眼，脑袋就开始想一会儿见到他会是什么场景。

他会喜欢戒指吗？

沈惊瓷忍不住抬起眼皮，拿出手机给那个人发消息：在忙吗？

过了会儿，陈池驭回了消息：有点。

怎么了？

沈惊瓷今天还没有对他说圣诞快乐，想了下，还是想一会儿见面再说。她问：你累不累呀？

陈池驭：八点回酒店，我们视频通话？

八点。

沈惊瓷盯着那个时间看了看，唇角不自觉地勾起。

她差不多也就到了。

沈惊瓷心痒痒的，把原本已经锁屏了的手机又打开。小姑娘肚子里开始有坏水，装着严肃：不行，今晚有点事。

陈池驭身上的比赛服刚脱下来，头发因出汗还湿着。

池嘉单手脱了身上的黑色卫衣，露出里面白色的宽松背心，他挥手在陈池驭眼前晃了下："嘿！"

270

"看什么呢,不洗澡了?"

陈池驭的视线从沈惊瓷发的"不行"那两个字上移开,缓缓抬起眼。

表情显示出他明显不耐烦。

池嘉愣了下,壮着胆子瞥了眼陈池驭手机,果不其然看到了微信聊天的页面。

他眼皮一跳,连弯子都不绕就问:"哥你这是被冷落了?"

陈池驭懒散地斜睨他,笑也懒得笑,轻启薄唇淡淡地撂下两个字:"找死?"

池嘉马上举手投降:"行行行,我不说了。"

他抽出柜子里的毛巾,进了淋浴间。

陈池驭的目光重新回到那几个字上,看了好几遍。男人咬着后槽牙忍不住磨。

真是小没良心的。

回到酒店,恰好八点。陈池驭又冲了个澡。

浴巾松松垮垮地系在腰间,精致的腰线和腹肌若隐若现。

他滑着手机在沙发上坐下,外面门铃忽然响起。

"丁零、丁零。"

陈池驭望着门愣了两秒,皱着眉又起身。

沈惊瓷看着手机上孟有博的消息,找着407号房。

401、403、405······

下一间就是了。

到了。

她唇角勾着笑,脑海里想着陈池驭一会儿会是什么表情。

眼中笑意越发明显,再抬眼,她却以为自己眼花了,表情瞬间变冷。

她脚步僵在原地,脚下生根,大脑"死机",呆呆地看着前方的画面。那一刻,沈惊瓷清楚地感觉到,她浑身上下的血液都凝固了。

407号房房门大开,从她的角度看过去——

穿着丝绸睡衣的女人身材丰满,轻佻地想要挂在男人身上。

而男人倚着门框,模样懒散,唇角勾着的笑意味不明。

16

沈惊瓷怎么也没想到会是这样的画面。她愣愣地停了好一会儿，才敢确定那个男人真的是陈池驭。

彻底确认。

眼眶看得生疼，还发涨。沈惊瓷用尽了全身的力气才眨了下眼睛，泪都要疼得掉出来。

她近乎麻木地站在原地，锐利的刺痛感从掌心开始，十指连心地传到心脏，钻心地痛。她呆呆地看见陈池驭模样轻佻放浪，矜贵倨傲。女人踮脚说完话，他笑得更肆意了，但也像嘲讽。沈惊瓷似乎又回到了很久之前他出现在她面前的时候。

他的眼中没有她的身影。

心里好像抱着最后一丝希望，只要他推开她，只要推开就好了。

但打破平静只需要一秒，膨胀的气球碰上了细针，破裂得猝不及防。

肩膀上的包猛然滑落，无力地砸在地面，发出"砰"的一声，在空荡冷清的走廊回响。

无法言喻的暧昧倏地被打破，女人诧异又惊讶地回头。

俯在女人耳畔的男人吞吐的气息也因为这个动作一顿，他目光锐利，头微侧，高挺的鼻梁有精致的弧度，棱角分明的轮廓露着淡漠和痞气。

他没有波澜的视线的尽头，蓦然撞上一双通红的眼睛。

熟悉的面庞，惨白的嘴唇。

沈惊瓷的泪像是断了线的珠子一颗颗滑落，大理石地面落下一摊泪渍。

陈池驭眼神一变，不敢置信地皱起眉："年年？"

他的声音像是一把刀，凌迟着她。沈惊瓷恍然回神，脸上的表情似笑非笑，一边摇头一边往后退。

他为什么这时候还可以亲昵地叫着自己啊？

陈池驭看清沈惊瓷的表情，心底发凉，他提高音量，朝她伸手："年年。"

沈惊瓷咬着唇蹲下，迅速捡起自己的包，看了陈池驭一眼，转身就往电梯跑。

"沈惊瓷！！"

手指摁下电梯按钮，红色的数字一下子亮起，电梯门打开，她闪身进去又关了门。

陈池驭一恍神，一下子就想追上去，步子迈出才意识到自己穿了什么。

见电梯门关上，男人刚才的淡定全无，失控而暴躁。

他冲回屋，随便穿了一套衣服，拿上车钥匙就往外冲。

外面的女人皱着眉，她还试图去抓陈池驭的手，不死心地问："不会是她吧？"

陈池驭额头青筋暴起，一把挥开她。女人摔倒在地。

他的眼中好像燃着火，声音从齿缝中挤出："滚开！"

走廊中间，陈池驭脚步顿住，视线停在掉落在中央的黑色的丝绒方盒上。

他呼吸一窒。

……

人行道上，行李箱滑轮的声音在凹凸不平的砖上窸窣作响。

沈惊瓷越走越快，越走越远，脚下生风。她死死地咬住唇，一声不吭地忍耐着。

脑海里全是陈池驭低着头附在女人耳边那一幕。

怎么可以啊？怎么可以啊！

她的情绪像是找不到线头的毛线团，越缠越乱。

"啊！"

沈惊瓷下意识地伸手去撑，发出一声闷哼，膝盖没有丝毫缓冲地磕在粗粝的红砖上。好痛啊，眼泪汹涌，接连不断地流出，疼得她忍不住蜷缩，疼到她尝到了嘴里的血腥味。

生锈的、浓重的味道充斥在唇齿和鼻息间，挥之不去。

在这个夜晚，车水马龙的道边，沈惊瓷失了全部的力气。

"沈惊瓷！"

身后响起脚步声，陈池驭带过一阵寒气，影子出现在她眼前。

一道不容置喙的力量强迫地将她的脸掰过来，她对上了陈池驭深不见底的目光。

小姑娘满脸泪痕,嘴唇干裂出血,发丝不知是被泪还是汗浸湿,湿答答地粘在脸上。陈池驭心中一阵刺痛,他去掰沈惊瓷的唇,声音低哑地说:"我看看。"

在他触碰上她的那一秒,沈惊瓷忽然别开脸。

只留他的手顿在半空。

胸口像是被一只大掌揪住了,翻来覆去地碾压。他呼吸粗重,沉默了几秒,又开口,压抑着情绪,声音放柔:"年年乖,给我看看。疼不疼?"

沈惊瓷半撑着地面,她好似没有听见,表情变都没变,只是挣扎着要起身。身上的狼狈不堪让她分分钟想逃离。

陈池驭眉越皱越紧,他视线盯在沈惊瓷越来越红的眼尾处,喉结上下滚动,呼吸不畅,胸口好似被堵住。

他亲眼看着沈惊瓷颤颤巍巍地站起来,原本就瘦弱的身子仿佛随时都会倒下。

她嘴唇嚅动了下,又消音。

她努力用手指将行李箱抓紧,同时,陈池驭握住了她的手腕。

"……"

沈惊瓷低头,眼睛干涩,动作迟缓,眼神失焦地与他对视,脆弱得像一个艺术品。

心里埋藏得很深的恐惧和不安似乎在破土,陈池驭从来没觉得沉默这么难挨,他试图去抱她:"别哭,心疼死我了。"

话音刚落,指腹下的湿润更甚。

陈池驭看出她的委屈,她不出声,只是一直掉泪。

一直掉,一直掉。

掉得他心都快碎了。

"我没碰她,也不认识她。"陈池驭指腹又轻又小心地摩挲着,"她有病,说了些乱七八糟的话。我们真的没什么,我已经让她滚了。"

"你别哭行不?"

"嗯?"

他一直哄，沈惊瓷什么都没说，男人的手指再想去擦已经干涸的泪时，沈惊瓷却躲开了。

女孩微微偏头，垂着眸。

可是光这一个动作，就足够陈池驭受的了。

漆黑的眼眸微动，喉咙和呼吸都疼。

冷风一阵一阵地吹，冷白的月牙藏进厚重的云，唯一的光线也消失不见。

身子忽然腾空而起，沈惊瓷轻飘飘地落入他怀中，行李箱沉闷地砸在地面。

"我真没干什么。"陈池驭凝视着沈惊瓷的眼睛，他步伐沉稳，抱着她往回走。

几秒后，他的声音再次响起，比刚才更哑更低：

"年年，别那样想我。"

17

卧室的白炽灯亮得刺眼，温热的毛巾蹭在伤口上，嵌进血肉的沙砾一点一点被清理出来。

膝盖磕得不算很严重，但沈惊瓷的皮肤白，凝结的血和肮脏的泥杂乱不堪地粘在上面，看着格外骇人。

"疼不疼？"男人声音喑哑，抬起眼。

屋内静悄悄的，外面不知道什么时候下起雨，淅淅沥沥地打在窗上。沈惊瓷的视线从滑落的雨痕上移开，侧头转向他。

黑白分明的眼睛哭得全是血丝，她静了几秒，摇摇头。

陈池驭凝视着她苍白的脸，眉头紧锁。黄褐色碘伏在伤口上沾染了一层，他听见沈惊瓷在抽气。

很轻的一声，却让他动作再次放轻。

陈池驭脸色越来越差。纱布刚贴上，缩在床上的人口中溢出一声呻吟："疼……"

"哪儿疼？"

陈池驭再也看不过眼，直接把人抱在了怀里。

沈惊瓷不知什么时候又掉了泪，一声不吭，眼睛也紧紧地闭着，沾满泪的小脸在灯光下几近透明，又莫名地乖。

心脏好像被一只无形的手抓住，陈池驭头一次生出了后悔的情绪。

他压抑住心里的波涛汹涌，在她膝盖上吹了吹气："这儿疼？"

沈惊瓷就像是听不到一样，陈池驭咬牙，手掌抵着她脖颈："睁眼，看着我。"

沈惊瓷终于有了反应，细长的睫毛簌簌地颤着。

见她还能听进去话，陈池驭紧绷着的轮廓隐隐放松了几分，他压低声音，带着几分哄人的意思：

"怎么才能不难受？"

沈惊瓷又摇头，她咬着自己的唇，陈池驭不让："别咬自己。"

他的眉宇间笼罩着化不开的阴雾，拽着沈惊瓷的手到自己胸口："可以打我。"

他带着她的手往自己身上捶，沈惊瓷一愣，瞬即要往回收。

陈池驭面不改色，只是眼神却从没移开过沈惊瓷的脸。

纠缠之中，女孩挣脱了他。手臂忽然传来一阵刺痛，陈池驭眯起眼，又恢复如常。

沈惊瓷死死地咬着他的手臂，他垂眸看着，任人动作。

她确实是用了力的，他血肉像是要分离，但时间很短力气便渐渐消失。

她后知后觉地意识到自己做了什么，睫毛剧烈地颤了几下，眼眸低垂，像是受惊了一样往后退。

陈池驭堵住她，好像没感觉一样，捏着她下巴转向自己："好受点了？"

"还是没咬够？继续。"

他的声音一个字比一个字低，语速也慢："我不疼，你疼不疼？"

沈惊瓷心脏发紧，又泛出酸水。

他问年年疼不疼。

怎么会不疼？

沈惊瓷手掌蜷在一起，往自己心口处放，呢喃着："疼……这里疼。"

受了天大的委屈也不过如此，沈惊瓷抽噎着，喉咙中不断溢出细碎的呜咽，头又晕又疼。藕白色纤细的手臂摇摇欲坠地钩住陈池驭的脖子，她撑起身去抱他。

"我好难受。

"陈池驭，我好难受……"

每一个字，每一个尾音，都是一把刀子，直挺挺地往他心里扎。

陈池驭抱得越来越紧，恨不得要把沈惊瓷揉进自己的身体。

紧接着他听见沈惊瓷的声音。

"你为什么不推开她啊……"她说得哽咽，又拼命地隐忍着，哭得都快要喘不上气来，"我看到了……"

沈惊瓷哭到缺氧，剧烈的咳嗽声传入陈池驭的耳朵，砸在他心上。

"你……你还低头了，陈池驭……你碰了，我看到你碰她了。

"我看到了啊……"

她声音沙哑，越说越伤心，最后只剩呜咽，陈池驭的衣衫都被她哭湿了："你是不是骗我的？"

话落，陈池驭拍着沈惊瓷后背的手动作渐渐顿住。

凸出的喉结滚动几下，男人眸色渐深，眼尾早已染上的红开始扩散。

他沉默半晌，唇才动，说出来的话好像被埋在沙砾之间，声音很哑，粗粝却轻柔："年年，我不骗你。"

两句话中间隔了几秒，平静得怪异。

"真没有。

"她没靠上来，我也没碰她。"

沈惊瓷还是难以接受地开口："她说了什么？"

"你想的是什么？"

沈惊瓷红肿着眼睛望着他，怔住了，也意识到自己想了什么。

她能说什么呢？陈池驭多招人喜欢啊，总有人争先恐后地往上扑，一直都是。

陈池驭也没怎么变，还是那个随性不羁的天之骄子。

他喜欢她，姿态放得也已经够低，但也没有学会为她推开别人。

良久，泪已经停了。

277

她仿佛用尽了所有的力气,回答他:"我大概猜到了。"
后来陈池驭抱紧了她,沈惊瓷下巴抵在他的肩膀上,情绪耗费得有些多。
他声音很低地说抱歉,说了很多遍抱歉,说让她别哭。
可是沈惊瓷很想问,他就不能只要她自己吗?
能不能不要看别人了?一个眼神也不要了。
她不想说话了,只在心里想了那么一秒。陈池驭在抱着她喂水、擦脸。
陈池驭姿态从来没那么低过,扶着沙发半蹲在沈惊瓷旁边又检查了一遍她的伤口,声音有些涩,跟猜到沈惊瓷心里想什么一样,漆黑的瞳孔很认真地看着她:"我错了,这次是我没处理好。以后只看你,只看年年。"
"真的。"
圣诞节不是很快乐。
这是她第一次体会到,不是如愿以偿就可以永远欢喜,她想要的越来越多。
单恋难过,现在亦然。

……
沈惊瓷是在第二天早晨离开的。
从陈池驭拧开门把手的那一刻,她就睁开了眼睛。
他留的字条她看到了,字迹遒劲有力,很好看,和人一样。
可能是怕她情绪不稳定,所以他去买早餐都留了张字条。
昨夜用的行李箱也沾了土,沈惊瓷平静地擦干净,只身回到沥周。
终于到宿舍,沈惊瓷只想好好睡一觉。
邱杉月看到回来的人是她,人都蒙了。
"瓷瓷?"
她瞬即注意到沈惊瓷差得不能再差的状态,还没来得及开口,沈惊瓷先说:"我先休息会儿。"
身体疲倦到极致,她一直睡到傍晚。睁开眼,周围寂静无声,外面灿黄的夕阳已经消失一半,世界孤独得像只有她一个人。
沈惊瓷看了一会儿,慢慢地找回状态。
手机一天没开,早就没电了。

充上电，消息大片大片地弹出来，陈池驭的名字占据了整个屏幕，各种消息、电话，红色的字好明显。

说不上是什么情绪在作祟，她先点开了邱杉月的消息。

邱杉月：瓷瓷，你们吵架了吗？陈池驭的电话都打我这儿来了，感觉他都要急疯了。我说你在休息，如果你醒了的话给他回一条消息吧。

隔了一行，消息发来的时间是下午五点。

邱杉月：刚刚陈池驭又给我发消息，说你不想和他说话就算了，让你好好休息。

她发过来只有寥寥几个字的聊天记录截图，沈惊瓷目光停在了最后几个字上。

——"她爱生病，麻烦你照顾好她。"

……

"所以，你是觉得他没有把你放在心上？"邱杉月坐在沈惊瓷床上，两人靠在一起。

沈惊瓷抱着自己，情绪还是低落："不是的，他对我很好。"

她能感觉出来，陈池驭是真的喜欢她。

可是不够。她变得好别扭，贪得无厌。

"杉月你能懂吗？他对我这么好，我还是很没有安全感。"

她无法说他做的是错误的，她相信两个人没发生什么，也相信陈池驭低头说的不是好话。但她羞于说出口的是，昨晚争吵时，她最希望听到的竟然是一句陈池驭的保证。

可是陈池驭会改变吗？他天生就是自由的、难驯的。

"那你要跟他说吗？"

"过几天吧，我自己先冷静一下。"

坏情绪是会传染的。

十二月的最后一天，元旦前夕。

陈池驭还是没有回来。

从那天之后，置顶的那个聊天框静悄悄的，她再也没收到任何消息。

她看了眼时间，下意识去想陈池驭怎么还没回来。

他明明说月底回来的。

下午三点，邱杉月兴高采烈地拉住沈惊瓷。

"瓷瓷，今晚出不出去玩？"

沈惊瓷"啊"了声，问："去哪儿？"

"跨年聚会啊！你正好去散散心嘛！"邱杉月眼睛很亮地盯着沈惊瓷，跃跃欲试。

"走吧走吧，快收拾收拾。"

"我……"

"陈池驭没回来吧？你在宿舍多闷得慌，出去透口气。"

沈惊瓷最后还是跟着邱杉月去了那个局。

沈惊瓷也喝了几杯，酒精一点都没让心情变好，反而让她更想陈池驭。

她想他了。

她应该好好和他说的。

越喝越清醒，沈惊瓷低头看手机，晚上七点，还是没有陈池驭的消息。

心好痒，沈惊瓷拍了拍邱杉月肩膀，起身："我去趟洗手间。"

水龙头出的水很凉，冻得她骨节有些疼。

沈惊瓷拿出手机，出神地看着那个几天没联系的置顶聊天框。

手指在屏幕上敲敲打打好几遍，沈惊瓷皱着眉，又全部删掉。

在摁下"发送"的前一秒，沈惊瓷呼吸发急。

她可能在逃避，还是删掉了那些字。

"你回来了吗？"消失在眼前，聊天框又恢复成冰冷的样子。

她心不在焉地回到包厢，直走右转，推门而入。

手直接摁下把手，沈惊瓷往里走了两步，好像有什么预感，猛然顿住。她定神，一下子看清周围的景象。朝她看过来的人目光各异，但共同之处是，所有的人她都不认识。

她开门的动作太明显，热闹的气氛被打断，绮丽的身影交错，几个脖子上挂着金链子的人面相很凶，赤裸裸地盯着她。

沈惊瓷一惊，目光慌乱地移开，胡乱说了句"抱歉"就往后退，脚步慌乱。

"等等，人都来了，就这么走了？"

沈惊瓷开门的手一顿，心跳得更快，后面仿佛有豺狼虎豹。她头脑一热，直接跑了出去。

回到包厢，心跳还是乱的，那些人看着不好惹，她还在后怕。

邱杉月看了她一眼，问："怎么去了这么久？"

沈惊瓷没回神，随便答了一句："没事。"

邱杉月点了点头，往她手中塞了一杯酒，拉着她高兴地说："来玩游戏，玩游戏。"

对面一个模样清秀的男生开口："怎么玩？光喝多没劲。"

另一个男生嘻嘻哈哈："你小子能不能别满脑子废料啊。"

男生不服，钩着对方的脖子笑嘻嘻："我怎么了？又没说玩脱衣服的，你别造谣啊。"

沈惊瓷也不知道是怎么回事，陈池驭就是在这个时候进来的。

嘴唇刚碰到酒杯，淡褐色的液体泛着光，遮住沈惊瓷半张脸。她亮晶晶的眼睛转过去，正好撞上陈池驭的目光。

沈惊瓷表情一僵，他已经朝她走来，拽住了她的手腕。

陈池驭表情不悦，浑身上下散发着一股戾气。

周围安静了，沈惊瓷惊愕地问："你怎么来了？"

陈池驭带着她往外走，一言不发。

沈惊瓷还没反应过来，人已经被塞进车里。

沈惊瓷手腕被拽得生疼，红了一圈儿。

她皱着眉去看陈池驭，可他还是一声都没吭，直接带她回到公寓。

这次她还是被抱进去的，只不过陈池驭的动作带着强制性。

沈惊瓷抓着他的衣服，不知所措："你怎么了？"

他的动作行云流水，她人已经被扔到沙发上。沈惊瓷身子晃了晃，接着就听到陈池驭冷冽的声音：

"爱玩？来，跟我玩。"

他眉宇阴戾地想起在包厢中听到的那句话，还有沈惊瓷跟着喝酒的样子，欲火中烧。

陈池驭居高临下。

"玩什么?"

"谁输谁脱?"

18

路易十三清脆地碰撞在沈惊瓷面前的桌上,冷硬的声线钻入她耳朵。

"玩牌还是玩骰子?"

沈惊瓷往后缩,巴掌大的小脸上眼睛黑白分明,警惕地盯着面前的男人。他人看着很危险,下颌线绷得紧,眼尾和眉梢都低垂着,眼比平时更狭长,视线没有半分波澜。

给出选择后,他抬眼,冷白的灯光把他的轮廓照得更立体,睫毛下影影绰绰的,看不出他的情绪。

见沈惊瓷没有说话,陈池驭"嗯"了声:"不玩?"

沈惊瓷咬着唇内的软肉,不去看他,无声反抗。

丝毫没有要配合他的意思。

陈池驭凝视着她酒精上头后微红的脸,眼中似乎有情绪在翻涌。

半晌,男人哑着声音,头跟着歪了下,又问:"真不玩?"

"不玩。"沈惊瓷委屈又生气,别过头不看他。

她下巴抵在膝盖上,身上的卫衣堆积在一起,看着柔软又乖巧。

拒绝的话利落干脆,周围的空气寂静了几秒,身边的人忽然"嗤"了声。

他的模样倨傲淡漠,是沈惊瓷从来没见过的样子。

男人随意地点了点头,说了声"行"。

她不选,陈池驭自己开始选。

"那就玩这个吧,我看你们的桌子上还摆着。"

他撬开了瓶盖,同时摇着骰子,陈池驭看都没看就直接叫了五个六。

沈惊瓷惊愕地看了眼自己面前的骰子,皱着眉去看他。

陈池驭无所谓地耸肩,示意沈惊瓷来。

他懒散地坐在对面,看着沈惊瓷抿着唇不说话。她眼睛里的惊慌和不解都要溢出来,遮住原本清明的瞳孔。

她目光盯着陈池驭手上那杯酒,视线慢慢上移。她倔得很,又重复:

"我不玩。"

陈池驭的目光从她张合的唇向下扫,沈惊瓷下意识地握住衣领。

他轻笑了声,意味不明,薄唇吐出来的声音更痞,故意恶劣地说:"不玩就直接脱。"

沈惊瓷一愣,耳朵像是出现了幻听。她不敢置信地缓缓回头。

陈池驭站在原来的位置,漫不经心地与她对视,眼中却没有半分笑意。

他今天穿着一件黑白的棒球服,看着浑蛋到了极致。

说出来的话更是。

他堪堪停住,手的位置不上不下,似笑非笑地逼问:"这么不待见我?"

沈惊瓷像是被摁在砧板上的鱼肉,她呼吸急促地抵抗着男人肆无忌惮的动作,难受得眼睛蒙上水雾:"我不玩。"

陈池驭把她压在沙发上,暧昧潮热的呼吸打在她脸上,他声音低哑:"我给你时间,你就这么晾着我是吧?"

他掐着沈惊瓷的腰,炙热的温度桎梏又灼烧。陈池驭动作和语气都发狠:"还学会去酒局玩了,那么多男的是什么眼神,你没看见?"

沈惊瓷指尖颤着,抵在他胸口,别过头不看他。陈池驭逼她:"你还记不记得你有个男朋友?"

"想怎么着?冷战还没冷够?"

不知道哪个字眼戳到了沈惊瓷,她忽然大声地吼他:"那你呢!你什么时候回来和我说过了吗?!"

陈池驭低头咬她锁骨,声音狠戾:"我没说吗?第一天给你发了多少条消息,说没说今天回?"

沈惊瓷痛得闷哼,眼角滑下一滴仓促的泪。

陈池驭的气息粗重,两人鼻息和心跳交缠在一起,眸光看到沈惊瓷的眼尾,他动作骤然停止。

他看着她像是受惊吓的猫,毛都乍起来了。他燃着的怒火和嫉妒如同被人从头上浇了一盆冷水,冷却得麻木。

他视线微侧,看到沈惊瓷发红的耳尖和出汗的额。意识慢慢回归,才清楚自己干了什么。

半晌，他呼吸困难，眉皱着："怎么又哭，真讨厌我？"

沈惊瓷手臂用力，把人推开。

这次却十分轻易，陈池驭顺着力道往后一仰，倒在沙发靠背上。

沈惊瓷忙不迭地往后退，手拽住衣摆往下拽，眼睛湿红地瞪他。

陈池驭仰着头喘息，后脑勺抵在沙发上，胸口起伏几下，侧过头去看沈惊瓷。

他沉默着不说话，两人视线纠缠在一起。

沈惊瓷忽然骂他："陈池驭，你浑蛋！"

陈池驭听着，眼眨都不眨地默认。

"你太过分了！"

他凝视着她，舌尖抵着上颌，喉咙中溢出一声"嗯"，也认了。

"你给我道歉！"

"对不起。"

沈惊瓷呼吸急促，刚刚男人带给她的压迫感确实将她吓到了。这是他第一次在他面前撕破平静，露出背后能吸人血的獠牙。

而现在，男人不知在想什么，气场都减弱了下来。

沈惊瓷回想陈池驭第一次给自己发的消息，好多，她只记得一个个没有接通的电话，却忽视了夹在其中的几条消息。

两个人就这样停在沙发的两头，不知过了多久。

她看着男人沉下来的脸，心头那种酸涩又涌上来。

沈惊瓷和他隔着好远，抱着自己的腿，抬眼干巴巴地问："陈池驭，你是想我了吗？"

"嗯。"他没遮掩。

他平静得好似在陈述一个事实，但又有一种浓厚的情绪笼罩着他："你没想我。"

沈惊瓷垂着眸反驳："我想了的，我每天都想了的。"

陈池驭抬起眼皮，淡淡地看过去："是吗？"

沈惊瓷看了看他，又摩挲着手指，好像给自己找到了台阶，慢吞吞地"嗯"了声，很轻。

"这样啊——"他拖了个腔，耷拉着眼去睨她。

"那过来，我哄哄。"原本搭在沙发靠背上的手臂移下来，陈池驭直接张开手。

沈惊瓷一怔，没想到陈池驭会这么直接。

鼻尖还有点酸，但被人哄着的感觉真的很好。

刚刚还有点别扭的心理渐渐消失，她要往陈池驭身边蹭，眼神却被一道银光绊住。

男人修长又骨节分明的手上，皮肤冷白，血管明显，但更突出的，是套在无名指上的那个素圈戒指。

在灯光的反射下，冷清地散发着光芒。

沈惊瓷眼中出现惊愕，陈池驭似乎是嫌她的动作慢，两人还有半米的距离，陈池驭一下子拽住了她的手腕，她扑进了一个坚实的胸膛。

陈池驭圈着她抱到自己怀里，沈惊瓷坐到了他的腿上。他指骨抚过她眼尾，声音刻意压低放柔："还难受？"

沈惊瓷没回答，却伸手反抓陈池驭的手腕。

眼神焦急地去寻陈池驭手指上的戒指，为什么和她买的好像？

男人没抵抗，手被她抓着带到眼前。

左手的无名指，铂金戒指套在上面，看着深情又忠诚。

沈惊瓷愣住，她怔怔地抬头看陈池驭，嗫嚅地说："是你捡到了吗？"

回来后的第二天，沈惊瓷才意识到戒指丢了。

包里没有，不知道掉到了哪个角落。

她还难受了好久。

这是她送给陈池驭的第一份礼物——怦然心动。

但没想到现在就静静地戴在陈池驭手上。

陈池驭随即敛眸，他手指捏着戒指转了转，喉咙中溢出一声"嗯"。

"戴上了。"

陈池驭将她抱得更紧，下巴抵在沈惊瓷额头上："这次我错了。"

他的声带微微震动，沈惊瓷后背紧紧贴着他的胸口，甚至能感受到他的心跳和呼吸的起伏。

"沈惊瓷，我想了会儿，大概知道是怎么回事了。"

"陈池驭让你没安全感了。"他沉默几秒,忽地哼笑了声,没有平时那股散漫劲儿,眉眼反倒多了认真,"我知道了,以后谁也不看,戴着你的戒指,做个'四好男人'。"

温热的触感贴上她的耳垂,陈池驭声音沙哑,含混不清地喊了声她的名字:"沈惊瓷,怎么样?"

"只要你开口,我都给。"

他的声音又低又哑,说得认真:"一点委屈也不想让你受。"

她一哭他就败阵。

沈惊瓷抓着他的手指,侧过脸去看他。

"那你不要再靠她们那么近了,也不准再那么花枝招展地对她们笑。"沈惊瓷越想越不乐意,手指比画着,"更不准不穿衣服……"

"以后只看年年。"他应声打断她。

陈池驭没说的是,那些女人他看都懒得看一眼,他穿不穿都一样,开了门纯属因为没想到是这茬儿。

说到最后,沈惊瓷轻哼了声,她佯装恶狠狠地瞪着陈池驭,没坚持多久,气不过地咬了上去。

19

陈池驭俯身捏住了先前给沈惊瓷倒的那杯酒,手肘抵着膝盖送入喉,样子懒散又颓废。

修长的手指摩挲着酒杯,捏着杯口旋转,里面的液体已经没有了,可男人无名指上的戒指好显眼,一下子就戳中了沈惊瓷的心脏。

……

陈池驭进了浴室,客厅的沙发上只剩沈惊瓷一个人,她两只脚踩在沙发上,手按着心口,心跳得好快,如果周围有人都会被听到那种。

虽然有种欲盖弥彰的意思,但沈惊瓷打开电视,热闹的综艺节目打破寂静,覆盖暧昧的氛围。

她心不在焉地调了几个台,然后才肯承认她现在什么都看不进去,没有心思。最后草草地停在了一部文艺电影上,爱情片。

画面很青春，两个主演在屏幕内仿佛能溢出粉红泡泡。

不知道是不是心境相同，沈惊瓷还真的看下去了。

剧情不算有意思，身体的燥意逐渐平息，沈惊瓷对电影的兴趣也消失。她看了眼时间，晚上十一点三十分，陈池驭怎么还没出来？

慢死了。

她踏进了一个令她好奇的领域，沈惊瓷看了眼浴室的方向，确定陈池驭没有出来，她才慢吞吞地拿出手机。

沈惊瓷皱着眉，纠结地组织了一下语言，心虚地打出几个字。

页面跳转，耳边突然响起动静，陈池驭上身套着一件黑色短袖，下面是灰色的短裤，拧开了房门。微乱的短发没有吹干，水珠顺势坠落，黑色的短袖领口洇湿一块，颜色变得更深。

沈惊瓷心一慌，下意识地关上手机，腰杆也挺直。

陈池驭拎毛巾的动作一顿，脚步停在距离沈惊瓷几步远的位置。

"你洗好啦。"沈惊瓷干笑了下。

陈池驭擦头发的动作停止，垂着眼看她，询问："做什么亏心事了？"

"没有！"沈惊瓷否认，小跑着踩着拖鞋上前，很主动地接过他手上的毛巾，拉着人在沙发上坐下，手指带着毛巾掠过男人的短发。

他的头发说不上很软，但也没有看着那么刚硬，手感异常好。

沈惊瓷擦了两下，手腕忽然被陈池驭抓住，被那股强劲的力道拉着坐回沙发。

陈池驭瞧着电视上放的电影，顺手搂过她的肩膀："好看吗？"

"还行。"

"那一起看。"

他没追问沈惊瓷刚刚在干什么，关了灯抱着沈惊瓷，目光盯着前方。

画面镜头一转，两个人已经缠绵在一起，沈惊瓷一愣，不知道剧情的走向怎么成了这样。

她神色慌乱地去看陈池驭，身旁的男人却一脸从容，眼神淡定地看着前方。他的睫毛浓密，灯光照过后留下一层阴影。

察觉到沈惊瓷的视线，他侧过头，薄唇微启："怎么了？"

沈惊瓷被他这种坦然镇住了，说话忽然支吾："……没怎么。"

陈池驭应了声，转过头视线又回到屏幕上，沈惊瓷努力装出来的镇静轻而易举地被击碎。

她忽然挡住陈池驭的眼："不准看！"

沈惊瓷另一只手已经摸到遥控器，迅速地摁下按键，下一个频道的音乐突变，诡异的画风带着血气和恐怖映在瞳孔。

沈惊瓷松开手，陈池驭却低低地笑了出来。

他的声音低哑磁性，尾音上扬，显得懒散："我还以为你故意的呢。"

"什么故意的？"

他"啧"了声，吊儿郎当地看她，下巴微抬，示意电视机的方向。男人不疾不徐地补充完刚刚的话："故意让我学学。"

"你能不能别老给我扣帽子？"沈惊瓷争辩，"我又不知道后面是这样的。"

陈池驭却表现得非常大方，一副无所谓的样子。昏暗的灯光下，男人凑近，盯着她的眼睛，噙着一抹轻佻的笑不让她退却。

沈惊瓷别过头躲避陈池驭的视线，压着心跳和发急的呼吸去看电视。

还好灯已经关了，留给她一丝喘息的余地。

沈惊瓷努力地集中注意力，将视线全部都放在电影上。

客厅只有角落的一盏昏黄壁灯在他们身后亮着，剩下的就只有电视机发出的红蓝光交织在一起。

这次是部恐怖片，氛围感很足。

她听见陈池驭问她怕不怕。

沈惊瓷犹豫几秒后摇头，坚定地说："不怕。"

"行。"

他懒懒散散地仰靠着沙发靠背，痞气地跷着二郎腿。他单手搂着小姑娘的肩，下巴的高度正好到沈惊瓷头顶，只要微微垂眸，就可以看见沈惊瓷头顶毛茸茸的发旋儿，还有皱在一起的眉心。

不怕。

真是不怕。陈池驭忍不住发笑。

不是中式恐怖片，是部外国的片子，真的有鬼神存在。

他淡淡地瞥了一眼,电影的镜头色调冷白,主人公站在空旷的洗手间,四周被镜子包围。她身后空无一人,镜子里却突然出现一个惨白的长发身影。

陈池驭明显感觉到怀里的小姑娘缩了下,眼睛也飞快地闭上了,随后便不肯睁开眼。

他唇角的笑意越发明显,在黑暗中遮都懒得遮。

他带着沈惊瓷的手放在自己腰上,环住她的手臂拍了拍以表安慰。

还十分好心地询问:"怕不怕,帮你遮着?"

沈惊瓷还没有从恐怖的氛围脱离,身体接触到陈池驭温热的气息。

耳边的声音笑意明显,沈惊瓷手指不自觉地抓紧了陈池驭的衣摆。她眼神飘忽地看着电视,艰难地咽了一下口水,硬着头皮不服输:"不用。"

陈池驭挑挑眉没说话。

他的手指有节奏地点着,轮流抬起来又落下。眼前的画面对于他来说好像动画片一样。

沈惊瓷丝毫没有注意到陈池驭看自己的目光比看电影还要多。

她手指微微用力,都没有发现自己将身边的人越抱越紧。

惊悚镜头出现得猝不及防,沈惊瓷发出一声尖叫,"啊"的一声就往陈池驭怀里钻。

陈池驭乐得让她钻,闷着笑,胸腔还在颤抖。

再也没有力气逞强,沈惊瓷害怕得差点呜呜地哭着叫陈池驭。

"陈池驭……"

陈池驭觉得好笑又心疼,挡着沈惊瓷的眼防止她余光看到,手掌在她后背拍着哄人:"吓着了?"

沈惊瓷听见电视机中传出尖叫,头埋在陈池驭的身前不肯抬起,死死地抱住男人的腰。

"不……不行了,好吓人。"

"活该。"

"在我面前还装。"他笑着去捏沈惊瓷小巧的鼻尖,语气带着几分倨傲,"显着你了。"

沈惊瓷在他身上又蹭又钻的,胆子就没大过,她还是第一次看恐怖片。她像小奶猫一样哼唧着抽噎:"你还说,你都不管我。"

沈惊瓷显然忘记了刚刚自己的拒绝,开始委屈,她手攥成拳没什么杀伤力地捶了陈池驭一下:"都怪你!"

陈池驭闷哼了声认下,还是笑:"怪我。"

沈惊瓷缓了好一会儿,才幽怨地抬起眼:"你讨厌死了。"

陈池驭揽着她的腰,眼中的笑意渐渐收敛了,他反问:"是吗?"

身后电视机的声音渐弱,惊悚场面趋于平静。

他的眼睛好幽深,沈惊瓷顿了下,勾着笑补充说:"但我好喜欢。"

她主动地蹭了蹭他,带着信任和黏人。

陈池驭微微弓颈,任她亲着。

沈惊瓷迷糊地想,这是不是就是邱杉月说的热恋期的感觉?

怎么也腻不够。

真正属于彼此。

他的声音变了,看了她一会儿,凑到她耳边,湿热缱绻的呼吸喷洒在沈惊瓷耳畔,有点痒。

陈池驭的话没头没尾,只是说了一句:"确实很讨厌。"

嗯?

是回答她上一句"你讨厌死了"吗?

沈惊瓷以为陈池驭误会了,她手指钩住男人戴着戒指的无名指:"不是,我开玩笑的,我的意思是……"

陈池驭"嗯"了声打断她,语出惊人:"我不是。"

"什么?"

陈池驭叹了口气,自顾自地说道:"本来真没想。

"但年年实在太黏人,忍不住。"

男人低哑的声音听着好似无奈,又有其他意味。

他说:"今晚这个坏人,我好像要当定了。"

沈惊瓷还没有反应过来,他的手反包裹住她的。

她又听见他的声音,比刚才更哑,丝丝缕缕的气音轻佻:"在这儿?"

指腹被人揉捏着,力道不轻不重。

沈惊瓷怔住,呆呆地看着面前男人冷峻又矜贵的脸。

他的样子不加遮掩,直勾勾地盯着她,等着答案。
但又不像是给她考虑的时间。

20

电影结束,声音归于平静。陈池驭要去开灯,被沈惊瓷急急忙忙地拦住。
"别开灯!"
陈池驭回头:"嗯?"
沈惊瓷目光躲闪,不肯说话,她脸还好烫,想摸自己脸颊又硬生生止住,手停在半空好突兀。

陈池驭舌尖抵着上颌,看着小姑娘泛红的眼尾和锁骨,一种说不出的愉悦根本压不住。
得。
他爽快地点了点头,坐回沈惊瓷身边。
皱皱巴巴的纸巾掉了一地。
他找来水,又找了件自己的T恤给沈惊瓷套上,自己站在洗衣间给沈惊瓷洗卫衣。
他身影修长,站在洗手台前细细地搓洗着,泡沫堆积。男人眉头微皱,动作算不上熟练,却有一种甘愿的姿态。
沈惊瓷在角落里偷笑,手里是草莓味的酸奶。

1月1日,手机上全是新年祝福。
沈惊瓷打开手机,率先出来的就是仰可和邱杉月的消息轰炸。
三个人的宿舍群聊已经99+。
沈惊瓷微怔,怎么能说这么多?
她扫过去,是邱杉月的一句话开的头:@仰可,陈池驭把瓷瓷拖走了!场面劲爆!
仰可:?
她很快意识到场景的不普通:哪种拖?
邱杉月:回去就要关小黑屋的那种。

沈惊瓷：……

嗓子里的酸奶差点咳出来，她人一出现在群里又炸起一阵浪花。

邱杉月：结束了？

仰可：看时间不能吧，陈池驭看着起码能到三点啊。

沈惊瓷越看脸越黑，都什么跟什么？

她赶紧阻止：停！你们想到哪里去了！！

轮到仰可疑惑了：那陈池驭带你去哪里了？你们回去纯聊天了？在这种时候？

沈惊瓷想要解释却不知道怎么说，她欲哭无泪。

群里还在激烈探讨到底是怎么回事，沈惊瓷为什么不说话。

而沈惊瓷百口莫辩，已经悄悄地退出了群聊。

消息列表里的祝福她一条条回复，又看到了顾涅的。

他问：新的一年有什么愿望吗？

……

卧室里的床单还是灰色的，和上次唯一不一样的是，一进来床上就摆了两个枕头。

之前也不是没有和陈池驭在一张床上睡过，不过那时她疲惫又害怕，只感觉他身上的温度好舒服，想要再靠近一点，仅此而已。

和现在的心情完全不同。

陈池驭的手上有一股很淡的洗衣液的味道，应该是柠檬味，沈惊瓷没靠近就闻到了。她随口说了句，陈池驭动作一停，可能是会错了意。他挑眉，气笑了："还挑剔，你男人都没给别人洗过衣服。

"你是第一个。"

沈惊瓷摁住他的手，不小心碰到那个戒指，听到"第一个"笑眯了眼，改口："没有挑剔。"

陈池驭轻嗤，摁着人倒下，语气恶狠狠的："睡觉。"

沈惊瓷忍着唇角的弧度，"哦"了声。

两个人面对面靠得好近，清浅的鼻息交织在一起。

周围安静，不知过了多久，他的气息逐渐均匀，似乎睡着了。

可是沈惊瓷睡不着,她偷偷睁开了眼。

今天的月亮是弯的,只能从窗户内看到一个角。清浅的月光下,她的瞳孔映出男人平静的睡颜,棱角和锋利都收了几分,平时被遮住的那种少年感出现。

胸腔里欣喜和甜蜜要溢出来。像是大梦一场,枕边人和十几岁喜欢的少年模样重合。

这种感觉让她的心悸动得厉害。

男人闭着的眼睛却突然睁开,抓了她一个猝不及防。

睁着眼偷看的小姑娘呼吸一窒,忙不迭地闭眼,好似什么都没发生过。

陈池驭已经有了浅浅睡意,倦懒地抬起眼皮。他额前的发微微凌乱,睡眼惺忪随意地看她:"看什么?"

被抓包的沈惊瓷下意识地否认:"没看。"

男人显然不信,声音有点低哑,却有一种莫名的宠溺:"偷看还不承认。"

沈惊瓷黑长的发铺满两人枕头,陈池驭又闭上眼,侧头嗅了下。他鼻翼轻轻地动,勾起笑,像是抓住了她的小尾巴:"还偷用了我的洗发水。"

陈池驭懒散地补充:"是不是还有沐浴露?"

沈惊瓷被弄得好痒,伸手去抓他,却反被陈池驭一把抓住。

他还是闭着眼,不用看就能捕捉到她的动向,磁性的气音含糊且随意:"我检查检查。"

沈惊瓷羞红脸:"检查什么啊?什么偷用你的,我是……就那么一种好吗?"

沈惊瓷用的当然是陈池驭的沐浴露和洗发水,陈池驭又没单独给她买,她不用他的用什么。

"就是,"陈池驭再次睁眼,漆黑的瞳孔好像一个钩子盯着她,嘴唇微动,话语半真半假,"你把我整个人都偷走了。"

沈惊瓷愣了下:"啊……?"

陈池驭捏了两下她的后颈,漫不经心地提起:"你还没有跟我说新年的第一句喜欢我。"

沈惊瓷发现陈池驭在某些地方总有一些奇怪的仪式感或者占有欲。

就好比现在。

后颈传来无力的酥麻感,沈惊瓷刚想说,又意识到什么。

她微微仰头,吞咽了一下。小姑娘细声开口,却不是顺从他,而是说:"你也没有对我说。"

"我说了的。"

沈惊瓷皱眉:"什么时候?"

话落,陈池驭没有回答,却忽然开始低笑。沈惊瓷没来得及问为什么,已经听到他细细盘算。

"在年年说不会那会儿就说了。"

"开始也说了。"

他顿了下,了然:"哦对,还有最后的时候。

"其实还说了好多次,你都没听见。"

沈惊瓷终于意识到陈池驭指的是什么,她瞪大了眼,立马去捂他的嘴。

"你怎么又开始了!"

陈池驭挑挑眉不说话。

沈惊瓷气闷地想,他脸皮好厚,比不过。

不光今年喜欢,明年也会喜欢,每一年都会。

沈惊瓷没告诉他的是,早在很久之前,她就接受了这个事实。

每一年都会喜欢他。

最喜欢他。

元旦后的日子过得格外快,期末周的考试和作业压在一起,沈惊瓷忙得头晕目眩。

最后一科考完,沈惊瓷去了陈池驭的考场门口。

时间刚好,在一众低头答卷的脑袋中,陈池驭抬头从最后一排站起,手指捏着薄薄的纸张,随意地迈着步子走下教室的台阶。

他放下卷子,一眼就看到门外探头探脑的沈惊瓷。

教室中有悄悄抬眼看他的女孩,撞见的却是他勾着笑朝外走去的场景。

小姑娘今天穿着一件白色羽绒服,后面的帽子处有一圈儿蓬松的毛,衬得脸又白又软。

陈池驭手痒地拨弄了两下,随意地问:"考得怎么样?"

沈惊瓷露出笑容,眼神灵动:"感觉不错。

"你呢?"

陈池驭睨她,带着她的手插进自己口袋,哼笑着伸出一根手指晃了晃。

"第一。"

狂妄得令人信服。

沈惊瓷没有他这种把握,但笑得更狡黠了,她踮脚亲了亲他的脸颊,由衷地夸:"你好厉害。

"第一是我的。"

因为陈池驭是她的。

陈池驭闻声低头,笑意不明显地扬起眉梢,不知道是不是听懂了。

这个时间正好是饭点,陈池驭问她去哪里吃饭,沈惊瓷看了眼手机:"去食堂吧。"

沈惊瓷另一只手抱住他的手臂,羽绒服摩擦出细碎的声音:"下午要去医院看阿枞,中午简单吃点。"

陈池驭无所谓地说"行",沈惊瓷手凉,他捏来揉去才感觉热了一点。

想起什么,他顺便问:"你回寻宁过年吗?"

沈惊瓷摇摇头:"今年不回了,得在这里陪阿枞。"

说完,沈惊瓷才意识到这句话的意思,她仰头看他:"你要回去吗?"

陈池驭看到沈惊瓷鞋带散了,男人没犹豫,蹲下身来,面色如常,习惯了。一个漂亮的蝴蝶结出现在他指尖。

沈惊瓷的视线顺着他的手移动,然后听见他"嗯"了声。

"得回。"

"那又要见不到了啊。"沈惊瓷过去环住他的腰。

21

两个人分开得有些仓促,沈惊瓷要留在沥周过年,陈池驭则是回寻宁。

陈池驭那天走得很赶,沈惊瓷知道他和家里关系不太好。他明明不想回去,但又像是有什么原因不得不回去,所以到了最后才走。

前一天晚上陈池驭将她送到楼下,说明天不用她送,她好好睡一觉。

可能是知道好长一段时间见不到,沈惊瓷晚上情绪不是很好。

她垂着眼去抱他，努力地记住他身上清冽的味道，脸埋在他脖颈处轻轻地拱，睫毛忽闪忽闪，贴着他脖颈的皮肤说："我会很想你。"

陈池驭手掌摸着她柔顺的头发，笑得痞气，不正经地说："那亲会儿。"

"明天亲不着了。"

沈惊瓷被他弄得有点恼了，指尖去挠他凸起的喉结："你怎么满脑子都是这档子事。"

陈池驭抓住她的指尖用牙齿轻咬，笑着反问："你不是吗？"

"不是。"沈惊瓷闷闷地反驳。

"是吗？"陈池驭哂笑，声音融进了外面的夜色，他不信，"小骗子。"

男人的视线逐渐变得危险，修长的手指绕着沈惊瓷的发，顺着下颌线前移，虎口卡住沈惊瓷纤细的脖颈，迫使她仰头。

沈惊瓷痒得后退，紧绷又顺从地任他扫掠。

这个吻比之前任何一个都要缠绵悱恻，沈惊瓷手臂搭在他的肩膀上，脸颊绯红，气喘吁吁。

她抬眼看他，眼睛蒙着一层水光。

陈池驭笑，使坏地凑到她跟前，他的声音和冷冽的风一样喑哑，钻进她心里。他明目张胆地说："喜欢你。"

唇齿间还有他咬碎的柠檬糖的味道，微酸，刺激着味蕾。

沈惊瓷耳尖烫得发红，又蹭他，含糊地"嗯"了声。

他的手钩起沈惊瓷腕上的珠串手链，说："不准摘，记着我。"

"随时。"

沈惊瓷回他类似的话："你回寻宁不准招惹别的小姑娘、不准随便看别人，也不准……不想我。"

陈池驭被逗笑，垂着眼开玩笑："好啊，还没嫁过来就管得这么严啊。"

沈惊瓷知道他在开玩笑，但还是被那个字说得心口发紧，一副凶狠的样子："我不管。"

她眨着眼睛，话语半真半假："你要是三心二意，我就不要你了。"

陈池驭看上去轻佻又浪荡："这么狠心？"

"嗯。"她去摸他手上的戒指，小声地嘟囔，"我好小气的。"

想让你眼里全是我。

陈池驭挑眉，第一次听到沈惊瓷说这种话，有一种很奇怪的感觉，酥酥麻麻的。她占有欲挺强，不过他还挺爽。

眼中的笑意越发浓，眼底的情绪很明显，他狠狠地咬了下她的唇。

"知道了，小气鬼。"

沈惊瓷的背影很瘦，人影渐渐走远，酒红色的围巾掉落半边，看到她重新搭回肩上。

陈池驭摸了摸自己空落落的手腕，忽然想起之前断掉的那根黑色皮筋，总觉得少了点什么。

心里不是滋味，得讨回来才行。

……

寻宁的冬天更冷，很爱下雪。

陈池驭下飞机时空中已经扬起了雪花。不大，落在黑色的冲锋衣上很快就没了踪迹。

真正踏出门外，才感觉到今天的风有多刺骨。寒风钻进衣服空隙，陈池驭皮肤冷白，被吹得有些泛红。

他打开手机再次看到陈明辉发来的短信。

从上次两个人再次闹掰之后，陈池驭没有回过家一次，也没有回任何消息。陈明辉已经气极，给陈池驭下了最后通牒：明晚我和林家要见你。

我已经对你够容忍了，你只要顶着陈家的姓，爬也要给我爬回来。

否则，后果自负。

陈池驭看了眼那个陌生的手机号码，轻嗤，再次拉黑，一点犹豫都没有。

而微信中，沈惊瓷的消息静静地躺在置顶聊天框里：到了吗？

我看寻宁好冷，你要多穿一点，不要生病。

紧绷的下颌放松了一秒，他视线盯着沈惊瓷那只猫的头像看了几秒，凌厉的轮廓逐渐变得柔和：嗯，在想你。

沈惊瓷就是估摸着时间给陈池驭发消息的，她想让陈池驭第一眼看到的就是自己的消息。

手机振动，小姑娘眼睛瞬间亮起，又在看到后面三个字后脸慢慢变红。

她手指捏手机捏得紧，在那几个字上看了几秒，一下子趴回枕头里。

谁问这个了啊，这个人怎么动不动就……

陈池驭仿佛能猜透沈惊瓷在这边想什么，消息又发过来：你没问，但我想告诉你。

因为这句话，异地恋好像也没那么难过了。

在寻宁生活得久，她问他在哪里，陈池驭只要拍一张照片她就知道他的踪迹。

一中门口干枯的树枝上落了白雪，铁栅栏旁的门卫处关了门，肃静的教学楼前旗杆很高，一个细长的影子落在地上，世界好像都安静了下来。

沈惊瓷说：有点想回去看看了。

陈池驭回复：和我一起。

沈惊瓷有点可惜今年回不去。

但也没关系，总会有机会的。

冬天看不成雪，夏天就回去看梧桐。

但计划永远赶不上变化，沈惊瓷收到徐娟说要回寻宁的消息的时候，人都愣了。

她在电话里问："那阿枞怎么办？"

"一起回去，阿枞的身体已经好了很多，医生说如果后续的康复治疗在寻宁也是可以的。

"我和你爸爸想了想，总是在沥周，阿枞一点熟悉的事物都没有，还不如回寻宁，好歹是在自己家。"

沈惊瓷买完票才有了一种真实感。

她要先回寻宁收拾一下久没人烟的家，徐娟他们之后回。

她一个人收拾好行李，坐在客厅握着手机，纠结着要不要跟陈池驭说一声，还是给他一个惊喜。

两个人最后的聊天记录停在沈惊瓷发过去的消息上，陈池驭没有回。

沈惊瓷等了会儿，撇了撇嘴。不回就不回，反正马上就要见到了。

在这场恋爱中，她好像越来越像小女生。

沈惊瓷心情很好，回到寻宁的那天空气很好，阳光普照，万里无云，天很蓝，冷风似乎都有了色彩，有一种久违的熟悉感。

不远处的地段在拆迁，卡车轰隆隆地吵闹。淡青色的门紧闭，钥匙钻入锁孔，雾蒙蒙的灰尘扑面而来。

这里已经有半年没人住过，家具上蒙着一层白布，沈惊瓷皱着眉躲开飞舞的尘粒。

全部打扫完一遍，天已经黑透。

手机铃声尖锐地响起，一遍遍地循环着，无人应答。她没有半分力气，瘫软在床上仰头望天。侧头望去，看到"陈池驭"三个字摆在屏幕中央，沈惊瓷这才有了动静，有气无力地去摸手机。

磁性好听的声音出现在耳边，那头似乎也没想到电话能接通，模糊的气息随着电流穿越时空。沈惊瓷听见他顿了一秒才问："怎么不接电话？"

沈惊瓷这才发现陈池驭之前已经打了三个电话，刚才房间太吵，她没有注意到。

她哼唧两声，累得说一个字都难受。

陈池驭听出异常，声音带了一丝情绪："怎么了？"

沈惊瓷声瓮气："猜猜我在哪里？"

陈池驭沉默片刻，用一种近乎确定的语气说："你在寻宁。"

没有精气神的女孩微愣："你怎么知道？"

陈池驭笑得明显，很愉悦的那种。他字咬得暧昧，不多解释："地址。"

沈惊瓷是被门铃声吵醒的，电话挂断后她竟然不知不觉地睡着了。

小姑娘穿着拖鞋跑到门口，猫眼中映着一个颀长的黑色身影。

沈惊瓷打开门："你真来了啊。"

陈池驭朝她挑眉，手上钩着一个袋子："不然呢？"

"难道要饿死我家年年吗？"

她的肚子好像能听懂人话，陈池驭话音刚落，真的"咕噜"叫了一声，在狭窄的走廊格外明显。

原本还没太睡醒的人一下子清醒了，脸上压出来的睡痕显得有些呆，白净的小脸飞快出现一抹红晕。

陈池驭的视线顺着她的脸往下移，眉毛微扬，嘴角勾起一抹散漫的笑。

沈惊瓷下意识地捂住自己的肚子，又忙着开口去阻止陈池驭：

"不准笑！"

陈池驭点头，不请自来地推着沈惊瓷往屋内走，很强势。

门在他身后"砰"的一声关上,他低头凑近,促狭地笑:"羞什么?"

沈惊瓷浑身战栗,她猛地回神,"嗖"地一下蹲下身,从鞋柜中找出一双新的拖鞋扔给陈池驭。

她慌张地转身,只给陈池驭留下身后的声音:"你穿这双。"

他买了很多好吃的,各种各样的外卖盒。沈惊瓷一样一样摆出来,又看到边上放着的小蛋糕和水果盒。

沈惊瓷惊了一下:"怎么买这么多?吃不完。"

这些都够四个人吃了。

陈池驭换完鞋,自觉地将外套搭好,露出里面的灰色高领毛衣,人一下子显得柔和了许多,他随口说:"你爱吃这些。"

沈惊瓷唇角出现笑容,又忍住,小声地"哦"了声。

她吃东西很慢,一嚼一嚼的,而陈池驭没吃多少就停下了,沈惊瓷被他盯得不自在。

沈惊瓷咽下嘴里的食物,略微疑惑地抬头:"你怎么总是看着我?"

陈池驭噙着笑,"啧"了声:"好乖。"

"嗯?"沈惊瓷看了看自己,她什么都没干。

陈池驭说:"在家里看着你感觉不一样。"

"哪里不一样?"沈惊瓷看了看自己身上的兔子睡衣,这是她高中时穿的,现在看着还有点幼稚。沈惊瓷以为是因为这个,不好意思地弯了弯腰,想将兔子图案藏到桌子底下。

但那个人却说:"特乖,更想亲了。"

吃过饭,陈池驭将东西收拾好,转头问沈惊瓷她的房间是哪个,沈惊瓷眨了眨眼,还有些迷茫:"你要在这里睡吗?"

陈池驭捏着沈惊瓷睡衣上兔耳朵的手一顿,抬起头,视线上移:"哦?你邀请我?"

几秒后,他想到什么,了然:"忘记年年又是一个人睡了,会害怕。"他点点头,"行,那我……"

"我的房间在那边!你看完赶紧走!"沈惊瓷忙不迭地推开陈池驭的手,脚步匆匆朝自己房间走去。

陈池驭凝视着沈惊瓷落荒而逃的背影，失笑。

沈惊瓷的房间没有他想象中那么少女心，颜色有些素，但很干净，一整面的窗户光线很好，夜晚能看到天边的星。

陈池驭向里走，书架上从童话到名著，桌子上相框里的照片从扎羊角辫到穿蓝白色校服，床单是小碎花的，他都一一看过，最后停在开了一半的衣柜旁，白色的衣袖中央有一道蓝色的竖线，和照片上的款式重合。

全是她的痕迹。

沈惊瓷不知道自己的房间有什么好看的，被子还是乱的，可陈池驭的眸色好深，沈惊瓷也不好意思了，她脸上发烫，拉着人坐下，自己挡在他眼前，阻住视线。

"别看了……没什么好看的……"沈惊瓷的声音带了点羞怯。

陈池驭顺势揽住她的腰，压着人坐在自己腿上。沈惊瓷手臂圈住他的脖颈，转移话题："你这段时间都在干吗？感觉你好忙。"

陈池驭摩挲着她耳后的软肉，眼底有什么情绪一闪而过后消失："没什么，嫌无聊了？"

倒也不是，沈惊瓷本来就是一个人消磨时间。

陈池驭却说："知道了，以后多陪你。"

……

大学又是一年，大家沉浸于新生活的同时还不忘缅怀着逝去的高中生活。

沈惊瓷看到高三的班级群里又在组织同学聚会。

不知道为什么说到了她身上，有人特意@她：惊瓷来不？你去年就没来，今年是不是该聚一聚了？

下面有人起哄：对啊，听说还是状元，给个面子呗。

原本不想被大家看到的人被迫出现，她纠结着，下面又出现消息。

姜妍：你是谁啊，状元为什么要给你面子？

沈惊瓷眉心微皱，看到了这个好像已经很陌生的名字。

下面的人以为在开玩笑，吵吵闹闹地喊着沈惊瓷。

她犹豫了一下，退出页面找到陈池驭的微信，发截图过去，纠结地问：你说我去吗？

我不喜欢她，感觉去了气氛也会怪怪的。

陈池驭的语音发过来，语气散漫，声音有些含糊："让带家属吗？"

沈惊瓷心一跳，这话的意思好明显，但她又不敢直说，有些迟疑："应该……让吧。"

"你不是无聊吗？去转转呗，我陪着你。"他的嗓音仿佛藏在看不清的雾中，看不透、摸不着，却拨乱了她心底的弦。

所以她鬼使神差地说了"好"。

只有一天的休息，这场同学聚会沈惊瓷知道得晚，突然就被拉进去了。

沈惊瓷轻微不安，不是因为要去见那些好久不见的老同学，而是因为有陈池驭陪着。

一中不会有人不知道陈池驭，更不会有人将他们两个联系在一起。

而明天，陈池驭要以她男朋友的身份出现。她已经可以想象出明天见到那些人时他们的反应了。

陈池驭白天没有和她在一起，两个人晚上视频聊天。

沈惊瓷刚洗完澡，陈池驭看出她的不自在："在想明天的事？"

"嗯。"她隔着屏幕去戳陈池驭的脸，面上有些忧愁，"你觉得他们会怎么在背后说我们？

"要不你还是别去了吧。"

陈池驭闻言挑眉，他哼笑一声，吊儿郎当地喊了一声："沈惊瓷。"

"我拿不出手？"陈池驭学着她的样子用中指在屏幕上弹了一下，满不在乎地说，"能怎么说？就说沈惊瓷的男朋友是陈池驭啊。"

他好像一点都不知道自己有多风云，一点都不知道他的女朋友会多有讨论度。

但沈惊瓷还是笑了。

她做了一个动作，佯装撕下什么往陈池驭身上贴："贴标签，上面写'沈惊瓷的'。"

陈池驭也特别配合，指着自己额头，问她："贴这儿？"

手指往下滑，顺着鼻梁到了唇缝："还是贴这儿？"

沈惊瓷在另一头笑得翻了个身，把手机举起。

"不对。"他指尖点着自己的喉结，唇角的笑痞气，"年年最喜欢我这儿。"

沈惊瓷抱着被子，笑得蜷缩成一团："你好幼稚啊。"

"陈池驭，你好幼稚。"

沈惊瓷有一种很奇怪的感觉，回到寻宁之后，像是回到十八岁，她在和高中的陈池驭谈恋爱。

这种感觉，让她心悸得不得了。

陈池驭收敛了那副模样，声音又轻又哑："睡吧，明天去接你。"

沈惊瓷点了点头："今晚的月亮是满月，祝你做个好梦。"

他回应："梦到你。"

明明是现在的他说的话，沈惊瓷却梦见了曾经的陈池驭。

梦到了十六岁的陈池驭。

她第一次见他时，在那个后院的陈池驭。

他朝她走来，说："美梦成真。"

沈惊瓷化了一个很淡的妆，今天很冷，但毕竟是同学聚会，她不想穿得跟一只熊一样臃肿。

她从窗户往下看，看到了倚在车边的陈池驭。

他穿的是黑色的呢子大衣，里面是白色的内搭。平时那股浑劲儿被遮掩了很多，反倒有一种斯文的感觉，气场还是很强。

沈惊瓷缩回脑袋，从衣柜中拿出一件米色大衣。

很像情侣款。

陈池驭目光沉沉地从手机上移开，就看到一个米色的身影出现在自己眼前，她头发还特意卷过，眼睛上涂了什么很亮，嘴唇也是，看着饱满又漂亮。

沈惊瓷想扑进陈池驭的怀里，但又想到自己今天穿了什么，步子硬生生地收敛了许多。

她唇角勾着一抹恬静的笑，眼睛很亮，像是一只讨夸奖的小猫，仰头看着他。

陈池驭抬手，掌心靠上沈惊瓷的脸，拇指想去摸沈惊瓷的唇，被小姑娘一下子躲开："别摸，花了就不好看了。"

陈池驭手落空，有些不爽。

沈惊瓷看陈池驭觑了她一眼，眼神意味不明，裸露在外的脖颈忽然有些发凉，人本能地对危险敏感。

她讨好地笑笑："好啦，走吧。"

"回来亲好不好？"沈惊瓷很会顺着毛捋。

陈池驭"嗤"了声，指尖有一下没一下地点着储物盒，人懒散地倚着靠背。

他手肘抵着膝，侧目问："你爸妈什么时候回来？"

"好像是周六，他们在交接工作，还要确认阿枞出院的后续治疗方案。"

陈池驭意味不明地"嗯"了声，沈惊瓷总觉得他今天有点怪。

她看了男人一眼，他平稳地开着车，倒也没说什么。

同学聚会订的包间很大，人家都是先吃饭，再去K歌。不知道他们怎么商量的，偏偏反过来了。

包厢嘈杂热闹，沈惊瓷正要推门，陈池驭的手机忽然响了。

她动作停住，回头看他，眼神不小心扫到备注。

两个字，姓林。

第二个字没看清。

他没什么犹豫地挂断，下巴微抬示意沈惊瓷开门。

"谁的电话？"沈惊瓷随口问。

"不重要。"他神色淡淡的，好像真的不重要。

沈惊瓷的第六感告诉她不是这样的，说不定是他家里的电话。

他脸上的表情淡了很多，沈惊瓷推了推他的手："有什么事的话你先去忙吧，等会儿再进来。"

她摸了摸他额角的发："嗯？不要不开心。"

陈池驭垂眸，深不见底的眼睛与她对视。

沈惊瓷不解，却像哄人一样："那我先进去啦。"

她看到陈池驭唇线抿直，点了头，单手插兜往后走了。

灯光下他的影子被拉得很长，莫名地有一种孤寂的疏离感。

包厢的门开了一半，所有人都看到沈惊瓷旁边站了一个高大的身影，两人看着关系亲昵。

她回头，起哄声迎面而来。

"哟，我们沈大美女来了？！"

"什么美女，这是我们班的才女，考了第一名的状元啊！"

沈惊瓷之前和这些人不算太熟，突如其来的热络让她有些蒙。

她礼貌地笑了笑，表情不太自然。

很快有人给她让出一个位子，她说了声"谢谢"后坐下。只不过刚落座，就有人开口："是带男朋友来了？"

沈惊瓷"啊"了声，点了点头："嗯。"

她高中的时候在班级里不是很爱出头，和每个人关系都还好，但也不是很亲近。

不知道为什么，分开一年大家忽然这么热情。

"谁啊谁啊，我们学校的吗？"

"什么时候谈的啊？高三的时候可看不出来。"

对面的姜妍忽然开口："说不定是复读时谈的呢，惊瓷好厉害，又谈恋爱又能考第一。"

她抿了一口水："我就不行。惊瓷，你怎么做到的啊？教教我呗。"

沈惊瓷淡淡地看了姜妍一眼，这个人从高中的时候就明里暗里地讽刺她，没想到一年多了，还是喜欢搞这种小动作。

她觉得无聊，又觉得无趣，直说："不知道，但我学不来你。"

姜妍动作一顿，笑得有点勉强："你这是什么意思啊，我比不上你呗？"

沈惊瓷摇头："是我想不到为什么会有人问出这种问题。"

"你……"

曹盛眼尖地发现气氛不太好，站起来当和事佬："好了好了，不说这些，都好久没见了，说点开心的。"

"班长，你可真向着沈惊瓷。"

"哪有，这不是看你点的歌到了，赶紧唱。"

姜妍娇俏地笑了笑，也没再说什么。

沈惊瓷百无聊赖地看着手机。曲毕，陈池驭还是没有回来。

她给他发了消息，他还没有回。

姜妍瞥到沈惊瓷皱着的眉，把话筒递给了身边的人，一副看热闹不嫌事大的表情:"惊瓷,你男朋友呢?不会不来了吧。"

沈惊瓷懒得理她。

姜妍继续说:"这不行啊,不把你放在第一位的男人可不能要,何况我们惊瓷还这么漂亮。"

可能是姜妍的话引起了其他人的注意,有几个女生也好奇地插嘴。她们倒是没有恶意,就是好奇沈惊瓷这种看着乖巧无害的,能找什么样的人。

沈惊瓷没有得到陈池驭的回信,心里有点着急,她想出去看看怎么回事,但又被旁边的人困住。

她被问得烦躁,随口说了句:"你们知道他。"

不说还好,一说更是炸开了锅。

"我们认识?谁啊谁啊?"

"不会是我们班的吧。"

一瞬间,包厢安静下来,有人开始打量还有哪个男生没到。

不知是谁喊了一句:"不会是许修吧?"

提到这个名字,沈惊瓷才想起来,这是班上的物理课代表,两个人坐过一段时间的前后桌,关系还可以。

"我的天,真的假的啊?"有人笑着打趣,"当时就有人猜你们两个有可能,真成了?"

沈惊瓷听得云里雾里,他们两个人什么时候有可能了?

她否认:"不是……"

只不过声音太小,被淹没在八卦声中。

许修人好,但长得确实不太出色。姜妍俯身握住她的手:"许课代表人那么好,你们在一起了怎么也不告诉我们一声?"

沈惊瓷满脸问号,她什么时候说过两人在一起了?她解释:"不是……我们没有……"

气氛快要到高潮的时候,门忽然被推开。

陈池驭逆着光,轮廓模糊,气质冷冽,棱角分明的五官被光线分割成明暗两部分。他身上带着外面的寒气,仿佛从虚幻中走来。

嘈杂的人群中,他一眼就捕捉到被困在里面的沈惊瓷。

她似乎有些头疼,表情不是很好。

这些人不知道在说什么，丝毫没有注意到门口的动静。

沈惊瓷却像是有预感一样抬头，两人视线相撞，她的眼睛明显亮了，像是看到依靠和救星。

陈池驭眉心微动，抬步上前，同时开口，低沉磁性的声音喊她："年年！"

沈惊瓷站了起来，那两个字在包厢里特别明显，穿透力很强，盖过音乐和吵闹声。不光是她，所有人一起回头，视线凝聚在陈池驭身上。

那张脸的辨识度实在是太高，大家竟不约而同地安静下来。

"陈池驭？"

"我天，陈池驭怎么来了？他刚刚叫的是沈惊瓷？"

不用特意回答，沈惊瓷有些委屈的声音响起，可在外人眼里，却更像撒娇："你来了啊。"

陈池驭心一揪，他见过各种各样的场面，怎么会看不出刚刚是怎么一回事。

他快步走向沈惊瓷，那条路自动被让出来，他摸了下沈惊瓷的眼尾，低声询问："怎么了？"

沈惊瓷当然不能说不喜欢这种场合，只能摇摇头，安静地看了眼手机。

他刚刚没回消息——陈池驭明白了她的意思。

所有人看着陈池驭俯身替女孩顺好头发。他的眼底多了几分类似疼惜的情绪："抱歉，我没看到消息。等着急了吗？"

沈惊瓷又摇摇头。

锐利冷漠的视线扫过在座的每一个人，他带着沈惊瓷坐下，自然得就像是在自己的场子，却没有一个人说不行。

班长曹盛心想，就算再震惊也要憋回去，光看着人家这对小情侣也不行。他主动开口，笑着开玩笑："谁点的歌啊，还不唱？"

机灵点的人已经把麦克风接过来了，之后气氛就好了很多。

表面风平浪静，然而，除了沈惊瓷和陈池驭在的角落，全是窃窃私语。

沈惊瓷看了自己身边的人一眼，眼神说不上的幽怨，她示意了一下，用口型小声说："他们肯定在说我们。"

陈池驭身上有种肆意妄为的气质，他挑眉，同样用口型回应："那又怎么样？"

沈惊瓷没忍住发笑。

是啊，那又怎么样？

他已经是她的了。

不出所料，气氛缓和之后，有大胆的人笑着开口试探："惊瓷的男朋友是陈池驭啊？"

陈池驭身上的压迫感和边界感太强，但是他什么都没做，就是坐在一旁，懒散地看着手机，左手漫不经心地把玩着沈惊瓷的手指。

就是这么一个动作，让男人左手无名指上的戒指好明显，在灯光下泛着冷淡的光辉。

所有问题都被这个戒指堵回去，安静了一秒，沈惊瓷才回答："嗯，一个学校的。"

这个学校不是高中，而是大学。

一切好像都说得通了。

好奇是胆子的源泉，有人问："那你们谁追的谁啊？"

陈池驭终于有了反应，像是一尊大佛一样慢慢放下跷着的腿，抬起眼皮，想都没想："我追的她。"

"一眼就看上了。"他说这句话的时候语气特别欠，但表情很认真。

多数人开始祝福和羡慕，只有姜妍的表情很差，她脸色很难看，死死地盯着陈池驭手上的戒指。

她认识的牌子多，一下子就看出那是 A 牌本季度最新款的对戒，名字好听，叫"怦然心动"。

视线扫过沈惊瓷的手，她好像找到了什么突破口，轻轻地笑了。有人看她，她只是摇摇头。

对戒只有一个，说不定是谁送的呢。

沈惊瓷不知道姜妍心底那些小心思，刚刚陈池驭还是弄花了她的口红，她干巴巴没有任何杀伤力地瞪他，只能去厕所重新补一下。

包厢中没人注意到，在沈惊瓷出去后不久，姜妍也跟着出去了。

陈池驭低着的头倏地抬起，注视着那道身影，厌恶的神情一闪而过，又恢复了那股漫不经心的痞劲儿。

他站起身，这下倒没人忽视，他没管那些视线，疏离感不加遮掩："你们玩，我出去等沈惊瓷。"

姜妍好不容易堵住沈惊瓷，沈惊瓷正在补着口红。她的声音从背后传来，诧异的语气听起来充满戏剧性："惊瓷，你的戒指呢，怎么没戴？"

"还是……那不是和你一起戴的？"

沈惊瓷一脸平静，直言不讳："你很无聊。"

姜妍却认为这是沈惊瓷装出来的底气："你别装了，高中的时候我就知道你喜欢陈池驭，我看过你的日记本。"

"是不是很开心，觉得自己得偿所愿了？"她也拿出口红补着，漫不经心地说，"陈池驭是什么样的人？他只不过是玩玩你而已，你可千万别当真。"

沈惊瓷皱起眉，没有被她的话刺激到，却反问："你看过我的本子？"

"对啊，真的是少女的心思呢。"她扫了沈惊瓷两眼，"看不出来啊。"

沈惊瓷的脸彻底冷下来："姜妍，我原本以为你只是无聊透顶，但没想到你竟然这么可怜。"

"你说什么？"姜妍皱眉，不可置信地看着沈惊瓷。

"可怜到没有自我，可怜到只能偷窥别人的人生。"

说完，不管那人是什么表情，沈惊瓷扣上口红盖，转身离开。

手腕却忽然被人拉住，冷冽的薄荷味闯入鼻间，沈惊瓷猝不及防地撞上一个坚实的肩膀。

腰被人箍住揽入怀中，陈池驭低笑着，旁若无人地开口，不知是示威还是给她撑腰："你好喜欢我对不对？"

离她几步远的姜妍脚步顿住，惊讶地看着抱在一起的两个人，姿势暧昧，影子纠缠。

准确地说，是男人拉着女人贴向他。

沈惊瓷不知道他听到了多少，茫然地问："你怎么在这里？"

陈池驭没有答，他头颅微垂，睫毛浓密漆黑，不明显地颤动着，落下影影绰绰的阴影。那道光线衬得他很白，他的眼神炙热，情绪如燃烧的烈火。

沈惊瓷还没有反应过来两者之间的联系，陈池驭向内抿着的唇松开，他开始笑，胸腔轻颤，声音含混不清，又有点哑。他喊她的名字，又说："比我想象的，还要喜欢我。"

309

22

陈池驭靠着沈惊瓷的耳边说了什么,她听得有些愣,还没有反应过来,场景又回到了包厢。

姜妍没有再找事,周遭的气压很低。但没有人在意她,他们反而想靠近沈惊瓷,有一搭没一搭地八卦着。

陈池驭回来之后心情都变得很好,很明显的变化,连身上那种生人勿近的气场都淡了许多。

他身上的大衣敞着,视线漫不经心地扫着手机,藏匿于灯光最暗的角落。可他就算是这样,也不容忽视。

有人好奇地偷看过去,男人侧脸轮廓分明,鼻梁高挺,眉锋锐利,下颌线条流畅凌厉,双眼皮褶皱很深,眼尾上挑,注视着身边的女孩。他的目光和身上的气质一样玩世不恭,却又透着一种说不上来的情愫,和整个人野性难驯的感觉很违和。

偷看的人扯了扯身边的人,有些羡慕地说:"陈池驭看沈惊瓷的样子好深情啊。"

"陈池驭的字典里怎么可能有这两个字,浪子和深情八竿子打不着好吗?"

女孩不同意地摇摇头:"可我看他的目光,感觉他真的很喜欢沈惊瓷。他手上还戴了戒指,戴在无名指哎!"

那个人沉默了一会儿,没说话,只是默默地看了过去。黑色和米色的身影交叠,只能看到他侧脸,好像是在听沈惊瓷和身边的人讲话,眼神却又没有波澜。他的眼里只有一个人,笑得也好勾人。

沈惊瓷和身边的人聊完,注意力又回到陈池驭牵着自己的手上。指根被摩挲得有些痒,她小声地说:"你别摸了。"

陈池驭懒懒地抬眼,视线顺着她白净的手指上移。沈惊瓷被他看得不自在,脑海中又想起他俯身靠近自己时那种暧昧的氛围。

男人半垂着眼,问:"你的戒指呢?"

她表情微僵,知道姜妍说的话他还是都听到了。

沈惊瓷摸了摸鼻尖,跟着他一起看向自己的手,唇往里抿,是下意识的小动作,不好意思地说:"我……我没买。"

310

"怎么不买?"他看她,眼睛深邃得好像要将她吸进去。

沈惊瓷抽出自己的手,把陈池驭往远处推,她真的很不好意思,原本没打算告诉他这款戒指是对戒的,但陈池驭盯得很紧,让她有种不得不说的感觉。

几秒后,女孩耳尖发烫,似乎是觉得没面子,她低低地说:"钱不够。
"本来想攒够了再去买另一个,没想到被人买走了。"

说完,沈惊瓷脸已经全部红了。

陈池驭是不会有这种时候的,这点钱对他来说还没有一晚上的消费多。他也确实没想到这个问题,但听沈惊瓷说了之后,他眼神微顿,眉毛动了下。

"给你买就好了,本来就是我送你的。"她摸了摸自己手上的紫檀木手串,脸上的笑容很真诚,"反正我有这个啦。"

因为她的话,他的目光顺着看去,她还是那个样子。口舌忽然很干燥,陈池驭在那一瞬间不知道想起了什么,眸色变得很深,喉结随着吞咽的动作上下滚动。

包厢里面又闷又燥,音响里面的音乐吵得耳朵疼,那些他不在意的目光也变成烦躁的添加剂。

沈惊瓷以为他是因为戒指的事情烦,凑上去用手指抚平他皱起的眉:"你想什么呢?"

放着的背景音乐歌词刚出,沈惊瓷只听清第一句,声音婉转的女生在唱:你说青涩最搭初恋。沈惊瓷看着面前的人,看到他缓缓启唇,声音低沉,他的眼神意兴阑珊,似乎觉得周围的一切都索然无味。

但他看着沈惊瓷的样子,又有种说不出的深情:"走吗?这儿没意思。"

……

他们走得毫无争议。

回去的路上沈惊瓷的心跳得很快,她好像知道要发生什么事情一样,手不自觉地摆弄着大衣的扣子,线头松松垮垮。陈池驭瞥过来,声音带着不清晰的笑:"你在想什么?"

被点名的沈惊瓷一颤,慌张地抬头,看到陈池驭戏谑的眼神。

"没什么……"沈惊瓷钩过自己后面的头发,遮挡住泛红的脸。

车子一路畅通无阻，车水马龙的街道变幻莫测，沈惊瓷偷偷地看了一眼陈池驭，他扶着方向盘，专注地盯着前方，他们路过便利店和超市，都不见他有要停车的意思。

沈惊瓷的手握得更紧了，她捉摸不透陈池驭的想法。

那他说的那句话是什么意思？

在情绪变成一团毛线球找不到头绪时，陈池驭的声音忽然响起："热吗？脸怎么这么红？"

沈惊瓷像是被揪住了脖子的猫，炸了毛似的一下子转过身去瞪他："陈池驭！"

她真的太熟悉周围的路了，每一条街，每一个店面。

最后一家便利店也经过了，沈惊瓷那颗悬着的心也说不上是放下，就是有一种说不出的情绪。

她悄悄地揉了揉自己的脸，也觉得她想的真的好多。

车子稳稳地停在楼下，沈惊瓷侧头问："你上来吗？"

陈池驭手肘撑着车窗，可能是从包厢那和场面无聊的地方离开，沈惊瓷觉得他身上那股精气神又回来了："行，送送你。"

沈惊瓷低头去解安全带，耳边响起"咔嗒"一声，陈池驭掀开了中间的储物盒，从里面拿出什么，动作利落。盒子瞬间恢复原样，沈惊瓷只看到了一个影子。

她疑惑地看去，陈池驭神色坦然，手掌裹着盒子伸进了沈惊瓷的口袋："糖。"

沈惊瓷的手跟着进去摸："草莓奶糖吗？"

两个人的手指在口袋里交错，她只碰到了盒子的一个坚硬的棱角，就被陈池驭抓住。他"嗯"了声："上去再拆。"

电梯里面只有他们两个，沈惊瓷看到徐娟发的消息，他们坐后天早晨的飞机回来。她回了个"好"，说自己会去接机。

一家人终于要团聚，她脸上不自觉地露出笑容。

电梯门打开，陈池驭看见她唇角的笑，猜测道："好事？"

"我爸我妈后天回来。"沈惊瓷算了算，他们正好是腊月二十七那天回来，马上就要到除夕了。

沈惊瓷忽然觉得时间过得好快。

她挽着陈池驭的手臂往前走，想起自己回来后寻宁还没有下雪："好想跟你一起看雪啊。"

陈池驭从她手中接过钥匙，又"嗯"了声，接着拧开门锁。

沈惊瓷看了他一眼，对他略微冷淡的回答不是很满意。但陈池驭有点心不在焉，不知道在想什么，连她的眼神都没有注意到，推着沈惊瓷的肩膀就进了门。

"你有没有听……"

她的不满还没来得及宣泄出口，身体倏地被抵在坚硬的门上："唔……"

这个吻来得好突然，沈惊瓷迟钝一秒，但脑海中，陈池驭的行为好像忽然有了解释，一束巨大的烟花在她眼前炸开，呼吸被剧烈的心跳扰乱。可是……可是……

沈惊瓷伸手去推他，声音好含糊："不行的……"

陈池驭声音沙哑，一只手捧着她的脸，修长的手指拽住了大衣的翻领，没有管她的话。

"记得我跟你说的吗？"他边问边动作，内搭露出，外套随手扔到了鞋柜上搭着，他眼中的深潭终于有了波澜，玩世不恭的样子就算笑都很有距离感，语气却意外地认真，"我没开玩笑。"

呼吸靠近，她踮着脚承受，然后才听到陈池驭的声音："沈惊瓷，我很开心。"

"真的。"他这样说道。

鞋柜上的大衣衣摆好重，悄无声息地掉在地面，和沈惊瓷的衣服一个样，在地面上堆积了褶皱。

沈惊瓷迷迷糊糊的，陈池驭的动作停下了，她听见他问："你想不想？"

23

左侧的开关"啪嗒"一声被打开，房间都是漆黑的，只有玄关出现了暖黄色的灯光。

沈惊瓷瞳孔微眯，用了几秒适应这个光线。男人的模样彻底出现在眼前。他下颌线绷得很紧,轮廓清晰。

你想不想……

沈惊瓷不是很确定,他这是在询问,还是在暗示什么?这种话要她怎么回答?女孩欲哭无泪,只能靠着身后的门仰头:"什么意思?"

男人的指尖凉,手指若有似无地搭在沈惊瓷锁骨中间纽扣的位置,弄得她发颤。他这次没笑,声音像是含了海风中的沙砾,硌得她难受:"你知道的。"

沈惊瓷手臂无力地圈着陈池驭的肩膀,踮着脚脸埋在陈池驭的脖颈,胸口的起伏和心跳的剧烈都在这暧昧又狭窄的过道中变得格外难挨。

好想说她不知道。

什么都不知道。

草莓味的物品终于派上了用场……

外面灯火都熄灭,夜色越来越深,却有一盏明亮的灯"啪"的一声被打开。

沈惊瓷眼尾通红,身上只盖着一条浴巾,她闭着眼不肯睁开,却还是下意识地瑟缩了下。

陈池驭回身从柜子里翻出干净的床单,这是她从小长大的地方,每个角落都有她的气味,衣柜里更重。目光扫过蓝白色的校服时他动作微顿,眼皮跳了下,回头看,身后的人安静得像是睡着了。

"年年。"

"……"她好累,一句话也不想说。

沈惊瓷今晚特别娇气,说什么都不听,语气重一点就要哭。

让她喝点水都费了好大工夫,沈惊瓷睁开眼就要踹他,男人哄了半天,听到她沙哑的嗓音干巴巴地吐出三个字:"王八蛋。"

陈池驭手一顿,心情极其愉悦地点了点头,表示认同:"陈池驭确实是王八蛋。"

"你说得对。"他那样子哪里是真心的,唇角的弧度当她看不到吗?沈惊瓷好生气,偏偏陈池驭一副关心的样子要拨弄她的衣摆,"还疼不疼?"

他皱着眉,"啧"了声,有点意味不明。

沈惊瓷压着衣服往后撤,一脸的防备和惊恐。

陈池驭看出她的想法,笑了声:"不喜欢草莓味的吗?"

"和糖一块儿备的。"他眯着眼想了下,"别说,还挺久的。"

沈惊瓷委屈死了,陈池驭怎么可以这样,说什么都不听。

她想到什么,伸出自己的手指,难以置信地抽抽噎噎:"你咬我手指干什么?好疼……"

陈池驭的目光随之看去,她左手无名指根部有一圈儿淡淡的牙印。

他终于忍不住发笑:"怎么这么可爱。"

又说:"哪里都可爱。"

那天晚上沈惊瓷睡着后,陈池驭在阳台站了好久。

手机因来电话在床头振动,他看都没看。

沈惊瓷睡得好熟,是真的累了。

伫立着的男人眼中多了丝柔和,手指探进被子里,握住了沈惊瓷的手。

睡梦中的小姑娘像是惯性一样,哪怕是在梦中,一感受到他的温度就哼唧,皱眉嘴里念着:"陈池驭……"

他在她手指上怜惜地摸了摸,又摸到手骨。

心脏的血液全都往一个地方涌动,只要一碰到她,心就止不住地发软。

半响,他重新给她掖好被子。

陈池驭套上衣服,拿上手机和紫檀木手串,关了灯。

这条巷子夜晚好安静,陈池驭拨了个号码。铃声响了很久,那头才响起一道沙哑疲倦的声音,带着明显的不耐烦:"谁?"

陈池驭没什么感情地说:"我。"

不等对方开口,陈池驭继续说:"我过去挑个货。"

电流中有要睡着的声音,听到要求后又暴躁:"几点了要东西?"

陈池驭开着车窗,冷风呼呼地往里刮,修长的手伸出窗外,点了点烟灰。他"嗯"了声,语气特别欠:"赶紧过来开门。

"动作利索点,我女人爱醒。"

24

清晨的第一缕阳光从窗帘的缝隙中落在床角,沈惊瓷醒的时候,太阳已经过头顶。

眼皮微动,酸楚随之而来,还有一种薄荷的凉飕飕的感觉。她轻微地难受了一下,下意识地要蜷缩起腿,动作刚起了个头,就感觉被人摁住膝盖。

陈池驭低沉的嗓音模糊地出现在耳边,与指尖的清冽不同:"别动。"

沈惊瓷惺忪的睡意散了大半,意识到是哪里传来的怪异感觉后她惊慌地撑起手肘,出口的声音让她都惊讶,又哑又涩,颤巍巍地叫着男人的名字:"陈池驭……"

陈池驭应了声:"醒了啊。"

男人躬身过来堵住她的声音,他痞里痞气地开玩笑说:"怎么还这么娇。"

沈惊瓷浑身僵硬,想抽回腿,她一脸戒备,坚决地使劲摇头,眼睛有些肿,水汽氤氲,可怜地抬眼看他:"不行的,真的不行的。"

她脸埋进男人的脖颈,手臂从下方穿过云环着他凸起的肩胛骨,快要被欺负哭了:"难受。"

陈池驭垂眸看到女孩窝着小脑袋,怎么都不肯抬头。他瞬即一愣,又忍不住失笑,三根手指在她后颈上捏了捏,俯颈低声问:"现在还难受?"

沈惊瓷耳朵都红了,外面天光正明,陈池驭的声音滚烫炙热,她趁机从被子里抓住男人的手,一种黏腻的不知道是什么的东西沾上指尖,沈惊瓷心悸,没忍住把手握紧。

"你……你太过分了!"沈惊瓷像是受了惊的猫,脊背弓起,毛竖起,扔开陈池驭的手就往被子里缩,看着男人的眼神仿佛是他干了什么惊天动地的事情。

陈池驭看着沈惊瓷这一连串的动作,视线在自己被扔回来的手和沈惊瓷之间打量。顿了几秒,硬生生被气笑。

沈惊瓷躺在床上,裹得严严实实,只露出一双黑漆漆的眼睛,转过来转过去地躲闪着。

其实她不敢说,她觉得他昨晚真的好畜生。

"心里骂我呢?"男人冷笑,声音还带着凉意。

被说中心思的沈惊瓷一惊。男人已经压下来,不过却是拎着被角盖上了她的脸。

他声音压低,阻止了她那些乱七八糟的想法:"擦药。"

左手手腕多了样东西，是一个很漂亮的满圈飘花的手镯，沈惊瓷不会看翡翠，但一眼就觉得好喜欢。

她靠在人身上，惊愕地侧过脸去看陈池驭："你给我戴的吗？"

男人唇角弧度很淡，瞥了她一眼，轻哼，走到餐桌把人放在椅子上，盘子放在她手边："不喜欢？"

沈惊瓷手指钩着镯子看，回答："喜欢。"

她眉轻轻皱着，转念想到什么："这个是不是好贵？"

陈池驭搅拌好粥，喂到她唇边："啊，张嘴。"

沈惊瓷像是一只小兔子一样盯着他，陈池驭扫了她一眼，话到嘴边变了味儿："是挺贵。"

沈惊瓷就知道陈池驭买的东西不会便宜，根本不是她能等价回送的，她小心翼翼地试探："多贵？"

粥一勺一勺送到她唇边，沈惊瓷还要低头去吃。

"贵到口袋空了。"他抬起眼皮，一字一顿地开口补充，"花、了、全、部、家、当。"

沈惊瓷"啊"了声，要往下拽镯子的动作顿了顿，陈池驭紧接着揪了块吐司塞进她的嘴里，又懒散下来："不用还，对我负责就行了。"

25

沈惊瓷是在人走之后才发现自己放在床头柜上的那条手串不见了。

各个地方都找过之后，她盯着手上的手镯，慢慢反应过来。

所以陈池驭这是给自己换了一个？

沈惊瓷：我的那条紫檀木手串呢？

陈池驭回得干脆利落：扯断了。

"……"

盯着屏幕上的几个字，沈惊瓷不知说什么才好。

沈惊瓷还是有点惋惜的，毕竟这是陈池驭送她的第一样东西。她俯身在床边看了看，干干净净的，一颗珠子都没有。

眉轻轻地皱了会儿，沈惊瓷又看到手腕上的镯子，她试着往下脱，却卡在了骨节上，还有点疼。

圈口偏小，没法随便拿下来。

沈惊瓷脸微红，怀疑昨晚她睡得太死，他给自己戴上去都没有感觉。

……

徐娟和沈鸿哲回家那天，寻宁下了雪。

这场雪，一直下到了除夕。

久没人烟的房子一下子出现了四个人的声音，沈惊瓷恍惚觉得已经是上辈子的事情了。

父母脸上的笑容格外多，招呼着沈惊瓷和沈枞说这个说那个。

沈枞的衣柜每年都会准备新衣服。这天少年穿着灰色的 T 恤，身姿挺拔，胸肩宽阔，脖颈修长清瘦，就是手里拿着不知道从哪里翻出的一袋薯片，窝在沙发上一嚼一嚼的。

徐娟从厨房走出，看到这个场景眉头紧锁，忍不住喊他："沈枞！"

沈枞脑袋一歪，嬉皮笑脸地举起双手，将最后一块薯片放进嘴里，远远地推开袋子："不吃了。"

徐娟忍不住又念叨了几句："你身体还没好，吃这些不好……吃点有营养的才行。"

沈枞听得头疼，朝沈惊瓷投去求助的眼神。

沈惊瓷无奈地摊手，表示自己也没办法。

少年盯着她唇边没压下去的笑，眼神幽怨。

直到年夜饭上桌，沈枞才算舒了一口气。电视机里播放的小品全是笑点，沈鸿哲难得地给自己倒了两杯酒，徐娟也没说什么。

沈惊瓷也不禁心情好，她悄悄地给陈池驭发了条微信：吃饭了吗？

几乎是同一时间，陈池驭的消息发过来：在干什么？

就像是他们都在想着彼此一样。这种默契让她唇角止不住地上扬。

沈惊瓷在爸妈的眼皮底下不敢太放肆，一边抬头佯装无事一边给陈池驭发消息：在看春晚，你是不是没有看？

她觉得陈池驭不是那种肯乖乖坐在电视机前面的人。

但更没想到的是，陈池驭连饭都没有吃。

沈惊瓷愣了下，盯着男人紧接着发过来的那张照片：灯光明亮刺眼，一桌子的酒瓶，还有入了一半镜头的手。

热闹与寂寥对比明显。

她心一缩：你怎么了？怎么喝这么多酒？

消息发出去，沈惊瓷才想到陈池驭是不是和家里吵架了。

对面回得也快，聊天页面上的"对方正在输入"很快消失，文字框的白条出现在沈惊瓷眼前。

他直接明了：想让你心疼我。

小区楼下烟花一朵接着一朵，电视机里说相声的人侃侃而谈，徐娟不知道因为什么在笑，沈枞也是。

沈惊瓷下意识地捂住了心口，唯恐暴露心跳声。

徐娟的视线无意间扫到这里，剥着核桃的手一顿："年年，你脸怎么这么红？"

"啊？"沈惊瓷惊慌地抬头，愣愣地咽了一下口水，"……是吗？"

她用手给自己扇了扇风，干巴巴地笑："可能是暖气太热了吧。"

沈惊瓷捧起橙汁，给自己倒了一杯，没有看到沈枞扫过来的眼神。

陈池驭的话有意无意地拨乱了她的心弦，明晃晃地把目的摆在台面上，他说想看看她。

她有点恼，这个人的直接她有时候真的受不住。

剩下的时间她脑子里全剩下这句话，目光心不在焉地停在电视上。最后沈惊瓷还是找了个借口，先回了房间。

门轻轻地别上，有人做贼心虚地锁了门。

她后背抵着门，手指点了视频通话的按钮。

和心跳一样，对方接起得很快。

冷冽偏金属质地的嗓音在房间内响起："喂？"

沈惊瓷闻声后恍若大梦初醒，瞪大了眼睛朝陈池驭做了一个噤声的动作："嘘——

"等一下，我忘记戴耳机了。"

枕头被扯到一边，沈惊瓷坐在床沿，手忙脚乱地插上耳机，眼神时不时地看向门口，像是一只古灵精怪的布偶猫，眼睛漂亮又生动。

陈池驭低低地笑着，像是没有骨头一样倚着后面的沙发，身上的衣服皱痕明显，明明在笑着，人却莫名有点颓废。

沈惊瓷一下子就心疼起来，她往屏幕靠近了点。她皮肤细腻，眼睛眨啊眨地看着陈池驭，小声地问："心情不好吗？"

陈池驭意兴阑珊地"嗯"了声，他换了个姿势，改为直起身，手臂撑在了膝盖上，俯身遮住光。整个屏幕都暗了下来，他黑漆漆的眼睫毛很长，让沈惊瓷甚至想数一数到底有多少根。

他的嗓音像是清冷的山泉，又因为喝了酒，有些低哑："现在不错。"

是因为看到她了吗？沈惊瓷唇微微向内抿。

沈惊瓷没怎么说话，就是静静地陪着他。

两个人的视线在不同的光线中纠缠，陈池驭的眼睛很亮，时间像是被刻意放慢了节奏，在一片寂静中她听到自己心里的那片海在汹涌。

也可能他的眼睛就是那片海。

半晌，她怯怯地开口："用我给你订东西吃吗？"

陈池驭摇摇头，他朦胧的轮廓有一种不真切感。他身上散发着一种由内到外的冷慨，让沈惊瓷想去摸一摸他眉心，让他不要再皱眉了。

陈池驭是这样说的："别担心我，你像是在做坏事。"

……

沈惊瓷躺在枕头上忽然想起，她还没有和他说"除夕快乐"。

虽然他看着并不快乐。

那他为什么不开心呢？

除夕的烟花一直没停，屋子内没有拉窗帘，侧头可以看到窗外绚烂的烟花。

一阵烟花平息，她拿起手机盯着和陈池驭的聊天记录，想着要不要再说点什么。

除了墙壁上挂着的钟表的走动声，房间一片静谧。

忽然，有什么东西"咚"的一声不知砸到哪里，声音很弱。

沈惊瓷看了看房门，静悄悄的，毫无动静。

眼神还没有收回，沉闷的声音又响起。

沈惊瓷愣了一秒，惊愕地转头看向另一个方向。她后知后觉地反应过来，那是石子砸在墙上的声音。

拖鞋踩在地板上发出"啪嗒"的响声，沈惊瓷从窗户上垂下目光，一个黑色的身影出现在视线中，顾长而模糊的影子在他脚下。

看清是谁，沈惊瓷倒吸一口凉气。

陈池驭像是有预感一样，目光停顿。他举起的手臂微弯，使坏扔石子的动作收住，向她的方向转过身来。

沈惊瓷家住在三楼，不高不低的位置，恰好能顺着路灯看清他凌厉的五官。

大脑"死机"了一秒，沈惊瓷眼睛缓缓睁大。

陈池驭怎么来了？

他穿着一件黑色的连帽卫衣，板型宽松，单手插兜，仰头露出喉结。

沈惊瓷下意识地打开了窗，她踮着脚手臂扒着窗沿，惊讶地看着男人。

冷风阵阵吹过来，伴随着落在身上很快融化的雪花。沈惊瓷张开的口顿住。

陈池驭听不见。

楼下的男人后退几步，站在路灯下，看见小姑娘像是兔子一样出现，又一溜烟消失在视线里。

手机振动，是沈惊瓷的电话。

陈池驭看见她白净的小脸又从窗内探了出来，松散的黑发从两边垂落，她的声音从耳畔传出，欣喜又惊讶："你怎么来了啊？"

他凝视着她，歪着头笑。十二点的钟声在此刻响起，和他的声音出奇地同步。

低沉冷冽的声音穿过电流，好似在流动。沈惊瓷听见他说：

"我爱你。"

安静的氛围被打破，沈枞的敲门声在背后响起："姐，你睡了吗？爸妈让我给你送杯牛奶。"

沈惊瓷瞳孔紧缩，手指不自觉地用力，她眼睛看啊看。

外面飘着小雪花，陈池驭穿得好单薄，肩膀上的不知是不是雪。他身上的衣服被风灌得鼓起，头发也凌乱，昏暗的光线遮住了眼底的情绪，他的眉目显得更淡，身后是空无一人的街道，还有满地鞭炮纸的碎屑，白雪堆出轻浅的寂寥。

她的心跳如擂鼓，震耳欲聋。

脚步匆匆地给沈枞打开门，牛奶的温热从手心传入血液，蔓延至全身。

少年注意到冷风直灌的窗口，声音清冷低沉："姐，你早点睡。"

沈枞好像还说了一句什么，沈惊瓷忘记了。只是她回到窗口的时候，下面的人已经不见了。她怔怔地愣神。

他走了。

陈池驭最近很忙，沈惊瓷只能从三言两语中知道他有比赛，在准备。

要回学校时他也很忙。她在看机票，问陈池驭什么时候回学校，她想和他一起。

陈池驭握着刀叉，动作矜贵，散漫地切好牛排，自然而然地推到沈惊瓷面前，又将女孩面前没切好的那份移到自己面前，反问："你呢？"

"我想订二十号的票，回去收拾一下。"

陈池驭点点头："跟你一起。"

沈惊瓷暗暗地呼出一口气，又笑得眯了眼。

她差点以为两个人没法一起回去："好呀。"

陈池驭挑眉，抬眼看她，笑得痞气："这么开心？"

沈惊瓷听到这话有了点反应，这段时间积攒的那点情绪渐渐冒出来，她低着头，垂眼搅拌着意面："你最近好忙。"

陈池驭动作一顿，看见小姑娘耷拉着的眼角，抿着的唇好像都有点委屈。

陈池驭了然，哼笑了声，桌下两条长腿伸直，去钩沈惊瓷。

他一副事情好办的样子："行，今天跟年年回家。"

沈惊瓷骂他好浑。

可是真的到要返校的那天，陈池驭还是食言了。

沈惊瓷站在机场中央，听着电话里的声音，笑意渐渐收敛。

几秒后，女孩组织好语言："没关系的，我回去给你发消息。"

陈池驭的声音像是浸在风里："有事找我。找晏一也行。"

"嗯嗯。"

挂断电话的前一秒，沈惊瓷听见他说："等我回去。"

但沈惊瓷怎么也没想到，回到沥周的第一天真的遇到了麻烦。

学校修路，出了地铁口后才发现还需要绕好大一圈儿。

走路是没有问题的，可偏偏天公不作美，哗啦啦的大雨让她寸步难行。

修路使泥泞的黄土外翻，身边的人也都没想到会下雨，都拉着行李箱就往外冲。

沈惊瓷不好意思因为这么点小事麻烦别人。足足等了半个小时，女孩才鼓起勇气扣上帽子往外走。

身上的羽绒服不容易渗雨水，但时间长了变得又厚又沉。

果不其然，沈惊瓷因为这一茬儿又发烧了。

她害怕陈池驭回来看到她生病，这次便主动去了医院。

医院行人匆匆，沈惊瓷缴完费转身。

忽然听到有人喊她：

"沈惊瓷？"

她回头，看到一张许久不见的脸。

沈惊瓷想了想，才慢吞吞地对上名字。

她叫林烟。

26

想起上次因为给微信惹出来的尴尬，沈惊瓷嘴角的弧度有些不自然。

她的脸色原本就苍白，配上这个笑容让林烟一下子没忍住，直接笑出了声："不想笑就不用逼着自己笑，丑死了。"

她笑还嫌她丑，沈惊瓷也不装了，她没力气，不想虚与委蛇，干脆把下巴往围巾里埋了埋，说："那我先走了。"

林烟喊住她："等等，我和你一起走吧。"

沈惊瓷转身的动作一顿，眼睛里多了几分诧异。她看见林烟莫名其妙地抠开了药盒，眼睛盯着沈惊瓷，动作自然地往手心倒了两个药片，直接塞进了口中。林烟目光直白，嘴巴像是感觉不到苦味一样咀嚼着，朝她抬起下巴自然地问："回学校吗？"

沈惊瓷皱眉，直觉告诉她这人很奇怪。

对面的女人忽然抬起手，撸起袖口，露出手腕上的东西。她神情很笃定，嘴角挑起弧度，问道："现在呢？"

沈惊瓷瞳孔剧烈收缩——

她看到了那条和自己一样的紫檀木手串。

冷风一直吹，头发不听话地遮住视线。

沈惊瓷合着嘴唇，呼吸都放得轻缓，但喉咙里还是免不了刀割一样的疼痛。

地铁站的长椅旁，林烟看了眼人挤人的车厢，主动说："等下一趟吧，人多。"

沈惊瓷没异议："你要和我说什么？"

林烟笑了笑："能猜到是关于谁的吧。"

"这两条是一样的。"她有意无意地摸着自己手腕上的手串，"陈池驭妈妈给我们在庙里求的，说是能保佑平安，还有助姻缘的作用。"

沈惊瓷捏着围巾的手微不可察地一颤。

天气很冷，朦胧的白雾从唇齿间吐出，在眼前凝聚成一团又散开。沈惊瓷视线向左看，瞥到了她指尖的手串。

不知看了几秒，她淡淡地收回视线，带着鼻音"哦"了声。

小颗小颗的珠子在林烟手里捏来捏去，她饶有兴致地转过来："你记得我问你要他微信的时候说了什么吗？我告诉过你，我和陈池驭见过，只不过忘记留联系方式了。"

沈惊瓷手缩在袖子里摩挲着，因感冒而头晕。她听到林烟说："其实我骗了你，不是忘记留，而是他没有给我。"

林烟耸耸肩，无所谓地说："父母的意思嘛，没有感情基础就在一起也正常。"

"我也不是喜欢他喜欢得要死要活的,不过陈池驭的条件比那些歪瓜裂枣好多了,就是脾气差了点。"她掂量了一下手串,还算满意地说,"不算赔。"

林烟穿着一件短款的夹克,两只手撑在长椅边缘,身子前倾歪头看着沈惊瓷,似乎是在等她的反应。

沈惊瓷的眼型很漂亮,因为生病脸色发白,半张脸都压在红色的围巾之下,只有鼻尖被冷风吹得发红。

地铁又来了,站着排队的人匆匆忙忙挤上去,想抢一个座位。

沈惊瓷看了眼车厢内,心里空落落的。大脑反应还是有点迟缓,但她听懂林烟的意思了,不知道为什么,她比想象中冷静很多,只是开口无声。沈惊瓷咽了一下口水润嗓,才发出声音:"可我是他女朋友。"

她的指尖摸到了手腕上冰凉的翡翠,眼睛看不出波澜,低下头。

寂静了两秒,这趟车又开走了。

林烟的声音重新响起,她干脆地点头,认同沈惊瓷的话:"我知道。"

"可你不会是他的妻子。"

闻声,沈惊瓷眼中终于有了波澜,视线上移与林烟对视。

"陈池驭跟你说过他家里的事情吗?"她像是早就知道了答案似的继续自顾自地说着,"你知道他在这样的家庭很多时候是没有选择的余地的吗?"

"我知道你们两个在一起的时候也没什么感觉,因为我也没有选择,我只能选择可选范围内的最优者。"她翻出了自己的手机,竖在沈惊瓷面前给她看。

她一抬眼,不费任何功夫地从合影中看到了林烟,还有一个和陈池驭很像的中年男人,右后方的位置是空着的,少了谁一眼能看出来。

"我也挺喜欢你,如果抛开那些东西来说的话。"林烟收回手机,朝她笑了笑,"不知道你信不信,我从来没把你当情敌。"

"但你知道我们要一起出国吗?"耳边传来的声音不疾不徐,却像是扔下了一枚重磅炸弹,沈惊瓷眉心终于皱在了一起。

她愣愣地看着林烟上挑的眼角,莫名地心悸,每一次呼吸都艰难。

林烟的眼神说不上带着什么情绪,怜悯或是惋惜,就好似在告诉她:

你看，你连这个都不知道，感情怎么可能长久呢。

"你是不是在想，都什么年代了啊，怎么还会有这种事情？还有人能一手遮天不成？

"但他会过得很辛苦，起码比现在辛苦。你舍得让他为了你跌入泥潭吗？"

沈惊瓷耳鸣得厉害，觉得声带也生锈了，嘴里的味道发苦。她机械又沙哑地开口："陈池驭在哪里？

"我想见他。"

……

沈惊瓷咳嗽得好厉害，她抱着地铁上的扶手，拼命地隐忍着，脑海中不断回放着林烟最后的几句话：

"我不清楚，只知道他前段时间和家里闹得不愉快，人没关住，就只能动他手里的资产了。

"告诉你只是觉得你应该知道。"

沈惊瓷回到宿舍，喉咙已经像冒烟一样，咳嗽得肺都要出来了。

手急忙忙碰到桌上的杯子，仰头往口里送水。沈惊瓷喝得太急，被呛得又咳嗽起来。

她捂住嘴蹲在地上，手把手机握得好紧好紧。视线停在那个号码上，屏幕亮了又亮，她却始终没有摁下通话键。

沈惊瓷睡得也不安稳，醒来的时候还看到了陈池驭发的消息。他和往常无异：发句语音我听听，想死我了。

沈惊瓷迟缓地眨眼，身子像有千斤重，头怎么也抬不起来。

她垂下手休息了一下。攒足了力气打字，她没有管其他，就是问他：什么时候回来？

五秒的语音倏地出现在眼前，沈惊瓷还没反应过来，手指已经不小心点开。

他轻轻地"啧"了声，漫不经心，她耳畔模糊的声音变得清晰："年年啊——

"像只小猫，说不听。"

……

沈惊瓷想到了孟有博，又看到镜子里病恹恹的自己，觉得见面不太好，最后还是选择打一通电话了事。

那个时候是晚上九点，孟有博不知道在哪里，吵得要命。电话一接通，孟有博就非常不耐烦："谁啊？"

沈惊瓷说话带点鼻音，但比之前好了很多，声音还是很清脆："学长，我是沈惊瓷。"

电话里的人明显沉默了一秒："等会儿。"

他人似乎在走动，衣服布料摩擦出生硬的响声。电话里安静了，他应该是换了一个安静的角落。

孟有博再开口态度已经完全转变："妹妹，找我有事？"

"刚刚太吵了，没注意是你的电话。"

"抱歉学长，打扰你了。给你打电话是有点事情想问问你。"沈惊瓷绕着手腕上的皮筋，膝盖上放着的电脑屏幕的亮光打在脸上，她表情很平静。

"什么事啊？跟哥客气什么，说！"

"我想问问陈池驭最近都在忙什么，是不是遇到什么问题了？"

孟有博一愣，反应很快："没有啊，没有，你想多了。他最近就是在车队里，有几场比赛，玩一玩就回来了。"

沈惊瓷指尖抠到掌心，知道自己问不出什么来。

"那你知道他什么时候会回来吗？他总是和我说马上。"

"呃……快了。妹妹你放心，他绝对不敢做什么对不起你的事。"

孟有博回到包厢，一脸烦躁。有人问："怎么了兄弟，有什么烦心事？"

"别说了，陈池驭不知道咋样了，他女朋友的电话都打到我这儿了。"

"伤筋动骨怎么也得养一百天吧，他出院了没？"

孟有博挥手："我怎么知道？他什么都不说，就知道让我收拾烂摊子。"

气氛沉闷了会儿，有人恶狠狠地"呸"了声："南城那群畜生也真是脏，什么手段都有脸耍，要不是他们，以驭哥的技术车能飞出去……"

孟有博扔了个眼神过去，声音停住，他的酒杯又被倒满。有人问："他把女朋友护得这么紧？还用你在这儿兜圈子？"

孟有博"嗤"了声，尾音拖得长，调子懒散："宝贵着呢。"

想起什么，他边摇头边笑，无奈地说："见她第一眼就给人开后门进

327

我的社团，你说能是不喜欢吗？"

沈惊瓷感冒好的那天，陈池驭回来了。

他穿着一件黑白相间的棒球服，头发剪成了比之前短的寸头，好像清瘦了很多，下颌的线条更加凌厉，瞳孔漆黑，脖颈的青筋一直延伸到T恤下。沈惊瓷扑进了他的怀里，他身上骨感明显，她的嘴唇不轻不重地磕在他平直的锁骨上，她说"我好想你"。

陈池驭被撞得闷哼了声，轻笑着去搂她："这么急。"

沈惊瓷仰脸看他，手臂搂得越来越用力，像是一只委屈的猫："我等了你好久。"

陈池驭又低低地笑了两声，哄人似的把她往上抱："我错了。"

沈惊瓷视线一顿，男人双眼皮褶皱的上方眉骨坚硬，眉毛却不知道怎么回事，多了一道断痕，显得他清洌冷硬，气场更具压迫感。柔软的指尖停在了上面，小姑娘愣愣地问："你这里怎么了？"

陈池驭冲她挑挑眉，没吭声。他似乎回想了一下，轻浮地调侃："不喜欢？"

沈惊瓷瞪他，眼尖地发现他手指上的伤口："你受伤了。"

陈池驭也没怎么遮掩，握住沈惊瓷乱摸的手指，放在唇边亲了亲，含糊地"嗯"了声："没事，都好了。"

他不说，沈惊瓷也能猜到："以后比赛小心一点，不要受伤，不能说不听。"

陈池驭眼神微动，被沈惊瓷气笑。

小姑娘好记仇，他怎么说的，她就怎么还回来。

他咬她指腹，哼笑："行，听你的，我惧内。"

沈惊瓷点点头，表示同意。

她又望着他，语气认真："那你还有什么话要对我说吗？"

陈池驭抬起眼。

风呼呼地狂刮，树枝乱颤，天上的乌云飘了过来，又是一个坏天气。

今年的冬天格外难熬。

27

沈惊瓷想到那个很冷的晚上，他们在一起的第一个夜晚。

陈池驭抱着她，手捂着她的眼让她快点睡。睡过去的前一秒，她其实被弄醒了。

男人贴在她的耳畔，声音像是沾了雾："跟我试试，不会让你后悔。"

她好困，翻过身窝在他怀里，笑着"嗯"了声，说"好"。

棒球服面料冷硬偏凉，风蹭着头盔窸窸窣窣地刮过，沈惊瓷身体前倾，手臂环着陈池驭精瘦的腰身，侧脸贴在他瘦削的脊梁上。机车发出隆隆的声音，后面是飞扬起来的尘土。

陈池驭下颌线绷得很紧，断眉让男人精致的棱角平添了几分戾气，他将把手拧得越来越紧，放松地俯身，速度越来越快，声音透过风声被模糊地吹散："怕不怕？"

沈惊瓷摇头，靠着他蹭了蹭。脉搏不断冲到顶峰，沈惊瓷在极速中压下心跳，声音在密闭的空间中冲撞，她喊着回答："不怕！"

男人似乎愉悦地笑了下，冲破风的桎梏，乌云在后面追赶他们。

他们的目的地是一个公寓，和她上次见过的不同，似乎是刚买的，是复式的，很大但空落落的，什么都没有，家具都是原本的。

沈惊瓷被他牵着走进去，她打量着四周，不解地问："这是哪儿？"

陈池驭的手在沙发上随意地扫了两下，漫不经心地一下子坐下。他左腿搭在右腿膝盖上，唇角勾着弧度，身子后仰，两只手搭着沙发顶，模样肆意不驯。他下颌微抬，朝沈惊瓷示意："你不是想要个家？"

顶层的落地窗视野很好，仿佛伸手就能摸到云。沈惊瓷怔住："家？"

她惊愕地扫视了一圈儿，下意识地反问："我们的？"

陈池驭被沈惊瓷的反应逗笑了："不然呢？"

他站起身，拉着沈惊瓷走："你不是说之前那个公寓太暗了。喜欢什么样的，你来弄。"

沈惊瓷脚步顿住，还有些蒙。

陈池驭随便地坐在桌沿上,眼角带着痞笑注视着她,又收敛了。几秒后,他似乎叹了一口气,很轻,然后环住沈惊瓷,拉着她坐在自己腿上。

"给我抱抱。"他的脸埋在她颈窝,忍不住用下巴抵了抵她的锁骨,"没良心,怎么一点都看不出你想我?"

潮热的呼吸让她觉得有些痒,沈惊瓷瑟缩了一下。他总是喜欢这么说,沈惊瓷恍惚地想,他是不是真的很喜欢自己。

就连家都要有了。

她嘴唇嚅动,声音出口之前,脑海中又浮现林烟的话。

——"人没关住,就只能动他手里的资产了。"

——"你舍得让他为了你跌入泥潭吗?"

那陈池驭这段时间是因为这些在忙吗?所以房子也要换。

心像是被一只无形的手揪住,又狠狠地抓紧,空气都被挤出来。沈惊瓷觉得自己呼吸不畅,胸口有一块石头压着。

"那你还有什么话要对我说吗?"

"还真有,有个惊喜。"

确实很惊喜,这是他们的家啊。

但沈惊瓷鼻头莫名地发酸,她才是他的女朋友啊,为什么那些事情要别人来告诉她呢?

陈池驭敏锐地发现怀里的人情绪不对,准确地说,从一回来就发现了。

但事情好像比他想的要严重些。

沈惊瓷的下巴被他的手指捏住,力道迫使她扭头,正对上陈池驭的眼睛。

她杏眼泛红,但又像是在极力隐忍着。陈池驭眉头皱了起来,不知道发生了什么:"怎么了?"

他一开口,沈惊瓷的泪就像是断了线的珠子一样,簌簌地往下坠。有的挂在睫毛上,摇摇欲坠,晶莹剔透。

陈池驭愣了下,用手背去抹她的泪,声音低沉:"哭什么?你……"

沈惊瓷忽然打断陈池驭,哭腔和鼻音混在一起,他的声音让她找到了宣泄口。女孩的声音沙哑,却是在喊着:"我都知道了!"

"陈池驭,我都知道了……"她越说哭得越厉害,比之前任何一次都凶猛,白净的脸上布满泪痕。她使劲咬着自己的嘴唇,齿痕明显,周围一圈儿泛白。

沈惊瓷极力克制着,手抓着陈池驭的衣服,越抓越紧,骨节凸起明显。她后背僵硬地绷着,身子向前弯,声音也无法自抑:"你真的没有话对我说,没有……吗?"

女孩无望地抬眼看向陈池驭,声音清冷又破碎。

陈池驭狭长的眼睛瞳孔漆黑,因为沈惊瓷的话眉皱得很紧。

沈惊瓷默默地流泪:"你……"

在沈惊瓷下一句话说出前,男人猛地攥住了她的手腕,他声音低沉,试图和她沟通:"年年。"

沈惊瓷像是听不进去一样,哭到大脑缺氧,发丝狼狈地粘在眼尾。

陈池驭唇线抿直,下颌绷得很紧,尖锐得厉害。沈惊瓷哭得太难受,眼缓缓闭上,表情痛苦。陈池驭的呼吸一下子停住了。

她的泪像是一根根钉子,活生生扎进男人的肋骨,露出鲜血淋漓的嫩肉。

他失神几秒,压下眼底的阴戾,手上力道加大,她猛然跌进他怀里。

"沈惊瓷!"

沈惊瓷像是掉进水里的不会游泳的猫,喘息着枕在他肩头。

陈池驭垂眸凝视着她半闭着的眼。沉默半响,他声音发哑地开口:"你知道多少?"

"手串、订婚、出国、和家里闹翻……"沈惊瓷一字一句地说,疲倦得快要发不出声音了。她侧眸看他,声音都在抖,"还有什么没告诉我?"

陈池驭摸了摸她的头发,喉结上下滚动,她光是哭就够要了他的命,他的心生疼:"谁说的?"

沈惊瓷不语,眼里的情绪不明,就那样直勾勾地看着他。

两个人就这样沉默下来,陈池驭眼一眯,脖颈忽然传来刺痛,沈惊瓷忽然咬住了那块肉,说不上用力,但就是不放。

陈池驭舌尖抵着上颌,人却像突然放松,他什么都没说,一下一下拍着她的后背。

不知过了多久，沈惊瓷才算出了那口气，她哑着嗓子开口，说出了那个名字："林烟。

"她说她是你的未婚妻。"

陈池驭嗓音低哑，嗤笑："放屁。"

他低头吻着沈惊瓷的眼："我的未婚妻是你。"

沈惊瓷眼眶又泛红："你骗我。"

陈池驭看她："爱哭鬼。"

说着，沈惊瓷真的要哭。

她咬住唇，委屈得要命："你才是爱哭鬼。"

陈池驭抱着她的手臂晃了晃，幼稚得像哄小孩："陈明辉找的人，别给我扣屎盆子。"

"可是你们要一起出国。"

"之前是我一个人要去，关她什么事？"

沈惊瓷看了他一会儿，注意到那个修饰词："那现在呢？"

陈池驭低头看她，眉尾微扬，表情就像是在说：你不知道？

"现在有你了，我能走到哪儿去？"他的姿态都快要跟嗓音一样低。

沈惊瓷忍不住抽噎，陈池驭皱眉，抽了两张纸，捏住了沈惊瓷通红的鼻尖。她的呼吸一下子止住，他的声音出现："擤。"

沈惊瓷不动弹。

僵持中，陈池驭先败下阵来，他手指捏捏沈惊瓷后颈，声音更哑："擤一下。"

"乖点。"

他的声音混着空气无孔不入地贴紧她，沈惊瓷听见陈池驭说："没有别人，以后也是。"

"都会处理好。"

沈惊瓷抠着陈池驭外套的拉链，拧巴着不说话。

时间一点一点地流逝，沈惊瓷眼尾感觉到指腹的粗糙感，他已经靠近。他习惯性地揉着她的眼尾，说"别哭"。

清浅的鼻息交织在一起，沈惊瓷听见他问："你是想分手吗？"

沈惊瓷闭着眼,睫毛簌簌地颤。从来都不敢说出口的两个字,就这样被他如戳破脆纸般赤裸地说出来,她眼眶酸涨得厉害,心口更是痛到麻木。

可她不想分手。

沈惊瓷本能地摇头,死死咬着唇,尝到了腥甜的铁锈味。她静下来,难受地掉了几滴泪,像是把最后的力气也用尽了。

陈池驭捏着她的下巴,眼中的情绪翻滚灼烧,语气生硬地继续问:"沈惊瓷,你跟我在一起,后悔吗?"

男人声音沙哑,像是有沙砾一样的颗粒感,他改口:"后悔过吗?"

一秒也算。

沈惊瓷摇头,好像已经没什么话可以说。过了许久,她才艰涩地发出声音:"没有,没有的。"

话落,一锤定音,陈池驭再也没有给她挣扎的机会。

他不容置喙地说:"那就不分。

"永远不分。"

那时沈惊瓷想,那就赌一次吧。

反正自己也不会再这么喜欢别人。

她从情窦初开就开始喜欢的少年,在心脏上生根破土,无法泯灭。

"陈池驭,我们赌一次。"

"赌什么?"

沈惊瓷想了想,最后只说了两个字:"赌你。"

只赌你。

天色渐晚,夕阳只剩余晖。

既然做了一场美梦,那就赌结局是美梦成真,你爱我,属于我。

为了那罗曼蒂克,勇敢一次。

沈惊瓷说:"我过生日的时候,其实给你留了一个愿望,我可以要回来吗?"

"好。"他答应得很快,"你想许什么愿?"

他怎么又这么说?和那年在后院的场景一模一样。

沈惊瓷闭上眼,仿佛看到戴着黑色鸭舌帽的清瘦少年,送她桔梗花,敲她脑袋。

少女合掌置于身前，画面重叠，跨越了五年。她的声音清脆：
"希望河清海晏，我能与他年年岁岁常见。"

28

三月初，距离陈池驭原定的出国时间还有三个月。

人都是有预感的，两个人在一起的时间比之前更多，他们去了很多之前没有去过的地方，尝试的更多，甚至让她有种错觉，他们像是在末日恋爱。就算会分开，现在也要抵死缠绵，一秒钟也不舍得浪费。

陈池驭最近又有秘密了，沈惊瓷醒来的时候枕边已经空了。他走的时候亲了亲她的额头，小姑娘不太高兴，不知道他偷偷摸摸地去哪里。

昨晚她在他裤子口袋里摸到了一张硬纸，他脸色变得很快，在她展开的前一秒抽走了。

沈惊瓷愣住了，澄澈的眼看着他。陈池驭把纸握在手心，说是合同。

怎么可能？合同哪有这样折的。

第二天下午，沈惊瓷去辅导员办公室，无意间听到钟老师说，学院大二可能有交换生名额，为期一年，是去英国。

她不知道自己是怎么想的，但心中的第一反应就是她想去。

陈池驭最近很累，每次见到他，总觉得他眼下的青色又重了。他在宿舍楼底下等她，低头看着手机，半垂着眼，隔着几米也能感觉到他身上传来的冷慑和倦怠。他站姿懒散，却让人忍不住往那里看，天生勾人。

听到沈惊瓷的声音之后，他抬眼，身上的颓收了，只剩下痞。

沈惊瓷佯装随意地问："很累吗？"

陈池驭挑眉，目光侧过来看她，尾音上扬地"嗯"了声："怎么？心疼我了？"

沈惊瓷钩着他的手指"嗯"了声，是心疼了。

他原本不用这么辛苦的。

陈池驭有本事，就是羽翼不够丰满。陈家对他使的手段伤不了筋骨，就是麻烦点，做什么都被使绊子，那意思就好像是说，跟他慢慢耗。

前几天沥周下完了最后一场雪，路面的积雪刚融化，沥青地面颜色深，沈惊瓷低头看见两个人重叠在一起的影子，忽然问："如果你出国，会去哪里啊？"

陈池驭怔了一秒，视线淡淡地扫过沈惊瓷，手威胁似的搭上她纤细的后颈，像是捏猫一样动了几下："打什么鬼主意呢？"

沈惊瓷用小动作讨好他："随便问问。"

陈池驭眼微眯，嗤笑了声，手上力道加重，跟提着一只小猫一样把人拎到马路内侧："少想点，我说了不去。"

沈惊瓷手往后伸整理自己的帽子："噢。"

吃饭的地方在一个私人场所，是个四合院。他们两个是最后到的，沈惊瓷还看到了坐在晏一身边的那个小姑娘，白生生的，瞳孔漆黑，眼神很亮，伸手接过晏一剥好的大白兔奶糖，塞进嘴巴里。

孟有博眼睛一亮，像是逮着什么，嗓门很大地吆喝："罚酒罚酒！迟到了，大家都看见了啊。"

陈池驭瞥了他一眼，不屑又轻狂："有病。"

孟有博毫不在意，手一下子拍在大腿上："你媳妇在这儿，不好耍赖吧，还要不要面子了？"

身边的沈惊瓷脸猛地一红，孟有博吼得真的太大声了，那两个字像是带着回音不断循环。在一道道目光射过来前，她无措地低下了头，只听见陈池驭轻笑。

男人舌尖顶着腮，点着头，视线停在孟有博身上："孟有博，你行啊。"

孟有博哈哈笑着，丝毫不怕，他自己干了一杯，也点着头，然后死皮赖脸地仰头，看样子还挺骄傲："我能不行？"

面前有三杯酒，陈池驭直接起了个瓶盖，仰头吹了半瓶。

孟有博被噎了，沈惊瓷到底是没忍住笑出了声，陈池驭的目光紧接着看过来："好笑？"

笑一下子止住，沈惊瓷摇了摇头，与他目光相对。她动作停顿，又缓缓地点了一下头，压着唇角，假装纠结地说："好像是有点。"

一顿饭吃得很愉快，问夏因为上次的事情，面对陈池驭还有点不好意思，却想往沈惊瓷面前凑："姐姐，你好漂亮呀。"

晏一眼神平静地听着身边的人在说话，时不时往那个方向瞥一眼，注意力全在问夏身上。两个女生凑在一起不知道在说什么，他有些烦躁地扯开了领口的第一个扣子。

忽然，问夏像是被人掐住了命门，不可抑制地往后仰："哎哎哎，谁拽我？"

晏一冷清的声音响起："凑什么，头发都掉碗里了。"

问夏瞪着眼，回头看他。不知道自己又怎么惹到他了，一想到这个人可能给自己来个物理题加练什么的，她忍不住委屈起来："哥哥……"

晏一："嗯。"

沈惊瓷中途要去趟洗手间，陈池驭把螃蟹肉放进沈惊瓷盘子里，点头。

人走后，他又看了两眼。孟有博嘴巴快咧到耳朵根，恨不得赶紧把陈池驭这副样子拍下来："你知道吗？你现在活脱脱是一个情种。"

陈池驭眼皮都不抬地摘下手套，也懒得搭理他。

孟有博早就习惯了，自己也能说得起劲儿："前阵子你买的那个什么石头，买下来了？"

陈池驭懒散地"嗯"了声。

"你买那玩意儿干什么？"孟有博想起那段日子陈池驭比赛赢的钱，没想到买那个玩意儿还不够。

"戒指。"陈池驭言简意赅。

"戒指啊。"孟有博想了下，那好像还真得镶个东西上去，要不看着怪穷酸的。他又喝了口酒，酒精上头，脑子好像也比平时聪明了。

谁会平白无故送钻戒啊！他忙说："等会儿！

"你不会是打算求婚吧？"

陈池驭皱眉，转头瞥了一眼身后的方向，不耐烦："小点声。"

孟有博看呆了，陈池驭竟然没有否认。游刃有余的人开始结巴："你……你玩真的啊！"

陈池驭身子后仰，睨着孟有博，下颌抬起，提醒他："嘴闭上。"

哪里还闭得上？简直都快要能塞进一个灯泡了。

平常说话最利索的人结结巴巴地说："我的天……你疯了吧！这才谈了几个月。"

陈池驭嗤笑，这跟谈了几个月有什么关系？有的人看一眼，谈一天，就知道这人自己认定了。

他认定沈惊瓷了。

最后他也只是说了句:"她没安全感。"

孟有博扶住自己快掉到地上的下巴,憋了好久,最后只蹦出两个字:"真、牛。"

……

沈惊瓷发现陈池驭身上有伤口,是因为她突然看见了垃圾桶里染着血的绷带。

陈池驭没想到沈惊瓷会在这个时候出现,身上的衣服还没穿好,他的眉狠狠地皱了一下,伸手就把衣服往上拉。

屋内全是消毒水的刺鼻气味,还有淡淡的血腥味,沈惊瓷怔住:"你受伤了?"

陈池驭下眼睑凸起一定弧度,有点烦躁地"啧"了声:"让你看见了。"

沈惊瓷不顾他搂着的手,非要扯开衣服。他的肩膀线条流畅,白色的绷带干净,但青紫的瘀血刺眼。

脑中闪过几个念头,沈惊瓷指尖颤抖:"怎么回事?"

陈池驭试图把人抱在怀里哄,他贴着沈惊瓷唇角喘息,随口瞎扯:"摔的。"

沈惊瓷的眼一下子就红了,她咬着唇瞪他:"你当我是傻子吗?"

对视良久,沈惊瓷想起他这段时间瞒着自己的事情,又想起垃圾桶里的血,心仿佛被一千根针在扎,挣扎得越来越厉害:"你别碰我。

"你放开我!"

"哟。"

陈池驭闷哼一声,搂在她身上的力道一下子松了,男人像是被碰到了伤口,表情痛苦,眉皱在一起。

沈惊瓷怔住,缓了一秒才反应过来,心跳停息一瞬。她走上前,声音微颤:"你……你怎么了?"

陈池驭捂着胸口,气息不稳:"疼。"

沈惊瓷慌了:"哪里……你哪里受伤了?我看看。"

陈池驭带着她的手到了心口的位置:"这里。"

沈惊瓷的声音戛然而止。

意识到什么，女孩迟缓地抬头，问："你……？"

陈池驭不给她机会，冰凉的唇直接贴上，他抓住沈惊瓷的手，哄着她："别生气。"

沈惊瓷胸口起伏，想要推开他，又怕真的碰到他伤口，脸硬生生地气红了，唇也更红了。

"又不想告诉我吗？"

陈池驭摸了摸她的长发，模棱两可地说："再给我几天时间好不好？"

沈惊瓷垂眸，看到他漆黑的瞳孔。

沈惊瓷没有睡着，他身上的伤肯定不是摔的，倒像是被什么硬物砸的。

试探无果，那晚她辗转反侧睡不着。月朗星稀，陈池驭从背后揽住她的腰，沈惊瓷睁着眼，看见溶溶的月，还有抓不住的月光。

他们真的会有以后吗？

为什么眼前像是出现了一层雾，在不断吞噬着她？

手机振动，沈惊瓷躲在被子里悄悄查看消息。

林烟：我怎么会知道，你不是在他身边吗？

林烟：可能被他爸妈找的人收拾了吧，他们早晚要逼他就范的，耐心没了就只能来硬的。

林烟：你问留学的事干什么？去英国吧。

沈惊瓷的视线停在最后四个字上。明明是最差的一条路，她却像是松了一口气。

意外总是来得很突然，击溃她所有的心理防线。

麻绳从来都是从细处断，厄运也挑苦命人。

沈惊瓷没有想到，沈枞的身体会突然出现问题。

电话里徐娟已经哭得要断气，沈惊瓷什么都没听清，只觉得脑中有什么东西断了。

手术室外，沈鸿哲和徐娟坐在长椅上低头掩面，手肘撑着膝盖。

沈惊瓷站在长廊尽头，看到了父母鬓边的白发。

鲜红的数字挂在墙上，时间与死神赛跑。

沈惊瓷不停地说着:"没事的,没事的,阿枞会没事的。"

徐娟哭得眼睛都肿了,一句完整的话都说不出,一直摇头:"怪我,怪我没有照顾好。"

沈鸿哲眼里全是血丝,站在角落里,电话一个接一个地打,聊工作、求关系、找医院。里面他唯一的儿子还在手术台上,但他没有时间悲痛,这个家还得靠他撑着。

沈惊瓷说:"爸,妈,你们休息吧,我来守着。

"阿枞不会有事的。"

手术进行了一天一夜,沈惊瓷手里握着手机,上面是未拨通的电话,还有未回复的微信消息。

她不敢闭眼,怕休息一会儿她的世界就会天翻地覆。

陈池驭,你在哪里?

我好害怕。

陈池驭……

她的救命稻草。

月落参横,沈惊瓷身上的零件像是生锈了,她迟缓地低头。

手机还是静悄悄的。

这是她和陈池驭断联的第二天。

不安、焦急、害怕、恐慌,所有情绪都在临界点停了下来。

手机忽然振动,是"陈池驭"发过来的消息。

沈惊瓷低头,看清了那张图片。

灯光明亮暖黄,宽大的皮质沙发上躺着一个单屈着腿的人,男人五官硬挺,合着双眼,后颈枕着手臂。他的一只手微垂,指尖和另一只手相交。女人纤细的脖颈微弯,柔顺性感的棕色头发垂在耳边,露出姣好的面容,吻像是要落在他无名指的戒指上。

坐了一晚上的身体已经麻木,沈惊瓷不知道为什么,那一刻自己很平静,平静到甚至用手指冷静地放大照片,从酒柜的反光玻璃上,辨认出那个女人的脸——林烟。

手术室的光忽然熄灭,有穿着深绿色手术服的医生出现在门口。

"沈枞家属——"

沈惊瓷刚走出医院一步，全身的力气都消失了，身体不受控制地跌倒。

冰冷的地面石子粗粝硌人，有好心人过来扶她。

沈惊瓷脸色苍白得吓人，眼眶红得像是厉鬼，偏偏唇角还带着若有似无的笑。

那个人动作一顿，一时之间不知道应不应该扶，磕巴着问："没……没事吧？"

沈惊瓷摇摇头，努力扯出笑容，一天滴水未进，声音沙哑难听，她回答："没事……谢谢你。"

沈枞没事就好。沈惊瓷低声笑出来。

枯秃的树枝下阴影杂乱，断断续续的声音随着空气中的浮尘飘远。

"喂，钟老师，我放弃交换生的名额。

"嗯，暂时不考虑了，我弟弟身体不好需要人照顾。麻烦您把我的名字从备选名单中移除吧。

"抱歉，钟老师，辜负您的期望了。"

陈池驭是在下午才回了沈惊瓷消息的：手机没电了，怎么了？

沈惊瓷湿着头发，身上裹着好大的浴巾。

她等了会儿，才问：你去哪儿了？

陈池驭的电话打过来，沈惊瓷挂掉了，她僵着手指打字：不方便接。

浴巾被头发洇湿，裹在身上又闷又潮。宿舍的灯接触不良，忽然闪了下。

那个人的答案随着白炽灯重现光明到来。

陈池驭：车队。

头顶最后的光也灭了，沈惊瓷蜷缩着身子，沉浸于黑暗。天气预报说明天是个好天气，气温回暖，春天要到了。

可是她为什么这么冷呢？

他们是在一天后见面的。陈池驭总是很会选约会地点，今晚有点特殊，他说去家里。

他们的新家。

沈惊瓷特意化了妆，遮住不好的气色。

陈池驭倚在黑色越野车边，穿的和平时还不一样，黑色的西装板型硬挺，修长笔直的双腿被西装裤裹着，衬衫扣子解开了两颗。他朝她挑眉，不说话站在那里，痞气又禁欲。

沈惊瓷走近，陈池驭瞧着她的脸凑近，吊儿郎当地说："我女人真漂亮。"

他今天心情很好，眼尾都带着笑。

窗外景色倒退，沈惊瓷笑着应和。

她垂眼遮住情绪，第一次知道，她也可以伪装得这么好。

桌子上的菜都已经摆好，全是沈惊瓷喜欢的。

两个人面对面坐着，沈惊瓷和陈池驭同时开口：

"我……"

"我……"

男人挑眉，不正经地说："这么有默契啊。"

沈惊瓷笑了笑："你先说。"

陈池驭颔首，干脆利落："不行，年年先说。"

沈惊瓷注视着他。良久，她似乎想通什么，点了点头："好，那我先说。"

陈池驭点头，洗耳恭听。

沈惊瓷避开他的视线，喉咙发紧，如鲠在喉，呼吸不自觉地放轻。她握着手腕转了转，垂眸。那个喊过几千遍、几万遍的名字，她头一次觉得这么难说出口。

忍着眼眶的干涩和鼻尖的异样，她试着将三个字组合起来："陈池驭。"

"嗯？"

沈惊瓷像是鼓起所有勇气，深深地吸了一口气，萦绕在舌尖的那句话随着呼吸飘出。

她说："我们分手吧。"

外面不知道什么时候下起了雨。雨声渐大，落地窗上霓虹灯的倒影模糊，地板上的光影扭曲，延伸到陈池驭脚底。

后面那句话很轻，轻到他以为自己听错了。

墙壁上的时钟静止，气氛凝重得厉害，陈池驭眉心似乎动了下，眼中没有波澜，他抬起眼问："什么？"

沈惊瓷抬眸对上陈池驭的视线，睫毛轻颤。这次比上次容易得多，她一字一字地重复，将句子连起来，看着他，模样平静："我说我们分手吧。"

他眼尾的笑意消失一瞬，又恢复漫不经心的样子。陈池驭倒上酒，嗓音低沉，笑着提醒她："年年，这个玩笑不好笑。"

沈惊瓷没有回答，只是从包里拿出一样东西放在桌子上，推往他的方向，自顾自地说："这个还给你，太贵重了。"

飘花手镯映着灯光，清透又朦胧。男人眸色逐渐变深。

"我没有开玩笑。"她再次喊他名字，"陈池驭，我是认真的。"

"认真？"他咀嚼着这两个字看着她，眉宇间的顽劣消失，取而代之的是阴郁的戾气，又被轻笑遮掩，"怎么个认真法？"

"我们不合适，及时止损。"草稿打了一万遍，沈惊瓷顺着念出。

及时止损。

男人端详着沈惊瓷恬静的脸庞，喉结上下滚动。良久，他才真的确定，沈惊瓷不是在开玩笑。

"玩真的？"

"真的。"她说。

陈池驭舌尖滑过左腮，身子往后一仰，上位者居高临下的压迫感顷刻露出，一种不耐烦又躁动的情绪在体内横冲直撞，他压抑着，抬眸："理由？"

沈惊瓷的手攥得很紧，指骨泛白。她给出答案："你骗我。"

陈池驭打断她："什么时候？"

沈惊瓷快要忍不住，手心抠出血，强忍着疼开口："不重要。"

陈池驭刨根问底，狭长漆黑的眼睛直勾勾地盯着她，语气不容置喙："说。"

沈惊瓷沉默半响，似乎是在回忆："很多时候。"

他说永远陪着她的时候，说一起返校的时候，说没有受伤的时候，说自己在车队的时候。眼眶的酸涨已经消失，沈惊瓷已经感受不到自己的心跳，只觉得麻木。

再勇敢的人，也会失望。

也许是感情还不够成熟，可她真的尽力了。

沈枞的意外让她身心俱疲，她也有好多事情要去处理。

那就分开吧，他不用再因为虚无缥缈的未来受困，跌入泥潭。她也不用再惴惴不安地去纠缠他。

沈惊瓷闭上眼睛，种种画面在脑海中闪过。她缓缓开口：
"我骗了你，我发现自己并没有那么喜欢你。"
"喜欢你让我好累，我很自私，所以选择放弃你，让自己好过。"
男人忽然起身，椅子与地面摩擦发出刺耳的声音，模糊掉沈惊瓷说的最后几个字。
"不是说要赌一次？"陈池驭坐在沙发上，随口问。
"我认输。"她说得毫不犹豫，将过往的一切踩在脚底。
陈池驭觉得在这个雨夜自己像个笑话。
"你凭什么认输？"他的嗓音低哑。他斜睨过去，视线冷淡。
他爱什么人，想留在什么人身边，需要旁人决定？

"把话收回去，我当作没听见。"陈池驭扯开系好的领带，单手插进裤兜。
他喊她："年年。"
很低沉的一声，是给她台阶。
沈惊瓷闻到记忆中清冽的味道，干净得让人上瘾。
她也不例外。
鬼迷心窍地找到情绪的宣泄口，沈惊瓷有一瞬间在想，如果他真的喜欢她，他会和她一样难受吗？
她看着天花板，莫名其妙地想，这个地方以后会是他和别人的家吗？
不知道。

"我看到林烟吻了你手上的戒指。我忘了，你可能不知道这事，我看你当时睡着了。可能是林烟发给我看的。"
"你知道那晚我在哪里吗？"想起那个画面，哪怕他的唇没有碰上林烟，他骗了她也是事实，"我在医院。我在手术室门口一天一夜，找不到你。"
"要是还想问的话……"她说出最重的一句话，回望他的眼神又冷又决绝，带着自己都想象不到的残忍，"我嫌脏行不行？"
紫白色的闪电割破天空，整座城市仿佛要被点燃，倾盆大雨落下，狂风大作。沈惊瓷没有眨眼,她看到男人头颅微动。

他那么骄傲的人,被这个字碾碎了傲骨。

女孩咬住唇颤抖着,白皙的手腕搭在椅背上,露出手骨青紫的伤痕,看着都疼,可她的表情像没有知觉一样。

而手镯静静地躺在那里,早就没了主人的体温。

陈池驭的目光深得像是一汪不见底的潭水,停在瘀青上看了又看。

死刑宣判结束。

他们用同一根稻草压垮对方。

口袋里的女戒硌得他掌心生疼,指腹摩挲着内圈的字母。

用力得快要划出血来。

雨下得越来越大。好像过了一万年那么久,他点点头。

手松开,戒指掉回口袋角落。

陈池驭抬眸看向前面的人,勾起一抹散漫的笑,烟雾在两人之间模糊了视线。他说出最后一句话:

"知道了,我也没当真。"

番外

RIGHT NOW

I REALLY

MISS HIM

番外 01

致陈池驭：
陈同学，你好。
我是沈惊瓷，坐在高一三班靠窗位子的沈惊瓷。

缘分真是一种说不清的东西，浅淡凉薄又自有注定。从小院走出的第四十八天，我在开学的第一天见到了你。好神奇，我们两个同时被挤到人群最后，我不敢置信又惊喜至极，真的是你。花花绿绿的雨伞挤撞，我紧张地捏着伞柄，悄悄地看你，忘记陌生环境带来的不适，觉得好开心。

原来你在高一八班。每次下课接水，你都会穿过整条走廊，出现在离我们班最近的饮水机前，我惶然地站在墙边，若无其事地多看你几眼。蓝白色的校服在你身上敞着，拉链一直晃。我心口发紧，如果暗恋有声音，那么整条走廊都是心跳的回音。

你真的好招人喜欢，我又听见有女生在说你了。说你蛊人得要命，好帅。她们还问我知不知道你，我撒了个小谎，支吾地说不太了解。这可能是我的小私心，想把你藏起来，不想让太多人知道，好像这样自己的胜算就能大一点似的。这种想法真别扭，喜欢一个人，都是这样吗？

元旦晚会你好像是被硬推上去的，懒懒散散地抱着吉他，长腿撑着地，有些无奈。伴奏一响，你愣了。这哪里是主持人报的节目啊，歌曲怎么成了《步步》？我看到你挑着眉望向台下，漆黑的眼里是促狭的笑。台下瞬间起哄声一片，女生疯狂地喊着唱。伴奏播放到高潮，你还真的会几句。清冽的嗓音好听，混着电流从麦克风里低低地传开，拨弄吉他的手露出清瘦白皙的腕骨：生如浮萍般卑微，爱却苍穹般壮烈，我要为你爬上最险山岳，走过最崎岖眷恋，一步一步穿越。

完了，教导主任要气死啦，拼命挥手让你停住。你扬起眉尾，眉骨硬挺，桀骜不羁、肆意张扬的少年最难管，你挑衅地拿下话筒，挎着吉他，食指和中指并拢，在太阳穴上轻点，朝教导主任来了个致敬，好浑。

好了，这下全校的人都知道你了，再怎么藏也藏不住了。

又一次撞见你，是大扫除时在放杂物的角落。那会儿我们学校正在举办读书月竞赛活动，年级主任管得特别严，课余活动全被暂停，班级的体育器材也由班主任统一保管。但你竟然在这里藏了篮球。我看见你把篮球放在最里面的墙角还试图用凳子挡住，皱着眉难办的样子让我莫名想笑。可下一秒我就被发现了，你侧头看着我，挑眉，眼里露出几分惊愕，但又觉得无所谓，手指抵在唇中间比了一个嘘声的动作。我看你笑了下，坦然自若地往外走。空气中有很淡很淡的薄荷味，你在我耳边留下两个字："秘密。"

我们两个的秘密？那我一定给你保守好。

我猜你应该是有女朋友了，那个女生腼腆地给你送水，你接了。心脏有点难受，只有一点。胆小鬼对着日记也说谎。

我又听了那首歌的完整版：天空和我的中间，只剩倾盆的思念。如果相识不能相恋，是不是还不如擦肩。

我只要看一眼，就能在穿一样校服的人群中找到你。你穿卫衣真好看，黑色的最好看。

分班后见到你的日子好少，我学不了理科。吃饭的时间为什么要错开，我要吃得好慢才可能等到你。你身边的那个朋友似乎发现我了，你回头吓了我一跳，我再也不敢跟着你了，但是我偷到了荣誉栏里你的照片，夹在书里悄悄地看。对了，还有你贴在墙上的便利贴。你的笔迹真难模仿，不过很好看。

高考顺利。
好想让时间一直停留在 6 月 5 日。我怕以后再也见不到你。

我喜欢冷冽的薄荷味，潮湿的雨，黑色的鸭舌帽，夏天的桔梗花，还有盈白的月亮。

既然没有年年岁岁常见，那就祝你岁岁常欢愉，年年皆胜意。人声鼎沸，前途似锦。
我已经很幸运了，后来还能侥幸又遇到你。

我从来没有不相信你，那个人说你那么累都是因为我。我不想再让你那么辛苦了，不想再看到你受伤，不想看到意气风发的你因为琐碎的事眼下泛青。但我也确实很讨厌你骗我，我问过你的，你不说。
阿枞需要照顾，我可能没办法陪你去英国了，连最差的路都没有了，或许分开真的是最好的选择。

赢不赢又有什么关系？只要你与日月同辉，永悬不落。

飞机轰隆隆地从天空划过，不知道你收没收到我给你求的青檀手串。
出租车的广播里放着一首很老的粤语歌，叫《心淡》。

我们在夏天相遇，冬天亲吻。
那在春天失恋，在秋天真的会习惯吗？

这个夏天真燥，好像那年我第一次见你的时候。再见，陈池驭。
再见。

番外 02
和你的梦

　　一中的同学聚会不常组织,毕业越久人越散,人在五湖四海,时间难凑,所以除了大一那年,之后也没再聚。
　　沈惊瓷是在大四的寒假又收到班级群通知的,班长曹盛在群里连发了五六个@,声势浩大,兴致高昂地要叙旧。
　　大概因为毕业季带来的伤感和怀念,一个个"潜水"的人也渐渐"冒泡",群里出现了久违的热闹场面。沈惊瓷点进去看了几眼,下面弹出杂七杂八的消息:
　　什么时候啊?我还在沪市呢。
　　我觉得成,好久不见想死你们了。
　　得了吧,成哥现在哪还记得我们啊,早发达了吧。
　　上次聚还是大一,转眼就大四了,时间怎么过得这么快,马上要毕业了。

　　沈惊瓷的目光在"毕业"两个字上停顿了下,眼神微动。
　　时间似乎摁了倍速键,过得格外快,一眨眼夏天又要来了。

　　群里的那句话引起共鸣,响应的人多起来。沈惊瓷再垂眼,群里的消息竟然已经 99+。
　　她点开最新一条语音,听见班长爽快地笑着说:"那就这么定了,等过年大家都回到寻宁,我再发地址。"
　　下面冒出一串"OK"。

　　邱杉月接完水拿着杯子经过,看沈惊瓷出神,手臂搭上来关心地问:"怎么了?看你眉头都皱在一起了。"
　　沈惊瓷回神,和邱杉月目光相对。

邱杉月大三下半年谈了一个男朋友，对方成熟稳重，愿意惯着邱杉月的小脾气，两人感情还不错。她这一年日子过得越发滋润，剪了短发显得更娇俏动人。

沈惊瓷摇摇头："没事，我们高中班级群说要组织聚会，我在想去不去。"

"不想去？"

"还好。"

"那就去吧。"邱杉月感慨，"一眨眼就要毕业了，说不定这是这辈子最后一次见面。我们那班级群像解散了一样，我想去都没人搭理。"

沈惊瓷觉得好笑，但确实是这个道理。

想了想，沈惊瓷决定去。

这是她和陈池驭分手的第二年，回忆难免再次袭来。

毕竟上次是陈池驭和她一起去的。

还有人不知道他们已经分手，好奇地提到那个名字，问他们现在怎么样了，毕业有没有结婚的打算。

可能是由于年龄和阅历的增长，两年不见，这次聚会大家生疏又客气，问的问题也没什么攻击性。

沈惊瓷表情很平静，她笑笑，看不出半点难过和伤心："我们分手了。"

"啊？你们……分手了？"询问的女生顿了顿，但也没有特别震惊。

"嗯，和平分手。"沈惊瓷面色如常。

女生尴尬："哦哦，没事，以后会遇到更好的。"

沈惊瓷勾着唇角，没回这句话。

她感觉到不少目光往这边看，知道得给这些人留点八卦的时间，干脆出去透口气："我出去打个电话，你们先聊。"

"行。"

果然，沈惊瓷还没走出几步，后面就有道声音压不住了："他们分手了？"

另一个人说："很正常吧，说不定已经是前前任了呢。"

刚分手那段时间，这种话她听得很多。

说什么陈池驭就是玩玩而已，说一看她就留不住那种男人，还说了很多乱七八糟的。

沈惊瓷当时很忙，一天恨不得掰成两天用，没心情在意那些话。

不知道是不是时间久了没新鲜感了，还是谁处理了这事，反正不到一周的时间这种话全消失了。

现在沈惊瓷更是不在意，在意也没有用。

冬季的街道萧瑟，风很大，刮得枯枝乱颤。

沈惊瓷在窗口站了会儿，往外看，发现还挺有年味儿的，虽然没有绿意，却挂着很多红灯笼和中国结。听天气预报说明天会降雪，到时候应该更好看。

这么想着，沈惊瓷心情又好了一点。

她开始往回走，经过拐角的一个包厢时，门开了，里面的人应该是要出来。

沈惊瓷绕开，低头发消息，告诉家人自己应该过会儿就能回去。

她没注意旁边的人是谁，可耳边忽然响起了"砰"的一声摔门声。

沈惊瓷被吓了一跳，她惊愕地转头。

刚刚还作势要打开的门现在已经紧闭，像是见了鬼。

沈惊瓷觉得莫名其妙，脚步顿了顿，继续往前走。

她没看清那个人，自然也没想到包厢里面坐着的是谁。

寻宁又不只是她一个人的家乡。

陈池驭靠在沙发角落，捏着杯酒随意地晃。他置身在阴影中，仿佛周围的一切都与他无关，冷淡又懒散。

井嘉泽摔门的声音巨大，门内嘈杂的音乐都仿佛被震下。

陈池驭动作微顿，抬眸眯眼，样子有些不耐烦。

不只是陈池驭，也有别人感到无语："兄弟你干什么呢？吓死我了。"

井嘉泽眉心微动，神情看着有些紧张，想说什么，目光又移到陈池驭身上，眉头皱成"川"字。

陈池驭唇角微动，语气不怎么好："看我做什么？"

"……"井嘉泽嘴角动了动，欲言又止。

陈池驭："有病？"

周围人起哄："什么表情啊，见鬼了？"

井嘉泽组织好语言，顿了一秒，盯着陈池驭试探地说："没见鬼，但见着沈惊瓷了。"

人声和背景音混合在一起，声音难辨，有人对这名字不熟悉，没懂。

"什么？"

"啊？谁啊？"

"沈什么？"

众人七嘴八舌，所有目光都对着井嘉泽，而井嘉泽的目光却紧紧锁在陈池驭身上。

话音刚落，却又好像消失了。

还有人在问，不知道问到了哪个知道的人，那人胳膊肘狠狠地撞了一下对方，用口型说"闭嘴啊"。

角落里的人很静，静到显得寂寥。

他好像也没听清那个名字，仿佛谁也不认识沈惊瓷，她只是一个无关的路人而已。

但井嘉泽知道她不是。

他们回头去看陈池驭。

就这么几秒的时间，陈池驭捏着酒杯的姿势不变，弯起的指骨周围却泛起一层白，很用力，又很克制。仅仅是这些细节就能看出陈池驭不对劲。

人声没了，剩背景音乐在唱："仍然我说我庆幸，你永远胜过别人。"

他这副样子看得人难受，井嘉泽喊了声："喂，陈池驭！

"你还好吧？"

陈池驭抬眸，漆黑的眼目光锐利，左眼下方的一颗小痣在灯光下忽明忽暗。

他身上永远有一种让人捉摸不透的气质，有点颓也有点痞，像深夜的雾，也像是看不见底的深潭。

他看向这边，冷峻的五官硬朗，显得疏远。

半晌，井嘉泽听见他低哑的嗓音说了一句："什么？"

井嘉泽难办，犹豫一秒，抿唇说道："沈惊瓷也在这里。"

下一秒，井嘉泽眼前的身影一晃。

陈池驭忽然起身，什么也没说就往外走。

"你去哪儿？她早回去了！"

井嘉泽拉都没拉住，低骂一句，马上追了出去。

他知道这些年陈池驭过的是什么日子，平常看着可能还好，但只要一沾上这个名字，那就说不准了。

陈池驭的身影拐了个弯，一样的房门，一样的地砖，一模一样的包厢像是迷宫，弯弯绕绕的走廊全都静悄悄的，怎么也没有看到沈惊瓷的身影。

井嘉泽看得心一紧，上去拉住他。

"够了，可能是我眼花，认错了。"

陈池驭缓缓地转过身来，一动不动地盯着他。

井嘉泽也来气了："我就不懂了，你至于吗？都分开多久了啊，你至于吗陈池驭？"

"她往哪个方向走了？"陈池驭淡淡地问。

"我怎么知道？我就拉开了一条缝瞥了一眼，说不定那根本不是她。"

"是她。"陈池驭冷静地打断他。

"你怎么知道？我才见过她几次，哪有这么巧的事情。"

陈池驭又说："是她。

"我陪她来过这里。"

井嘉泽一噎："你来过？"

他看着陈池驭，猛地明白为什么之前对聚会都没兴趣的人愿意来这个地方，原来打着这个算盘。

陈池驭一言不发，没回答，转头往外走。

外面风大，不知道什么时候下起了雪。

就这么一会儿工夫，飘飘洒洒的小雪花像是柳絮，漫天坠落。

井嘉泽怕陈池驭出什么事，赶紧跟上。

可陈池驭什么也没做，他只是走向了街边的一个卖花的摊位。

他看着陈池驭蹲下，又看着他拿出手机解锁屏幕。

黑夜里男人的身影挺拔，他微微低着头，不知和摊主交流了什么。井嘉泽看见他拿出了一小沓红色钞票，估计有十几张。

他又被陈池驭惊掉下巴，什么花啊这么贵？

井嘉泽快步走上前，拉着人到一边，压着声音："你干什么啊，你全买了？"

"没。"陈池驭摩挲了下指腹，说，"万一能碰见她呢。"

"一束两千块钱？"

"不是，是每种都给她一束。"

"你真的，陈池驭你真的，没必要。"井嘉泽不知道说什么好，劝不动他。

他就是发了疯地想她。

这种事他在伦敦也没少干，看见什么就买下来，送不出去就留在自己房间里。

354

他平时不说，但不代表别人看不见。
　　井嘉泽受不了了："一个沈惊瓷而已，别想了，你只要不去想，什么日子都好过。你以前没有她的时候也过得挺好啊。"

　　"好吗？"陈池驭笑了下，喉结滚动。
　　他随意地说了句："我不觉得。"

　　"或者你告诉我，你教我，你来说我应该怎么做。"

　　雪还是很小，落在沥青路上一秒就消失。
　　陈池驭的声音和风融为一体：
　　"我要怎么做才能不想她？"

　　不能，他做不到。

　　像是一场梦。
　　像是长街和千堆雪。

未完待续，下册见。

RIGHT NOW

I REALLY

MISS HIM